LADY COP MAKES TROUBLE
by Amy Stewart

Copyright ⓒ the Stewart-Brown Trust, 2016
Korean Translation Copyright ⓒ MUNHAKDONGNE Publishing Corp., 2019

This Korean edition is published by arrangement with
Tessler Literary Agency LLC through EYA(Eric Yang Agency).
All Rights Reserved.

이 책의 한국어판 저작권은 EYA(Eric Yang Agency)를 통해
Tessler Literary Agency LLC 사와 독점 계약한 (주)문학동네에 있습니다.
저작권법에 의해 한국 내에서 보호를 받는 저작물이므로
무단 전재 및 무단 복제를 금합니다.

이 도서의 국립중앙도서관 출판예정도서목록(CIP)은
서지정보유통지원시스템 홈페이지(http://seoji.nl.go.kr)와
국가자료공동목록시스템(http://www.nl.go.kr/kolisnet)에서 이용하실 수 있습니다.
(CIP제어번호: CIP2019014454)

LADY COP MAKES TROUBLE

레이디 캅 소동을 일으키다

에이미 스튜어트 장편소설
엄일녀 옮김

문학동네

일러두기

1. 주석은 모두 옮긴이주다.
2. 본문 중 고딕체는 원서에서 이탤릭체나 대문자로 강조한 부분이다.

마리아 호퍼에게

미스 콘스턴스 콥은 그녀의 성질을 건드린 블랙핸드 일당을 처치하기 위해 뉴저지 와이코프의 자택 근방에서 총을 들고 나무 뒤에 숨어 다섯 시간 동안 기다리기도 했다. 이제 그녀는 뉴저지 버건 카운티의 보안관보이고, 악당들에게는 공포의 대상이다.

—1915년 12월 20일자 〈뉴욕 프레스〉

1

아가씨 구함―급료 후함.

재력 있는 남성이 결혼 의사 있는 가사도우미 구함. 숙식 제공. 사서함 4827호로 연락 바람.

나는 신문을 미시즈 헤디슨에게 돌려주었다. "사서함 주인에게 연락하셨겠죠?"

미시즈 헤디슨은 힘차게 고개를 끄덕였다. "그럼요, 버펄로에서 막 상경했고 집안일은 많이 안 해봤지만 춤추는 건 자신 있고 무대에 서고 싶다는 포부를 지닌 젊은 아가씨인 척했어요. 그걸 읽고 그자가 무슨 생각을 했을지 상상하는 건 어렵지 않죠."

우리집 지붕 밑에도 무대에 서고 싶다는 포부를 지닌 젊은 애가 있어서 상상하고 싶지 않았지만, 그 속임수가 통했다는 사실은 인정해야겠다. 히스 보안관과 나는 함께 남자의 답신을 읽었고, 거기엔 되도록 빨리 와달라는 내용과 더불어 만약 그녀가 결혼할 가치가 있는 사람으로 증명되면 결혼을 추진하겠다는 내용이 적혀 있었다.

"이 구직 면접을 보고 청혼을 기다리는 여자들이 어찌나 많은지." 미시즈 헤디슨은 코웃음쳤다. "그 남자 집을 들락거리는 여자들을 쭉 봤거든요. 본래 내 역할은 상담만 하는 거지만 수상한 움직임을 발견하면 지시에 따라 경찰서장님께 보고하게 되어 있고, 그러면 서장님이 체포 임무를 수행할 경관을 보내지요. 하지만 이자의 거주지는 이곳 버건 카운티이므로 이 건은 그쪽에게 넘기겠습니다."

벨 헤디슨은 패터슨 최초의 여자 경찰관이다. 어깨는 좁고 몸집은 호리호리하며 머리는 옅은 홍차색이다. 황동 안경테 속의 두 눈은 기둥 시계 내부의 태엽장치를 연상시켰다. 모든 게 꼿꼿하고 단단히 조여진 느낌을 주는 사람이었다.

나는 뉴저지 최초의 여자 보안관보다. 치안 관련 공무원 중 나 말고 다른 여자를 본 건 이번이 처음이었다. 1915년의 여름은 밝고 대담한 새로운 시대 같았다.

미시즈 헤디슨은 우리에게 남자의 집에서 멀지 않은 리지우드 기차역에서 만나자고 했다. 우리 세 사람은 플랫폼에서 유일하게 그늘을 드리우고 있는 차양 아래 서 있었다. 천연덕스럽게 신문에 아가씨 구하는 광고를 내는 놈을 잡으러 간다는 생각에, 팔월 말의 열기에도 불구하고 상쾌한 설렘이 일었다.

보안관은 편지를 다시 한번 살폈다. "미커 씨군요, 해럴드 미커. 자 그럼 숙녀분들, 그자의 집으로 찾아가봅시다."

미시즈 헤디슨은 한 걸음 물러났다. "아, 저는 별 도움이 안 될 것 같아서."

그러나 히스 보안관은 들은 척도 하지 않았다. "이건 당신이 맡은 사건입니다." 그는 쾌활하게 말했다. "직접 끝을 보고 만족감을 느껴야죠." 그는 범죄자를 잡을 가능성이 보일 때 가장 신이 나고 행복했고, 딴사람들은 왜 똑같이 느끼지 않는지 이해하지 못했다.

"하지만 대체로 저는 경관들과 같이 행동하지 않습니다." 미시즈 헤디슨이 말했다. "보안관만 가시고 미스 콥과 저는 여기서 기다리면 어떨까요?"

"제가 미스 콥과 같이 온 데엔 다 이유가 있습니다." 보안관이 우리 둘을 플랫폼 밖에 세워둔 자신의 차로 안내하며 말했다. 미시즈 헤디슨은 망설이다 차에 올랐고, 우리는 차를 타고 시내로 들어갔다.

가면서 미시즈 헤디슨은 여행지원협회에서 자신이 하는 일에 관해 설명했다. 그녀는 직업에 대한 확실한 전망도 없이 혈혈단신으로 패터슨에 온 젊은 여자들을 도왔다. "그 사람들은 기차에서 내리면 평판이 아주 나쁜 하숙집이나 저속한 댄스홀로 손쉽게 흘러들어갑니다. 예쁜 여자라면 술집에서 공짜로 식사와 음료를 제공받죠. 아니 세상에 공짜가 어딨나요, 하지만 여자들은 너무 쉽게 공짜 호의를 믿어버려요. 처음으로 집을 떠나 어머니가 일러준 것들을 싹 다 까먹은 거죠, 뭘 배우기나 했다면 말이지만."

알고 보니 미시즈 헤디슨은 1914년에 남편을 여의었다. 경찰에서 은퇴한 남편이 죽은 지 일 년째 되던 날, 그녀는 뉴저지 법이 바뀌어 여자도 경찰관으로 일할 수 있다는 기사를 보았다. "마치 존

이 저승에서 말을 거는 것 같았어요. 내게 새로운 소명이 생겼다고요. 그길로 곧장 패터슨 경찰서장을 찾아가 지원서를 냈죠."

히스 보안관과 내가 축하 인사를 건네려 했으나 미시즈 헤디슨은 숨도 쉬지 않고 말을 이었다. "서장이 자기네 서에 여자를 채용하는 일에 대해 단 한 번도 생각해본 적 없었다는 거 아세요? 나는 설전을 벌여야 했고, 당연히 그렇게 했어요. 서장이 왜 그렇게 못마땅해했는지 알아요? 본인 입으로 내게 직접 말하길, 여자들이 제복을 입고 총과 곤봉으로 무장한 채 돌아다니기 시작하면 크기만 좀 작을 뿐이지 남자들과 똑같아질 거라더군요."

내가 경악한 표정으로 보안관을 쳐다봤지만 그는 전방만 주시했다.

"나는 경찰서에서 내 역할은 집에서 어머니가 하는 역할과 똑같을 거라고 서장을 납득시켰어요. 엄마가 아이들을 돌보고 다정하게 주의를 주거나 격려를 하는 것처럼, 여자로서 내 경찰 직무를 수행하고 경찰 조직에 어머니의 이상을 도입할 거라고요. 당신도 동의하지 않나요, 미스 콥? 당신도 보안국에서 무리를 돌보는 암탉이 되지 않았어요?"

스스로를 암탉으로 생각해본 적은 없지만, 그러고 보니 암탉이 잘못한 병아리를 피가 날 때까지 콕콕 쪼는 모습을 본 적은 있었고, 어쩌면 미시즈 헤디슨의 말이 맞을 것이다. 지난 두 달 동안 나는 범죄에 연루된 부인들이나 아가씨들이 체포될 때마다 호송차에 동승했다. 별거중인 아내에게 보내는 이혼 서류를 발부했고, 불법 동거 혐의를 조사했고, 기차를 타고 도망치려는 젊은 여자를 쫓아가 잡았고, 양복점 위층 도박장에서 아편에 취해 빈사 상태로 발견된 알몸의 매춘부에게 옷을 입혔다. 내가 세 아이의 어머니인 한 여자 곁을 지키는 동안 보안관과 그의 부하들은 그 여자의 남편을 찾아 온 숲을 뒤졌다. 여자는 브랜디 병으로 남편의 머리를 내리쳐 병을 깨트렸다. 나중에 남편이 돌아왔지만, 여자는 그가 집안에 절대 술을 들이지 않겠다고 보안관 앞에서 맹세할 때까지 문을 열어주지 않았다.

내가 방금 묘사한 장면들이 내 생애 가장 멋진 순간들이었다고 말하는 데는 한 치의 과장도 없다. 매춘부는 토사물 범벅이어서 도박장의 지저분한 세면기에서 씻겨야 했고, 기차를 타고 도망치려던 젊은 여자는 체포될 때 내 팔을 물었지만, 그래도 나는 그보다 더 만족스러웠던 때가 없다고 단언한다. 희한하게 들릴지 몰라도, 마침내 나는 내게 맞는 일을 찾은 것이다.

이런 얘기를 미시즈 헤디슨에게 어떻게 해야 할지 나는 알 수 없었다. 다행히 마침 해럴드 미커의 집에 도착해 그럴 필요가 없어졌다. 보안관은 그 집 앞을 지나쳐 몇 집 떨어진 곳에 차를 세웠다.

미커는 페인트칠된 덧문이 있는 수수한 판자 지붕 집에 살았고, 조그만 현관 앞 포치는 최근에 새로 증축한 듯했다. 거실 창문이 하나 열려 있고 앞마당으로 피아노 소리가 흘러나왔다.

"집에 누가 있군요." 히스 보안관이 말했다. "미스 콥, 가서 노크하세요. 우린 여기서 대기하겠습니다. 지금 저 안에 여자가 있다면 그녀를 불안하게 만들고 싶지 않습니다. 여자는 당신이 맡도록 해요. 우리는 품행 불량을 이유로 사람을 체포하지 않지만, 아마도 그 여자는 모를 테니까."

"염려 마세요." 내가 말했다.

미시즈 헤디슨은 마치 우리가 아프리카로 사파리 여행을 가자고 하기라도 한 듯 우리 둘을 빤히 바라보았다.

"미스 콥을 경호도 없이 저 집에 보내려는 건 아니겠죠? 만약에……"

그녀는 내가 핸드백에서 리볼버를 꺼내 주머니에 넣는 것을 보고는 말을 잃었다. 작년에 우리 가족이 협박과 위협에 시달릴 때 보안관이 내게 지급한 권총이다. 감청색의 경찰용 콜트 리볼버는 재킷이나 드레스 주머니에 넣어 감추기에 딱 좋은 크기였다. 플러렛이 그 용도로 내 옷들에 주머니를 달아주었다.

"보안국에서 총을 갖고 다니라고 해요? 세상에, 우리 서장님은……"

"나는 서장님 밑에서 일하는 게 아닙니다." 이렇게 대꾸하는데 보안관의 시선이 느껴졌다. 우리가 경찰서장은 감히 엄두도 못 내는 일을 하고 있다는 사실이 내게 엄청난 만족감을 선사했다.

리볼버를 제 위치에 넣고, 나는 현관문 앞으로 성큼성큼 걸어갔다. 피아노 소리가 그치고 문이 열리자 두 사람은 몸을 숨겼다.

해럴드 미커는 사십대로 보이는 희멀쑥한 남자였다. 셔츠와 넥타이 차림으로 문을 연 미커는 한 손에는 파이프를, 다른 손에는 신발을 들고 있었다. 나를 보더니 반반했던 그의 이마에 주름이 재배치됐다.

"미안합니다." 그는 자신의 맨발을 내려다보며 말했다. "가정부가 와서 청소를 하는 날이라 방해가 되지 않으려고요."

그가 겸연쩍은 웃음을 지어 보였다. 나는 여자가 뒷문으로 도망칠까봐 걱정돼 시간을 낭비하고 싶지 않았다.

"괜찮습니다, 미커 씨." 나는 보안관에게 들릴 만큼 큰 소리로 말했다. "사실 저는 미커 씨의 그 가정부를 만나러 왔습니다. 그분이 소지품을 분실한 것 같아서요."

나는 그가 나를 제지하기 전에 안으로 들어갔다. 집안의 낡은 소파와 닳아 해진 카펫은 이 남자가 평생 제 어머니의 집에 들러붙어 살았음을 시사했다. 램프 갓이 죄다 장밋빛 분홍색이었다. 업라이트피아노에는 장식용 덮개가 씌워져 있었다. 심지어 벽에는 갈색으로 바랜, 먼지 쌓인 자수 견본 액자가 걸려 있었다.

미커가 깜짝 놀라 내 앞을 막아섰다. 키는 나와 거의 비슷했지만 몸은 더 말랐다. 나를 겁주고 싶었던 모양인데 성공하진 못했다.

"레티는 막 일을 끝내려는 참입니다." 그는 부엌으로 짐작되는 곳을 돌아보며 말했다. "밖에서 기다려주시면 금방 나갈 겁니다. 친척분 되시나요, 성함이······"

나는 그를 무시하고 곧장 부엌으로 향했다. "레티, 거기 있니?" 나는 문을 밀어 열면서 외쳤다.

거기에, 페인트칠된 작은 목제 테이블 앞에 열다섯쯤 된 소녀가 머리에는 어린이용 컬핀을 말고 손가락 사이에 담배를 끼운 채 앉아 있었다. 소녀는 얇고 하늘하늘한 흰색 잠옷과 플러렛이 좋아할 만한 종류의 다마스크 슬리퍼 외엔 걸친 게 없었다. 싱크대 대신 빨래통이 있고 철제 스토브가 설치된 오래된 부엌이었다. 확실히 청소가 필요한 상태였지만, 레티는 그런 일을 할 만한 사람이 아니었다.

레티는 나를 보고 깜짝 놀라 일어났다.

"가정부 같아 보이지 않는데." 나는 소녀 옆으로 가서 팔꿈치를 잡았다.

"아녜요, 난 그냥…… 이 집에 잠시……"

해럴드 미커는 우릴 좇아 부엌으로 들어오지 않았다. 나는 그저 놈이 곤란에 처한 것을 알고 달아나려 했을 거라 짐작했을 뿐이다. 히스 보안관이 알아서 잡을 것이다.

나는 소녀의 팔뚝을 단단히 잡고 말했다. "나는 보안국에서 나왔어. 너한테 문제가 있는 건 아니지만, 미커 씨가 신문에 낸 가사도우미 구인광고를 네가 오해했을지도 몰라서 말이야."

레티는 반항적으로 나왔다. 소녀는 아랫입술을 삐죽 내밀고 자유로운 한 손을 허리에 얹었다. "난 일자리를 찾을 자유가 있어요. 법을 어긴 게 아니라고요."

다른 방에서 말소리가 들렸다. 히스 보안관이 놈을 잡아서 데려온 것이다.

"미커 씨는 젊은 여자들을 이용하고 있는 것 같고, 그건 위법이야. 여기 얼마나 있었니?"

레티는 몸을 비틀어 돌리며 뒷문 쪽을 힐끔거렸고, 나는 소녀를 꽉 잡아 내 쪽으로 당겼다. "이 도시에 언제 왔지, 레티?"

소녀는 코를 훌쩍이며 의자에 털썩 주저앉았다. 나도 소녀 옆에 편히 앉았다. "지난주에요." 레티는 재떨이 대신 쓰고 있던 정어리 캔을 만지작거렸다. "오하이오에서 기차를 타고 왔어요. 뉴욕에 갈 생각이었는데 차표가 잘못됐는지 여기로 왔고, 돈도 없고 미커 씨 말고는 나를 받아주는 사람이 아무도 없었어요."

나는 처음부터 미커가 혐오스러웠다. 도대체 어떤 남자가 신문에 젊은 여자를 찾는다는 광고를 실어도 된다고 생각하는 걸까?

"미커 씨가 단순히 가사도우미를 찾는 게 아니라는 걸 명확히 밝히고 나서는 무슨 일이 있었지?"

소녀는 두 손으로 얼굴을 가렸고 대답하지 않았다.

나는 레티가 입을 만한 게 없는지 주위를 살폈고, 고리에 걸린 낡은 청소용 덧옷이 눈에 들어왔다. "괜찮아. 나와 같이 온 아주머니가 너한테 더 좋은 일자리를 찾아줄 거야." 나는 덧옷을 소녀의 머리 위로 씌우고 옷 입는 것을 거들었다. 레티의 어깨는 어린아이처럼 앙상했다. "위층에 챙겨갈 짐이 있니?"

소녀는 눈을 문질렀다. "기차 플랫폼에서 몽땅 잃어버렸어요. 내 가방은 저쪽으로 가고 나는 반대편으로 왔거든요."

"우리가 도와줄 수 있는지 알아볼게." 나는 소녀를 거실로 데려갔고, 거기에 수갑을 찬 해럴드 미커가 보안관과 멍한 표정의 미시즈 헤디슨 옆에 서 있었다. 우리를 본 미커가 레티에게 달려들었지만 고작 수갑의 쇠사슬만 흔들어대는 수준이었다.

"네가 보안관을 불렀지?" 미커가 소리쳤다. "이 쓸모없고 쬐끄만 화냥년, 그동안 내가 너한테 들인⋯⋯"

히스 보안관이 그를 뒤로 홱 잡아당겼고, 순간 두 사람은 중심을 잃고 휘청였다. 미커가 발로 차고 마구 몸부림치는 바람에 보안관은 잠깐 놈을 놓쳤고, 자유로워진 미커는 우리 사이 틈으로 빠져나가 문밖으로 도망치려 했다. 나는 몸을 날려 놈을 구석으로 몰아붙이고 멱살을 잡았다. 미커는 마구 몸을 흔들어 나를 떨쳐내고 나가려 했다. 미시즈 헤디슨은 숨을 헉 들이마시고 거실을 가로질러 달려가 레티를 붙잡았다.

보안관이 내 뒤로 다가와 해럴드 미커의 팔을 잡았다. 나는 놈의 목깃을 좀더 단단히 잡아당겨 까치발로 일으켜세웠다.

보안관과 나는 찰나의 시선을 교환했다. 우리 둘 중 누구도 미커를 놓고 싶어하지 않았다. 둘 다 이 순간을 즐기고 있었다. 놈이 숨을 헐떡였다. 우리 사이에 껴서 풀이 죽은 것 같았다.

"공무집행방해죄와 경관폭행죄를 죄목에 추가하겠어." 히스 보안관이 말했다. "덕분에 감방에 좀더 오래 있게 될 거야."

나는 여전히 놈의 멱살을 잡고 있었다. 꽉 조인 목이 붉어졌다.

"이 여자 손 좀 떼줘!" 미커가 캑캑거렸다. "이 여잔 누구야, 당신 유모라도 되나?"

"당신을 체포중인 보안관보로 보이는데." 보안관이 말했다. "불만 있으면 그녀에게 직접 얘기해."

레티의 입에서 작게 웃음이 새어나왔지만, 미시즈 헤디슨은 아무 소리도 내지 않았다.

패터슨으로 돌아오는 차 안에는 어색함이 흘렀다. 뒷좌석에 나와 레티, 미시즈 헤디슨이 앉고 남자들은 앞자리에 앉았다. 나는 가해자와 여성 피해자를 한 차량에 같이 태우는 것을 좋아하지 않았지만 달리 방법이 없었다. 미시즈 헤디슨은 혼자 레티를 데리고 기차를 타고 돌아가기엔 너무 놀라고 당황한 상태였고, 히스 보안관은 미커가 탈출을 시도할 때를 대비해 내가 옆에 있었으면 했다.

보안관은 죄수와 함께 대기하고, 나는 미시즈 헤디슨과 레티를 여행지원협회 사무실까지 배웅했다.

"이 아이를 잘 돌봐주시겠지요." 내가 말했다. "우리에게 연락하신 건 정확한 판단이었어요."

패터슨 최초의 여자 경찰은 여전히 불안해 보였다. "오늘 저녁에 기도할 때 당신에 관한 일을 남편에게 전부 말할 거예요. 하지만 내 말을 믿을지 모르겠네요. 보안국에서 당신에게 시키는 일들은……
글쎄요. 난 못해요. 급여를 받는다고 해도요."

나는 그녀를 빤히 내려다보았다. 레티는 입을 떡 벌린 채 우리 둘을 쳐다보고 있었다.

"서에서 급여를 안 줘요?" 내 연봉은 여느 보안관보와 마찬가지로 천 달러였다.

"아…… 뭐, 당연히 급여는 없지요." 미시즈 헤디슨은 생각에 골똘히 잠겨 느릿느릿 말했다. "서장님은 내가 의무감과 명예로 직무에 봉사하기를 기대하지, 경관 한 사람분의 급료를 가져가길 바라지 않아요."

나는 그에 대꾸할 점잖은 말을 생각해낼 수 없었다. 죄수가 있는 경찰차로 돌아가 놈이 응분의 대가로 교도소에 갇히는 꼴을 보고 싶을 뿐이었다.

"필요하면 언제든 다시 연락주세요, 미시즈 헤디슨." 나는 다시 히스 보안관 쪽으로 달려갔다.

교도소에서 보안관은 미커를 모리스 보안관보에게 인계했다. 모리스는 위엄 있는 중년 신사로, 작년 헨리 코프먼 사건 때 우리집에서 보초를 서면서 우리 가족의 친구가 되었다. 모리스는 절도 있게 고개를 끄덕이고 내게 사건 해결을 축하하며 미커를 데리고 들어갔다.

내가 모리스를 따라 교도소 안으로 들어가려 하자 보안관이 불러세웠다.

"미스 콥."

어쩐지 말투가 부자연스러웠다. 그가 고갯짓으로 차고를 가리켰다. 차고는 외따로 떨어진 아담한 석조 건물인데 한때 마차 차고로 쓰였고, 오래된 건초가 엉겨붙은 마구간 두 칸에서 아직도 말을 키웠다. 보안관은 사적인 대화가 필요할 때 그곳을 선호했다. 출입구가 하나뿐이어서 누가 뒷문으로 몰래 들어올 염려가 없었다.

처마 밑 어둑한 그늘 아래서 히스 보안관은 한참 동안 차분히 나를 지켜보더니 말을 꺼냈다. "당신에게 배지를 지급하는 데 문제가 좀 생겼습니다."

속에서 뭔가 싸하게 얼어붙는 느낌이었지만 나는 애써 농담조로 말했다. "왜요, 금과 루비가 다 떨어졌대요?" 히스 보안관의 배지에는 루비가 박혀 있었고, 그는 늘 그것이 납세자가 아니라 자신의 보증인이 사준 것임을 밝히려 애썼다.

길게 기른 그의 콧수염은 그가 미소 지을 때마다 옆으로 뻗쳤지만 지금은 미동도 없었다. 그가 다시 입을 열었을 땐 미리 연습이라도 한 것 같은 투였다. "어느 검사가 귀띔해줘서 알았는데, 이 검사는 보안국의 친구이고 거의 우리 편이죠, 여성 보안관보를 임명하는 데 법리상 근거가 불확실하다는군요."

나의 두 손이 신경질적으로 앞섶을 더듬었다. 나는 스스로를 다독이며 치마를 쓸어내리고 단추를 확인했다. "이미 임명된 것 아니었나요? 나는 유월 중순부터 쭉 일해왔는데요?"

그는 한 발짝 물러나 작게 원을 그리며 걸으면서 고개를 끄덕였다. "그랬지요. 하지만 카운티 서기가 서류를 작성할 때까진 공식적인 게 아닙니다. 물론 아직 배지도 받지 못했고요. 문제는 그……

검사 친구가……"

"주에서 여성 경찰관을 허용하는 법이 통과되지 않았나요? 그래서 내게 일자리를 제안한 것 아닙니까?" 목소리가 가늘게 떨렸고 그건 나도 어쩔 수 없었다. 말은 그렇게 했어도 이미 어떤 상황인지 이해가 되기 시작했다.

"네. 그런데 그게 애매합니다. 법령이 다루는 건 경찰관뿐이에요. 보안관은 선거로 선출되고, 완전히 다른 법률 조항에 근거합니다. 여성 보안관보에 관해서는 아무런 언급이 없어요. 사실 몇 년 전에 뉴욕시 보안관이 그런 계획을 세웠다가 포기해야 했는데, 그쪽 법률의 요구사항이 보안관보는 그들이 복무하는 카운티의 유권자여야 한다는 것 때문이었고, 그 말은 곧 여자들은……"

나는 짜증이 나서 그의 말허리를 잘랐다. "자격이 있을 리 없겠군요."

보안관이 다시 내 앞에 와 섰지만 나는 시선을 맞추지 않았다. 그가 말했다. "우리 뉴저지에서는 선거권과 관련된 문제가 없습니다. 우리 법에는 그런 식으로 명문화되어 있지 않아요. 하지만 트렌턴의 입법자들이 여자도 보안관보로 복무하길 원했다면 그걸 명기했을 텐데, 안 그랬거든요."

보안관은 트렌턴의 입법자들에 대해 나보다 후한 평가를 주고 있었다. "실수로 빼먹은 건 아니었을까요?" 나는 거의 절규하는 꼴이었다.

"그래요. 그래서 뉴저지의 모든 보안국에 편지를 보내 새 법이 시행된 뒤로 여자 보안관보를 임명한 적이 있는지 물어보라는 조언을 받았습니다. 그러면 선례가 있는 셈이니까요."

"그랬더니?"

"지금까지는 아무도 없었습니다."

"그리고 당신은 그 첫번째 경우가 되고 싶지 않고요."

그는 모자를 들어올리고 머리칼을 뒤로 쓸어넘긴 다음 다시 모자를 썼다. "미스 콥. 우리 예산과 나의 직무수행 방식을 두고 자유보유권자*들과 싸울 수는 있습니다만, 고의로 법을 어길 수는 없어요."

나는 그에게 등을 돌리고 심란한 마음을 추스르려 애썼다. 열 살 무렵의 어느 날, 신문에 실린 '여성이 할 수 있는 일'이라는 제목의 목록을 베껴 쓰던 기억이 떠올랐다. 나는 각 항목을 단정한 글씨체로 주의깊게 옮겨 적은 다음, 곰곰 생각하며 대부분의 항목에 가위표를 쳤다. 그렇게 음악계 종사자가 지워지고, 사진 채색가와 목판화가가 제외됐다. 가사도우미 항목은 종이가 찢어질 정도로 철저히 지워졌다. 재봉사 역시 똑같은 운명을 맞이했고, 정원사도 마찬가지였다. 실제로, 내 작고 단호한 손에 실린 힘에 종이는 거의 너덜너덜해졌다.

법조계 종사자만이 여자 공무원, 신문기자, 간호사와 함께 남았다. 각 항목 옆에 희미한 체크 표시가 쳐졌다.

나는 그 목록을 수선이 필요한 흰 장갑 속에 숨기고 아무한테도 보여주지 않았다. 거기 적힌 것들이 세상의 모든 가능성이었다.

아무도, 1887년 당시에는, 감히 여자 보안관보를 입에 올리지

---

* 뉴저지 법에서는 카운티 의원을 '자유보유권자(freeholders)'로, 카운티 의회를 '자유보유권자위원회'로 칭한다.

못했다.

나는 직업을 얻었던 것만큼이나 신속히 빼앗겼다. 이미 나는 스스로를 여자도 이 일을 할 수 있다는 것을 입증한 최초의 사람들 중 하나로 여기는 데 익숙해져 있었다. 나는 미시즈 헤디슨과 달랐다. 나는 엇나간 여자애들을 보살피는 샤프롱이 아니었다. 나는 총과 수갑을 가지고 다녔다. 여느 보안관보처럼 범인을 체포할 수 있었다. 남자들과 똑같은 급여를 받았다. 사람들은 그걸 알고 깜짝 놀랐지만, 난 조금도 신경쓰지 않았다.

창고의 넓은 문짝 너머로 파란 하늘이 네모나게 펼쳐졌다. 이곳에서 걸어나가자마자 나는 다시 평범해질 것이다. 이 순간까지도 나는 몰랐다, 평범해지는 것을 내가 얼마나 싫어하는지.

나는 아직도 히스 보안관에게 등을 돌리고 있었다. 얼굴을 보여주지 않고 자리를 뜨는 게 최선이라고 생각했다. "뭐. 그럼 이만 집에 가야겠네요."

"그럴 필요 없습니다." 보안관이 급히 말했다. "다른 자리를 드릴게요. 당신이 받아들인다면."

그 말이면 나를 돌려세우기에 충분했다.

"당신의 속기사가 될 생각은 없어요." 사무실에 틀어박혀 다른 보안관보들이 한 일을 받아 적는 일은 사양이다.

그제야 보안관이 슬쩍 미소를 띠웠다. "그렇게 형편없는 일은 아닌데요. 그것도 오래 하게 되지는 않을 겁니다. 내게 한 달만 여유를 주면 방법을 찾아내겠습니다."

나는 드디어 그의 눈을 똑바로 바라보았다. 움푹 꺼진 그의 두 눈은 감정이 풍부했고 종종 다크서클이 짙게 내려왔다. 이 남자의 얼굴은 신뢰할 수 있다.

"한 달이요?"

"그거면 됩니다. 한 달."

2

"한 달로는 어림없어." 그날 저녁 늦게 노마가 말했다.

나는 긴 소파에 아무렇게나 널브러져, 신문을 보며 중얼거리는 여동생의 말에 귀를 기울이고 있었다. 노마는 발목을 꼬고 앉아 있었고, 내 쪽에서는 터프트 가죽 오토만 위에 얹은 발과 신문 모서리를 잡은 거칠고 뭉툭한 손가락 끝밖에 보이지 않았다. 노마는 휴대용 가스등을 끼고 살았고 덕분에 온 집안에 림버거 치즈 냄새가 났다.

"당연히 될 거야." 내가 말했다. "법적으로 좀 성가실 뿐이지, 보안관이 방법을 찾아낼 거야."

"그 사람 자기 앞가림이나 잘해야 할걸." 노마는 자기 말에 방점을 찍기 위해 신문을 재차 흔들었다. 노마는 나름대로 연극적이었고, 코웃음과 투덜거림과 쉿 하는 소리로 이루어진 인상적인 어휘를 구사했으며, 소도구의 대가로서 자신의 메시지를 전달하기 위해 냄비를 쾅 놓거나 책을 탁 덮을 준비가 늘 되어 있었다. 의견 충돌이 일어나면 항상 연필과 종이를 들고 상대방이 하는 모든 이상한 말과 과열된 주장을 받아 적을 것이고, 그것은 증거 목록에 들어가 훗날 노마에게 유리하게 작용할 때 또박또박 다시 읽힐 것이다.

내가 아무 대답이 없자 노마는 한차례 더 도발했다. "언니를 신뢰할 수 없는 거라면 그냥 그렇게 말을 할 것이지. 대부분의 여자들에게 성깔도 배짱도 법을 집행할 힘도 없다는 게 사실일지 몰라도 언니는 그 세 가지가 다 차고 넘치잖아. 히스 보안관이 그걸 의심할 리가 없는데."

"의심하는 게 아냐. 여태 내 능력을 봐왔는데." 그는 똑똑히 보아왔다, 안 그런가? 하지만 노마는 워낙에 딱 잘라 말하는 버릇이 있었고, 그런 노마의 선언적 발언을 묵살할 능력이 내게는 없었다.

"그렇다면 왜 다른 보안관이 먼저 나서길 기다리는 거야? 자기 이름이 신문에 오르내리는 게 두려워서? 버건 카운티의 유권자들은 어떻게 그렇게 간덩이가 개나리 같은 사람을 뽑아서……"

"보안관님은 콘스턴스 언니 이름이 신문에 나는 게 두려운 거야." 플러렛이 끼어들었다. 플러렛은 스타킹 바람으로 계단을 내려오는 중이었고, 마지막 몇 계단은 통통 뛰어내려오면서 치맛단이 무릎께에서 살랑살랑 퍼지도록 한 바퀴 빙 돌았다.

파란색과 흰색이 섞인 깅엄 드레스와 팔에 낀 우유 들통으로 보아 오늘은 농부의 딸을 연기하는 모양이다. 플러렛은 머리를 양 갈래로 땋아 커다란 핑크색 리본으로 묶고, 손에는 우아한 구슬 장식이 달린 하얀 새틴 댄스화를 들고 있었다. 농장에서 한 시간도 못 버틸 물건이다.

"내일 가을 공연 오디션이 있거든." 플러렛은 자신이 직접 제작한 작품을 더 잘 보여주려고 폴짝폴짝 내 쪽으로 왔다. "헬렌이 나랑 쌍둥이 자매를 연기하고 싶대. 의상을 갖춰 입고 오라고 한 건 아니지만, 드레스 한 벌 더 만드는 게 어려운 일도 아니고, 이걸 보면 우릴 안 뽑고는 못 배길 거야, 그치?"

나는 플러렛의 치맛단을 손가락 사이에 끼워 자세히 보고 바느질 솜씨에 감탄했다. 노마는 눈꼬리를 올리고 신문을 노려보았다.

"넌 아무 문제 없이 배역을 따낼 거야." 내가 말했다.

플러렛이 우리집 거실에서 우리 둘을 위해서가 아니라 다른 사람들 앞에서 공연하는 건 우리집으로서는 혁신이었다. 두 달 전 보안관이 내게 일자리를 제안했을 때, 플러렛을 뭔가에 매어둘 방안을 강구하지 않고 일하러 가는 건 미련한 짓임을 잘 알고 있었다. 플러렛은 뉴욕에 가야겠다고 우겼지만, 노마와 나는 공장에서 일하는 고아나 샤프롱의 감시하에 사교계에 데뷔하는 아가씨가 아닌 한 혼자 뉴욕에 가는 열여덟 살짜리 여자애는 없다고 겨우 설득했다. 우리는 패터슨에서도 충분하다며 플러렛을 핸슨 음악 무용 아카데미에 등록시켰고, 곧 플러렛은 헬렌 스튜어트라는 붉은 머리 스코틀랜드 아가씨와 친구가 되었다. 플러렛이 앙큼하고 호들갑스럽다면 헬렌은 꾸밈없고 밝았다. 둘 다 무대에 대한 야망이 있고, 나는 그 야망이 핸슨 아카데미의 울타리 안에서 소화될 수 있기를 빌었다.

홈스쿨링과 우리의 조용한 시골생활 탓에 플러렛이 그동안 또래 친구를 사귀지 못했다는 게 나는 못내 마음 아팠다. 고립은 나와 노마에게는 아무 문제가 되지 않았고, 어차피 우린 비밀을 나눌 친구가 필요한 시기를 훌쩍 넘긴 나이였다. 우리 어머니도 친구가 없기는 마찬가지였지만, 어머니는 평생 친구 따위는 바란 적이 없다. 어머니는 낯선 이들을 싫어했고, 그 결과 당연히, 태어날 때부터 아는 사람이나 스스로 낳은 극소수의 사람들과만 교류했다.

그나마 우리와 알고 지내던 그 소수의 사람들이 우리 가족에게 어떻게 아기가 새로 생겼는지 궁금해할까봐 우리는 도망치듯 브루클린에서 뉴저지로 이사왔다. 와이코프의 이웃들이 우리 가족에 관해 하나라도 알아내려고 어머니를 닦달하면, 어머니는 남편이 세상을 떠났다는 모호한 인상만 남겼다. 그걸로 충분히, 사십대 여자 혼자 다 큰 딸 둘과 장성한 아들(오빠 프랜시스는 현재 결혼해 호손에 살고 있다)과 갓난아기를 데리고 외딴 농장에서 사는 이유가 설명이 되었다.

플러렛은 내가 자기 언니라고 믿으며 컸다. 진실을 아는 사람은 오직 두 사람, 노마와 프랜시스뿐이다. 어릴 땐 그 비밀이 내게 엄청난 속박이었다. 그러나 최근 몇 년 새 우리는 어머니를 여의었고, 히스 보안관을 처음 만나게 된 납치 협박 사건을 겪었고, 바로 얼마 전 플러렛의 열여덟번째 생일까지 치렀다. 난생처음으로 세상 속에서 우리 스스로의 길을 찾고 있는 중인 것이다.

노마마저 새로운 길을 개척했다. 노마는 〈패터슨 이브닝 뉴스〉에 광고를 실어 '뉴저지 민간 업무 지원 전서구 파견 협회' 회원을 모집했다. 노마 본인이 창설한 이 조직의 명칭은 전적으로 그녀의 고리타분하고 뻣뻣한 상상력의 산물이다. 플러렛이 '패터슨 비둘기 애호가 모임'처럼 좀더 활기찬 이름을 제안했지만, 우리가 패터슨이 아니라 와이코프에 살고 있다는 이유로 퇴짜 맞았다. 그렇다면

'날개 달린 전령들'은 어떠냐고 하자 노마는 너무 신비주의로 들린다며 거절했고, 그다음으로 내 마음에 드는 이름인 '지능형 조류 협회'를 제안했을 땐 이에 대한 논평을 거부했다.

"이름은 우리가 하는 일을 설명하기만 하면 돼." 노마가 반박했다. "그리고 콘테스트용 사육자와 단순 애호가들 눈에 띌 만한 이름은 사양이야. 우리에겐 훨씬 더 중요한 임무가 있다고."

광고를 보고 스물다섯 통에 가까운 회신이 왔다. 그러나 신문에 이름이 노마 콥이 아니라 노먼 콥으로 잘못 인쇄되어, 결과적으로 모임을 이끄는 사람이 여자라는 것을 알게 된 남자들 몇 명이 떨어져나갔다. 노마가 협회 업무를 총괄한다는 것에는 의문의 여지가 있을 수 없었다. 노마는 스스로 회장 겸 서기를 맡았고, 다른 임원을 선출하거나 위원회를 구성할 필요성을 전혀 느끼지 않았다.

"이게 무슨 협회야?" 플러렛이 모든 요직에 노마의 이름이 단정히 적힌 회람용 안내문을 보고 한마디했다. "그냥 군대네, 언니가 통솔하는."

매주 토요일 새벽에 열네 명의 사람들이 비둘기를 바구니에 넣고 날려보낼 채비를 갖춰 우리집에 왔다. 모임에는 여자 회원이 여섯 명 있었다. (헛간에서 비둘기를 키우는 여자들이 버건 카운티에 그렇게 많을 줄은 꿈에도 몰랐다.) 그들 중 몇 명은 남자 형제 또는 아버지와 함께 왔다. 나머지는 비둘기 말고도 닭, 오리, 거위, 뿔닭, 칠면조 등등 싸게 키워 괜찮은 가격에 팔 수 있는 온갖 종류의 새를 키우는 농부들로 이루어졌다.

비둘기가 본능적으로 하는 일, 즉 멀리까지 옮겨진 뒤 곧장 집으로 날아가는 것을 실제로 훈련해본 경험이 있는 사람은 아무도 없었다. 모든 비둘기가 그런 본성을 타고났지만, 최근 노마는 비둘기가 알에서 깼을 때부터 체계적으로 훈련을 하면 더 높은 고도를 더 엄청난 속도로 날게 될 거라는 생각을 하게 됐고, 그러면 의사든 경찰이든 전화선이 닿지 않는 오지까지 전갈을 보내야 하는 사람들 누구나 더 유용하게 비둘기를 쓸 수 있을 거라고 확신했다.

노마와 플러렛이 저마다 자기 일에 몰두하는 것을 보니 마음이 놓였다. 프랜시스 오빠는 우리가 나름대로 삶을 꾸려갈 능력이 있다는 데 의문을 표하며 애를 태우곤 했지만, 이제는 체념하고 우리가 자신에게 얹혀살지 않을 거라는 사실을 받아들인 것 같았다. 오빠는 여전히 올케 베시가 만든 파이―이건 고맙기 그지없다―를 갖다주러 우리집에 들러서 마치 자기 것인 양 우리집 처마를 점검하고 헛간을 둘러본다. 이따금 우리가 쓰지 않고 이웃에 임대해준 방목지에 관해 묻기도 한다. 하지만 우리는 프랜시스의 우려에 아랑곳하지 않는다. 우리는 각자 알아서 잘살고 있고, 내 급여는 노마의 비둘기를 먹이고 플러렛의 리본과 단추를 사기에 충분할 만큼 넉넉하다.

그 급여를 계속 받을 수만 있다면.

플러렛은 벽난로 선반 위 작은 타원형 거울에 비친 제 모습을 감상하고 있었다. "내가 배역을 맡으면 언니들 둘 다 매일 저녁 공연 때 날 보러 와야 해. 우린 두 달 동안 연습해서 시월 하순에 무대에 오를 거야. 계획대로 순조롭게 된다면."

노마는 정말 겁에 질린 눈빛으로 신문 너머를 쳐다봤다. "난 대리인을 보낼게."

"안 오면 콘스턴스 언니한테 체포하라고 할 거야."

노마는 코웃음쳤다. "콘스턴스는 도망간 개 한 마리 체포할 권한
도 없어."

플러렛이 홱 돌아서서 허리에 손을 얹고 나를 내려다봤다. "사람
들을 체포할 권한이 없다면, 언니가 하는 일이 뭐야, 정확히?"

3

"여자 간수는 생전 처음 봐." 메리 리스코가 말했다.

"뉴어크에 한 명 있지 않아?" 마사 힉스가 물었다. 마사는 자신이 일하는 백화점에서 양말과 스타킹 등을 훔친 혐의로 체포됐다.

"아니, 뉴브런즈윅에도 없고 욘커스에도 없어."

"와, 여기저기 감옥 참 많이도 가봤네." 마사가 말했다.

"오래 있진 않아. 오래 있게 되면 내가 나갈 구멍을 찾아냈고."

메리 리스코는 뉴어크 시립 구치소에서 탈주해 해컨색까지 왔고, 여기서 시장 부인의 지갑에 손을 대다 붙잡혔다. 메리는 머리칼이 윤기나는 벌꿀색이고 코러스 걸처럼 생겼다. 그녀가 어떻게 그렇게 쉽게 감옥을 빠져나왔는지 대강 짐작이 갔다. 하지만 여자 간수는 그녀의 계산에 포함되지 않았을 거다.

메리는 내가 하는 일의 명칭을 정확히 알지 못했지만, 뭐 거의 비슷했다. 나는 교도관이었고, 교도관은 여자에게 완전히 합법적인 직업이자 히스 보안관이 나를 보안관보 자리에서 끌어내린 후속기사 말고 내게 제안할 수 있는 유일한 직책이었다. 나는 교도소 5층에 있는 여성 수감동을 책임졌고, 재소자는 보통 서너 명밖에 되지 않았다. 여자들은 대체로 남자들보다 처신이 얌전한 편이었고 문제를 일으키는 일은 거의 없었다. 나는 재소자들이 심심하지 않도록 계속 일거리를 만들어주고, 그들이 하는 일을 감독하고, 읽을 줄 모르는 사람들에게 글을 읽어주었다. 어지간히 일할 줄 아는 여자라면 누구나 할 수 있는 단순한 업무였다. 그리고 이 업무를 나는 당초 예상보다 더 오래 하는 중이었다.

인정하기 싫지만 노마의 말이 전적으로 옳았다. 한 달은 두 달로 늘어졌다. 시월 하순인데도 내겐 아직 배지가 없었다. 나에게는 이 도둑 아가씨 둘을 감방에서 내보내 바람을 좀 쐬게 해줄까 말까 결정할 권한은 있어도 애당초 이들을 체포할 권한은 없었고, 그래서 의기소침한 기분이었다.

나는 메리의 감방 문과 마사의 감방 문을 활짝 열었다. 겨우 어젯밤에 들어온 메리는 이번이 처음 감방 문을 나서는 것이었다. "낮에는 수감동을 걸어다니며 다리 스트레칭을 해도 돼요." 나는 메리에게 말했다. "뉴어크에서도 그렇게 해주던가요?"

메리는 눈썹을 치켜세울 뿐 대답하지 않았다. 두 여자는 동시에 감방을 나와 서로를 쳐다보았다. 여태 목소리로만 알던 사이였다. 마사는 입술이 얇고 폭이 좁은 코는 부러진 적이 있으며, 피아노 연주자처럼 자유롭게 움직이는 갸름한 손가락의 소유자였다. 나는 메리가 마사를 위아래로 훑어보며 이용해먹을 만한지 살피는 모양을 주시했다.

교도소의 여닫이창은 누구든 열쇠만 있으면 손잡이를 돌려 열 수 있는 구조였다. 손잡이를 반 바퀴 돌려 쇠창살이 허용하는 최대치까지 창을 열자 아래쪽 거리의 소음이 밀려들었다. 자동차의 부르릉 소리, 전차 종소리, 말에게 뭐라 뭐라 외치는 알아들을 수 없는 남자 말소리.

두 여자는 울타리를 사이에 두고 만나는 주부들처럼 창문가에 붙어 섰다. 상쾌한 가을바람이 불어왔고, 마사는 깊고 길게 숨을 들이마셨다. "아, 좋다."

"문명의 냄새지." 메리가 말했다.

재소자들은 해컨색 번화가에서 훅 풍겨오는 냄새를 신나게 들이마셨다. 가구점의 젖은 생목재 냄새, 메인 스트리트 뒤쪽에 있는 길고 낮은 제과점 건물에서 식당용 빵을 대량생산하는 냄새, 심지어 석탄더미 냄새와 푸덕푸덕 털털거리는 자동차 냄새까지.

그 냄새는 내 일상의 일부이기도 했다. 히스 보안관에게 채용된 후 나는 늘 여성 수감동의 책임자였고, 연락을 받고 출동하지 않을 때는 으레 여성 재소자들을 돌보았다. 그것을 껄끄럽게 생각한 적은 한 번도 없었고, 여자들이 올바른 대우를 받으려면 여자 교도관이 필요하다고 생각했다. 그러나 지금은 하는 일이 이것뿐인데다 구금중인 사람도 거의 없어서 하루하루가 늘어졌다.

나는 히스 보안관이 나를 보안관보로 임명했다가 항의를 받을까봐 미적거리며 법률적 방어 조치를 실행하지 않고 있는 건 아닌지 슬슬 의심스러워졌다. 그는 날마다 언론과 자유보유권자위원회의 새로운 비판에 직면했고, 거기에 굳이 하나를 더 얹을 필요는 없었다. 버건 카운티의 신참 여자 경찰이 남자를 체포했다거나 범죄자와 여자답지 못한 장면에 휘말렸다는 기사가 신문에 나서 아내한테 불호령을 들을까봐 두려워하는지도 몰랐다. 미시즈 히스는 남편의 진보적 신념을 탐탁지 않게 여겼고, 그 때문에 기자들의 비웃음을 사는 것도 좋아하지 않았다. 내게 배지를 주고 해컨색 거리에 내보내기 위해 치러야 하는 대가가 있을 것이다. 집안에서나 세간의 이목에 대해서나.

아니면 내가 일을 제대로 할 수 있는지 의구심을 품은 걸까? 그가 그렇게까지 말한 적은 없지만, 어쩌면 자신이 실수했다는 걸 인정하기 싫었는지도 모른다. 나는 우리가 함께 일했던 사건들을 연거푸 되짚어봤고, 내가 어디서 잘못했을까 고민했다. 나는 완력에서 뒤지지 않았고—보안관보들 중에서도 덩치가 좋은 편에 속했다—보안관은 내가 용의자들을 다루는 모습을 보아왔다. 그는 내가 겁에 질리거나 히스테리를 일으키지 않는다는 것을 확실히 알고 있다. 경험이 부족한 건 사실이지만, 일자리가 없는데 어디서 경험을 얻는단 말인가?

이런 걱정들로 내 정신은 점점 오염됐고, 특히 한가한 시간이 넘치니 더욱 심해졌다. 만약 뜨개질을 좋아했다면 겨우내 적십자는 목도리가 떨어질 일이 없었을 것이다. 그러는 대신 나는 마사와 메리가 창문턱에 팔꿈치를 얹고 유리창에 이마를 댄 채 뭔가 소곤소곤 음모를 꾸미는 모습을 지켜보며 그들에게 시킬 만한 도덕적으로 유익한 활동이 뭐가 있을까 고심했다.

그들 외에 내가 돌봐야 할 재소자는 고작 두 명이었다. 아이다 히긴스는 가족 간의 불화로 오빠 집에 불을 지른 혐의로 기소됐는데 우리는 아직 그 건을 해결하지 못했다. 아동 방치 혐의로 기소된 할머니는 손주들이 헛간에 갇혀 온통 이와 벼룩에 물어뜯긴 상태로 발견됐다. 할머니는 노망이 났고 정신이상일 가능성이 높았다. 종종 혼잣말로 중얼거리지만 우리에게는 한마디도 하지 않았다. 조만간 할머니에게서 뭐든 얘기를 끌어내지 못하면 십중팔구 할머니는 모리스 플레인스 정신병원에 수감되고 손주들은 영영 고아원에 남게 될 것이다.

할머니와 아이다는 둘 다 감방에서 조용히 코를 골며 자고 있었다. 하마터면 나도 졸 뻔했는데 히스 보안관이 계단 앞에서 나를 불렀다. 보안관은 여성 수감동에 들어오기 전에 자신이 왔음을 알리는 버릇이 있는데, 이전까지 여기 5층에서 일하던 교도관이 항상 남자였다는 걸 감안하면 좀 희한했다. 어쨌든 보안관은 시선을 발치에 두고 다소곳이 서 있었고, 나는 양해를 구하고 그를 보러 갔다.

보안관은 코트와 모자를 들고 있었다. "같이 가서 절 좀 도와주시죠. 가필드에 사는 한 여자분에게 문제가 생겼습니다."

그의 말투로 미루어 이 얘기가 재소자들 귀에 들어가지 않았으면 하는 눈치였다. 나는 마사와 메리를 감방으로 들여보냈다. "각자 방 청소 하세요." 나는 그들에게 지시했다.

"청소는 매일 하잖아요." 마사가 항의했다. "난 먼지 좀 벗삼아도 좋은데."

"담배 한 대 없을까, 응?" 메리가 내 등에 대고 소리쳤다. 그 말에 마사가 웃음을 터뜨렸다.

"뉴어크에서는 담배를 줍니까?" 내가 물었다.

"아니. 그래서 내가 나와야 했죠."

나는 자기들끼리 웃고 떠들게 두고 히스 보안관을 따라 계단을 내려가 차고로 갔다. 정비사가 이미 차량을 밖에 대기시켜놓았다.

"맬컴 애비뉴로 갑니다." 보안관은 나를 위해 문을 열어준 다음 빙 돌아 반대편으로 뛰어갔다. "집주인 여자가 세입자를 총으로 쐈어요."

"이유는요?" 내가 물었다.

"집세와 관련된 것 같습니다."

"내가 같이 가도 되는 거 맞아요?" 두 달 전 해럴드 미커를 체포한 후로 그와 함께 현장에 출동하는 건 처음이었다.

보안관은 핸들 앞에 앉아 모자챙 아래로 나를 봤다. "검사들이 내 보안국 운영 방식에 이래라저래라 하는 걸 내가 즐긴다고 생각합니까?"

"당신은 법을 집행하는 사람이에요. 법을 집행할 뿐 아니라 법을 지켜야 하는 사람이죠."

"이건 살인사건입니다. 여성이 총격 가해자로 지목된 올해 첫번째 사건이죠. 여자 보안관보라면 남자가 받아내지 못할 자백을 끌어낼 수 있을지도 모릅니다."

그는 내 의견을 묻지는 않았지만 나를 쳐다보며 기다렸다.

"그럴지도 모르죠."

"게다가 범인은 이미 체포됐습니다. 내 관할 재소자란 얘깁니다. 당신이 여성 재소자들을 맡고 있으니 가서 그 여자를 데려와야 하는 거고요. 그게 내가 이 일을 보는 시각입니다."

그렇다면 내게 맞는 일이다 싶어 더이상 군말하지 않았다. 무시무시한 범죄와 부딪칠 때 일렁이는 묘한 흥분이 내 속에서 피어올랐다. 체포된 여자, 쓰러진 희생자, 야단스러운 제목을 뽑아내는 기자들. 막 전속력으로 뛰쳐나가는 말에 올라탄 기분이었다. 내가 다시 활동을 개시한 것이다. 드디어.

맬컴 애비뉴와 클라크 스트리트가 만나는 모퉁이에 다다르자, 잔디밭에서 우리를 기다리는 경찰관 두 명 뒤로 벽돌로 지은 다 쓰러져가는 다가구 주택이 보였다. 2층 유리창 하나는 깨져서 판자로 막아놨다. 지붕에는 잡초가 자라 있었다. 과연 집세 때문에 사람이 총에 맞을 만한 곳으로 보였다.

현관 앞 계단에 고동색으로 물든 남자 신발이 피웅덩이 속에 놓여 있었다. 계단 주변의 토끼풀과 민들레도 피에 물들었다. 경찰관들은 허리에 손을 얹고 마치 찻잎 점이라도 읽어내듯 그 아수라장을 빤히 내려다보고 있었다. 그들 중 한 명인 스티븐스는 자원 방범대가 사격 연습용 라이플을 들고 짐수레 말을 타고 다니며 해컨색 치안을 맡았을 때부터 일해온 예순 살가량의 남자였다. 그와 같이 있는 젊은 경관은 만난 적이 없어서 새로 들어온 사람인가 했다.

"가해자는 어디 있습니까?" 히스 보안관이 물었다.

"지하실에서 수사관과 얘기하고 있습니다." 스티븐스가 말했다. "피해자는 방금 병원으로 이송됐고요."

"저건 피해자의 신발이겠지요." 보안관이 말했다. "아직 살아 있습니까?"

경관은 어깨를 으쓱했다. "조금 전까지는. 어깨를 맞았는데 피를 엄청 흘렸어요. 내 보기엔 가망 없을 것 같던데."

히스 보안관은 한숨을 내쉬고 내게 고갯짓을 했다. 나는 가방에서 수첩을 꺼냈다. 우리 감독하에 있는 동안 가해자가 자백할 수도 있으니 미리 준비해야 했다.

"피해자 이름이 어떻게 됩니까?" 내가 물었다.

"사베리오 살리노." 젊은 경찰이 말했다. "새로 온 속기사인가요?"

"이쪽은 미스 콥입니다." 히스 보안관이 말했다. "우리 교도소의 여자 교도관이죠."

"여자가 교도소에서 일한다고요? 감옥 안에서?"

스티븐스 경관이 끼어들었다. "이제 패터슨에는 여자 경찰관도 있어. 댄스홀을 관리하거나 뭐 그런 일을 하지. 시장님이 여자들 볼연지 보는 걸 싫어해서 여경이 손수건을 들고 돌아다니며 볼연지를 지운다니까."

"본론으로 돌아가도 될까요." 히스 보안관이 말했다.

"살리노는 미시즈 모나포와 함께 군수공장에서 일합니다." 스티븐스가 말했다. "미시즈 모나포는 거기서 일하는 청년들한테 방을 임대하고 있어요."

"총을 쏜 사람 말이죠?" 내가 말했다. "무나포?"

"모나포." 젊은 경관이 다시 말하며 철자를 불러주었다. "이름은 프로비덴차고요."

"스페인 사람입니까?" 보안관이 말했다.

스티븐스 경관이 어깨를 으쓱했다. "이탈리아 쪽일 것 같은데."

"거기서 벌어지는 전쟁이 싫다면서 여기 와서 총알과 폭탄을 만들고 있군." 히스 보안관이 말했다. "그 밖에 또 아는 건요?"

"그 여자 주장은, 살리노가 누이와 같이 살면서 추가 방세를 안 내려고 했다는 겁니다." 스티븐스가 말했다. "그걸로 싸움이 벌어졌고 살리노가 여자를 때리겠다고 위협했답니다. 그때 여자가 살리노를 쏜 거죠. 여자는 겁을 집어먹고 곧장 달려나가 전차에 올라 탔어요. 그랬다가 아마 생각을 바꾸고 돌아온 것 같습니다."

"돌아왔다고요? 왜?" 보안관이 말했다.

"달리 갈 데가 없었거나, 어찌됐든 범인으로 지목될 거라는 걸 알았겠죠. 여자가 돌아왔을 때쯤 살리노는 혼자서 계단까지 기어 나와 지나는 사람들한테 다 보이게 저기 누워 있었어요. 누가 보고 신고했고요."

"그 누이라는 사람은 어디 있습니까?" 히스 보안관이 물었다.

"누이라는 여자를 본 사람은 없어요."

"그 사람이 진짜로 누이인지 아닌지 어떻게 알죠?" 내가 물었다.

"누구 말입니까?" 젊은 경관이 말했다.

스티븐스가 경관의 팔을 주먹으로 쳤다. "누구겠냐? 그 누이라 는 여자가 진짜로 살리노의 누이인지 아니면 여자친구일 수도 있 는지 묻는 거잖아."

경관이 팔을 문질렀다. "거기까진 생각을 못했네요."

"넌 도무지 생각이란 걸 안 해." 스티븐스가 말했다.

히스 보안관은 안절부절못하는 것 같았다. "가서 우리 죄수를 만 나보는 게 좋겠군요. 지하실에 누가 같이 있습니까?"

"존 코터." 그렇게 말하며 스티븐스는 안됐다는 표정을 지었다.

히스 보안관은 계단 쪽으로 걸음을 옮기며 모자를 살짝 들었다. "우리가 알아서 하지요. 갑시다, 미스 콥."

해컨색 교도소에는 이런 말이 돈다. 평화를 지키기 위해 보안관 은 그에 못지않게 평화를 깰 수밖에 없다. 히스 보안관은 기질적으 로 친절하고 예의바른 사람인데도 뜻밖에 적이 많았다. 보안관으로 선출된 후 줄곧 그는 자신이 운영하게 될 새 교도소가 비싼 돈을 들여 엉망으로 지은 건물이라고 자유보유권자위원회를 비판했고, 재소자들의 건강관리를 두고 카운티 보건소 의사와 공개적으로 반목했으며, 존 코터 수사관의 태만과 과실을 언론에 폭로했다.

이 마지막 갈등에서 히스 보안관은 가장 비싼 대가를 치렀다. 사건이 재판을 거쳐 해결되는 것을 보려면 검찰청에 친구가 있어야 한다. 그러나 코터 수사관은 보안국과 관련된 그 어떤 수사에도 협조를 거부했고, 히스 보안관에게 불리하겠다 싶으면 어떻게든 증거를 잃어버리거나 재판 날짜를 놓쳤다.

내가 그들 사이 갈등의 원인 제공자였다. 코터 수사관이 우리 가족을 협박한 남자를 기소하기를 거부하자, 나는 그에 대한 불만을 언론에 터뜨렸다. 그때 이후 코터는 꾸준하고 집요하게 히스 보안관을 적대시했다. 나는 코터 수사관을 몇 달 동안 보지 못한 상태였고, 다시 보게 되길 고대하진 않았다.

보안관은 피해자의 신발과 핏자국을 피해 계단을 훌쩍 뛰어넘고는 내게 손을 내밀었다. 보통은 그런 제스처를 보면 도움 따위 필요 없다고 거절하는데, 이번엔 내가 뭐라 말하기도 전에 보안관이 내 팔뚝을 단단히 잡고 자기 쪽으로 끌어당겼다.

우리는 나무 패널을 두른 어두침침한 다가구 주택 출입구에 나란히 섰다. 오른쪽에는 2층으로 올라가는 계단이 있고, 왼쪽에는 응접실로 들어가는 문이 있었다. 변색된 놋쇠와 누런 유리로 덮인 낡은 가스등이 머리 위에서 흔들거렸다. 벽에 붙은 우편함에 각기 세입자 이름이 붙어 있었다. 사베리오 살리노의 방은 3층이었다. 모나포 부부는 지하실에 살았다.

나는 히스 보안관을 따라 복도 안쪽 끝까지 들어갔고, 거기 있는 좁은 문을 열자 임시변통으로 만든 계단통이 나왔다. 코터 수사관의 말소리가 들렸지만 아래쪽에는 빛이 없는 듯했다. 보안관이 나를 돌아보았다.

"저 아래가 보입니까?"

"당연하죠." 나한테 이렇게까지 신경 좀 쓰지 말아줬으면 좋겠다.

보안관은 잠시 발을 멈추고 존 코터의 말소리가 들리는 쪽으로 고개를 기울였다. "얘기는 내가 하는 게 낫겠군요."

"그러세요." 나는 그 남자에게 건넬 점잖은 단어가 단 하나도 떠오르지 않았다.

계단을 다 내려간 보안관은 문기둥을 똑똑 두드린 다음 대답을 기다리지도 않고 내가 본 중 가장 누추한 방에 들어섰다. 콘크리트 바닥에 러그 여러 장이 겹쳐 깔려 있었는데, 한번 버려진 것을 누군가가 쓰려고 쓰레기장에서 주워왔다가 다시 내던졌고 그것을 모나포 부부가 구해온 것 같았다. 쥐들이 클리블랜드 대통령* 취임 훨씬 전에 러그를 쏠아 구멍을 내고 루스벨트 대통령 재임기**에 다시 습격한 듯했다. 한때 붉고 흰 장미 무늬였던 듯한 벽지는, 기름 때와 뭔지 모를 오물과 담배 연기 때문에 생긴 지지 않는 누런색으로 얼룩덜룩했다.

안쪽에 보일러가 있는 이 커다란 통짜 방은 두서없는 가구들로 꽉 차 있었다. 좋은 것 하나 장만할 여유가 없는 사람들이 부서지

---

* 미국의 제22대(1885~1889), 24대(1893~1897) 대통령.

** 1901~1909년.

고 썩은 물건들을 손에 닿는 대로 그러모은 식이었다. 다리가 셋인 나무의자, 솜이 빠져나온 베개, 상판이 타 구멍난 테이블, 기둥이 거의 다 녹슬고 받침이 축 처진 철제 침대. 한쪽 구석에는 낡은 석탄 스토브와 싱크대로 쓰는 철제 여물통이 있었다. 상한 우유 냄새로 판단하건대 모나포 부부에게는 음식을 차게 보관할 방도가 없는 것 같았다. 또한 변기도 없으므로, 위층 화장실을 임차인들과 공동으로 썼거나 옥외 변소를 사용했을 것이다.

이 난장판 한가운데에 존 코터가 양손을 주머니에 넣고서 목도리와 누더기 한 무더기를 내려다보며 서 있었고, 그 천 무더기 속에 프로비덴차 모나포가 있었다. 그 두 사람 사이에, 맨바닥이 드러난 한 지점에, 또 핏물이 고여 있었다. 벌써 파리가 꼬이는 중이었다.

"범죄 현장은 이게 다였으면 좋겠네요." 내가 말했다.

수사관은 보안관이 와서 미시즈 모나포를 데려갈 줄은 알았어도 내가 올 줄은 몰랐던 모양이다. 그가 나를 알아보고 한 발짝 뒤로 물러났다.

"당신의 여성 친구분들은 집에 좀 계시라고 하면 안 될까, 보안관? 이건 공적인 문제라고."

"미스 콥은 해컨색 교도소의 교도관이야." 히스 보안관이 딱딱한 어조로 말했다. "이송해야 할 사람이 여자면 미스 콥도 같이 오지. 미시즈 모나포는 우리 교도소에 수감될 거잖아?"

그러나 코터 수사관은 계속 물고 늘어졌다. "당신이 교도소에 여자를 두고 바느질 모임을 하건 말건 내 알 바 아니지만, 이건 살인 사건이야. 난 보안관보를 불렀고."

작년에 나는 나를 화나게 한 남자를 벽에 패대기쳤다. 더는 그런 짓을 하지 않으려고 조심하는 중이지만, 코터 수사관에게는 한 대 패주고 싶은 뭔가가 있다. 보안관은 코터를 완전히 무시했고, 나도 똑같이 하려 애썼다.

나는 여자 앞에 무릎을 꿇고 앉았다. "미시즈 모나포, 우리는 사베리오 살리노에게 총을 쏜 혐의로 당신을 해컨색 교도소로 이송하려고 왔습니다. 가기 전에 할말 있으십니까?"

미시즈 모나포는 얼굴을 싸고 있던 목도리를 끌어내리고 나를 보았다. 생각했던 것보다 나이가 많았다. 주름지고 늘어진 턱살이 그녀가 움직일 때마다 출렁거렸고, 창백한 입술은 쪼글쪼글했다. 엉클어진 회색 머리칼이 앞이마로 내려와 눈을 가렸다.

"난 나를 지키려고 놈 쐈어." 공장에서 일하는 이민자들에게 흔한 이탈리아 억양의 영어였다. "그놈 나 때린다고, 죽인다고 협박했어. 그리고 내 남편은 무슨 일이 났는지 절대 모를 거라고 했어."

코터 수사관이 주머니 속 동전을 짤그랑거렸다. "당신 남편이 모르긴 해도 아내가 죽은 건 알아차릴 거요, 미시즈 모나포." 코터는 이민자들이 큰 소리로 외쳐야만 영어를 이해할 거라고 전제하고 목청 돋워 말하는 부류의 남자들 중 하나였다. "당신 남편이라는 작자의 소재를 알고 싶은데. 총에서 당신 지문이 안 나오면 남편 것도 한번 확인해보고 싶어질 테니까." 그는 코트 주머니를 가볍게 토닥였는데, 아마 그쯤에 총이 들었을 것이다.

프로비덴차 모나포는 힘없이 어깨를 으쓱했다. 히스 보안관이 내 등을 슬쩍 찔렀다. "여기 수사관은 당신의 진술을 들으러 온 거예요." 나는 한 단어 한 단어 또박또박 천천히 말했다. "살리노 씨는 병원에서 돌아가실지도 몰라요."

내가 미시즈 모나포에게 에둘러 전하려고 애쓴 것은, 만약 그녀가 살리노를 쐈다고 자백하면 그로써 살인을 자백하는 셈이 될 수도 있다는 점이었다. 히스 보안관에게 작년에 비슷한 사건이 있었는데 뒷맛이 영 개운치 않았다. 야간 경비원을 때린 남자가 경비원이 그 상해로 인해 죽었다는 것을 모른 채 폭행 사실을 자백했다. 결국 자백은 증거로 채택되지 않았다. 남자가 자신이 살인을 자백하고 있음을 모르고 진술했기 때문이었다. 남자는 금방 풀려났다. 히스 보안관은 미시즈 모나포를 같은 이유로 풀어주고 싶지 않았다.

내 경고는 중요하지 않은 듯했다. 미시즈 모나포는 떨리는 턱을 쭉 내밀고 말했다. "내가 쐈어. 놈 죽으면 땅에 묻겠지. 나 상관없어."

수사관은 씨익 웃고, 늘어진 콧수염을 씰룩이며 그녀의 진술을 혼잣말로 반복하고 휘갈겨 적었다. 그는 수첩을 덮고 고개를 주억거렸다. "거기 두 분이 이 자백에 대한 증인입니다. 그럼 미시즈 모나포와 즐겁게 잘 지내시길. 그쪽 교도소에 꽤나 오래 계실 것 같으니."

"그건 걱정 마시죠." 나는 중얼거리고 미시즈 모나포가 꽁꽁 싸매고 있는 지저분한 누더기 더미로 손을 뻗어 그녀의 한쪽 팔을 잡고 일으켰다. 미시즈 모나포는 키가 150센티미터 정도밖에 되지 않아 플러렛과 비슷했다. 미시즈 모나포는 자신을 굽어보는 나를 쳐다보며 낄낄거렸다.

"이러니 당신을 경찰 시켜줬겠지."

4

프로비덴차 모나포는 다리가 여섯 개 달린 온갖 종류의 초소형 재소자 수백을 같이 데려왔고, 다들 그녀의 살갗에 달라붙어 게걸스럽게 최후의 만찬을 삼켰다. 바로 그런 이유로 우리는 죄수용 입구를 별도로 마련해두었다. 입구로 들어가면 벽돌과 콘크리트로 이루어진 통로는 벽이 타일로 된 샤워실로 이어지고, 샤워실 안에 구비된 것이라고는 철제 의자와 철망 쓰레기통뿐이었다.

의자는 나를 위한 거다. 나는 샤워기 물이 닿지 않는 곳에 앉아 미시즈 모나포에게 옷을 벗고 뜨거운 물줄기 아래 서라고 지시했다. 다행히도 그녀는 내 말에 순순히 따랐다. 옷가지를 제거하기 위해 그녀와 몸싸움을 벌이는 건 사양이었다. 미시즈 모나포는 내가 그만해도 된다고 할 때까지 나프타 비누로 온몸을 문질러 씻었다. 그다음엔 그녀에게 수건과 병원 환자용 면직 가운을 건네며 내 의자에 앉으라고 했다. 그녀가 의자에 앉자, 나는 얼굴에 수건을 대고 있으라고 한 다음 수은 연고로 머리를 빗겼다. 그녀의 두피에 서식하는 끈질긴 거주자들이 떠밀려나왔고, 빗을 때 빠진 머리칼에 붙어 나온 것들은 알코올 단지로 보내졌다.

이 수은 연고를 쓰면 물집이 잘 생기기 때문에 나는 그녀를 도로 샤워기로, 비누와 뜨거운 물의 공격으로 또 한번 내몰았다. 그녀가 샤워를 마치자 석유계 오일로 그녀의 머리를 다시 한번 빗어 남은 밀항자들을 질식시켜 죽였다.

철망 쓰레기통은 미시즈 모나포의 옷을 넣는 용도이고, 곧장 밖으로 내보내 차고 뒤에서 소각한다. 환자용 가운과 수건은 그날 저녁에 바로 붕사를 푼 뜨거운 물에 넣는다. 나는 미시즈 모나포에게 새 속옷과 실내복, 기름 바른 머리에 쓸 헤어캡과 니트 슬리퍼를 지급했다. 그리고 아침에 좀더 돌아다니기 편한 옷을 찾아주겠다고 약속했다.

이것이 해컨색 교도소에 들어오는 모든 재소자가 겪는 입소 과정이다. 내게는 일상적인 일이 되었다. 솔직히 묘한 만족감을 느꼈다. 이 여자들이 범죄와 악행을 씻어내는 모습은 보지 못한다 해도, 그들의 불운과 고통까지 막아주진 못한다 해도, 최소한 해충을 없애주고 청결하고 조용한 침대에서 잠들게 해줄 수는 있었다. 교도소에 들어온 날 밤이 몇 년 만에 처음으로 이런저런 고민에서 해방되어 마음 편히 보내는 날인 사람들도 있었다.

그날 오후 미시즈 모나포는 거의 말을 하지 않았다. 처음엔 그냥 혼자 내버려두고, 그들 스스로 이야기를 털어놓으려 찾아올 때까지 기다리는 게 최선이었다. 나는 그녀를 우리 동 제일 끝에 있는 조용한 방에 넣고 당밀과 빵과 커피로 이루어진 평상시의 월요일 저녁식사를 갖다주었다. 점심으로 나왔던 양고기 스튜가 조금 남았길래 그것도 한 그릇 떠서 갖다주었다. 그녀는 미심쩍은 듯 킁킁 냄새를 맡았다.

"요리 좋아하나요, 미시즈 모나포?" 내가 물었다.

그녀는 내 쪽을 쳐다봤지만 대답은 하지 않았다.

"여기서는 재소자들이 직접 음식을 만들어요. 히스 보안관의 새로운 프로그램이죠. 우리 요리사는 원래 밤도둑 일로 생계를 유지했는데, 우리는 그가 스튜 요리와 칼질에 재능이 있다는 걸 발견했어요. 언젠가 당신이 여기 있는 사람들이 먹을 음식을 만들 수도 있어요."

미시즈 모나포는 눈만 껌벅일 뿐 아무 말도 하지 않았다. 깨끗한 면직 실내복을 입고 있어도 누더기를 잔뜩 두른 느낌이 났다. 여자들의 옛 삶의 자취는 몇 주씩 가기도 하고, 그 흔적을 완전히 지우지 못하는 사람도 있었다.

미시즈 모나포를 며칠 쉬게 하고 재소자 근로 프로그램에는 투입하지 않을 생각이다. 교도관으로서 나는 여자들의 업무를 감독했고, 사실 그 업무라는 게 요리와 빨래와 청소의 일상적 반복에 지나지 않았으므로 그들에겐 이미 익숙한 일이었다. 엉망진창인 삶에 질서를 부여함으로써 범죄자들의 정신을 갱생할 수 있다는 것이 히스 보안관과 뉴저지주 개혁 성향 보안관들의 신념이었다. 그 논리에 따르면 여자들이 범죄를 더 적게 저지르는 이유는 바로 그들의 일상이 집안 살림으로 쉴새없이 바쁘기 때문이었다.

그러나 우리 교도소에는 집에서 요리와 청소를 하면서도 용케 무시무시한 범죄를 저지를 시간을 찾아낸 여자들이 늘 한두 명쯤 있었다. 남편이 술에 취해 자는 동안 이불에 넣고 꿰맨 다음 빗자루로 두들겨팬 여자도 있었다. 시어머니한테 비소를 넣은 설탕을 몇 스푼씩 먹여 독살한 여자도 있었다. 자기 집에 불을 지른 여자도 있었다. 그들은 집을 나서지 않고도 얼마든지 그 모든 일을 해냈다.

총을 쏘거나 설탕에 독을 넣기 직전까지 늘 하던 일과 같은 잡무를 주는 게 그들의 인성을 교화하는 데 얼마나 도움이 될지 나는 확신할 수 없었다. 그보다는 강의를 듣게 하거나 장사를 배우게 하고 싶었지만 그 방면으로는 제공할 만한 것이 전무했다. 대신 나는 하루종일 그들을 바쁘게 돌렸고, 프로비덴차처럼 나이든 여자들만 예외적으로 오후에 누워서 눈을 쉬도록 허락했다. 그것이 내 평생 보아온 그 나이 또래 여자들에게 필요한 일이었다. 지금까지 온종일 서서 일했을 살찐 성인 여성에게서 잠깐의 오후 휴식을 빼앗는다고 무슨 득이 있을까 싶었다. 그리고 프로비덴차 모나포는 한평생 서서 일해온 사람으로 보였다.

나는 미시즈 모나포가 걸치고 있던 누더기를 차고 뒤쪽 소각장으로 갖고 나가서, 쌀쌀한 잿빛 하늘 아래 잠시 서 있었다. 증기난방 덕분에 겨울에도 교도소 꼭대기 층은 계절에 맞지 않게 따뜻했다. 해컨색강을 건너 불어오는 바람은 매서웠지만 내게는 바로 그게 필요했다. 나는 치마를 흔들어 털고 목깃을 느슨히 풀었다.

히스 가족의 관사에 방금 불이 켜졌다. 강을 마주보는 소박한 1층 공간에 보안관과 그의 아내 코딜리어, 두 아이가 살았고, 교도소에 오는 모든 차량과 재소자가 관사 앞 진입로를 통해 드나들었다. 살기에 쾌적한 장소일 리 없지만, 보안관은 필히 교도소 내에 거주하며 이십사 시간 지휘 감독해야 했다.

막 안으로 들어가려는데 토머스 잉글리시라는 이름의 젊은 보안관보가 쇠사슬에 묶인 남자를 데리고 모퉁이를 도는 게 보였다. 재소자를 데리고 교도소 옆에 위치한 법원에 갔다 돌아오는 길이 틀림없었다. 재소자들은 종종 공판을 받거나 항소를 하기 위해 법원에 갔다. 잉글리시는 재소자에 온 신경을 쏟느라 히스가에서 일하는 그레이스 밴혼이라는 아가씨가 관사에서 나와 러그를 터는 것을 미처 보지 못했다. 보안관보는 남자를 곧장 밴혼 쪽으로 데려가고 있었다.

다음 순간 벌어진 일을 보긴 했지만 막기에는 거리가 너무 멀었다. 재소자가 밴혼 쪽으로 몸을 돌리고 무슨 말인가 했고 밴혼은 비명을 지르며 러그를 떨어뜨렸다. 그녀는 집안으로 뛰어들어갔고 남자는 그녀를 쫓아가려 했다. 잉글리시 보안관보가 남자를 확실히 잡고 있었겠지만, 상황이 너무 아슬아슬해 보여서 나는 자갈 깔린 진입로를 달려가 재소자를 향해 손을 뻗었다. 남자를 잡으면서 내가 발을 헛디뎌 그를 덮치듯 넘어졌고, 그 바람에 보안관보까지 같이 쓰러지면서 셋 다 품위 있다고 보기 힘든 꼴로 한데 뭉쳐 바닥에 널브러졌다.

"저 아가씨한테 뭐라고 했지?" 나는 소리쳤다. 내 무릎은 남자의 등을 누르고 있었고 치마는 엉망으로 구겨졌다.

자갈에 얼굴이 처박힌 남자의 목소리는 힘이 없고 양철을 긁는 듯했다.

"프로일라인 콥, 마인 엥겔."[*]

나는 체중을 발뒤꿈치로 옮겨 실었다. 헤르만 알베르트 폰마테지우스, 유월부터 우리 교도소에서 복역중인 나이든 독일인이었다. 그는 학자풍의 위엄 있는 얼굴에 이마는 널찍하고 코는 깎아낸 듯 뾰족했고 강인한 턱 정가운데가 움푹 들어가 있었다. 금속테 안경을 썼는데 소란통에 안경이 비뚤게 걸렸다.

"나는 당신 천사가 아니야." 나는 그가 계속 나한테 독일어로 말하는 게 싫었다. 유럽의 상황은 날이 갈수록 심각해졌고, 카이저의 언어로 말하는 사람은 스파이나 반역 혐의로 체포될 수 있었다. 그러나 내가 프랑스어와 독일어를 쓰는 집안에서 자랐다는 걸 아는 히스 보안관은 이따금 나를 불러 통역을 부탁했고, 어느 날 내가 석탄 절도 혐의로 붙잡힌 늙은 철도 조차장 일꾼에게 독일어로 얘기하는 걸 본 다음부터 쭉 저 남자는 나를 자신의 절친한 친구처럼 생각했다.

폰마테지우스에게는 교활하고 사람을 조종하는 구석이 있었다. 어릴 때 어머니에게 배운 익숙하고 친밀한 언어로 내게 말을 걸면 나는 늘 약점을 노출한 듯한 기분이 들었다. 영어는 히스 보안관의 교도소에 속한 언어였고, 독일어는 우리집 식탁과 어머니의 낡은 침대, 그리고 계단 밑 창고에 속한 언어였다. 어릴 때 부모님이 당신들의 모국어인 독일어로 말다툼을 하면 노마와 나는 계단 밑 창고에 숨어서 들었다. 부모님은 우리집 지붕 아래에서 쓰이는 모든 언어를 우리가 이미 모조리 흡수했다는 것을 미처 알지 못했다.

비틀비틀 일어난 잉글리시 보안관보가 재소자의 어깨를 붙잡아 획 일으키며 말했다. "도대체 무슨 생각으로 우릴 덮친 거야? 당신

---

* '미스 콥, 나의 천사여'라는 뜻의 독일어.

은 저 위층 닭장에 있어야 하잖아요?" 보안국 사람들은 여성 수감동을 그렇게 불렀다. 여성 재소자 두세 명이 모이면 그건 암탉 잔치였다. 5층을 정식 명칭으로 부르는 사람은 히스 보안관과 모리스 보안관보뿐이었다.

나는 치마에서 자갈을 털어냈다. "이 남자가 저 아가씨한테 뭐라고 했죠?"

잉글리시 보안관보는 눈을 가늘게 뜨고 나를 노려보았다. 그는 말랐지만 탄탄한 체형의 청년으로, 선이 뚜렷하고 균형 잡힌 이목구비라 조금만 노력하면 잘생겨 보일 수 있었지만 화를 주체하지 못하면 잔인해 보였다. 갈색 눈은 무감하고 무표정해서 절대 속마음을 드러내지 않는 듯 거북한 느낌이었다. 자신감이 지나쳤고, 자신이 나나 다른 보안관보들은 말할 것도 없고 히스 보안관보다도 더 잘 안다고 확신했다.

"그건 나한테 맡기시죠." 잉글리시는 한 손으로 폰마테지우스의 수갑을 잡아당기고 다른 손으로 그의 등을 밀었다. "그리고 서커스 코끼리처럼 사람들을 밟고 다니지 않게 조심해요."

폰마테지우스가 빙그레 웃으며 어깨로 안경을 밀어올렸다. "나는 미스 밴혼과 그녀의 마음씨 좋은 오빠에게 안부를 전했을 뿐입니다. 여동생을 잘 돌봐주는 오빠죠." 그의 말소리는 가느다란 휘파람처럼 잇새로 울려나왔다. 잉글리시 보안관보는 말 한마디도 없이 그를 홱 잡아당겨 교도소 안으로 끌고 들어갔다.

이제야 알겠다. 폰마테지우스가 그레이스에 대해 뭔가를 알아냈고, 그걸 빌미로 그녀에게 겁을 주어 그녀를 통해 보안관 가족을 위협하려 했던 것이다. 재소자들 중에는 외부에 조력자가 있음을 과시하고 싶어하는 이들이 있었다. 우리가 그들에 대해 아는 것보다 자기네들이 우리에 대해 더 많은 것을 알고 있다고. 낡은 수법이었지만 아무래도 꺼림칙한 기분이 드는 건 어쩔 수 없었다.

폰마테지우스는 교도소 중앙의 원형 홀 위아래로 울리는 대화를 주의깊게 경청하는 버릇이 있었고, 들은 것은 전부 기억했다. 나는 일터에서 우리 가족에 대해 말하지 않도록 조심했지만, 그는 일주일 만에 노마와 플러렛의 이름을 알아냈고, 우리가 외진 시골에 산다는 것도 파악했다. 그는 히스 보안관의 가족에 대해서도 알고 있었고, 배짱 좋게도 일주일에 한 번씩 면회 오는 자신의 남동생 펠릭스를 시켜 미시즈 히스에게 꽃다발을 전달했다. "친애하는 코딜리어 귀하, 당신의 생일을 맞이하여 감사와 행운을 담아서. 당신의 친구이자 숭배자, 목사 겸 의사, 헤르만 알베르트 폰마테지우스 남작 드림."

미시즈 히스는, 아닌 게 아니라, 불과 이틀 전에 생일잔치를 했다. 꽃배달 때문에 너무 불안하고 심란해진 그녀는 아이들과 함께 친정으로 돌아가려 했다. 보안관이 오후 내내 아내를 설득해 겨우 붙잡아 앉혔다.

나는 보안관 관사의 현관문을 두드리고 그레이스를 불렀다. 그녀는 문을 빼꼼 열고 내다보더니 나를 응접실로 들였다. 그레이스는 의자에 풀썩 주저앉아 가슴 앞에서 팔짱을 끼고 턱을 목깃 속으로 집어넣었다. 열일곱 살이었지만 젖살이 빠지지 않은 볼은 아이처럼 통통했고 샐쭉한 작은 입은 아직 할말을 찾지 못한 것처럼 보였다. 머리는 양 갈래로 땋아 파란 리본으로 묶었다. 리본은 히스가의 아이들이 자꾸 잡아당겨 끝이 나달나달했다.

나는 그녀의 맞은편에 앉았다. "아까 그 늙은 남자 때문에 놀랐죠. 당신이 죄수들과 마주치는 일은 없어야 하는데. 내가 보안관에게 말씀드릴게요."

그레이스가 코를 훌쩍이며 말했다. "우리 오빠는 내가 여기서 일하는 걸 마뜩잖아했는데, 오빠 말이 맞는 것 같아요. 미시즈 히스는 이런 걸 어떻게 다 감내하시는지 모르겠어요."

나는 의자에 등을 기대고 응접실을 둘러보았다. 코딜리어 히스가 공작 깃털과 나비와 담홍색 장미로 꾸미지 않은 직물은 단 1인치도 찾아보기 힘들었다. 나는 항상 여자의 응접실에 있는 자수 작품의 양으로 그 여자의 불만지수를 읽어낼 수 있다고 생각했다. 이렇게 정신 사나운 수많은 자수 장식에 둘러싸여 앉아 있자니 마음이 착잡하고 뒤숭숭했다.

"미시즈 히스께서 아주 편안하게 꾸며놓으셨네요." 할 수 있는 점잖은 말은 그것밖에 없는 듯했다.

옆방에서 아기가 울었다. 다섯 살짜리 꼬마 윌리가 비칠비칠 문간에 나타나는 바람에 우리는 둘 다 일어섰다. 짙은 색 머리칼에 근엄한 눈의 윌리는 히스 보안관의 완벽한 미니어처였다. 윌리 뒤에서 우는 아기는 금빛 곱슬머리를 후광처럼 두른 여자아이로 엄마를 닮아 우아하고 좋은 집안에서 자란 태가 났다.

"윌리, 침대로 돌아가야지." 그레이스가 말했다. "엄마가 낮잠자라고 하셨어."

윌리는 그대로 서서 노란 잠옷 셔츠를 잡아당기며 물끄러미 우리를 쳐다봤다. 보통 나는 이 아이를 미시즈 히스가 오후에 법원을 가로질러 아이들을 공원에 데려갈 때나, 아이가 독립전쟁 시절의 장군 동상을 기어오를 때 먼발치에서 봤을 뿐이었다. 여자애의 경우엔 맑은 날 잔디밭에 앉아 풀을 쥐어뜯는 것 말고는 할일이 없었다. 교도소에는 정원이든 운동장이든 아이들이 놀 만한 장소가 전혀 없었다.

윌리가 소리 없이 두 팔을 벌렸다. 그레이스는 한숨을 내쉬고 아이를 안아올렸다. 그녀가 옆방으로 사라지자마자 현관에서 열쇠 짤랑거리는 소리가 들리더니 미시즈 히스가 들어왔다. 그녀는 모자와 코트를 벗느라 정신이 없어서 처음엔 나를 보지 못하다가, 고개를 들고는 도둑이라도 본 것처럼 놀라 소리를 질렀다.

"세상에 이게 무슨 일이죠?" 그녀의 한 손이 새처럼 날아가 드레스 목깃의 레이스를 움켜쥐었다. 미시즈 히스는 전통 있는 고급 레이스를 좋아했다. 그녀의 귀족 출신 영국인 할머니가 그 레이스들의 공급처인 듯했다.

나는 차분하고 위세 부리는 투로 들리길 바라며 말했다. "별일 아닙니다, 부인. 재소자 중 한 명이 그레이스가 잠깐 밖에 나왔을 때 그녀에게 소리를 질러서요. 그레이스가 놀라서 제가 같이 있어 줘야겠다고 생각했습니다."

"당신은 여성 수감동에 있어야 할 텐데요."

그레이스가 응접실로 돌아와 말했다. "미스 콥이 그걸 보고 바로 달려와주셨어요. 그 남자는 저한테 말을 걸면 안 되는 거잖아요."

"네 덕분에 깜짝 놀랐다, 그레이스." 히스 부인은 조용히 말하고, 한참 동안 마음을 진정시킨 후 귀걸이를 빼 테이블 위에 올려놓았다. "제법 분별 있는 아이인 줄 알았는데. 너를 본 다른 사람은 없니?"

그레이스는 어리둥절한 표정을 지었다. "저를 봐요? 밖에서요?"

"본 사람은 아무도 없습니다, 미시즈 히스." 내가 말했다.

미시즈 히스는 고용인 앞에서 절대 직설적으로 말하는 법이 없었지만, 법원 담당 기자가 어슬렁거리다 그 장면을 목격했을까봐 우려했다. 그녀는 언론사 사람들을 비정상적으로 무서워했고, 기자들이 교도소 주위에 수첩을 들고 숨어 있다고, 작은 말썽이라도 나면 보안관을 궁지에 몰려고 호시탐탐 기회를 노리고 있다고 믿었다.

"뭐, 그럼 이만 올라가셔도 돼요, 미스 콥." 미시즈 히스가 말했다.

이보다 더 나와 안 맞을 수는 없었다. 관사에서 교도소 복도로 통하는 문은 단단하고 묵직한 철문이어서 나는 온 체중을 실어 문을 열었다.

"그런데……"

나는 지친 몸짓으로 돌아서서 기다렸다. 미시즈 히스는 방금 생각났다는 듯 고개를 갸우뚱하고 입술을 샐쭉 내밀었다. "밤에는 다른 사람이 5층을 지키면 안 되나요? 당신은 돌아가야 할 집이 있다는 게 생각나서. 내가 좀 정신이 없긴 하지만, 작년에 남편이 그 집에서 상당한 시간을 보낸 것으로 아는데요, 당신이 그 남자들과 말썽이 났을 때."

그녀는 카메오*에 새겨질 법한 섬세하고 귀족적인 얼굴의 소유자였고, 그 이목구비를 이용해 상대방이 그녀 말의 행간을 착각하게 하는 표정을 짓는 법을 알았다. 나는 내가 현재 근무중이며, 보

---

* 원석이나 조개껍데기 등에 주로 여성의 옆얼굴을 돋을새김으로 조각한 장신구.

안국 직원답게 행동해야 한다는 것을 상기했다.

"네, 부인. 그런데 저희 집이 시골이어서 매일 저녁 퇴근하기엔 너무 멀어요. 낮이 점점 짧아지고 있어서 어두운 길을 한참 걸어가야 하고요. 히스 보안관님께서 여성 수감동의 감방 하나를 제가 쓰는 편이 낫겠다고 하셨습니다." 얼마 전에야 나는 내가 쓸 방에 램프와 퀼트 이불을 구비하고 책 몇 권과 잡지를 갖다두었다. 감방에서 밤을 처음 맞는 소매치기 소녀의 흐느낌, 통풍을 앓고 있고 방화가 취미인 외로운 여자의 숨죽인 기도, 아래층 남자들이 올려보내는 코웃음과 투덜거림과 웅얼거림의 교향악을 들으며 잠드는 것은 더이상 내게 별스럽지 않았다. 절대 평화롭다고는 말할 수 없지만, 익숙해지기는 했다.

내가 잘 곳에 대해 보안관과 의논했다는 말을 보안관의 아내에게 전하는 내 목소리에 몸서리가 쳐졌다. 그녀가 점점 벌게지는 내 목덜미를 보지 못하길 바랐다.

미시즈 히스는 눈썹을 치켜세웠다. "글쎄요. 이곳 지붕 아래 산다면 분명 많은 것을 보겠네요. 그래도 교도소에서 일어나는 어떤 소란도 입에 올려서는 안 된다는 건 기억하겠지요. 기자들이 당신을 아니까 물어볼 거예요."

여자가 기자들에게 알려지는 건 수치스럽다는 투였다. 내 경우에 비추어 보면 그녀의 말이 맞을지도 몰랐다. 신문에 자기 이름이 나오길 염원하는 사람들도 있지만, 나는 지금껏 범죄 기사에만 나왔으니까.

5

다음날 저녁 한 교도관이 나를 아래층으로 호출했다.

"보안관님이 밖에 계십니다, 미스 콥. 잠깐 얘기 좀 할 수 있느냐고 하시네요."

어차피 소등하려던 중이라, 나는 다들 잠자리에 든 것을 확인한 후 아래로 내려갔다. 히스 보안관은 지금 막 차를 몰고 들어와 차고에서 나를 기다리고 있었다. 오후 내내 비가 내려 교도소 앞길 곳곳이 웅덩이가 됐고 소규모 자갈 군도群島가 늘어서 있었다. 나는 웅덩이를 하나씩 건너뛰며 치마를 잡고 가급적 높이 들었지만 차고에 닿을 쯤엔 흠뻑 젖어버렸다.

보안관은 난로 옆에 서서 정비사와 이야기하는 중이었다. 나는 고개를 웅크리고 처마 밑에 들어가 익숙한 가죽냄새와 휘발유 냄새, 장작 연기와 땀냄새를 맡으며 숨을 골랐다.

"병원에 같이 가줬으면 해서요." 보안관이 말했다. "폰마테지우스가 독일어로 횡설수설하고 있습니다. 원래 통역을 해주는 독일 출신 간호사가 있는데, 하필 오늘 비번이라 연락이 닿지 않는다는 군요."

"폰마테지우스가 입원한 줄은 몰랐네요. 어디가 아프답니까?" 내가 넘어뜨렸을 때 갈비뼈가 부러진 건 아닌지 문득 걱정이 됐다.

보안관은 모자를 들어올리고 관자놀이께를 긁었다. "바로 그걸 당신이 우리한테 말해줬으면 하는 겁니다, 미스 콥. 열도 높고 땀도 나고 맥박이 약한데 의사들은 특별히 이상한 곳을 찾지 못했습니다. 그래서 퇴원시키려고 하니 갑자기 피를 토하고 독일어로 악을 쓰기 시작했어요."

"그 사람은 영어로도 말할 수 있는데요." 보안관과 함께 차에 타면서 내가 말했다. "영어도 완벽히 잘해요."

"그런데 영어로는 곧 죽어도 말을 안 합니다. 우리더러 자기한테 맞추라는 거죠. 나도 그게 마음에 들지 않지만, 그에게 중요한 할말이 있는 거라면 의사들이 퇴원시키기 전에 들어보고 싶습니다. 어제 그레이스와 그 일이 있고 나서 바로 입원했거든요." 우리는 진입로를 따라 내려갔고, 나는 추위에 못 이겨 코트 단추를 잠갔다.

"아픈 것 같지는 않았는데."

"그래도 모르는 일이니까요. 하루빨리 교도소 전담 의사가 생겨야 하는데." 히스 보안관은 혼잣말하듯 나직이 말했다. "재소자들에게 불공평한 일입니다. 갇혀 있는 사람들은 자기 힘으로 병원에 갈 수가 없잖아요. 우리한테 기대고 있는 거죠. 하지만 나는 사람들을 언제 병원에 데려가야 할지 판단할 능력이 없어요. 게다가 여기 들어오는 사람들은 다들 건막류가 있거나 이가 흔들리거나 통

풍에 시달리거나, 고열이 있든 무슨 다른 병이 있든 하여간 멀쩡한 사람이 없지요. 실질적으로 여긴 이미 병원이나 다름없습니다, 의사도 간호사도 약사도 없다 뿐이지. 재소자들이 여기 있는 동안만이라도 좀 치료해줘야 합니다. 그게 기독교인의 의무이기도 하고, 우리는 그들을 깨끗한 삶으로 인도할 가능성을 손에 쥐고 있으니까요. 샤워와 따뜻한 식사와 공부할 성경과 두 손을 부지런히 놀릴 일거리를 지급하는 것. 그게 범죄자를 시민으로 갱생하는 방법이죠. 지하 감옥에 가둔다고 될 일이 아닙니다."

히스 보안관은 과묵한 남자였지만 달변가였다. 나는 그의 옆얼굴을 찬찬히 훑어보았다. 이미 내 친오빠만큼이나 낯익은 얼굴이다. 삼십대 후반의 남자에게는 뭔가 감탄할 만한 구석이 있다는 생각이 들었다. 그는 뚜렷한 자기 의견을 가진 어른이면서 그것을 실행에 옮길 행동력도 있는 젊은이다.

"훌륭한 생각이에요." 내가 말했다. "그게 유권자들이 당신을 교도소를 책임질 사람으로 뽑은 이유겠죠."

"글쎄요. 코딜리어는 유권자들이 나를 뽑은 건 사람들을 구제하기 위해서가 아니라 단지 범죄자들을 눈에 안 보이는 곳으로 치우길 바라기 때문이라던데요. 게다가 그레이스의 그 일이 신문에 나는 바람에 아내의 심기가 별로 안 좋아요. 우리가 재소자들을 제대로 관리하지 못하는 것처럼 보일 거라더군요."

"그게 어떻게 신문에 났을까요? 본 사람이 없는데."

보안관은 어깨를 으쓱했다. "그레이스가 기자한테 얘기했거나, 그녀의 오빠가 그랬겠죠. 아내에게 너무 걱정하지 말라고 하긴 했는데. 재소자 한 명의 행실이 좀 나빴던 거예요. 기사로 쓸 가치가 없는 일이죠. 자기가 쓴 단어 개수당 돈을 받는 기자가 아닌 한."

비가 오는데도 메인 스트리트는 북적였고, 차량 흐름이 느렸다. 묵묵히 차를 타고 가다 마침내 나는 말을 꺼냈다. "폰마테지우스의 죄목이 뭐였죠? 당시에 그에 관한 기사를 봤을 텐데 통 기억이 안 나네요."

기억이 안 난다는 말은 사실이 아니었다. 사실 제대로 들은 적도 없었다. 꽤나 물의를 빚은 범죄였을 텐데 누구 하나 속시원히 설명해주지 않았다. 보안관도, 보안관보들도, 교도관들도 몇몇 재소자들의 경우엔 우리 교도소에 들어온 이유를 정확히 알려주지 않았다.

히스 보안관은 목청을 가다듬더니 내 쪽은 쳐다보지도 않고 말했다. "중대 범죄행위였습니다."

온 식구가 같이 보는 신문에 묘사하기에 너무 도리에 어긋나는 범죄를 넌지시 가리키는 언론 용어였다. 보안관이 그런 용어를 쓰는 건 처음 들었다. 아마 지금까지는 쓸 일이 없어서였을 것이다.

"러더퍼드에서 요양원을 운영했는데 거기서 일하던 청년 셋이 그를 고발했습니다."

"무슨 혐의로……"

그러나 보안관은 대답하지 않았다. "폰마테지우스는 그 어느 전공의 의사도 아닐 겁니다. 그가 자칭 목사이자 남작이라고 하는 건 아시죠. 놈은 자격이 있든 없든 직함을 모으는 것 같습니다. 뉴저지가 놈이 저지른 범죄의 피해를 입지 않아 다행입니다만, 한 해 동안 놈의 행각을 어떻게 견뎌야 할지 모르겠습니다."

"벌금을 못 냈나요?" 버건 카운티에서는 대부분의 범죄에 대해 벌금을 내지 않았을 때만 징역형을 선고한다.

"벌금형을 받았는데 돈이 없대요. 그의 요양원에 골동품과 그림이 잔뜩 있었다고 들었는데. 그것들이 어떻게 됐는지 모르겠군요." 보안관이 해준 말은 그것뿐이었다.

"뭐 어쨌든, 이렇게 다시 출동하니까 기분은 좋네요." 나는 슬쩍 떠봤다. "이게 나한테 내 예전 일을 돌려줄 방법을 찾았다는 뜻이면 좋겠는데요."

"교도관 일이 너무 지루합니까, 미스 콥?" 보안관은 앞유리 너머를 보기 위해 상체를 앞으로 내밀며 단도직입적으로 물었다. 비 때문에 앞이 보이지 않았다.

"그냥 이틀 새 두 번 출동해서 하는 말이에요. 그건 진전이죠. 난 분명 더 쓸모 있는 일을 할 수 있……"

"물론 그럴 거라고 나도 확신합니다." 이렇게 말하긴 했지만 그는 거의 듣고 있지 않았다. "무슨 일이지?"

해컨색병원은 붉은 벽돌과 철제 기둥으로 이루어진 위압적인 6층 건물이었다. 마차와 커다란 검은색 자동차들로 정면의 원형 진입로가 꽉 막혀 차를 댈 곳을 찾을 수 없었다. 간호사들이 자동차 사이로 뛰어다니며 운전사들에게 소리쳤지만 듣지 못한 운전사들은 경적만 울려댔다. 손전등 불빛 여러 개가 주변을 훑으며 어둠 속에서 깐닥깐닥 흔들렸다. 그 불빛에 사람들이 한 남자의 다리와 어깨를 붙잡고 들어서 옮기는 장면이 잠깐 눈에 들어왔다. 병원 입구는 전기 불빛이 환하게 들어왔지만, 출입구가 워낙 붐벼서 공황 상태인 사람들의 윤곽밖에 보이지 않았다.

잉글리시 보안관보가 우리를 기다리고 있었다. 그는 빗속으로 뛰쳐나와 차량들과 차 안에서 환자를 끌어내리려고 달려오는 의사들을 요리조리 피해 우리에게 왔다.

"철로에서 충돌사고가 있었답니다." 잉글리시가 보안관 쪽 창문으로 허리를 숙이고 말했다. 그의 시선이 힐긋 나를 스쳤다 멀어졌다. "뉴어크 외곽의 한 공장에서 이탈리아인을 잔뜩 실은 마차가 들어오다가 건널목에 그냥 진입했대요. 방금 여덟 명이 실려왔는데 부상자가 더 있는 것 같습니다."

잉글리시의 모자에서 빗방울이 떨어져 그의 코끝으로 흘렀다. 그는 지시를 기다리며 히스 보안관을 바라보았다. 뒤에서 경적이 빼액 울리더니 한 남자가 우리에게 길을 비키라고 고함을 질렀다.

"저 남자한테 가서 예의를 지키라고 하고, 병원에 볼일이 있으면 우회하라고 전하게." 보안관이 말했다. 보안관보는 달려갔다.

기다리는 동안 멀리서 천둥이 우르르 울렸다. 번개가 내리치며 하늘을 등진 거대한 병원 건물을 비췄다. 하지막 빛이 너무 약해서 굴뚝 하나만 잠깐 보이다 금세 다시 어둠에 묻혔다.

히스 보안관은 고개를 절레절레 흔들었다. "건널목마다 일일이 사람을 배치할 수도 없고." 그는 거의 혼잣말하듯 말했다. "사람들이 기적소리도 못 듣는다면 달리 뭘 어떻게 해야 하나."

잉글리시 보안관보가 다시 운전석 창문 쪽에 얼굴을 들이밀었다. "내가 남아서 여기 정리를 좀 거들어야겠군." 히스 보안관은 잉글리시에게 말했다. "자넨 미스 콥을 폰마테지우스에게 데려가도록."

그리고 내게 덧붙였다. "뭘 알아낼 수 있는지 서둘러 살펴봐요. 나도 곧 가겠습니다."

"뭘 알아내요?" 잉글리시 보안관보가 약간 성마르다 싶게 물었다.

히스 보안관은 한 팔을 들어 창문으로 마구 들이치는 비를 막았다. "일단 미스 콥을 안으로 데려가게!"

나는 코트 목깃을 올려 그러쥐었다. 보안관보와 나는 잔디밭 군데군데 팬 웅덩이를 피하고 부상자들을 안으로 옮기는 이송팀과 간호사들을 피해 빗속을 달렸다. 입구에서 환자의 탈골된 어깨를 맞추는 의사 뒤를 지나갈 땐 몸을 웅크려야 했다. 공장 노동자들 중 한 사람인 듯한 그 환자는 들것 위에 널브러져 있었다. 간호사한 명이 양다리를 잡고 또 한 사람이 환자의 오른쪽 팔을 잡았다. 의사가 왼팔을 움켜쥐고 막 잡아당기려는 찰나 우리가 그 뒤로 달려간 것이었다. 환자의 비명이 계단 위까지 울려퍼졌다.

1층의 아수라장을 뒤로하고 계단을 올라가자 2층은 다행히도 조용했다. 잉글리시 보안관보는 좁은 복도를 성큼성큼 걸어갔다. 복도를 따라 쭉 놓인 나무 벤치에는 아무도 없었다. 나는 서둘러 보안관보와 보조를 맞췄다. 각각의 병실 문마다 간호사들이 안을 들여다볼 수 있도록 작은 유리창이 나 있고 그 위에 금색 번호판이 붙어 있었다. 문은 모두 닫혀 있었다. 지저분한 갓을 쓴 전등이 머리 위에서 깜박였다.

"저 빌어먹을 폭풍 때문에 오늘밤 내내 여기 갇혀 있게 생겼군." 잉글리시가 말했다.

복도 끝에서 모퉁이를 돌자 간호사 한 명이 데스크 앞에 앉아 있었다. "죄수를 보러 온 미스 콥입니다." 보안관보가 말했다. "보안관님 지시예요."

간호사는 환자든 의사든 허튼소리를 하는 건 절대 용납하지 않는, 은회색 머리칼의 철벽같은 느낌의 여자였다. 그녀는 금속테 안경 너머로 나를 쳐다보며 말했다. "그럼 서두르시죠. 그리고 가급적 그를 데리고 나가세요. 그 침상은 곧 다른 환자가 써야 하니까."

우리는 모퉁이를 돌고 또다른 복도를 뛰듯이 지나 폰마테지우스의 병실로 향했다. 복도 끝에 키 큰 창문이 두 개 있었고, 한쪽 옆에 다른 통로로 이어지는 출입구가 있었다. 병원 잡역부 한 명이 죄수의 방 앞 철제 의자에 푹 고꾸라져 앉아 졸고 있었다.

토머스 잉글리시가 의자를 걷어차자 잡역부는 놀라서 벌떡 일어났다. "아래층에 내려가봐." 잉글리시가 말했다.

남자는 하품을 하며 눈을 가린 모래 빛깔의 머리칼을 쓸어넘겼다. "날 찾는 사람은 없는 것 같은데요."

"그럼 당신이 내려가서 일을 찾아야지." 잉글리시 보안관보는 이를 갈며 말했다. 그것만으로도 잡역부가 정신을 차리고 복도에 우리만 남겨둔 채 꽁무니를 빼기에 충분했다. "교도소에서 경비를 보면서 갇혀 있는 것보다 더 끔찍한 게 있다면." 잉글리시가 말했다. "오후 내내 이 병원에 틀어박혀 침대에서 일어나지도 못하는 놈이 침대에서 벗어나지 못하게 보초를 서는 거지. 여긴 뭐하러 왔어요?"

"히스 보안관님이 폰마테지우스와 얘기를 해보라고 해서요. 그다음엔 대기해야죠."

"어제도 그놈하고 얘기하고 거의 숨넘어갈 정도로 넘어뜨렸으면서."

"당신이 독일어를 할 수 있다면 직접 통역하면 될 텐데."

잉글리시는 뒤돌아서더니 바닥에 침을 뱉었다. "독일놈들은 배에 태워서 고향으로 보내버려야 해. 이게 무슨 시간 낭비인지. 내

가 할 일은 저 밑에서 부상자들을 이송하는 거지, 늙고 병든 노인
과 보안관의 여자 친구 주위에서 어슬렁거리는 게 아닌데."

"그럼 내려가든가."

말다툼에 휘말릴 생각은 없었다. 히스 보안관은 이런 녀석한테
배지와 총을 주면 안 되었다. 이 녀석은 준비가 되지 않았다. 이런
철없는 젊은이들은 이미 캐나다군에 입대해 몰래 프랑스로 들어갔
고, 사람한테 너무나도 총을 쏘고 싶은 나머지 기꺼이 다른 나라에
충성을 맹세했다. 그러나 전장에서 제일 먼저 총에 맞아 죽는 건
이런 성급하고 부주의한 녀석들이다.

"하지만 당신은 여성 수감동 담당이야. 남자 재소자를 지키는 일
은 못하지." 잉글리시는 흔히 남자애들이 비웃는 식으로 이죽거리
며 노래하듯 읊었다. "보안관님이 탐탁지 않아하실 텐데."

"보안관님은 신경쓰지 않을걸. 내려가기나 해." 내가 말했다.

잉글리시는 나를 위아래로 훑어본 다음 폰마테지우스의 병실 문
을 힐끔거렸다. 잔뜩 인상을 쓰고 수지타산을 맞춰보는 표정이었
다. "좋아. 놈은 당신이 알아서 하쇼."

그는 발뒤꿈치를 축으로 빙그르 돌아 성큼성큼 걸어갔고, 때맞
춰 우박이 유리창을 때리면서 복도 끝 창문이 덜컹거렸다. 곧이어
천둥이 또 한번 낮게 우르릉거리고, 전등불이 깜박였다. 잉글리시
는 뛰기 시작했고, 모퉁이를 돌기 전에 딱 한 번 힐긋 뒤를 돌아보
고는 사라졌다.

마침내 나는 천천히 병실 문을 열고 안을 들여다보았다. 폰마테
지우스는 철제 침대에 똑바로 누워 있었다. 그는 벽장보다 넓을 것
도 없는 창문 없는 방에 갇혀 있었다. 정신이상자나 전염성이 매우

높은 환자, 또는 교도소에서 온 범죄자들에게 배정되는 병실이었다. 테이블도 없고 의자도 없다. 벽에 옷 한 벌이 걸려 있었다. 모직 담요는 걷어찼는지 바닥에 떨어져 있었다.

문이 좀더 열려 널찍한 빛줄기가 침대 위를 비추자 폰마테지우스는 눈을 뜨고 내 쪽으로 휙 시선을 돌렸다. 그는 고개도 움직이지 않고 입꼬리만 움직여 말했다. "이히 빈 제어 슈바흐 아우프 덴 바이넨 운트 에스 치이트 지히 비스 인 디 슐테른 호흐. 이히 에르트라게 다스 니히트 메어 랑에."

그는 증상을 장황하게 늘어놓았다. 다리를 움직일 수가 없고, 어깨도 뭔가 이상하고, 더 오래 살지 못할 것 같단다. 주문처럼 묘한 웅얼거림이 계속됐다. 발가락은 마비된 지 오래고, 발목에 피가 통하지 않고, 입술이 마르고, 손가락에 감각이 없다.

나는 좀더 잘 보기 위해 침대 위로 허리를 숙이면서도, 신중하게 손이 닿지 않는 거리를 유지했다. 그는 그치지 않고 입술을 달싹였고 미친듯이 눈알을 굴렸다. 고무호스에서 물이 새는 것처럼 이마에서 땀방울이 솟았다. 입가에 갈색 타르 같은 것이 흘렀고, 베갯잇에 대고 기침을 했던 자리에도 피가 묻어 있었다.

"진트 지 두르스티히?"* 나는 물었다. 주문 같은 웅얼거림도 미친 듯한 눈알 굴림도 그치지 않았지만 그는 작게 고개를 끄덕였다. 나는 유리컵이 없나 주위를 둘러봤다. 아무것도 보이지 않았다.

"잠깐 나가서 마실 물을 가져올게요." 나는 그에게 말했다. "의사들은 당신한테서 아무런 이상도 발견하지 못했어요. 당신 생각

---

* '목 말라요?'라는 뜻.

엔 뭐가 문제인 것 같아요? 나한테 말하지 않으면 교도소로 돌아가야 할 겁니다."

그의 눈알이 위로 올라가더니 흰자만 보였고, 작은 반달 같은 흰자는 붉게 충혈되어 거미줄처럼 실금이 간 도자기 같았다. 그는 오한이 드는지 이를 딱딱 맞부딪쳤다. 이어서 팔다리가 축 늘어지고 눈꺼풀이 감겼다.

나는 보안관이 올 때까지 그를 계속 깨워놓고 얘기를 해서 뭔가 알아내고 싶었다. 그래서 침대 옆에 무릎을 꿇고 앉아 나직이 물었다. "어떤 치료를 받으면 좀 낫겠어요?"

"에스 이스트 추 슈파트." 치료하기엔 너무 늦었단다.

나는 쭈그려 앉은 채 흐릿한 불빛 아래 그가 숨쉬는 모습을 지켜보았다. 그는 얕은 숨을 긴 간격으로 쉬었고, 호흡이 중간중간 상당히 오래 끊겨서 계속 숨을 쉬는지 아닌지 알 수가 없었다. 그럴 듯하게 차려입던 때의 그는 은색 콧수염을 단정히 길렀는데, 병원에서 누가 수염을 대충 밀어버리고 머리칼도 눈을 가리지 않게 잘라버렸다. 하룻밤 새 십 년은 더 늙어 보였다.

그르렁거리던 가래는 고통스러운 기침으로 바뀌었고, 금방이라도 발작을 일으킬 것 같았다. "물을 좀 마셔야 할 텐데." 내가 말했다. "금방 다녀올게요."

나는 인기척 없는 복도로 나왔다. 둘러봐도 싱크대나 식수대가 보이지 않았다. 나가서 찾아볼 엄두는 나지 않았다. 폰마테지우스의 병실 문에는 평범한 유리 손잡이가 달렸고, 그 밑에 열쇠 구멍이 있긴 했지만 열쇠는 없었다. 잉글리시도 열쇠에 대해선 아무 말도 하지 않았다. 간호사실 너머에서 누군가 계단을 내려가는 소리가 들리긴 했지만, 아래층에 상태가 심각한 환자들이 그렇게 많은데 물 한 잔 때문에 그들을 부르는 건 좋은 생각이 아닌 듯했다.

병실로 되돌아가니 폰마테지우스가 어느새 일어나서 한쪽 맨발을 바닥에 내려놓고 있었다. 그는 나를 쳐다보고는 한 손으로 목을 잡고 숨을 쉬려고 헐떡였다. 방안에 묘하게 그림자가 져서 그렇게 보였을 수도 있지만, 그의 얼굴이 약간은 푸른빛을 띄었다고 맹세할 수 있다.

"되도록 움직이지 마요." 나는 손으로 그의 가슴팍을 밀어 도로 침대에 누였다. "숨쉬어요. 금방 사람을 데려오겠습니다."

그의 탁한 숨이 쌕쌕거리는 상태로 접어든 듯했다. 나는 도움이 될 만한 사람을 찾기 위해 다시 문가로 나왔고, 그에 답이라도 하듯 밖에서 곧바로 덜거덕 소리와 함께 여러 명의 발소리가 들렸다. 간호사와 의사들이 카트 두 개를 밀며 급히 달려갔다. 나는 감히 그들을 세우지 못했고, 그들은 모퉁이를 돌아 사라졌다. 복도 끝 창문 밖 아래쪽 거리에서 더욱 떠들썩한 소란이 일었다. 나는 병실 문을 닫고 나와 무슨 일인지 더 잘 보기 위해 창문가로 달려갔다.

아래 펼쳐진 광경은 전쟁터를 방불케 했다. 병원의 원형 진입로는 마차에 단단히 묶인 채 신경이 곤두선 말들과 자동차들이 잔뜩 뒤엉켜 극도로 혼잡했다. 사고 현장에서 최소한 열 명이 넘는 부상자가 더 도착한 게 분명했다. 병원 안으로 실려들어간 사람들도 있었지만, 그냥 풀밭에 눕히고 우산과 임시 천막으로 비가림을 한 사람들도 있었다. 간호사, 잡역부, 의사, 요리사, 청소부 할 것 없이 몽땅 밖에 나와서 인파를 뚫고 부상자들을 안으로 옮기기 위해 고군분투하고 있었다.

나는 길 건너편에 줄지어 늘어선 자동차들을 바라보다 보안관의 차를 발견했다. 보안관은 저 아래 어딘가에 있었고, 어둠 속에 떠다니는 검은 모자들 중 하나일 것이다. 위에서 보니, 떨어지는 빗줄기가 병원 창문에서 새어나간 빛을 받아 반짝였다.

폰마테지우스의 병실 문 앞에 돌아왔을 때 우레가 또다시 벽을 뒤흔들었고 불이 나갔다. 바깥에 있는 사람들 사이에 신음소리가 퍼졌다. 순전히 손전등과 촛불에만 의지해 움직여야 할 판이었다.

나는 죄수의 병실 문을 열었다. "남작? 전기가 다 나갔어요."

남작이 뭐라뭐라 웅얼거렸다. 침대에 누운 그의 모습을 확인하려고 허리를 숙였지만 당최 보이질 않아서 머뭇머뭇 한 팔을 내밀었다. 뼈만 앙상한 그의 무릎에 손이 닿는 바람에 그는 깜짝 놀랐고, 나도 얼른 뒤로 물러났다. 그래도 기침은 멎은 모양이었다.

"문 바로 앞에 있겠습니다." 나는 캄캄한 복도로 나와 섰다. 창문에서도 빛은 전혀 보이지 않았다. 그 말은 곧 가로등도 모두 꺼졌다는 뜻이었다. 내 보기엔 해컨색 전체가 정전이 된 듯했다.

복도 어딘가에서 금속 트레이가 철그렁 바닥에 떨어졌고, 간호사가 외쳤다. "먼저 가요! 내가 주울게요."

"놔둬요." 남자가 큰 소리로 대꾸했고, 두 사람은 황급히 달려가버렸다. 또 카트 한 대가 굴러오는 소리가 들리더니 사람들의 다급한 발소리가 따라왔다. 나는 문에 납작하게 붙어 서서 기다렸다. 몇 초에 한 번씩 하얀 유니폼을 입은 흐릿한 형체가 획획 지나갔고, 곧이어 창문 옆에 있는 문이 쾅 열리더니 카트 한 대가 더 나왔다.

남자의 무거운 발소리가 가까워지자 나는 물었다. "뭐가 어떻게 되어가는 겁니까?"

"아래층에서 수술 세 건이 진행중이고, 다리가 짓뭉개진 사람들이 차례를 기다리고 있죠." 남자는 걸음을 늦추지 않고 대답했고, 시커먼 형체는 쏜살같이 멀어졌다.

"뭔가 도울 일이 있나요?" 내가 소리쳤지만 쓸모없는 질문이었다. 누군가는 이 문을 지켜야 했고, 여기 그 일을 할 사람은 나뿐이었다.

천둥이 또 우르릉거렸고 곧이어 번개가 쳐서 복도가 몇 초간 환해졌다. 트레이가 떨어질 때 그 안에 있던 금속 기구들이 사방으로 흩어졌다. 병도 하나 깨져서 갈색 유리 파편이 바닥에 널려 있었다.

나는 복도로 달려나가 그것들을 전부 벤치 아래로 차넣었다. 번갯불이 사라지면서 병원이 다시 어둠에 잠기는 바람에 제대로 다치웠는지는 확신할 수 없었다. 간호사와 의사들이 우르르 달려가고 멀리 떨어진 병실에서 환자들이 울부짖는 동안, 나는 숨죽인 채꽤 오래 남작의 병실 문고리를 꽉 잡고 내 위치를 지켰다.

드디어 히스 보안관의 목소리가 간호사 데스크 쪽에서 들렸다. "이쪽입니다!" 내가 외쳤고, 그는 곧 모퉁이를 돌아나오며 손에 든 전등을 흔들었다.

"발밑을 조심해요." 내가 말했다. "정전된 다음에 엎어진 것들이 좀 있어요."

보안관은 불빛을 여기저기 비추며 가위와 붕대를 옆으로 차냈다. "아래층은 완전히 아수라장입니다. 잉글리시는 어디 있습니까?"

"당신을 돕는다고 내려갔는데요." 내가 말했다.

보안관은 숨을 헐떡였다. 코트 앞자락 이쪽 어깨에서 저쪽 어깨까지 길게 핏자국이 있었다. 모자는 어디로 갔는지 없었는데, 아마 소란통에 잃어버렸을 것이다. 그는 얼이 나간 표정이었고, 보안관의 그런 얼굴은 지금까지 한두 번밖에 보지 못했다.

"글쎄요, 잉글리시가 어디 있는지 모르겠군요." 보안관은 숨을 몰아쉬었다. "나는 죄수를 감시하라고 그를 이곳에 배치했어요. 자리를 떠나면 안 되지요. 아래에는 다른 보안관보들이 나와 있습니다."

"죄송합니다. 나는……"

"그건 됐고. 폰마테지우스는 어떻습니까?"

"쉬고 있어요. 다리에 문제가 있어서 움직일 수 없고 팔다리에 감각이 없다고 합니다. 기침도 심하게 했어요. 당신이 왔으니 나는 물을 좀 떠다 줘야겠어요."

사람들 발소리가 쿵쾅쿵쾅 우리 쪽으로 다가오자 보안관은 손전등을 들어 복도를 비췄다. 아기를 품에 안은 간호사, 붕대와 비품을 나르는 잡역부 두 명이었다. 간호사가 뛰어가면서 소리쳤다. "저 손전등을 빌려 쓰면 되겠네요."

"갖다드리겠습니다." 보안관이 말했다. 그가 내 쪽을 돌아보며 말했다. "잉글리시가 올 때까지 여기 있어요. 불이 언제 다시 들어올지 모르겠군요. 지금 사람을 불러 전선을 확인하고 있습니다."

"잘됐네요." 내가 말했다. "그 손전등을 갖고 가시기 전에 한 번만 더 남작을 들여다볼게요."

내 손은 여전히 문고리를 잡고 있었다. 나는 뒤로 돌아 문을 열었다. 보안관이 손전등을 치켜들었고, 우리는 멍하니 빈방을 들여다보았다.

6

"이 방이 아니야."

침상에 이불이 깔려 있지 않았다. 우리는 하얗고 파란 매트리스 커버를 응시했다. 바닥에 떨어진 이불도 없었고, 벽에 걸린 옷도 없었다.

여태 엉뚱한 문고리를 붙잡고 있었던 것이다. 폰마테지우스의 병실은 옆방이었다.

우리는 동시에 뒤로 돌아 옆방 문으로 달려갔다. 방문을 열기도 전에 나는 방이 비어 있으리라는 걸 알았고, 실제로 비어 있었다. 다만 침대 위에 이불과 환자복이 널브러져 있다는 점이 달랐다. 빈 방을 보고 그토록 경악한 것은 처음이었다.

히스 보안관은 손전등을 높이 들어 인기척 없는 복도를 위아래로 훑었다. "아무것도 못 봤습니까?"

"전혀요! 난…… 당연히 못 봤죠. 봤더라면 막았을 거예요."

"다른 방들을 확인해봅시다."

나는 복도 끝에서 시작해 문을 하나하나 열어젖혔다. 모두 빈 병실이었다. 폰마테지우스의 흔적은 어디에도 없었다. 보안관이 반대편 끝에서부터 방들을 확인하는 동안 나는 다시 폰마테지우스의 방으로 들어갔다. 이불과 환자복을 털어보고 침대 시트를 잡아당겨서 벗겼다. 놈이 종이쪽지라든가 단추라든가 하여간 뭐라도 흘렸을지 모른다는 생각에 허리를 숙이고 방안 구석구석을 살폈다. 그러나 폰마테지우스는 주도면밀했고 재빨랐다. 내가 그의 상태를 확인하러 들를 때마다 그는 적당한 때를 엿보며 착실히 준비하고 있었을 것이다. 내가 들어올까봐 이불 속에서 몰래 옷을 갈아입는 그의 모습이 이제야 그려진다. 트레이가 엎어지고 깨진 유리를 치우러 달려가는 내 발소리를 들었을 때, 놈은 기회를 놓치지 않았을 것이다.

놈은 아무런 흔적도 남기지 않았다. 나는 매트리스를 뒤엎고 침대 밑을 살폈다. 먼지 속에 놈의 흔적이 남기라도 한 듯 마룻바닥의 홈을 손가락으로 더듬었다.

히스 보안관과 나는 다시 복도에서 마주쳤다.

"사라졌어." 나는 걸쭉한 공포를 목구멍 속으로 꾸역꾸역 누르며 말했다. 이마에 식은땀이 맺혔다. "1층을 수색하겠습니다. 혹시라도……"

그러나 보안관은 이미 뒤돌아 달리고 있었다. "그냥 여기 있어요."

그의 뒤를 쫓아가야 했지만, 망연자실한 나는 그 자리에서 꼼짝할 수 없었다. 보안관이 계단을 뛰어내려가 보안관보들을 불러모으는 소리가 들렸다. 그때 전기가 들어왔고 나는 그 눈부신 불빛 아래서 내가 저지른 끔찍한 진실을 두 눈으로 똑똑히 볼 수밖에 없었다. 아무도 없는 새하얀 복도, 방마다 활짝 열린 문은 아무것도 알려주지 않았다.

보안관은 아래층에서 수색대를 조직하고 있을 것이다. 빈방 앞에서 대기해봤자 아무 소용 없다. 나는 복도 끝으로 걸어갔고, 모리스 보안관보가 거기 데스크 앞에서 간호사와 조용히 얘기를 나누고 있었다. 내가 모퉁이를 돌아나오자 둘 다 고개를 들었다. 간호사가 뭔가 말하려 했지만 모리스는 고개를 젓고 내 쪽으로 걸어왔다.

그렇다면 내 운명을 손에 쥔 사람은 모리스라는 얘기다. 나는 그 자리에 서서 기다렸다.

그의 얼굴을 똑바로 볼 수가 없었다. 내 시선은 그의 발에 고정됐다. 그가 내게 다가오기까지 스물아홉 걸음. 내 앞에 선 모리스 보안관보는 최대한 나직하고 상냥하게 말했다.

"보안관님께서 택시를 잡아드리라고 하셨습니다."

집안은 어두웠지만 동생들은 이제 막 잠자리에 든 게 분명했다. 새카맣게 탄 장작의 잔해가 아직도 벽난로 받침쇠에서 조용히 타들어가고 있었다. 나는 힘없이 거실을 가로지르다 뭔가를 쳐서 넘어뜨렸다. 하드보드지와 종이반죽으로 만든 무대용 소도구 같은 거였다. 위층 마룻바닥이 삐걱거리더니 노마가 큰 소리로 말했다.

"이 시간에 집에 와서 뭘 하는 거야?"

"들어가서 자." 노마한테 얘기하는 건 내 자존심이 용납하지 않았다.

노마는 플란넬 잠옷 차림에 맨발로 내려왔다. "무슨 일이야?" 노마가 계단을 다 내려와 팔짱을 끼고 섰다. "얼굴이 아주 볼만한데. 히스 보안관이 언니한테 같이 달아나자고 했다고는 하지 말아 줬으면 좋겠어. 보안관이 언니를 아주 이상한 눈빛으로 보던데. 그 사람 머릿속에 무슨 생각이 들었는지 궁금해. 만약 그 사람 말을 수락했다면 내가 당장 가서……"

"노마, 그만해!" 나는 플러렛이 거실 한가운데에 놔둔 종이와 천 뭉치가 치마에 들러붙는 바람에 그것들을 떼어내리려고 애를 쓰는 중이었다. 그애가 여기다 인조 모피 같은 걸 붙여놨다. 여우나 늑대를 만들려는 모양이었나보다.

"그럼 뭐가 문젠데?"

"뭐가 문제냐고?" 나는 그 물건을 불만스럽게 발로 차버렸다.

"아무것도, 드디어 교도소에서 벗어나 실컷 보안관보 업무를 하고 배지를 받을 희망이 좀 보이나 싶었는데 하필 웬 미친 독일 노인네가 탈출을 해버렸고, 그게 내 잘못이고 내가 다 망쳐버렸다는 것만 빼면."

"언니가 양치기 개를 짓밟았어." 노마가 바닥에서 플러렛이 만든 소도구의 잔해를 치우며 말했다. 그리고 소파에서 스웨터를 집어 제 어깨에 둘렀다. "배지를 받을 거라고?"

위층에서 문이 쾅 열리더니 플러렛이 소리쳤다. "무슨 일이야?"

"양치기 개가 작은 사고를 당했어." 노마가 대꾸했다.

"그건 염소야." 곧 플러렛까지 아래층에 등장해 자기 창작물의 잔해를 목격했다. 붉은 일본 비단 숄을 걸쳤는데, 금색 장식술이 발치까지 늘어져 무척 비싼 피아노 덮개를 연상시켰다.

"미안, 어두워서 안 보였어." 내가 말했다.

"나한테 보상해야 할 거야." 플러렛은 허리를 숙이고 염소 머리의 남은 일부를 가볍게 토닥였다. 염소의 두 눈은 단추였고, 플러렛은 위태롭게 대롱거리는 단추 하나를 획 잡아뜯었다. 그리고 다시 나를 쳐다보았다.

"왜 한밤중에 집에 와서 노인네가 어쨌다느니 소릴 지르고 있어?"

나는 모자를 걸고 어깨를 움츠려 코트를 벗으려다 얼마나 추운지 깨닫고 마음을 고쳐먹었다. "신경쓰지 마."

"콘스턴스가 직장에서 있었던 불쾌한 일에 관해 얘기하던 중이었어." 노마가 말했다.

"언니는 교도소에서 일하잖아!" 플러렛이 말했다. "당연히 불쾌하지."

"내가 하려던 말은," 내가 꽥 소리를 지르는 바람에 둘 다 한 발 뒤로 주춤 물러났다. "오늘밤에 내가 재소자를 놓쳐서 놈이 탈출했다는 거야."

"설마!" 플러렛이 헉하고 숨을 들이켰다.

"언니가 놓친 게 아니야." 노마가 말했다.

"내가 놓쳤어."

"하지만 언니 잘못이 아니야." 노마가 말했다. "언니한테는 잘못을 저지를 만큼 충분한 권한이 주어지지 않았어."

"나도 그게 사실이었으면 좋겠다."

"히스 보안관이 책임을 져야 해." 노마가 말을 이었다. "아니면 우리가 맘에 들어하지 않는 그 수사관이나. 그 남자 이름이 뭐더라?" 노마의 주머니에서 종이 바스락거리는 소리가 났고, 나는 노마가 적을 준비를 하는가보다 했다.

"딴사람들 탓할 거 없어. 내가 병원에서 재소자를 감시하고 있었고, 전기가 나가 혼란스러운 틈을 타 놈이 탈출했어. 내가 저지를 수 있는 최악의 일이야."

동생들은 나를 빤히 쳐다봤다. 나는 시선을 내 발치에 고정했다. 너무 멀어 보여 누군가 딴사람의 발 같았다.

마침내 노마가 목청을 가다듬었다. "뭐, 사실 그건 언니가 저지를 수 있는 최악의 일은 아니야. 교도소가 화재로 소실되기도 하니까. 작년에 토론토에서 있었던 화재는 한 교도관이 버린 담배꽁초에서 시작됐는데 바닥에 있던 매트리스에서……"

"고맙다, 노마." 나는 의자에 털썩 주저앉았다. "덕분에 마음이 좀 가벼워졌어. 죄수 한 명 놓치는 게 교도소를 깡그리 태우는 것보다야 훨씬 낫지."

"지금 이 순간 히스 보안관은 그렇게 생각하지 않겠지만." 노마는 내가 앉은 의자 팔걸이에 엉덩이를 걸쳤다.

"당연히 아니겠지. 곧장 나를 집으로 돌려보냈는걸. 심지어 본인이 직접 말하지도 않았어. 모리스를 시켰지."

"모리스 씨가 여기 왔어? 그런데 안으로 들어오라고도 안 했단 말이야?" 플러렛은 그가 벌써 가버렸는지 보려고 창가로 뛰어갔다.

"집까지 안 왔어." 나는 힘없이 말했다. "거치적거리지 않게 나를 택시에 태워서 보내버렸을 뿐이야."

나는 더이상 동생들의 얘기를 참고 들을 수가 없었다. 팔걸이에 앉은 노마를 밀쳐내고 계단을 올라 위층의 내 방으로 갔다.

"히스 보안관은 언니를 집으로 돌려보낼 명분이 없어." 노마가 나를 따라 올라오며 말했다. "비록 이번 사건의 경우, 한 가지……"

"내일 하자." 나는 방문을 쾅 닫았다.

7

"콘스턴스!"

노마가 내 방문을 마구 두들기고 있었다.

"일어났어?"

노마가 다시 한번, 이번에는 더욱 세게 두들기며 큰 소리로 말했다. "내 말 안 들려? 히스 보안관이 밖에 와 있어."

나는 담요를 어깨에 두르고 창가로 갔다. 보안관이 우리집 진입로에 차를 세우고 그 옆에 서서 플러렛과 이야기하고 있었다.

노마가 작업용 코트와 장화 차림으로 들어왔다. 노마는 늦잠을 용납하지 않았고, 내가 그 사실을 알도록 얼굴에 표정을 드러냈다.

"밤새 근무했대. 언니도 보안관하고 같이 철야를 해야 했어."

"그 사람이 나를 집으로 보냈는걸." 나는 보안관의 모자 꼭대기를 내려다보며 말했다. 그는 두 손을 주머니에 넣은 채 플러렛이 하는 말을 잘 들으려고 허리를 약간 숙이고 있었다.

노마가 창가에 있는 내 옆에 와서 섰다. "보안관이 여기 와서 잘 됐어, 언니가 해야 할 일에 관해 내가 마음을 굳힌 게 있는데, 이제 언니가 내려가서 그 얘길 하면 되겠네."

노마는 그게 뭔지 내가 묻기를 기다렸다. 나는 묻지 않았다.

"언니가 그 독일 노인네를 맡고 있었던 거면 언니가 직접 놈을 찾아서 잡아와야 한다는 게 내 결론이야. 언니가 말썽의 원인이라면 왜 방구석에 틀어박혀 있는 건데?"

평생 직장에서 일해본 적 없는 노마는 비둘기를 데리고 나갈 때를 빼면 바깥출입은 거의 하지 않았다. 그런 노마가 지금 나한테 밖에 나가서 탈주자를 추적하라고 얘기하고 있었다.

"고마워. 그냥 놈을 찾아서 체포하면 되는데 그 생각을 못했네."

노마는 창틀에 어깨를 대고 창문이 움직일 때까지 끙 소리를 내며 힘을 줬다. 바람이 매섭게 들이쳤고, 저멀리 굴뚝에서 피어오른 연기와 진흙과 젖은 낙엽의 냄새도 함께 밀려들었다.

"야, 너 뭐하는 거야?" 나는 창문을 도로 닫으려 했지만 이미 늦었다. 플러렛이 소리를 듣고 쳐다봤고, 보안관도 따라서 고개를 들었다.

"얘기 좀 하겠다고 기다리잖아." 노마가 말했다. "그리고 난 보안관이 온종일 집 근처에서 슬금슬금 돌아다니는 게 싫어. 내려갈 거야 말 거야?"

나는 잠옷 바람으로 덜덜 떨었고 맨발은 핏기가 가셨다. 나는 도로 침대로 기어들어갔다. "안 갈 거야."

"내려간대요!" 노마가 소리치고는 보안관이 뭐라 답하기도 전에 창문을 쾅 닫았다.

"왜 그렇게 나를 탈주범 추적에 내보내고 싶어서 안달이야? 전에는 우리 셋 다 범죄 환경에서 멀찌감치 떨어져 있는 게 상책이라고 했잖아."

노마는 무릎으로 나를 밀어내고 침대에 앉았다. "맨 처음으로 얻은 전문직종에서 망신을 당했다는 게 알려지면 다른 직업을 찾을 수 있을 것 같아? 죄수를 놓친 여자를 고용하는 사람은 없을 거야."

"그걸 몰랐네."

"하지만 탈주범을 체포한 여자라면 얘기가 완전히 달라지지, 안 그래?"

노마는 침대에 앉은 채 씩씩거리며 내 대답을 기다렸다. 나는 벽 쪽으로 몸을 돌리고 눈을 감았다. 노마가 내 화장대 쪽으로 걸어가는 소리가 들렸다. 내 쪽으로 돌아온 노마는 종이 바스락거리는 소리를 내더니 뭔가로 나를 퍽 쳤다. 돌돌 만 신문지나 두꺼운 잡지일 것이다. 곧이어 노마는 침대에서 이불을 거둬냈고, 찬바람이 들어와 내 다리를 때렸다.

"노마!" 나는 이불을 되찾으려 했지만 노마는 이미 이불을 개고 있었다. 아예 가지고 나갈 심산인 듯했다.

"어차피 달리 할 일도 없잖아. 언니는 우리한테 아무 쓸모가 없어. 우린 언니의 요리를 싫어하고, 텃밭을 가꿀 사람도 이미 구했어. 언니보다 훨씬 밭일을 잘해. 몇 년 만에 처음으로 오이를 먹게 될걸." 노마는 이불을 돌돌 말아 겨드랑이에 끼고 다음으로 침대 시트 공략에 나섰다.

나는 일어나 앉아 손갈퀴로 대충 머리카락을 정리했다. 노마는 나를 편안하게 해줄 만한 것들을 죄다 침대에서 거둬내고 잠깐 그대로 멈춰 나를 내려다보았다. 부서진 울타리의 널빤지를 장도리로 뜯기 전에 쳐다보는 그 눈길이었다.

"언니가 실직하면 플러렛은 노래 수업을 못 들을 거야."

"그 이불 도로 내놔."

"그리고 입에 풀칠을 못하게 되면 우린 결국 농장을 팔겠지. 거기에 대해선 프랜시스가 몇 가지 생각을 갖고 있을 거고."

나는 오빠가 뭐라고 할지 알고 싶지 않았다. 노마를 제거할 도리는 없는 듯했다. 그애는 내 방을 인간이 살 수 없는 곳으로 바꾸려고 기를 쓰고 있었다. 나는 옷장으로 가서 지금 내 기분만큼이나 추하고 낡은 녹색 원피스에 두 팔을 쑤셔넣었다.

"아니면 플러렛한테 남편감을 찾아주고 그 사람한테 빌붙든가."

"그것도 나쁘지 않네." 발목에서 스타킹 올이 나갔지만 어찌어찌 잡아당겨 신었다.

노마는 문간에 서서 내가 머리를 하나로 틀어올리고 핀을 찔러넣는 모습을 지켜보았다. "사실 우리 사정은 히스 보안관에 비하면 아무것도 아니지." 노마가 말했다. "이번 일로 그는 감옥에 가게 생겼으니까."

머리카락이 온 어깨로 풀어져내렸고 머리핀이 사방으로 떨어져 굴러갔다.

"감옥?"

나는 성큼성큼 밖으로 나갔고 노마가 내 뒤를 따라왔다. "감옥에 가게 됐다는 게 사실이에요?" 내가 큰 소리로 물었다.

히스 보안관은 코트 속에서 허리를 좀더 꼿꼿이 펴고 우리를 향해 모자 끝을 살짝 들어 인사했다.

"미스 콥." 그가 말했다.

노마가 내 뒤에서 종종걸음 치며 외쳤다. "엊저녁에 얘기하려고 했는데 언니가 신경질을 내면서 귓등으로도 안 들었잖아."

나는 히스 보안관 바로 앞에 섰다. 그의 눈 밑에 짙게 다크서클이 내려앉아 있었다. 피부는 밤을 새운 사람들이 으레 그렇듯 누렇게 떴다.

"그게 사실입니까?" 나는 보안관에게 물었다.

보안관은 침을 삼키고 우리 세 자매를 둘러보았다. "법이," 그가 입을 열었고, 약간 쉰 소리가 나왔다. "감시 소홀로 범죄자가 도망쳤을 경우 보안관을 징역형에 처하는 법이 있습니다. 하지만 실제로 시행된 적은 거의 없으니 그렇게 걱정할……"

"감옥에 가야 할 사람은 나예요."

"아뇨. 재소자의 탈출은 보안관 책임입니다."

"아무렴." 노마는 그 주제에 정통한 사람 특유의 활기를 띠며 자신의 지식을 전부 호출했다. "그게 보안관이 보증인을 대야 하는 이유 중 하나죠. 당신의 보증인들이 무척 불만스러워할 거예요, 탈주한 죄수의 벌금을 내야 하니까. 게다가 당신이 재판과 징역형을 피할 수 있을지 의심스러운데요."

나는 히스 보안관의 팔을 잡았다. 그는 깜짝 놀라 쳐다봤지만 나는 팔을 놓지 않았다. "당신이 징역을 살 순 없어요. 코딜리어와 아이들은 어쩌고요?" 그런 불명예와 망신은 상상도 할 수 없었다.

"우린 놈을 잡을 겁니다." 보안관이 말문을 열었지만 노마가 곧바로 말허리를 잘랐다.

"뭐, 보안관이 감방에 있는데 부인이 그대로 관사에 살 수는 없지. 미시즈 히스는 딴 데 살 곳을 알아봐야 할 거야. 친정 부모님이 해컨색에 산다고 하지 않았나요?"

플러렛은 무거운 벨벳 모자챙 아래로 우리를 바라보고 있었다. "정말 보안관님을 법정에 세울까요?"

"당연히 아닙니다." 대답이 자동 응답처럼 너무 빨리 튀어나와 미심쩍었다.

"검찰에서 불쌍히 여겨 재판을 면하게 해주면 모를까." 노마가 말했다. "검찰에 친하게 지내는 사람이 최소한 한 명쯤은 있겠죠?"

그야 물론 한 명도 없었다. 히스 보안관은 한 손으로 콧수염을 쓸었고, 그가 노마에게 질렸을지도 모른다는 생각이 들었다. 나는 노마와 플러렛을 쫓아냈고, 보안관은 그에 대한 감사로 작게 묵례를 했다.

우리 둘만 남게 되자 그가 말했다. "기차역마다 부하들을 배치했습니다. 호텔을 돌면서 탐문을⋯⋯"

"알아요. 당신이 할 수 있는 모든 조치를 취하고 있겠죠. 하지만 어딜 찾아봐야 하는지 제대로 아는 사람이 없잖아요."

그는 주먹에 대고 기침했다. "우린 놈을 잡을 겁니다. 석간신문에 기사가 나긴 하겠지만."

신문. 기자들은 이 건으로 몇 주 동안 보안관을 쫓아다니며 괴롭힐 것이다. "언론에 나기 전에 놈이 잡혔으면 했는데."

"못 잡았죠."

그를 볼 낯이 없었다. 나는 시선을 헛간과 그 너머의 바짝 마른 초원으로 던졌다. "나도 같이 나설게요."

"미스 콥."

"내가 쓸모가 있을지도 몰라요. 폰마테지우스는 나한테 입을 열 거예요."

보안관은 모자를 들어올리고 머리칼을 옆으로 쓸었다. "당신 이름이 나오지 않게 하려고 최선을 다하는 중입니다. 신문에 또 이름이 오르내릴 일은 없잖습니까, 당신과 여동생들이."

보안관은 우리를 보호하려 애쓰고 있었다. 그러나 그의 친절은 상황을 악화시킬 뿐이었다. "내 이름이 신문에 나느냐 마느냐는 중요한 게 아녜요. 어쨌든 다들 바쁘게 돌아다니는데 나만 여기 처박혀 있을 수는……" 다른 보안관보들이 탈주자를 찾는 동안 나 혼자 우리의 이 나른하고 낡은 농장에서 어슬렁거리며 기다리다니, 생각만 해도 숨이 막혔다.

"당신이 할 일이 바로 그겁니다." 그가 말했다. "여기서 며칠 푹 쉬고, 일할 기운이 나면 교도소로 돌아오십시오."

"나는 교도소 일에 적합하지 않아요. 사람을 놓쳤잖아요. 나를 해고하는 수밖에 없을 거예요."

보안관은 말을 하려고 입을 열었다가 생각을 바꿨다. 내 말이 맞는다고 납득했을지도.

나는 집 쪽으로 한 걸음 물러났다. 속에서 뭔가가 확 뒤집혔다. 불과 몇 분 전 노마가 내 앞에 척 내밀었을 때는 말도 안 되는 일 같았는데, 이젠 명쾌하게 보였다. 내가 할 일은 딱 하나였다.

"신경쓰지 마세요. 나 혼자 하겠습니다. 놈을 찾아낼 거예요." 내가 말했다.

나는 자갈 깔린 진입로에서 몇 발짝 뒷걸음질쳤다. 낭패하고 지친 얼굴의 보안관은 한 손으로 자동차 보닛을 짚고 간신히 섰다. "탈주범을 추격하는 일은 당신에게 안전하지 않아요. 내가 허락하지 않습니다."

"하지만 다른 보안관보들은 다 내보냈잖아요!"

"당신은 보안관보가 아닙니다." 이 말을 할 때 그는 뭔가 최종 결론을 내린 투였다.

나는 바로 거기서 멈췄어야 했다. 그러나 그러지 못했다. "그건 당신 잘못이죠! 두 달이 지났어요. 그전에 나는 보안관보였고, 지금쯤은 당연히……"

보안관은 모자를 벗어 들고 자기 다리를 탁 내리쳤다. "젠장, 미스 콥, 어제저녁에 당신이 왜 보안관보가 아닌지 스스로 보여준 거라고 생각합니다."

우리는 겨우 몇 야드 떨어져 있었지만, 우리 사이의 거리가 이보다 더 멀었던 적은 없었다.

"미안합니다. 내 말은 그런 뜻이 아니라……"

이미 늦었다. 당연히 그의 말은 그런 뜻이었다.

"내가 저지른 일로 당신이 감옥에 가지는 않을 겁니다." 나는 조용히 말했다. "내가 그렇게 놔두지 않을 거예요." 나는 집안으로 들어가 문을 쾅 닫았다.

노마와 플러렛이 현관 입구에서 다 듣고 있었다. 나는 문에 등을 기대고 섰고, 우리 셋은 서로를 빤히 바라보았다. 히스 보안관은 자동차 엔진음으로 대답을 대신했다. 바퀴가 돌자 자갈이 튀었고, 이내 그는 가버렸다.

노마는 내 코트를 팔에 걸치고 내 모자를 들고 있었다. 모자를 받아들고 보니 내 리볼버도 들고 있었다.

"보안관이 한 얘기 들었지." 내가 말했다. "저 사람 말이 맞아."

노마는 코트를 내 가슴팍에 안기고, 내가 코트를 다 입을 때까지 기다렸다가 총을 건넸다.

"웃겨." 노마가 말했다.

"그리고 보안관은 탈주범을 어떻게 찾아야 할지 전혀 감이 없어." 내가 말했다.

"맞아, 하여간 그는 지적 능력에 한계가 있는 남자고, 한 번에 한 가지 이상 생각하면 과부하 걸려 죽을걸." 노마는 상황에 대한 감을 잡고 완전히 분기탱천했다. 노마는 얼른 나를 살피더니 양손을 뻗어 내 어깨를 꽉 잡았다. "언니 지금 되게 불쌍해 보이는데, 그것도 나름 유리하게 써먹을 수 있어. 자, 기차 타러 가자."

8

교회가 버림받고 절망한 이들을 받아주듯, 펜실베이니아역의 널찍한 개방형 대합실이 나를 받아주었다. 음울한 시월 말 한낮의 태양은 짙은 구름 사이로 얼굴 내밀 자리를 찾아 분투했고, 햇빛에는 신성함이 감돌았다. 빛은 높고 큰 유리창을 통과하며 뭔가 달라졌고, 무뚝뚝한 회사원들과 잘 차려입은 아가씨들의 얼굴에, 구겨진 모자를 쓴 초췌한 늙은 노동자들의 얼굴에 떨어진 빛은 저 위의 유리창뿐 아니라 주위의 모든 회벽과 석조물에서도 뿜어져나온 듯 그들 모두에게 넉넉히 햇살을 드리웠다. 나는 고개를 들어 햇살을 마주하며 눈을 감았다. 그곳에서, 그 미약한 빛줄기 속에서, 나는 부활한 기분이었다.

그러나 용서를 받지는 못했다. 용서는 바라지 않는다. 원하는 건 내가 놓친 재소자뿐이었다. 놈을 원래 있어야 할 자리에, 감옥에 다시 넣고 싶을 뿐이었다.

탈주범 추적에 필요한 준비물에 대한 노마의 개념은, 햄 앤드 포 테이토 샌드위치 네 개와 전서구 세 마리를 쑤셔넣은 대바구니를 통해 엿볼 수 있었다. 내가 놈을 잡았을 때나 구조가 필요할 때 비둘기를 날리면 된다는 게 노마의 생각이었다. 나는 도움이 필요한 위급한 상황에 시골에 있는 여동생한테 메시지를 보내는 게 도움이 되지는 않을 거라고 열심히 설명했다. 게다가 비둘기들은 샌드위치를 콕콕 쪼느라 여념이 없어 보였고, 일단 내 점심을 다 해치우고 나면 미련 없이 바구니를 뛰쳐나와 저들끼리 집으로 날아갈 게 뻔했다. 그러거나 말거나 노마는 그 모든 걸 마차에 싣고 리지우드의 기차역까지 나를 태워다주었다. 역에서 나는 샌드위치 반 개는 먹겠지만 그 이상은 못 가져가겠다고 했고, 겨우 설득해 비둘기도 날려보냈다.

우선은 폰마테지우스가 동생 집에 숨어 있지 않을까 싶어 그쪽으로 가볼 생각이었다. 우리는 모두 돌아가며 교도소 면회인 명부를 기록했고, 펠릭스는 내가 주소를 외울 정도로 자주 형을 보러왔다. 그 외엔 딱히 계획이랄 게 없었고, 기차역을 헤쳐나오면서 나는 갓 태어난 망아지처럼 어설프고 불안정했다. 헝겊을 탁 내리치며 휘파람을 부는 거친 피부의 구두닦이들, 어깨에 가방을 멘 신문팔이들, 호블 스커트를 입은 여자들이 스툴에 걸터앉아 샌드위치와 버터밀크를 주문하는 간이식당, 샌프란시스코와 덴버와 그 외 상상도 안 되는 먼 지역으로 가는 각종 요금을 알려주는 광대한 매표소 제국.

세븐스 애비뉴에서는 무방비 상태에서 칼바람을 정통으로 맞았다. 목깃을 모아 턱을 집어넣고 고개를 숙였지만 추위에 양볼이 얼얼했다. 이상하게 나만 튀는 것 같은 기분이었고, 뉴욕 사람들 모두 내가 범죄자를 놓쳐서 망신살이 뻗친 전직 교도관이라는 것을 아는 게 아닐까 싶었다.

다행히도, 굳이 날 쳐다보는 사람은 없었다. 인파 속에 익명으로 묻힐 수 있다는 건 복잡한 대도시의 위대한 축복이었고, 범죄자들에게도 똑같은 축복이었다. 나는 억지로 기운을 내서 시 외곽의 주택가로 씩씩하게 걸으며 정신을 똑바로 차렸다. 조금 지나자 택시나 전차를 찾아볼 걸 그랬나 싶었지만, 거리가 짧기도 하고 걷는 편이 기분전환도 돼서 그냥 쭉 걸었다.

공원에 다다라서는 콜럼버스 서클 근처를 걸으며 극장과 커다란 식당들, 자동차 판매 회사에 자리를 내어준 광활한 면적의 오래된 승합마차 차고 앞을 지나갔다. 서쪽으로는 납작 엎드린 쇠락한 적갈색 사암 집들과, 대서양을 건너온 아일랜드, 프랑스, 독일 집안의 이름을 내건 우중충한 가게들이 이어졌다. 이제 더는 영업하지 않는 술집들 옆에 생선가게, 치과 진료실, 헌 바지를 매입한다고 써붙인 유대인 양복점이 늘어서 있었다.

둘러 모인 아이들 앞에서 목각 타조로 꼭두각시 춤을 보여주는 인형사와 밴조를 튕기며 동전을 구걸하는 남자 앞을 서둘러 지나쳤다. 길 아래서 모직물 꾸러미를 어깨에 짊어지고 나르던 남자아이는 어느 공장 계단 위에 짐을 쌓아두고 내가 그 블록을 다 지나기도 전에 다시 인도로 내려왔다. 머리를 양 갈래로 땋은 삐삐한 여자애 둘이 길모퉁이에서 지나가는 젊은 남자마다 붙잡고 성냥과 신발끈을 팔았다. 경찰이 호루라기를 불자 아이들은 골목으로 숨어들었고, 나는 그애들이 저 물건들 말고 또 뭘 팔려고 했을까 궁금해졌다. 머리 위 창문 어딘가에서 누군가가 트럼펫으로 유행가 가락을 연주했고, 건물 앞 계단에 앉아 있던 허리 굽은 노인이 그 박자에 맞춰 재떨이를 탕탕 내리쳤다.

펠릭스가 사는 건물은 나인스 애비뉴를 바로 지나서, 금방 무너질 듯하고 시끄러운 고가선로의 그늘 아래 웅크린 거리에 있었다. 철로에서 검댕이 끊임없이 날렸다. 모자챙에 내려앉고 눈썹과 콧구멍에 들러붙었다. 선로 아래를 지날 때면 다들 목깃 속에 코를 박았고, 나도 그렇게 했다.

펠릭스는 겨우 방 두 개가 들어갈 만한 넓이의 낡고 협소한 건물들 중 한 곳에 살았다. 건물을 아래에서부터 지어올린 게 아니라 위에서 내리꽂은 듯한 모양새였다. 정문은 잠겨 있고 창문에는 하나같이 블라인드가 쳐져 있었다.

초인종을 누르려는데 문이 열리더니 실내복 차림의 깡마른 노파가 뿌연 물통을 들고 계단에 나와 섰다. 나는 주민인 척 안으로 들어갔고, 노파는 막지 않았다.

문 바로 안쪽에 일렬로 달린 우편함 다섯 개에 각 층에 사는 세입자들 이름이 있었다. 펠릭스 폰마테지우스라는 이름은 없었지만, 제일 꼭대기 층에 '라이니거'라는 독일식 이름이 있어서 거기서부터 조사를 시작하기로 했다.

계단은 건물과 마찬가지로 말도 안 되게 비좁았다. 층계를 오르는데 치마가 벽과 철제 난간 양쪽에 쓸렸다. 층계참마다 코너를 돌려면 어깨와 모자챙 위치를 조정해 조금이라도 간격을 확보해야 했다. 우중충한 회벽은 오래되어 금이 갔고, 여기저기에 담배 연기와 오래전 일어난 화재의 검댕 흔적이 묻어 있었다. 계단 난간의 가로대는 어디론가 사라졌고 나무 말뚝으로 받쳐놨는데 건장한 성인은 고사하고 어린애 한 명의 무게도 지탱하지 못할 것 같았다.

각 층 복도마다 어릴 적 흔히 보던 종류의 채색된 마루 깔개가 겹겹이 깔렸고, 그 밑으로 마룻바닥이 보였다. 문은 전부 닫혀 있었고, 계단을 오르는 동안 입주민들의 소리는 전혀 들리지 않았다. 어느 층에서는 커피 타는 냄새가 났고, 또다른 층에서는 프라이팬에 돼지고기 볶는 냄새가 났다.

4층 계단참에서 나는 걸음을 멈추고 숨을 돌렸다. 배가 엄청 불룩하게 튀어나온 대머리 남자가 문을 열고 나를 내다보았다. 남자는 잇새에 파이프를 물고 있었고, 자주색 흉터 때문에 보기 흉하고 비틀린, 불구인 한쪽 손을 멜빵 속에 끼워넣고 있었다.

"위층엔 아무도 없어요." 남자는 파이프를 물지 않은 반대편 입꼬리로 말했다.

"괜찮습니다. 쪽지를 남길 생각이에요." 나는 여전히 계단 때문에 숨이 찼다.

"엊저녁에 그 남자들한테 얘기했는데. 위층 사람은 안 돌아올 거요." 남자는 대통에서 불씨가 살아나 주황빛으로 물들 때까지 파이프를 빨았다.

"엊저녁에 여기 누가 왔는데요?" 나는 누가 됐든 상관없다는 투로 물었다.

"경찰들이지 뭐. 당신도 경찰 아니오?"

"왜 그렇게 말씀하시죠?"

"경찰이 댄스장에 투입하는 여자들처럼 생겼구면." 남자는 그렇게 말하며 과장된 몸짓으로 나를 머리끝부터 발끝까지 훑어보았다. "점잖은 외모에다, 젊은 아가씨가 달아나면 잡을 수 있을 만큼 덩치도 있고. 나 원, 내가 도망가도 잡히겠는걸." 남자가 입에서 파이프를 빼고 쉰 소리로 킬킬 웃는데 금니가 보였다. 그 유쾌한 웃음 덕분에 왠지 남자가 마음에 들었다. 비록 생긴 건 꼭 부랑자, 아니 일주일 후 집세를 못 내 부랑자가 될 처지로 보였지만.

"아우, 미안합니다." 내가 대꾸하지 않자 그는 사과했다. "당신이 크다는 말이 아니라, 그냥 당신이……"

"괜찮습니다, 저기 성함이……"

"테디 그린."

"그린 씨. 위층에 살던 남자 말인데요. 키가 좀 작고 피부가 하얀 독일계 남자 맞나요?"

"바로 그 사람이오." 그린이 말했다. "이름은 모르겠네. 라이니거 부인이 돌아가신 후에 그 남자가 들어왔어요. 있는지 없는지 모르게 조용히 살았지. 사람들하고 어울리지도 않고. 아주 허둥지둥 떠나던걸. 분명 무슨 말썽에 휘말린 거야, 그렇죠?"

나는 위층을 힐긋 올려다보았다. 마지막 층 복도는 다른 층보다 훨씬 좁았다. 그린 씨는 위층을 쳐다보는 나를 보고 말했다. "저건 나중에 지어올린 거요. 원래 그냥 판자때기에 타르를 바른 방수포를 씌운 허술한 옥탑방이었는데, 집주인이 그걸 고쳐서 세놓으려고 머리를 굴린 모양이야. 올라가봐요. 아무도 없겠지만."

그의 말이 맞았다. 꼭대기 층은 나중에 증축한 것이었다. 5층으로 올라가는 계단은 거칠거칠한 나무판자였고, 전에 한 번 검정 페인트를 발랐던 듯했다. 맨 위쪽 발판 앞에 흠집투성이 나무문이 있었고, 거기에 쪽지 한 장이 핀으로 꽂혀 있었다. 나는 쪽지를 들어올렸다. 히스 보안관의 손글씨였다.

폰마테지우스 씨에게

보안국에서 당신을 찾고 있습니다. 당신의 형 헤르만 알베르트
가 오늘 저녁 이른 시각에 해컨색병원에서 사라졌는데, 건강이 좋
지 않은 상태여서 병원 치료가 필요한 상황입니다. 헤르만 알베르
트를 찾는 데 협조를 요청합니다. 만약 보안국 직원들을 만나기 전
에 이 쪽지를 보게 되면, 곧장 해컨색 교도소로 연락해주십시오.

당신의 도움을 기다리고 있습니다.

로버트 N. 히스 보안관 드림

나는 쪽지의 접힌 자국을 폈다. 그렇게 종이를 문질러 펴는데 스
르륵 문이 열렸다.

문 너머 집안은 어둡고 고요했다. 나는 숨을 죽였다. 모든 게 멈
췄다. 멀리 아래쪽 길에서 들리는 소란을 제외하면 아무 소리도 들
리지 않았다.

문 바로 안쪽에 싱크대와 요리용 철판이 딸린 작고 허름한 방이
었다. 씻지 않은 찻잔 한 쌍이 아무렇게나 쌓인 접시들과 찻숟가락
들 옆에 놓여 있었다. 창문이 있는지 모르겠지만 있다 해도 커튼을
두껍게 쳐놓은 모양이었다. 너무 캄캄해서 내가 서 있는 위치에서
는 뭐가 뭔지 알아볼 수 없었다.

문 바로 뒤에 누가 서 있는 듯한, 나를 기다리고 있는 듯한 느낌
을 떨칠 수 없었다. 나는 발끝으로 문을 밀어 몇 인치 더 열고 한

걸음 안으로 들어갔다.

방은 두 개로, 하나는 내가 서 있는 이 방이고 또하나는 저 안쪽 구석방이었다. 지은 지 십 년 안팎쯤 된 단순한 구조의 방이었다. 규격을 벗어난 창문은 열리지 않았고, 문틀마다 짝이 맞지 않는 장식판이 둘려 있었다. 집 전체가 다른 건물에서 주워온 폐자재로 지어진 듯했다. 벽이 너무 얇아서 거리의 소음이 그대로 뚫고 들어왔다. 기차가 덜컹거리며 고가선로를 지나는 소리, 손수레 행상에서 울리는 종소리, 신문팔이 소년이 호외를 알리는 외침.

두꺼운 태피스트리 커튼이 두 방 사이에 달려 있었다. 나는 팔꿈치로 커튼을 젖혔고—벼룩이나 매독이 옮을까봐 뭐 하나 손대기가 마뜩잖았다—구석방에는 한 귀퉁이에 놓인 푹 꺼진 매트리스와 텅 빈 옷장, 양철 빨래통뿐이었다. 모서리의 선반 위 그릇에 남자가 저녁때 집에 돌아와 주머니에서 꺼내놓을 법한 종류의 물건들이 담겨 있었다. 맥줏집 할인권, 성냥첩, 떨어진 단추 하나.

안쪽에 문고리도 잠금쇠도 없이 금속 빗장만 덜렁 달린 작은 문이 있었다. 나는 빗장을 들어올리고 문을 밀어보았다. 문밖은 곧장 타르와 자갈로 만든 경사지붕으로 이어졌다. 나는 그 자리에 서서 나인스 애비뉴를 따라 61번가까지 뻗어나간 울퉁불퉁한 지붕 선들을 바라보았다. 별 어려움 없이 옆집 지붕으로 건너뛰어 빨랫줄과 굴뚝을 피하면서 골목 끝까지 갈 수 있을 것 같았다.

지붕 위의 들통 하나가 화장실에 대한 답인 듯했다. 얼른 몸을 돌렸지만 저 아래 골목이 눈에 들어오고 말았다. 만약 한참 내려다봤다면 지붕 위에서 던진 담뱃재와 닭뼈와 온갖 쓰레깃더미 사이로 쥐들이 날쌔게 왔다갔다하는 장면을 목격했을 것이다. 나는 간신히 문틀을 비집고 들어와 문을 닫았다.

뒤쪽 방과 앞방 사이의 커튼을 젖히는데 말소리가 들렸다. "생각보다 넓네."

테디 그린이 앞방에 서 있었고, 계단을 올라오느라 기진한 탓에 숨을 헐떡였다. 그는 잇새에 파이프를 문 채 나를 보고 유쾌하게 함박웃음을 머금었다.

내가 안에서 뭘 하고 있었는지 설명하려는데, 그가 먼저 말문을 열었다. "나에 대해선 걱정 붙들어 매쇼. 척하면 척이지. 당신 같은 숙녀분이 여기서 뭘 가져갈 리는 없고. 이런 데 원하는 게 있을 리 없잖아요. 그 남자가 뭘 훔친 게 아니라면. 그런 건가? 그 남자가 이 근처에 보석이라도 숨겨놨나? 그런 거라면 내가 같이 찾아봐드리지요."

"아, 아네요, 그린 씨. 사실 그 남자가 잘못한 게 있는지 없는지도 확실하지 않습니다. 그 남자 말고, 그 남자의 친족이 행방불명된 상태인데 저는, 그러니까 우리는, 그 친족을 찾는 데 도움이 좀 필요해요."

"당신하고 보안관이?" 그린은 매서운 눈초리로 예의 날카로운 금니 미소를 띠며 물었다.

"맞습니다. 보안관의 쪽지 보셨죠. 펠릭스가 어디로 갔는지, 무엇을 했는지, 혹시 뭔가 아시는 게 있습니까? 직업이라든가?"

"무슨 행상 같아 보이던데. 맨날 뭘 짊어지고 올라갔다가 다시 끌고 내려와서 이 근처 중고상에 팝디다. 뭔가 비밀 거래가 있는 것 같다 싶었지. 장물을 판다든가."

"어떤 물건이었는데요?"

"그림이었어요, 거의. 가끔 양탄자도 있고."

"펠릭스가 그 물건들을 어떻게 손에 넣었는지는 모르시고요?"

"그 남자하고 말 한마디 해본 적 없어요."

"하여간, 그에게 문제가 있는 건 아닙니다. 우린 그의 친족을 찾고 있을 뿐이에요."

테디 그린이 한 걸음 다가와 나를 빤히 쳐다보면서 파이프를 깊이 빨아들이더니 불에 탄 오렌지 같은 독특한 향이 나는 연기를 한 줄기 내뿜었다. "그 사람은 무슨 짓을 했습니까? 당신들이 찾고 있다는 그 사람."

"말씀드릴 수 없습니다."

"어떻게 생겼어요?"

"흠, 나이는 지긋한 편이고, 은발에 콧수염을 길렀어요. 당시엔 깨끗이 면도한 상태였지만……" 폰마테지우스가 이미 변장을 했을 거라는 생각에 나는 말꼬리를 흐렸다.

그린은 또다시 킬킬거리는 웃음을 터뜨리고는 불구가 된 손의 뭉툭한 손가락을 들어 나를 가리켰다. "당신 지금 탈주범을 쫓고 있는 거지, 안 그래요?"

"그렇게 말할 수도 있겠지요."

"그거 여자한테는 꽤나 큰일인데. 이렇게 합시다. 그 친구 사진이 있으면 내가 동네 사람들한테 보여줄게요. 분명 현상금이 걸렸겠지, 안 그래요?"

현상금이 있었나? 처음 듣는 소리였고, 나한테 현상금을 걸 권한이 있는지도 알 수 없었지만, 다시 생각해보니 어차피 이건 누구의 지시도 받지 않고 하는 일이었다. "사진은 없지만, 그 남자를 찾는 데 도움을 주신다면 개인적으로 보상금을 드리지요. 누구든 여기 나타나면 해컨색 교도소로 연락주세요. 그건 할 수 있겠죠?"

그린은 어리둥절한 얼굴로 고개를 끄덕였다. "그럽시다. 근데 해컨색 교도소에 사진사가 없어요? 사진이 필요해질 텐데."

"보안관님이 한 장 갖고 있고, 아마 곧 신문에 실릴 겁니다."

"그럼 신문에서 찾아보지요."

나는 한번 더 방안을 기웃거리며 뭔가 단서가 없는지 확인했다. 그린 씨는 가만히 파이프를 빨면서 지켜봤다.

"이제 어디로 갑니까?" 그가 물었다.

"아, 할일이 꽤 많아서요." 말은 그렇게 했지만 사실 다음에 어디로 가야 할지 아무 생각도 없었다.

"어쨌든, 신문에서 사진을 보면 동네에 한 바퀴 쫙 돌려보지요. 테디 그린을 믿고 쓰세요."

사진이라는 말에 퍼뜩 내가 정확히 어디로 가야 할지가 뚜렷해졌다. 나는 그린 씨에게 작별을 고하고 비좁은 계단을 뛰듯이 내려와 1층에 발을 디딘 후 시내를 가로질러 헨리 라모트 사진관으로 걸음을 재촉했다.

9

지능적 수법으로 탈출한 죄수
닥터 폰마테지우스, 통증 호소 후 병원에서 탈주

뉴저지 해컨색 ―버건 카운티 교도소에서 복역중이던 닥터 헤르만 알베르트 폰마테지우스가 지난 화요일 해컨색병원으로 이송되어 치료받던 중 어젯밤 늦게 병원에서 탈주했다. 그는 지난 1월 체포된 후 지속적으로 류머티즘 통증을 호소해왔다. 버건 카운티의 로버트 N. 히스 보안관은 추적대를 조직해 밤새 카운티를 수색했으나 탈주범을 찾지 못했다. 탈주범은 자동차를 타고 도주한 것으로 보인다.

폰마테지우스는 1월 31일 러더퍼드의 자택에서 체포됐고, 자택을 요양소로 운영했음이 밝혀졌다. 그를 고발한 사람은 루이스 버크하트, 브루클린의 알폰소 영맨, 증기선 조지 워싱턴호의 부기관사인 프레더릭 시퍼 등 세 젊은이였다. 6월 15일에 열린 공판에서 폰마테지우스는 자신이 베를린대학을 졸업했고, 멕시코에서 선교사 겸 의사로 봉사했으며, 정식으로 임명된 목사라고 진술했다. 그는 미국 의사 자격증은 없지만 파나마운하지대에서는 의사로 일했다고 말했다. 또한 자신이 캘리포니아의 한 신경 협회와 결연을 맺고 있다고도 진술했다.

그의 남동생 펠릭스 폰마테지우스는 매주 교도소로 형을 면회하러 왔으며, 교도소 방명록에 기재된 주소는 뉴욕 웨스트 61번가 110으로 알려졌으나 보안관은 해당 주소지에서 그의 행방을 찾지 못했다. 카운티 소속 보건의 오그던과 해컨색병원의 닥터 G. H. 맥패든은 입을 모아 폰마테지우스가 꾀병을 부렸다고 주장했다.

헨리 라모트가 소리 내어 기사를 읽은 뒤 내게 신문을 넘겼다. 우리는 라모트의 지하 사무실에 앉아 있었다. 사방이 탐정과 변호사들의 의뢰를 받고 시내 곳곳에서 찍은 사진을 담은 누런 서류봉투 천지였다. 이것이 그의 서류 정리 시스템이었다. 위태롭게 산처럼 쌓아올린 봉투들이 테이블과 의자와 창턱으로 떨어져내렸고, 누구든 이곳에 오래 앉아 있으면 다른 것들과 마찬가지로 봉투 밑에 파묻힐 것 같다는 인상을 주었다.

라모트 씨는 일반적 의미의 사진사가 아니다. 그는 인물 사진 스튜디오를 운영하지도 않고, 언론에 나갈 사진을 찍지도 않는다. 그는 변호사들에게 필요한 증거 사진을 찍어 보내주는 것으로 밥벌이를 한다. 대체로 거기엔 불륜으로 고소할 배우자를 미행하거나 밀수업자와 횡령자를 뒤쫓는 일이 포함된다.

나는 작년에 이 근처에서 누군가를 찾다가 우연히 그의 사진관을 발견했고, 피프스 애비뉴 바로 옆에 있는 여성 전용 호텔에 가서 창밖 사진을 찍어오는 일을 대신 해주는 작은 호의를 그에게 베풀었다.

라모트 씨와 알고 지낸 지 얼마 되지는 않지만, 우리는 오랜 친구처럼 편하게 자리를 함께했다. 그는 키가 작은 대머리 남자이고, 웃기게 생긴 가발을 항상 비뚜름하게 쓰고 있고, 언제 봐도 어리벙벙한 표정이다. 말할 때 프랑스식 억양이 살짝 묻어나 유럽인의 뿌리가 엿보이는데도, 내가 프랑스어로 말을 걸면 그는 우리가 뉴요커의 언어를 써야 한다고 우긴다. "프랑스어가 듣고 싶으면 파리로 가시라니까." 그는 한 손을 내저으며 마치 그게 누구도 생각해내지 못한 최후의 수단이라도 되는 양 쾌활하게 말하곤 했다.

신문에 실린 이야기를 두번째로 읽으며 히스 보안관이 이 기사에 어떻게 반응했을지 궁금해졌다. 분명 닥터 오그던이 기자들에게 얘기했다는 사실에 노발대발했을 것이다. 애초에 기자들에게 기삿거리를 제공한 사람이 닥터 오그던일 테고, 그렇게 한 이유는 미시즈 히스가 두려워했던 대로, 보안관에 대한 신뢰를 공공연하게 실추시키고 그에 대한 비난을 불러일으키려는 것임이 분명했다.

"당신에 관한 얘기는 한마디도 없는데?" 라모트 씨가 말했다. "이 일에 연관된 것 맞아요?"

"당연히 관련이 있죠. 닥터 오그던이 모를 뿐이지. 보안관은 내 이름이 언급되지 않도록 노력할 거라고 했어요. 보안관이 여자 교도관을 고용했다는 사실은 그렇게 널리 알려져 있지 않으니까."

"그리고 사람들이 그 사실을 알게 되면, 여자 교도관을 감시 업무에 배치했다고 보안관이 욕먹을 테고요."

"그렇죠."

"그럼 제대로 찾아왔네요, 미스 콥." 라모트 씨는 벌떡 일어나 가게 유리창의 표지판을 '영업중'에서 '영업 종료'로 뒤집은 다음 문을 잠갔다.

"홍차하고 크래커밖에 없는데. 괜찮죠?"

하루종일 뱃속에 넣은 거라곤 기차역에서 먹은 노마의 샌드위치 반쪽밖에 없어서 괜찮지 않았지만, 나는 그에게 감사를 표하고 그 거면 된다고 말했다. 라모트 씨가 주전자를 불에 올렸고, 잠시 후 우리는 찻잔과 접시를 무릎에 얹고 마주보고 앉았다. 따뜻한 음료 를 두 손으로 감싸 들고 있는 것만으로 마음이 좀 차분해졌다.

"자," 라모트 씨가 말했다. "우리의 폰마테지우스가 갈 만한 장 소를 쭉 나열해보세요."

나는 홍차를 후후 불며 잠시 생각했다. "제가 아는 곳은 남동생 집뿐이고, 거기엔 아무도 없었어요."

"다른 관련자들에 관해 아는 건요? 친구라든가, 하다못해 그의 적이라도?"

"전혀." 나는 사실대로 털어났다. 정보라고 할 만한 게 쥐꼬리만 큼도 없으면서 놈을 찾겠다고 나서다니 참 어이없어 보였을 것이다.

"그 사람이 정확히 무슨 짓을 했길래 감옥에 간 거죠?"

그건 아직 나도 답을 얻지 못한 질문이었다. "청년 셋이 중대 범 죄 혐의로 그를 고발했어요."

"네, 그 정도는 신문에서 읽었습니다." 라모트 씨는 의자 등받이 에 허리를 편히 기대고 깍지 낀 손으로 뒤통수를 받쳤다. "하지만 그보단 아는 게 더 있을 텐데요."

나는 고개를 저었다. "난 수사와 재판 당시에 관계자가 아니었어요. 폰마테지우스가 교도소에 수감되고 나서 내가 독일어를 할 줄 아니까 자꾸 나를 찾은 거죠. 하지만 그는 과거에 대해선 입도 벙긋 안 했어요."

"보안관도 아무 얘기 안 했습니까?"

"안 해주더라고요. 안 해줄 이유가 없는데. 나는 여자 재소자들에 대해선 모르는 게 없는데 남자들 쪽은 거의 몰라요. 그리고 그 사건은 러더퍼드 경찰서에서 맡았어요. 히스 보안관도 자세한 내용은 잘 모를 거예요. 항상 그런 건 아니지만."

"아, 보안관은 분명 알고 있을 겁니다. 말하지 않을 뿐이지."

"꼭 그런 건 아니죠. 백 명이나 되는 재소자들이 교도소를 들락거리는데. 체포된 다음에 교도소에 들어오고, 판결이 난 후에야 들어오는 경우도 있고요. 증인이나 관련자나 뭐 그런 것들에 관해 알아야 할 이유가 없다고요. 하지만 지금쯤은 그 사건을 되짚어보고 있겠군요."

"그럼 보안관한테 전화해보면 되겠네요."

"안 돼요. 내가 저지른 일을 이해하지 못하시네. 보안관은 이제야 조금씩 내게 일다운 일을 넘기기 시작했고, 배지를 지급하려고 준비중이었어요. 그런데 내가 일을 망쳤고, 직무를 감당할 수 없다는 걸 보여줬죠. 기껏 노인네 하나한테 이렇게 쉽게 속아넘어가면 보안관이 나를 어떻게 믿고 일을 맡기겠어요? 내가 조금이라도 쓸모를 보이려면 나 혼자 힘으로, 주변을 시끄럽게 하지 않고 조용히 일을 해결해야 해요."

나의 알량한 연설에 나름 감동을 받았나보다. 라모트 씨는 허공에 주먹을 흔들더니 이렇게 말했다. "멋진 자세입니다. 그럼 처음부터 시작해야겠네요. 가서 피해자들하고 얘기해봐요. 놈이 무슨 짓을 했는지 직접 알아내는 겁니다. 놈이 살아온 인생의 핵심을 곧장 찔러들어가면, 바로 거기서 놈을 찾을 수 있어요."

방금 입에 넣은 마지막 크래커가 목에 걸려 사레가 들렸다. "피해자들하고 얘기를 해요? 지금 나한테 그 불쌍한 청년들을 직접 찾아가서 대놓고 물어보라는 거예요?"

"다른 방법이 있습니까?"

나는 생각에 잠겼다. "혹시라도 놈이 눈에 띨까 해서 기차역 주위에 잠복하는 것보다야 낫겠지만……"

라모트는 나의 이견을 일축하듯 한 손을 내저었다. "당연히 낫지! 생각을 해봐요. 당신네 그 히스 보안관이 그 청년 셋을 탐문수사하겠어요?"

"아뇨. 뭐하러 그러겠어요? 무슨 일이 있었는지 모르지만 거의 일 년도 넘었는데. 그 이후로 그들이 폰마테지우스를 본 적이나 있는지 모르겠네요."

"바로 그게 요점입니다."

"죄송하지만 그 요점을 못 알아듣겠어요." 접시 가장자리에 묻은 부스러기까지 손가락으로 훑어 먹었지만, 괜히 더 허기지고 신경만 날카로워졌다.

라모트 씨는 찻잔을 옆으로 치우고 상체를 앞으로 내밀었다. "당신은 폰마테지우스의 남동생 집을 곧장 찾아갔어요. 보안관이 이미 부하를 보냈는데도. 왜 그랬죠?"

"실마리를 풀어가기에 최적의 장소로 보였으니까요."

"그럼 그다음에 보안관은 어디로 향할 것 같습니까?"

정신 사나운 사무실에 찻잔과 접시를 내려둘 곳이 딱히 보이지 않아 바닥에 내려놓았다. "기차역을 돌아다니며 역무원들에게 질문을 하고, 다른 경찰서에 전갈을 보내겠죠. 당시 병원 당직이던 의사들과 간호사들을 신문하고요. 폰마테지우스가 병 때문에 멀리 못 가고 근처에 방을 잡을 것을 대비해 호텔과 하숙집에 사람을 보낼 거고요. 이제 이야기가 새나갔으니 언론에 사진을 제공하겠네요."

"그러니까 당신은 정반대로 움직여야죠!" 라모트 씨가 외쳤다. "기차역이나 경찰서 근처는 얼씬도 하지 마요. 병원 목격자들하고 얘기할 것도 없고요. 도움이 되고 싶으면, 당신의 그 보안관 친구가 가지 않을 만한 곳으로 가요. 그 가엾은 청년들부터 시작해야 합니다."

나는 아직 확신이 서지 않았다. "하지만⋯⋯"

"내 말 잘 들어요, 미스 콥. 범죄가 발생할 때마다 똑같이 반복하는 서너 가지 일 정도는 경찰도 믿을 만하게 처리해요. 동네 사람들한테 캐묻고, 범인한테 직업이 있다면 직장 사람들을 탐문하고. 술집 몇 곳과 여인숙에도 고개를 들이밀겠죠. 경찰이 찾는 범죄자가 아니어도 다른 놈이라도 걸릴 테고, 경찰에겐 이놈이나 저놈이나 마찬가지니까. 그러고서 경찰서로 돌아가 보고서를 쓰고 저녁 시간에 맞춰 집에 들어갈 거예요."

"하지만 히스 보안관은 안 그래요." 나는 항의했다. "그는 밤새 폰마테지우스를 찾아다녔어요. 놈을 잡아야만 하니까. 재소자가 탈출하면 보안관이 감옥에 갈 수도 있다는 거 알아요?"

"네, 하지만 그전까지 보안관은 여전히 교도소를 관리해야 하고,

백 명쯤 되는 재소자들의 상태를 계속 파악해야 하고, 가을에 있을 선거에도 신경써야 해요. 그때까지 그자가 자유인이라면 말이죠. 그 와중에도 날마다 강도, 화재, 젊은 여자가 없어졌다는 실종신고가 들어옵니다. 안 그래요? 보안관에게는 일이 그런 식으로 돌아갑니다. 하지만 탐정들은 다르죠. 당신에겐 아무도 묻지 않는 질문을 할 기회가 있어요. 범인의 머릿속에 들어가 범인이 무슨 생각을 하는지 파악할 수 있어요. 바로 그런 식으로 놈을 잡는 겁니다. 아니, 잡지는 못해도 최소한 보안관이 이미 다녀간 곳들을 똑같이 돌며 시간을 허비하진 않겠죠. 보안관 뒤를 졸졸 쫓아다니며 그가 한 일을 반복해봤자 아무 소용 없습니다. 모름지기 탐정이라면 경찰이 하지 않거나 하지 않을 법한 일을 해야 해요."

"나는 탐정이 아니에요!"

라모트가 허리를 숙이고 상체를 내밀며 고개를 갸웃했고, 그러자 가발이 옆으로 미끄러져내려왔다. 그는 손끝으로 슬쩍 가발을 제자리로 밀어올리며 말했다. "당신은 보안관보가 아니라면서요. 보안관의 지시에 따라 움직이는 것도 아니고. 당신 같으면 스스로를 뭐라고 부르겠습니까?"

사진관을 나올 때쯤 사방은 어둑했고 날이 몹시 추웠다. 따뜻한 한끼와 하룻밤의 숙면이 절실했다. 라모트 씨는 내가 시골집 말고는 잘 곳이 없다는 것을 알고 맨더린호텔에 전화를 걸었다. 작년에 그가 증거 사진을 찍으라고 나를 보냈던 그 여성 전용 호텔이다. 호텔측에서는 지금 바로 오면 방을 준비해놓겠다고 했다.

나는 벽난로와 독서용 의자가 있고 피프스 애비뉴가 내려다보이는 4층의 넓고 편안한 방을 얻었다. 처음 이 호텔을 방문한 지 일 년이 되었지만 이따금 이곳의 조용함과 세련된 디자인이 생각나곤 했다. 와이코프의 내 방과 맨더린의 스위트룸을 바꿀 수 있다면 얼마나 좋을까 꿈꾸었던 밤이 하루는 아니었다.

나는 창턱에 기대서서, 가출에 성공한 아이처럼 께름한 만족감을 느끼며 주위를 둘러보았다. 여기 내가 쓸 침대가 있다. 부드러운 곡선의 머리판은 일출을 연상시키고, 침대보는 동양풍의 붉은 실크다. 벽난로의 안전망과 받침쇠는 황동이고 마감재는 모던한 타일이며, 그 옆에는 견고한 가죽 의자와 발 받침대가 놓였다. 여자들만을 위한 공간이라고 했을 때 흔히들 생각하는 요란한 꽃무늬 친츠는 어디서도 볼 수 없었고, 그 대신 모든 게 심플하고 크기도 넉넉했다. 여자들이 등받이가 꼿꼿한 앙증맞은 의자나 미뇨네트와 초롱꽃이 어지럽게 그려진 패브릭에서 벗어나 휴식을 취하고 싶어한다는 걸 아는 사람이 디자인한 듯했다.

창문가에서는 마차와 자동차의 지붕들이 검은 강물을 이루며 피프스 애비뉴를 따라 도시 한쪽 끝에서 다른 쪽 끝으로 끝없이 흘러가는 모습을 구경할 수 있었다. 넓은 보도를 따라, 신문팔이 소년의 낡은 갈색 트위드 모자에서부터 검은색 중산모까지 각양각색의 모자들이 깐닥거리며 흘러갔다. 사무실에서 서둘러 귀가한 실크해트를 쓴 남자들이 저녁을 즐기기 위해 다시 나왔다. 그들 옆에는 선홍색, 감청색, 녹옥색 리본이 달린 챙이 넓은 여성 모자가 동행했다. 매일 낮과 밤 계속되는 행렬이겠지만 내게는 익숙지 않은 풍경이었으므로 나는 눈부시게 황홀했다.

잠깐 침대에 앉았나 싶었는데 깜박 졸았던 모양이다. 시계를 보니 여덟시가 다 됐고, 저녁시간을 놓쳤을까봐 걱정이 됐다. 아래층에 내려가보니 작은 원형 테이블이 빽빽하게 놓인 식당은 이미 자리마다 꽉꽉 차 있었다. 호텔에 묵고 있는 여자들 수십 명의 활기찬 수다, 유리잔과 은그릇이 부딪치는 경쾌한 소리, 벽에 걸린 놋쇠 램프가 뿌리는 기분좋은 빛. 한쪽 벽면을 줄줄이 차지한 키 큰 창문으로 거리가 내다보일 테지만 지금은 추위를 막기 위해 커튼이 내려져 있다. 커피향과 고기 굽는 냄새와 따스하고 달콤한 빵냄새, 그 향기만으로도 살 것 같았다.

하지만 자리가 없었다. 음식 쟁반을 든 직원이 바쁘게 지나가며 내게 기다리라고 말했다. 바로 그때, 여자 셋이 앉아 있던 구석 테이블에서 나를 불렀다. "넷이 같이 앉죠." 그들 중 한 사람이 내게 손을 흔들며 말했다. "우리끼리 하는 얘기에 질린 참이었어요. 와서 당신 얘기 좀 들려줘요."

다들 내 또래로 보였고, 사무직다운 간소하고 효율적인 복장이었다. 두 사람은 안경을 썼고, 셋 다 머리를 간편하게 틀어올리고 있는 것이 외모를 꾸미느라 수선 떠는 것 말고도 할일은 넘친다는 분위기를 풍겼다. 내 얘기를 들려줄 것인지 마음을 정하지 못했지만, 자리를 함께하는 것에 대해서는 개의치 않기로 했다.

"난 제럴딘이에요." 내가 감사를 표하고 자리에 앉자 한 명이 말했다. 제럴딘은 검은 머리칼이 래커처럼 윤기가 흘렀고 금테 안경이 비교적 우뚝 솟은 코 위에 안정적으로 얹혀 있었다. "이쪽은 루스, 당신을 소리쳐 부른 사람은 캐리예요."

루스는 체리색 립스틱을 발랐고 감청색과 흰색의 물방울무늬 원피스를 입었다. 그녀는 활짝 웃으며 나와 악수했고, 다음에 캐리가 내 손을 잡고 신나게 흔들었다. "만나서 반가워요." 캐리가 말했다. "집은 어디예요?"

"저 위에 해컨색이요. 난 콘스턴스라고 해요."

"저기요, 콘스턴스," 캐리가 말했다. "우리는 지난주에 불이 난 3층 건물에서 운좋게 살아 여기 있는 거예요."

"무사히 탈출했군요! 다들 잘 빠져나왔나요?"

"안타깝게도, 털끝을 그슬린 사람도 하나 없어요." 캐리는 한숨을 쉬며 말했다. "뉴욕 역사상 가장 별 볼 일 없는 화재였죠. 연기는 사방에서 났는데 사망자도 붕괴도 없었어요."

"캐리는 기자거든요." 루스가 말했다. "몇 년째 사회란에서 벗어나 범죄란 기사를 쓰려고 노력하는 중이에요. 기삿거리를 만들려고 불이라도 지를 친구죠."

"그랬으면 좋았을 텐데." 캐리가 말했다. "나라면 제대로 질렀을 거야."

"두 분도 언론 쪽에 계신가요?" 나는 루스와 제럴딘에게 물었다.

"난 변호사예요." 제럴딘이 말했다. "여기 루스는 우리 사무실 옆의 회계사무소에서 일하고요. 얘가 나한테 그 아파트를 소개해줬어요. 근데 지금 우리 꼴을 봐요! 저 아수라장을 치울 동안 호텔에 사는 신세랍니다."

"숙박비는 누가 내주는 것이길 바랄게요." 내가 말했다.

제럴딘이 고개를 숙이고 안경 너머로 나를 보았다. "절대 세입자로 변호사는 들이지 마요."

"제럴딘이 다 알아서 처리해줬어요." 캐리가 말을 받았다. "여기 숙박비가 비싸서 불난 집들 중 우리 셋의 집이 제일 먼저 깨끗이 새단장될걸요. 일주일 안에 돌아갈 거예요."

"새단장이라는 건," 루스가 말했다. "새 커튼과 카펫, 새 전선을 뜻하죠. 이번엔 제대로 해주겠지."

"아, 전선이 문제였나요?" 내가 물었다. 화재라면 당연히 방화범의 소행이라고 생각하는 데 익숙해서 누전이 원인일 때도 있다는 걸 잊고 있었다.

테이블 위에 메뉴판이 있었다. 그걸 집어들자 제럴딘이 말했다. "메뉴는 뻔해요. 적환무와 셀러리로 시작하는데 나라면 그건 건너뛰겠어요. 그다음엔 토마토수프, 샐러드, 로스트비프 그리고 평범한 케이크와 파이예요. 애플파이가 제일 나아요. 맛없는 애플파이 본 적 있어요?"

애플파이의 훌륭함을 둘러싸고 논쟁이 벌어질 때 웨이트리스가 우리 앞에 마요네즈를 담은 종지와 적환무와 셀러리가 담긴 접시를 내려놓았다. 나는 아무도 먹으려 들지 않는 것을 확인하고는 야채를 입에 넣었다.

"배가 많이 고픈가봐요!" 제럴딘이 말했다. "끔찍한 맛 아니에요?"

나는 어깨를 으쓱했다. "그래서 마요네즈가 있잖아요."

"당신의 하루는 어땠어요, 미스 콘스턴스?" 루스가 몸을 앞으로 기울이며 말했다. "오늘 저녁엔 당신이 우리의 즐거움이 되어주셔야겠어요, 우린 당신이 호보컨에서 왔다는 것 빼곤 아는 게 없어요."

"해컨색입니다."

"그게 그거 아닌가?" 루스가 말했다.

그들에게 오늘 있었던 일을 이야기해줄 생각은 없었다. 하지만 자리에 앉자마자 나는 그들이 좋아졌고, 불에 아주 약간 그을린 아파트와 흥미로운 직업을 가진 이 독신 여성들처럼 되고 싶다는 마음이 들었다. 널찍하고 간결한 방과 기차 토큰으로 불룩한 지갑이 좋아서 노마와 플러렛과 다 쓰러져가는 시골집을 버리고 나 혼자 살고 싶다는 욕구를 느끼면서, 나는 적잖은 죄책감을 느꼈다. 그러나 맨더린호텔은 왠지 그런 내 욕망을 표면으로 끌어냈고 나는 항복하고 말았다. 재미있는 이야기가 가입비라면, 나한테도 하나쯤은 있다.

"나는 버건 카운티의 보안관 밑에서 일해요." 나는 말했다. "아니 최소한 얼마 전까지는 그랬다는 얘기죠. 지금은 내가 감시하고 있을 때 도망친 죄수를 추적하는 중이에요."

때맞춰 수프가 나왔지만 아무도 신경쓰지 않았다. 기쁨과 흥분으로 감전된 듯 테이블에 짜릿한 정적이 감돌았다. 나는 빙그레 웃어 보이고 스푼을 들었다.

마침내 캐리가 입을 열었다. "당신은 사실을 말하고 있거나 정신이 완전히 나갔거나 둘 중 하나겠군요. 어느 쪽이 더 마음에 드는지 모르겠지만."

수프는 뜨겁고 짭짤했으며, 난 양이 좀더 많았으면 하는 마음뿐이었다. "아, 사실이에요." 나는 그릇을 박박 긁으며 말했다. "〈타임스〉를 봐요."

루스가 숨을 헉 집어삼키고 캐리의 의자 밑으로 손을 뻗었지만 캐리가 더 빨랐다. 캐리는 부스럭거리며 신문을 집어들었다. "어딘지 보여줘요." 그녀가 내 쪽으로 신문을 내밀었다.

나는 제목을 찾아서 그 면이 앞으로 나오게 접었다. 그들이 기사를 읽는 동안 나는 수프를 다 먹었다. 빈 그릇이 치워지고 크림에

버무린 닭고기를 파인애플 위에 동그랗게 얹은 차가운 요리가 나왔다. 나는 소금이 어디 없나 두리번거리다 보이지 않길래 그냥 먹었고, 그동안 세 여자는 돌아가며 신문을 읽었다.

"하지만 여기에 당신 얘긴 하나도 안 나오잖아요!" 루스가 마침내 식탁으로 눈길을 돌리며 말했다.

"보안관은 내 이름이 언급되지 않게 하려고 애쓰고 있어요. 작년에 나와 내 여동생들이 어떤 사건에 휘말린 적이 있는데, 계속 범죄란에 얼굴을 들이밀어서 좋을 게 없으니까요. 게다가 죄수를 놓친 사람이 여성 보안관보라는 걸 자유보유권자위원회에서 알게 되면 아마……"

"여성 보안관보라는 직책을 일반화하는 게 바람직하지 않다고 생각하겠죠." 제럴딘이 말했다.

"아, 여성 보안관보를 환영하는 사람은 아무도 없을 거야." 캐리가 말했다. "뉴욕에서도 아직 방침을 정하지 못했는데. 뉴저지에서 어떻게 생각할지 상상이 안 간다."

"작년에 어떤 사건에 휘말렸는데요?" 루스가 물었다.

"아냐, 아냐, 이 탈주범 사건에 관해 먼저 들어야 해." 캐리가 말했다.

"당신이 어떻게 보안관보로 고용됐는지 알고 싶어요." 제럴딘이 말했다.

"보안관보는 아니에요. 난 재소자들을 관리하는 교도관이었어요, 얼마 전까지는. 하지만 보안관이 배지를 주겠다고 약속했어요." 이 말로, 나는 그날 저녁의 즐거움이 되었다. 나는 로스트비프와 애플파이(맛있긴 했지만 놀라울 정도는 아니었고, 도시 사람들은 단순한 음식에도 호들갑을 떤다는 점을 되새기는 계기가 됐다)를 먹고 커피를 마신 후 마지막으로 테이블이 깨끗이 치워질 때까지 이야기를 풀어놓았다. 우리가 고개를 들었을 때는 밤 열시였다. 반대편 구석에서 브리지를 하는 네 사람 말고는 식당에 아무도 없었다.

"흠, 딴 건 몰라도 이거 하난 확실하네." 내가 이야기를 마치자 캐리가 말했다. "콘스턴스 형사님, 일요일자 신문에 당신 얘기를 반드시 실게 해주세요."

"캐리!" 제럴딘이 말했다. "넌 얘길 듣긴 한 거야? 신문에 언급되는 게 싫다잖아. 모든 사람이 신문에 자기 이름이 나길 바라는 건 아니라고."

"하지만 당신은 유명해질 거예요! 진짜 죽이는 얘기인걸. 삽화가한테 명장면을 그려달라고 의뢰해야지. 콥 자매 세 명이 저마다 총을 들고 있는 그림이 눈에 선하다." 캐리는 테이블을 톡톡 두드리더니 먼 곳을 응시하며 상상의 나래를 펼쳤다. "'레이디 캅 소동을 일으키다.' 그게 기사 제목이야."

"내가 보안관한테 문젯거리란 거예요, 아니면 범죄자들한테 그렇다는 거예요?" 내가 물었다.

"둘 다죠, 현재로선. 어느 쪽으로든 유명해질 거예요."

"네가 유명해지겠지." 루스가 캐리에게 말했다. "넌 오찬 모임 같은 거 말고 뭔가 기삿거리가 될 만한 큰 것 한 방을 원하는 것뿐이잖아."

"오찬 모임이야말로 기삿거리가 되긴 글렀지." 캐리가 대꾸했다. "오찬 모임이 코끼리의 습격을 받거나 악어가 분수에서 기어나오는 바람에 중단됐다면 몰라도."

"악어?"

캐리는 한숨을 푹 내쉬었다. "플로리다에서 있었던 일이야. 마침 거기 있던 운좋은 기자가 보도했어. 호텔에서 열린 오찬이었는데, 분수에 새끼 악어를 몇 마리 넣어두면 근사할 거라고 생각한 사람이 있었나봐. 악어들은 금붕어를 다 먹어치우고 나서 콩소메 수프를 맛보려고 어슬렁 기어나왔어. 미국혁명여성회 회원들이 몽땅 의자 위로 뛰어올라가 새된 비명을 질렀지. 그런 일은 절대 뉴욕에서 일어나는 법이 없다니까."

"생쥐쯤은 나올지도." 루스가 말했다.

"생쥐야 다들 익숙하잖아. 아니, 내게 필요한 건 총을 든 여자 보안관이야."

"그리고 내게 기자가 필요할 날도 오겠죠." 나는 의자를 뒤로 밀고 자리에서 일어서며 말했다. "그때 내가 원하는 기자가 당신이 될 거라는 건 확신해도 좋아요. 하지만 내일 탈주범을 잡으려면 나는 가서 좀 자야겠어요."

캐리가 폰마테지우스 추적에 동행하고 싶다며 애걸복걸했지만, 다른 두 명이 나 혼자 일하게 두라고 뜯어말렸다.

하루에 천 마일은 여행한 기분이었다. 나는 세 여자에게 작별인사를 하고 주소를 교환했다. 십 분 뒤 나는 내 방으로 돌아왔고, 하루종일 입고 다닌 형편없는 드레스와 발목에 구멍이 난 스타킹 차림 그대로 곯아떨어졌다.

새벽 두시에 잠에서 깬 나는 시계를 노려보았다.

내가 지금 뭐하는 거지, 탈주범이 활개치고 다니는데 편안한 호텔방에서 졸고 있어? 다시 생각해보니 헨리 라모트의 조언은 길을 잘못 든 것 같았다. 펠릭스의 아파트에 잠복해 그가 나타나는지 지켜보면서 주변을 감시하면 왜 안 되는가? 내게 제대로 된 단서는 그것뿐인데. 그리고 밤 동안 그곳에 보안관보가 배치됐는지 여부도 확실치 않다. 히스 보안관이 부하들을 어디로 보냈는지 내가 어떻게 알겠는가?

나는 반쯤 어둠에 잠긴 침대에서 빠져나와 창가로 갔다. 피프스 애비뉴는 꿈결 같았다. 검은 택시의 흐릿한 형체들이 자줏빛 안개 속을 헤엄치다 황톳빛 가로등 아래에 와 선다. 사람들이 내리고, 그들은 감은빛에 몸을 숨긴 채, 마치 있으면 안 되는 장소에 온 것처럼 소리 없이 살그머니 움직인다. 탈출한 죄수와 그들의 공범이 아닌 이상 누가 새벽 두시에 나돌아다니겠는가?

나는 아래층으로 내려가서, 야간 출입을 제한하는 벨맨이 졸고 있는 틈을 타 재빨리 빠져나간 다음 한 블록을 달렸고, 다른 호텔 앞에서 대기중인 택시를 발견했다. 택시는 금세 나를 업타운 서쪽의 61번가로 데려다주었다.

"여기 내려드릴 수는 없습니다." 택시 운전사가 나인스 애비뉴에서 길 아래쪽을 미심쩍게 바라보며 말했다. "밤에 이런 시간엔 온갖 것들이 다 나와서 돌아다닌다고요."

"그래서 여기 온 건데요." 나는 운전사가 더 뭐라고 하기 전에 요금을 치르고 차에서 내렸다.

나는 추위에 대비해 목도리를 두 번 돌려 감고 소매를 손끝까지 끌어내렸다. 길가의 보일러실 송풍구에서 증기가 새어나왔다. 저렇게 노후하고 오래된 아파트 주민들도 나보다 더 따뜻하게 지냈다.

길을 따라 늘어선 건물들의 위층 창문 몇 군데에서 주황색 전등

불이 보였지만, 내가 지켜보러 온 건물에는 빛이 하나도 없었다. 거리는 도시의 거리가 허용하는 만큼 고요했고, 그 말은 곧, 부릉거리는 엔진소리와 자갈길 위에서 바퀴가 덜그럭거리는 소리, 이따금 하악거리는 고양이 소리와 달래는 사람 없이 우는 아기 소리 정도는 있다는 뜻이다.

펠릭스가 사는 건물 문은 잠겨 있었다. 나는 그 블록을 한 바퀴 돌며 아까 낮에 지붕에서 내려다본 골목이 어디 있는지 찾았다. 막다른 길에 만들어놓은 듯한, 그래서 내가 찾고 있는 공터로 곧장 이어질 법한 덧문 몇 개를 당겨보기까지 했다. 하지만 별 소득은 없었다.

길가 상점들의 유리창은 어두웠고 대부분 덧문을 내린 상태였다. 나는 독일인이 운영하는 빵집과 창문 안쪽에 빈 갈고리만 걸린 정육점 앞을 지났고, 벽장보다 좁은 나이프가게 앞도 지났다. 그 옆은 막대사탕과 티눈 제거제를 파는 약국이었다. 절대 완전히 캄캄해지는 일이 없는 도시의 어스레한 빛 속에서 상점들은 무대 세트처럼 보였고, 커튼 뒤에서 조용히, 조명이 켜지고 무대의상을 입은 배우들이 걸어나와 가게 주인과 손수레꾼 역을 하기를 기다리는 것 같았다.

나는 모퉁이를 돌아 제자리로 돌아왔고, 펠릭스가 사는 건물을 지켜보며 밤을 새우기로 했다. 내가 막 건너편 건물의 어둑한 현관 계단 앞에 자리를 잡았을 때, 잉글리시 보안관보가 어둠 속에서 나오더니 곧장 내가 있는 쪽으로 걸어왔다. 나는 돌아서서 문간 안쪽으로 피했다.

잉글리시는 나를 보지 못하고 그대로 길을 건넜다. 그는 이쪽저쪽 왔다갔다하다가 이 계단 저 계단에 잠시 앉아 쉬었다. 야간 경계를 서는 보안관보로서는 최대한 눈에 띄지 않으려 노력한 티가 났다. 배지 없는 평범한 코트 차림이었고, 괜히 서성이는 것처럼 보이지 않으려고 종종 길을 벗어나 몸을 숨겼다.

그가 경계를 서고 있다면 나는 여기 있을 필요가 없었다. 결국 그는 나를 알아볼 것이고, 새벽 이 시간에 거리에 있는 여성은 관할구역 밖의 보안관한테라도 제지를 받기 마련이다. 이미 감시 임무를 맡은 남자한테 들키지 않고 펠릭스의 집을 지켜볼 방법은 없었다.

허탈감이 나를 짓눌렀다. 나는 탈주범 추적에 불필요했다. 보안관은 이런 식으로 밤새 어느 구역의 건물을 감시하는 일에 나를 파견하지 않았을 것이다. 당연히, 뉴욕으로 나를 파견할 리도 없었다. 하지만 나는 지금 이곳에 있다.

나는 그늘진 곳에 잠시 서서 잉글리시 보안관보가 문간에 기대어 담배에 불을 붙이는 모습을 보았다. 주황색 불빛이 깜박거리다 죽더니 이내 다시 살아났다. 한 블록 저쪽에서 두 남자가 술에 취해 큰 소리로 논쟁을 벌이는 바람에 잉글리시의 주의가 산만해졌다. 나는 그가 등을 보인 틈을 타 얼른 계단에서 뛰쳐나와 재빨리 나인스 애비뉴 쪽으로 모퉁이를 돌았고, 내게 기꺼이 택시를 불러줄 도어맨이 있는 근처 호텔까지 냅다 달렸다.

10

이튿날 아침, 나는 맨더린호텔에 비치된 뉴욕과 뉴저지의 인명부를 통독하는 작업에 착수했다. 수많은 버크하트 씨와 시퍼 씨와 영맨 씨 중에서 폰마테지우스의 고발자를 찾을 수 있길 바라며 인명부를 샅샅이 뒤지는 일에 족히 한 시간 가까이 소요됐다. 루이스 버크하트는 브루클린에 살고 있을 터였고, 다행히도 뉴욕의 온갖 버크하트 씨들 중 그 이름으로 등재된 사람은 딱 한 명이었다. 시작점으로 삼기에 가장 편리한 지점 같았다.

나는 기운 넘치게 첫발을 내디뎠고, 지갑 한가득 기차 토큰을 구입하자 명쾌한 목표의식이 생겼다. 잡히지 않은 탈주범과 그에 관해 문의할 주소 목록이 있다는 게 왠지 나쁘지 않았다. 내가 폰마테지우스를 놓쳤다는 말이 새어나가면 뉴저지에서는 정말이지 여자 보안관보에 대해 의구심을 품을 수 있었지만, 지금 이 순간 나는 투지에 불타올랐다.

기차를 타자 금세 베드퍼드였다. 널따란 도로 양쪽에 죽 늘어선 벽돌 건물 아파트는 지평선을 향해 곧장 행진하다 그대로 사라질 것 같았다. 버크하트의 집은 수월하게 찾았다. 내가 가진 주소지에 정확히 그 성씨가 적힌 신발가게 간판이 있었다. 그러나 가게에서는 루이스가 어디 있는지 말해주길 꺼렸다.

"루이스가 여기 살지 않나요?" 루이스의 삼촌이라는 남자에게 물었다.

"지금은 안 살아요." 그는 바로 앞에 놓인 신발용 가죽 견본집에서 눈도 떼지 않고 말했다.

"그럼 루이스가 사는 곳 주소를 아십니까?"

그는 작게 콧방귀를 뀌고 고개를 저었다.

"루이스가 말썽에 휘말린 건 아닙니다. 쪽지를 남겨도 될까요?"

"이 근처에서 놈을 볼 일은 없을 거요." 남자는 견본집을 덮고 등을 돌렸다. 그리고 선반 위의 광택제 깡통과 왁스통을 정리했다. 한쪽 귀퉁이에서 열다섯 살쯤 되어 보이는 소녀가 숱이 적은 금발 앞머리 사이로 나를 훔쳐보고 있었다. 남자의 딸인 듯했다.

나는 좀더 다급하게 나갔다. "루이스와 얘기할 수만 있다면, 그가 중대한 문제에 도움을 줄 수 있을 거예요."

남자는 마침내 몸을 돌리고 나를 마주했다. 턱수염이 어마어마했고 눈썹은 웬만한 남자들 콧수염보다 많았다. 남자는 그 뻣뻣한 털들 속에서 나를 노려보다가 구석의 소녀를 의식해 나한테만 들리게 목소리를 낮춰 말했다. "신문에서 봤어요. 당신이 여기 나타난 이유를 알지. 루이스는 당신 같은 사람들과 얘기하고 싶어하지 않아."

남자는 다시 내게 등을 돌렸다. 만약 나한테 배지가 있었다면 대답을 종용할 수 있었겠지만, 현재로서는 강제할 방법이 없었다. 아이들 넷이 가게로 뛰어들어오고 뒤이어 지친 엄마들이 들어오는 바람에 나는 좀더 끈질기게 파고들 기회를 놓쳤다. 가게 주인은 손님들에게 보여줄 신발상자를 꺼내기 위해 카운터 뒤에서 이동식 사다리를 오르내리느라 정신이 없었다. 그는 일부러 나를 못 본 척했다. 나는 가게에서 나와 그다음 피해자, 즉 알폰소 영맨을 찾으러 가야 하나 고민했다. 바로 그때 뒤에서 누군가가 내 팔꿈치를 잡았다.

가게에 있던 소녀가 코트도 모자도 없이 이 추위에 달려나온 것이다. 나는 찬바람을 피하기 위해 아이를 데리고 신발가게에서 몇 집 떨어진 곳의 차양 밑으로 들어갔다.

소녀는 팔짱을 끼고 제자리에서 콩콩 뛰었다. "루이스한테 무슨 문제가 생긴 건 아니죠?"

"전혀. 그냥 몇 가지 물어보고 싶은 게 있을 뿐이야."

아이는 고개를 옆으로 기울인 채 눈을 가늘게 뜨고 나를 쳐다봤다. "뭘 묻고 싶은데요?"

확실히 정해둔 건 없었지만 그걸 시인하긴 싫었다. "여기서 말할 수는 없어."

"경찰은 아니죠?"

"이번 건과 관련해 보안관을 돕고 있지."

소녀는 어깨 너머로 뒤를 돌아보더니 말했다. "루이스가 말썽에 휘말리지 않는다고 약속한다면요."

"그런 일은 없을 거야."

"뭐, 그렇다면. 루이스는 다른 가게에 있어요."

"다른 가게?"

"버크하트 형제 신발가게 분점이요. 러더퍼드에 있어요. 지금은 영업을 안 하지만, 그 위층에 루이스의 어머니가 아직 살고 계세요."

"혹시 다른 청년들에 관해 뭔가 아는 건 없니? 알폰소 영맨이나 프레더릭 시퍼에 관해서. 그들 셋이 친구였어?"

소녀는 안절부절못하며 다시 주위를 둘러보고 앞으로 내려온 머리칼 한 올을 잘근잘근 씹었다. "이만 들어가봐야겠어요. 루이스한테 프레더릭이 어디 있는지 물어봐요. 어디든 붙어다니니까. 나머지 한 명은 잘 몰라요."

그 말을 끝으로 아이는 뒤로 돌아 가게 안으로 뛰어들어갔다. 프레더릭 시퍼의 주소는 모르고, 브루클린에 사는 A. 영맨들의 기나긴 명단을 일일이 쫓아다니는 것도 무리였으므로, 뉴저지로 돌아가 루이스 버크하트를 찾아보는 수밖에 없었다. 나는 모퉁이 가판대에서 신문을 사서 기차 안에서 읽으며 폰마테지우스에 관한 기사를 찾았다. 한 건도 없었다.

기차가 요동치며 러더퍼드에 다다르자 점차 거세지던 비바람이 정점을 찍었다. 빗방울이 공원 앞 상점들의 차양을 사정없이 두들겼고, 멋진 모자를 쓴 여자들이 그 밑에 모여 비가 잠잠해지길 기다렸다. 사람이 너무 많아서 나는 어쩔 수 없이 도로 쪽으로 밀려나왔고, 흠딱 젖은 사람들을 피해 첨벙거리며 도랑을 걸어야 했다. 부츠가 진흙에 푹푹 잠겼지만 꿋꿋이 걸어 우체국과 문방구 앞을 지났다. 어느 아담한 가게 앞에 나무로 만든 장난감 기차가 지금 내가 서 있는 거리를 똑같이 재현한 미니어처 상점가를 구불구불 달리는 모형이 있었다. 나는 기차역의 붉은 지붕을 알아보았고, 바로 이 가게 유리창을 들여다보는 나 자신의 모형을, 나무로 조각해 공들여 채색하고 앙증맞은 인형 옷을 입힌 내 미니어처를 보았다 해도 놀라지 않았을 것이다.

이미 들은 대로 신발가게는 문을 닫았지만 '버크하트 형제'라는 간판은 아직 달려 있었다. 먼지 낀 창문 안쪽으로 보이는 건 어둠 속에 웅크린 빈 선반과 벤치뿐이었다. 변색된 금전등록기는 거미줄로 뒤덮여 있었다.

나는 가게 옆 문의 초인종을 눌렀다. 대답을 듣기까지 세 번인가 네 번 눌러야 했지만, 마침내 부스스한 갈색 머리칼의 청년이 나와 창문 안쪽에서 나를 쳐다보았다. 우리는 잠시 서로를 찬찬히 살폈고, 이윽고 청년이 문을 열었다.

"루이스?" 내가 물었다.

"아뇨." 다음에 내가 무슨 질문을 하든 답하지 않겠다는 거부의 표현이었다. 청년은 문을 닫았다.

"루이스, 너한테 문제가 생긴 게 아니야." 나는 창문에 대고 말했다. "그냥 뭘 좀 물어보려고 온 거야."

루이스는 팔짱을 꼈고, 브루클린에서 만난 그 여자애와 닮았다는 걸 알 수 있었다. 분명 사촌지간일 것이다. 똑같이 미간이 넓고 코가 높고 뾰족했다. 성인이 다 됐지만 왠지 순박하고 어린애 같은 면이 있었다.

어색하게 서로 쳐다보다 내가 말을 꺼냈다. "나는 카운티 보안국에서 일해."

"그 사람이 달아났군요." 청년은 가늘고 겁먹은 목소리였다. 눈을 깜박이다 시선을 떨어뜨렸고, 두 팔은 단단히 팔짱을 낀 채였다.

"그자를 찾기 위해 가능한 수단을 총동원하고 있어."

"뭐, 나하곤 관계없는 일이에요." 루이스가 말했다.

"그냥 얘기를 좀 하고 싶어서 그래. 잠깐 들어가도 될까."

"어머니가 아프세요." 우리는 말없이 서로를 응시했고, 잠시 후 루이스가 문을 열었다.

나는 청년의 뒤를 따라 삐걱거리는 넓은 계단을 올라갔다. 계단참에서 흰곰팡이 냄새와 함께 평생 쌓인 기름 찌꺼기와 오븐 연기 냄새가 났다. 누가 생선뼈를 버리고 빈 통을 계단에 놔두는 바람에 희미하게 비린내가 났다.

2층에는 문이 하나밖에 없었으므로, 그들이 한 층을 온전히 다 쓰고 있는 게 분명했다. 계단은 위로 계속 이어졌는데, 아마도 위층 방들은 세를 주었을 것이다. 루이스가 안으로 들어가 어머니와 이야기하는 동안 나는 문 앞에서 기다렸다. 청년의 나직한 말소리와 그에 답하는 애잔한 기침소리가 들렸다. 컵에 물을 따르는 소리가 났고, 마른기침 소리와 씨근덕거리는 숨소리가 이어졌다.

계단참은 의외로 따뜻했다. 나는 젖은 목도리를 풀었다. 마침내 루이스가 문을 열었고, 손님을 맞을 준비가 되어 있지 않은 거실로 나를 안내했다. 소파 위에 세탁물과 수선물이 산처럼 쌓여 있고, 거실 한가운데 테이블이 있어야 할 자리를 목제 다리미대가 떡하니 차지하고 있었다. 한쪽 벽면의 싱크대와 낡은 검정 스토브에는 냄비와 접시가 가득했다. 접이식 테이블이 한쪽 벽에 밀어붙여져 있고 나무의자 두 개가 그 옆에 나란히 있었다. 그 의자에 앉으라는 건지 아닌지 모르겠어서 나는 그냥 서 있었다.

루이스는 턱살이 늘어졌고 신경질적으로 귀를 잡아당기는 버릇이 있었다. 그는 일자로 입을 꾹 다물고 있었다. 그 나이 또래 남자애들은 대부분 허세와 야심으로 그득한데, 루이스는 그런 기색이 하나도 없었다. 우리 교도소를 들락거리는 좀도둑이나 소매치기를 떠올리자 속이 메스꺼워졌다. 이미 이 청년이 그런 사람들과 마찬가지로 생기 없는 우울함에 사로잡힌 게 아닌지 걱정스러웠다.

나는 이렇게 말문을 열었다. "아래층은 아버님이 하시는 가게니?"

루이스는 고개도 들지 않고 대답했다. "돌아가시기 전까지요. 아버지 없인 가게를 꾸려나갈 수가 없어서."

"괜한 걸 물어봐서 미안해."

"괜찮아요." 루이스는 시선을 발치에 고정했다.

나는 루이스가 나를 봤으면 하는 마음에 허리를 굽혔다. "루이스, 나는 닥터 폰마테지우스가 있을 만한 곳을 알아내려는 중이야. 그와 관련된 사람들을 모조리 찾아보고 있어. 요양원으로 그를 찾아온 사람들이나 정기적으로 연락을 주고받던 사람들 중에 누구 기억나는 사람 없어? 우리를 제대로 된 방향으로 이끌어줄 사람, 그가 숨어 있는 곳이 어디인지 알려줄 사람의 이름."

그는 고개를 젓고 무심결에 목덜미를 긁었다. 나는 기다렸다. 젖은 부츠 속에서 발이 붓기 시작했지만 가급적 옴짝하지 않으려 노력했다. 교도소에 있으면서, 목격자들이 단지 불편한 침묵을 견디지 못해 불쑥 정보를 내뱉기도 한다는 걸 배웠다. 그러나 루이스에게는 통하지 않았다.

안쪽에서 기침소리가 들렸다. "어머니도 함께 얘기할 수 있을까?"

"대화를 할 만한 상태가 아니에요. 침대에 누워 계세요."

"의사는 만나보셨어?"

"간호사라도 되세요?"

"아니, 하지만 가능하면 얘기를 좀 나눠보고 싶은데."

그의 어머니를 괴롭히는 병이 뭔지 알지도 못하면서 어머니와 얘기를 나눠도 될까 싶었지만, 애써 여기까지 왔는데 말 한마디 안 해본다면 후회할 것 같았다. 나는 루이스의 뒤를 따라 거실 못지않게 지저분하고 뭐가 잔뜩 쌓인 공간을 지나 공원 뒤 샛길이 내려다보이는 자리의 작은 침대로 다가갔다. 미시즈 버크하트는 얇은 베개 한 무더기로 허리를 받치고 있었다. 그녀는 우리를 보고 손수건을 움켜쥐더니 담요를 가슴께까지 끌어올렸다. 잿빛 머리칼은 어깨에 드리워져 있었고 얼굴 피부는 축 처져 있었다.

"엄마, 이분이 엄마하고 얘기하고 싶대요." 루이스가 말했다. 미시즈 버크하트는 한 손을 들었을 뿐 아무 말이 없었다. 나는 미소를 지어 보였다.

"이만 가봐도 돼." 나는 루이스에게 말했다.

청년이 어머니를 쳐다보며 허락을 구했고, 미시즈 버크하트는 고개를 끄덕였다. 루이스가 나가자 부인은 허리를 세우고 앉아 뭔가를 말하려 했지만, 기침이 발작적으로 쏟아졌다. 침대맡에 양철컵이 있길래 컵을 들어 부인에게 건넸으나 그녀는 손을 저어 거절했다. 그때 내 지갑 속에 레몬 사탕 한 봉지가 있다는 게 생각났다. 미시즈 버크하트는 그걸 보고 활짝 웃으며 손을 벌렸다. 우리는 사탕을 하나씩 먹었고, 잠시 후 미시즈 버크하트는 말을 할 수 있게 되었다.

"루이스는 그냥 어린애예요." 그녀가 꺽꺽거리는 소리로 말했다. "그애 잘못이 아니에요."

"루이스에게 무척 버거운 일이었나요?" 나는 당시 사건에 대해 아는 게 거의 없다는 것을 들키고 싶지 않았다.

미시즈 버크하트는 숄을 끌어다 어깨에 걸치고 창밖을 바라보았다. 코가 새빨갛고 기묘하게 컸다. 콧구멍에서 코털이 구둣솔처럼 삐져나왔다.

"애 아버지는 애가 의사가 되길 바랐어요. 난 그 일이 적절한 출발점이 될 거라고 생각했고요. 요양원 잡역부로 일하면서 감을 잡으라고. 그 작자가 무슨 짓을 하는지는 꿈에도 몰랐어요."

그녀는 말을 안 해준 게 내 잘못이라도 되는 것처럼 내게 비난의 눈길을 보냈다. "아무도 몰랐을 거예요." 나는 궁색하게 말했다.

"그 작자는 루이스에게 마스크 씌우는 일을 시켰어요." 부인의 어투가 뭔가 소름 끼쳤다.

"마스크라면…… 에테르 말씀이세요? 아니면 클로로포름?"

그녀는 고개를 끄덕였다. "딱 환자들을 침대에 잡아둘 수 있을 만큼만, 그래서 가족들이 아직 치료가 더 필요하구나, 하고 속아넘어갈 정도로. 그러다 가족들이 더는 치료비를 내지 못하면 우리 루이스와 그 프레더릭이라는 애가 가서 치료비를 받아내야 했어요. 그림이랑 보석, 심지어 가구까지 가져왔지. 할머니가 쓰던 뷰로*처럼 오래되고 좋은 물건들을. 우리 애가 거짓말을 하고 돌아다니면서 사람들 물건을 빼앗아오다니, 상상이 돼요?"

---

* 서랍이 달린 책상.

상상이 되지 않았다. 루이스는 너무 숫기가 없고 가냘픈 청년이었다. "그걸 언제 알게 되셨습니까?"

"너무 늦어서 어떻게 손을 쓸 수 없게 된 후에." 부인이 씨근덕거리기 시작했고 물을 한 잔 마셨다. "루이스는 자기가 그 여자애를 죽인 줄 알았어요. 약을 너무 많이 줬다고 생각한 거지. 집으로 달려와서 자기가 무슨 짓을 했는지 다 털어놓고 바로 거기 마룻바닥에 주저앉아 어린애처럼 엉엉 울었어요. 그때 처음으로 뭐가 잘못돼도 단단히 잘못됐단 걸 알았지."

불현듯 그림이 그려졌다. 약에 절어 퇴원도 못하고 무슨 짓을 당하고 있는지 알지도 못하는 여자들로 가득한 집. 폰마테지우스는 환자들이 그런 상태로 있는 한 그들의 부모를 마음껏 휘두를 수 있었을 것이다. 어떻게 그런 놈이 고작 일 년 형을 받은 거지?

"하지만 루이스는 그 아가씨를 죽이지 않았지요." 나는 확신보다는 희망을 품고 말했다.

미시즈 버크하트는 고개를 끄덕였다. "여자는 의식을 찾았어요. 물론 그때쯤 모든 게 끝났죠. 다 아시는 얘기잖아요." 목구멍에 뭐가 걸렸는지 부인은 또 기침을 심하게 했고, 우리 둘은 레몬 사탕을 하나씩 더 먹었다. 나는 부인 옆 테이블에 사탕 봉지를 올려놨다. 그녀는 감사를 담아 봉지를 토닥이고 이만 가보라고 손을 저었다. 그러나 나는 마음이 찜찜했다.

"미시즈 버크하트, 의사는 만나보셨어요? 상태가 굉장히 안 좋아 보여요. 아드님이 어머니를 많이 의지하는데."

"의사도 별수없어요." 부인이 갈라진 목소리로 말했다. "무두질을 너무 오래했어. 그래서 이가 다 빠지고 맨날 열이 나고 목에 혹도 몇 개 달리고." 부인이 숄을 벗자 귀 뒤에 주먹만한 혹이 보였고, 나는 말을 잃었다.

조그만 배불뚝이 난로 덕분에 뜻밖에도 방안은 훈훈했지만 부인은 오들오들 떨었다. 나는 목깃을 느슨히 풀었고, 시원한 바람을 쐬고 싶었다. 빗방울이 지저분한 물길을 내며 창문을 타고 흘러내렸다. 문득 나도 밖에 나가 빗물에 씻기고 싶다는 충동이 일었다. 질병과 먼지에 숨이 막힐 듯 갑갑했다.

"프레더릭은 만나봤어요?" 부인이 그렁그렁한 숨을 밭게 내쉬며 말했다.

"어디 있는지 몰라요. 부인은 아세요?"

"아직 그 유리공장에 다닐 텐데."

"오리엔트 웨이에 있는 유리공장요?"

그녀는 다시 손을 내저어 나를 물리쳤다. "그쪽으로 가봐요. 루이스는 놔두고. 얘는 충분히 고생했어요. 그리고 그 작자를 잡아넣어." 미시즈 버크하트는 두 눈에 한을 품고 나를 쳐다보았다.

나는 목소리의 떨림을 감추지 못했다. "보안관이 부하를 모두 풀어 수색중입니다."

"그리고 당신도 수색중이지." 부인은 기침을 하는 와중에도 용케 말을 이었고, 합죽한 입으로 다소 흉측한 웃음을 지어 보였지만 그래도 약간 마음이 풀린 미소였다. "당신이 그 작자를 잡는 거야."

베개 하나가 미끄러졌고, 나는 그걸 집어서 도로 잘 올려놓았다. "좀 쉬세요."

유리공장은 공동묘지 가장자리에, 도시를 막 벗어나 자갈 포장

길이 끝나는 지점에 자리잡고 있었다. 공장이라고 해봤자 페인트 칠 된 벽돌을 쌓은 낡고 거대한 창고에 불과했다. 공장 안쪽에서 피어오른 연기 기둥이 가랑비 속에서 흩어졌다. 파란 작업복을 입은 남자들이 창유리를 담은 궤짝들을 갖고 나와 문 앞에 늘어선 수레에 싣고 있었다.

유리 파편을 담은 통과 빗자루를 든 소년이 나를 빙 돌아가려 했지만 내가 그 앞을 막아섰다.

"프레더릭 시퍼한테 전할 말이 있어. 잠깐 여기로 나오라고 조용히 전해줄래?" 나는 소년의 손에 오 센트짜리 동전을 하나 쥐여주었다. 통을 내려놓고 쏜살같이 달려간 걸 보면 그걸로 충분했던 모양이다.

잠시 후 프레더릭이 성큼성큼 마당으로 걸어나왔다. 숱 많은 곱슬머리에 키가 크고 어깨가 떡 벌어진 청년이었다. 육체노동을 하는 남자들 중에는 본인이 잘생겼다는 것을 전혀 의식하지 못하는 사람들이 있는데, 그도 그런 타고난 미모의 소유자였다. 사각턱, 느긋하고 환한 미소, 새카만 속눈썹과 파란 눈. 브로드웨이 남자배우의 절반은 이 외모와 자신의 외모를 기꺼이 바꿀 것이다. 그러나 프레더릭 같은 남자는 제 얼굴의 이목구비로 돈을 벌 수 있다는 생각은 꿈에도 해보지 않았을 것이다.

프레더릭은 내 얼굴이 제대로 보일 때까지 다가왔다가 걸음을 멈췄고, 자갈에 발이 미끄러졌다. 몇몇 남자들이 우리 쪽으로 고개를 돌렸다. 나는 그가 도로 들어가버릴까봐 앞으로 몇 발짝 다가서서 좀 크다 싶은 목소리로 외쳤다. "시퍼 씨, 좋은 소식이 있습니다."

그는 내 쪽으로 오는 수밖에 없었다. 그가 무슨 말을 꺼내기도 전에 내가 고개를 내밀고 속삭였다. "도둑맞은 시계와 물건들을 되찾아서, 주인을 확인하러 온 거라고 해."

프레더릭은 툴툴거리면서도 마당 쪽으로 돌아서서 큰 소리로 말했다. "와, 이거 좋은 소식인데! 잠깐 알아보고 금방 들어갈게요." 그러고 나서 그는 나를 따라 길을 건너 젖은 풀밭에 섰다. 내 뒤는 공동묘지 뒤쪽 구석 땅으로, 아무도 안쪽까지 묘가 채워질 거라 예상하지 않은 아직 임자가 없는 오래된 구역이었다.

일단 사람들한테 들리지 않을 정도의 거리가 되자 프레더릭이 물었다. "관에서 나오신 분 같은데. 나한테 무슨 문제라도 생겼나요?"

언제부터 이렇게 금방 정체를 들키게 됐지? "나는 카운티 보안국에서 일해. 이틀 전에 닥터 폰마테지우스가 탈출한 건 알고 있지?"

그의 시선은 계속 유리공장을 주시했다. "그런 얘길 듣긴 했죠."

"관련자들과 친구들, 그를 만났을 법한 사람들을 찾는 중이야. 현재 그의 도피를 도울 만한 사람이 있을까?"

프레더릭은 고개를 저었다. "그곳에서 있었던 일을 잊으려고 제법 바쁘게 살아왔어요. 아무한테도 그 얘긴 하지 않았고요. 난 그냥 거기서 주어진 일을 한 것뿐이에요. 환자들 이송을 돕고. 무거운 걸 나르고." 그는 돌아가려고 몸을 돌렸다.

"루이스 버크하트 일은 어떻게 된 거지?" 내가 물었다.

프레더릭은 걸음을 멈추고 다시 뒤로 돌았다. 이번에는 부츠부터 모자까지 나를 찬찬히 훑어보았다. "뭐하는 분이세요?"

"말했잖아. 보안국에서 일한다고. 콘스턴스 콥이라고 해."

그는 고개를 왼쪽에서 오른쪽으로 기울였다 다시 바로 하면서 곰곰 생각했다. "여자 형사라." 그는 시간을 끌며 말했다.

그런 유의 얘기는 나로선 흥미도 재미도 없어서 대꾸하지 않았다.

"루이스는 그냥 애였어요. 그런 것들은 보지 말았어야 했는데. 그 의사 양반이, 진짜 의사인지 아닌지도 모르겠지만, 루이스한테 겁을 왕창 줘서 입을 막았어요. 비어트리스에 대해 한마디라도 벙긋했다간 소년원에 보내버리겠다고 했죠. 루이스는 자기 혼자 감당할 수 있을 거라 생각했고, 걔 생각이 맞았을 수도 있어요. 그 불쌍한 녀석은 요양원에 대한 악몽을 꾸곤 했어요. 분명 지금도 그럴 거고요."

"비어트리스?"

"그 여자요. 비어트리스 풀러."

"루이스가 죽었다고 생각한 여자 말이군. 클로로포름을 너무 많이 췄다고 생각했지."

프레더릭은 고개를 끄덕였다. "그 의사가 결혼하려 했던 여자예요. 뭐, 실제로 결혼했을걸요."

"아니 그게 무슨……"

한 남자가 밖으로 나와 프레더릭을 소리쳐 불렀다. 프레더릭은 한 걸음 뒤로 물러나며 말했다. "몰랐어요? 보안국에서 일한다면서……"

"맞아." 나는 서둘러 말했다. "하지만 세부 사항을 일일이 알려주진 않으니까."

그는 작게 쯧 소리를 내고 뒤를 돌아 공장을 보았다. "뭘 몰라도 한참 모르시네. 이봐요, 폰마테지우스는 빚이 엄청 많았어요. 그놈은 환자들을 되도록 오래 붙잡아두고 환자 가족들한테 돈을 뜯어내려고 갖은 방법을 짜냈어요. 환자들이 계속 아픈 상태로 있게 했다고요. 알아들어요?"

나는 고개를 끄덕였다. 생각만 해도 메스꺼웠다.

"그리고 그 비어트리스라는 여자는…… 그 여자네 부모가 뉴욕 돈의 절반은 가지고 있는 모양이더라고요. 그 의사놈은 비어트리스가 아주 특별한 여자라고, 시간만 좀더 들이면 자기 보호 아래 활짝 꽃을 피우게 될 거라고 헛소리를 늘어놓으며 그 여자 아버지를 구워삶았어요. 어느 날 비어트리스와 결혼하겠다는 아이디어가 떠오른 모양이죠. 그 여자는 의사가 하도 약을 많이 줘서 자기 이름도 제대로 모르는 상태였어요. 폰마테지우스는 옛 지기인 목사한테 전화해서 자기 집 거실에서 결혼식을 올렸어요. 그때 루이스와 내가 경찰서에 간 거였고. 결혼식을 막기엔 너무 늦었지만, 비어트리스의 부모가 혼인을 무효화했고 놈은 감옥에 갔어요. 내가 아는 건 그게 다예요."

"다른 환자들은? 폰마테지우스가 다른 환자들한테는 무슨 짓을 했어?"

그는 고개를 저으며 몸을 돌렸다. 나는 그의 등뒤에 대고 외쳤다. "알폰소 영맨은 어디 가면 만날 수 있지?"

"못 본 지 한참 됐어요." 그는 어깨 너머로 소리쳤다. "마지막으로 듣기론 쪽방촌에 있다던데. 알다시피 거긴 그냥 잠깐 거쳐가는 곳이잖아요. 뉴욕 이스트사이드에 있는."

장갑을 꼈는데도 손가락에 감각이 없었다. 나는 손에서 불이 날 정도로 두 손을 힘껏 비볐다. 프레더릭 시퍼로서는 해줄 수 있는 말을 다 해줬고, 그걸로 충분했다. 빈손으로 하루를 시작했지만, 지금은 이스트사이드의 쪽방촌과 비어트리스라는 이름의 여자, 그

리고 잊고 싶은 힘든 기억만 지닌 두 청년을 알아냈다. 히스 보안
관은 무엇을 알아냈을까?

11

유리공장을 나오는데, 가는 길에 폰마테지우스가 운영하던 요양원이 있는 카미타 애비뉴를 지난다는 게 생각났다. 그 요양원을 본 적이 없는데도 사악하고 불쾌한 기운이 느껴졌다. 폰마테지우스가 그렇게 뻔하고 들키기 쉬운 곳에 숨어 있을 리 없었지만 요양원이 가까워질수록 신경이 곤두서고 숨이 막히는 것 같았다. 이제껏 버려진 건물에 무단으로 침입한 전력은 없지만, 만약 비어 있다면 꼭 들어가봐야 직성이 풀릴 게 틀림없었다.

카미타 애비뉴의 넓은 도로 양쪽에 줄지어 선 키가 크고 우아한 가로수들은 잎을 전부 떨궜고, 낮게 내려앉은 음울한 하늘을 배경으로 벌거벗은 가지들이 뒤얽혀 격자무늬를 만들었다. 주택들은 안락하고 쾌적해 보였으나 호화롭지는 않았다. 깊숙한 앞쪽 포치, 박공지붕의 2층 건물, 환한 색으로 페인트칠한 덧창. 길가 양쪽의 잔디가 인도 쪽으로 완만한 경사를 이루었다.

요양원은 그 블록의 다른 주택들과 다르지 않았다. 나는 길가에 서서 집을 바라보며 그 안에서 일어났던 일들을 상상했다. 점잖은 집안들이 돈을 사취당하고, 신경과민 환자들은 너무 쇠약하고 약에 절어서 자신들에게 무슨 일이 일어나는지 알지 못한다. 폰마테지우스의 학대와 기만을 생각하면 요양원 건물은 거친 목조와 석재로 지은 낡고 음산한 폐허여야 할 것 같았다. 좁고 불이 켜져 있지 않은 나선형 계단을 통해 올라가는 작은 탑, 기억에서 지워진 축축한 지하실로 내려가는 수상하게 생긴 뚜껑 문, 환자들의 탈출을 막으려 쇠창살을 댄 창문.

하지만 그런 건 없었다. 전면에 하얀 기둥이 늘어서 있고, 현관 쌍여닫이문에는 황동 고리쇠가 달렸고, 붉은 벽돌색으로 외장을 칠한 위풍당당한 주택이었다. 창문 아래서 수국이 종잇장처럼 하늘하늘한 꽃을 피워올렸다. 지붕 위에 솟은 벽돌 굴뚝 세 개는 불을 때면 집안이 기분좋게 따스해짐을 시사했다.

그곳이 요양원이라는 걸 알 수 있는 표시는 전혀 없었는데, 이런 동네에서는 그런 게 관습일 것이다. 이런 곳이라면 환자들도 병약자와 정신이상자를 수용하는 곳을 들락거리는 사람으로 보이지는 않을 것이다. 부유한 집안은 사생활을 지키고 싶어한다.

그들은 이렇게 품위 있고 눈에 띄지 않는 건물에 깜박 속았을 것이다. 나라도 그랬을 거다.

정문은 맹꽁이자물쇠로 잠겨 있었고, 창문은 호기심 어린 시선을 피해 커튼이 쳐져 있었다. 나는 잔디밭을 지나 집 주위를 한 바퀴 돌아보았다. 이웃 주민들의 눈에 띄지 않는 뒤쪽 창문에는 창살이 쳐져 있다. 분명 환자들 방일 것이다.

집 뒤쪽의 덧창을 내린 1층 창문으로 냉각실과 그 너머의 넓은 부엌이 언뜻 보였고, 이런 성격의 시설에 필수이듯 스토브 두 개와 싱크대 두 개가 구비되어 있었다. 후문 계단 위 돌멩이 밑에 한참 지난 낙농장 청구서가 놓여 있고, 커피 깡통 속 오래된 담배꽁초들은 퉁퉁 불어 빗물에 떠다녔다.

그 외에 내부를 엿볼 수 있는 창문은 딱 하나였다. 커튼이 고리에서 빠져 늘어진 부분이 있어 한쪽 유리창으로 빈방과 그 너머의 다른 방이 보였다. 벽에 기대어 세워놓은 황금색 액자 몇 개와 여기저기 놓인 묘한 생김새의 의자와 테이블 두어 개를 제외하곤 텅빈 듯했다. 내가 들었던 사치스러운 골동품과 러그들은 다 어디 있는 걸까?

창틀 몇 곳을 밀어보고 문짝도 전부 발로 차봤지만 하나같이 꿈쩍도 하지 않았다. 유리창을 깨지 않고선 들어갈 방법이 없었다. 나는 집 주위를 한번 더 돌아보다 뒤꼍에서 지하실 문을 발견했다. 집의 나머지 부분과 똑같은 색으로 칠해져 있어 못 보고 지나치기 쉬웠다.

정식 손잡이는 없고 녹슨 철제 빗장만 걸려 있었다. 힘으로 열어보려 했지만 잘되지 않았다. 쓸 수 있는 도구는 아까 본 낡은 커피 깡통뿐이었다. 나는 빗물을 쏟아버리고 깡통 테두리를 걸쇠와 문기둥 사이에 억지로 밀어넣었다. 깡통이 찌그러질 정도로 힘껏 눌러야 했지만, 나름 제 역할을 해서 걸쇠가 비틀리며 열렸다.

그래도 문은 꿈쩍하지 않았다. 안에도 잠금쇠가 있는 모양이었다. 제법 세게 흔들었지만 허탕이었다. 달리 들어갈 방법이 없어서, 나는 뒤로 물러나 치마를 걷어올리고 힘껏 발길질을 했다. 나무 쪼개지는 소리가 나길래 경첩이 나갔을까봐 걱정했으나, 안쪽 걸쇠만 문기둥에서 떨어져나갔을 뿐이었다. 지하실 안으로 들어서자 코트가 녹슨 나사에 걸렸다.

플러렛은 지하 창고와 거미와 먼지와 좁고 어두운 곳이라면 무조건 겁을 냈는데, 나는 아무렇지 않았다. 헤치고 지나가려면 허리를 굽혀야 하니 좀 불편할 뿐이었다. 지하 창고의 딱딱한 바닥에는 먼지가 쌓였고 목제 선반에는 빈 유리 단지들이 놓여 있었다. 한쪽 구석의 낡은 흔들의자와 손잡이가 부러진 빗자루 말고는 아무것도 없었다. 나는 뒤로 돌아 문 쪽을 보았다. 걸쇠는 몇 년 동안 아무도 손대지 않은 듯했다. 최근에 누가 이 집에 들어왔다 해도, 이 길로 들어오진 않았다.

부엌으로 이어지는 짧은 계단에는 아까 창문으로 본 것 외엔 별게 없었다. 몇 달 동안 환기하지 않은 집에서 나는 퀴퀴한 곰팡내가 풍겼다. 거울이 깨진 찬장 하나뿐인 식당에 들어서자 내 부츠 소리만 공허하게 울렸다. 그 너머가 응접실이었다. 남아 있는 가구는 죄다 어딘가 문제가 있는 것들이었다. 다리 하나가 없어 옆으로 넘어간 악보 보관장, 중앙에 불에 탄 흔적이 있는 빛바랜 러그. 방 귀퉁이마다 종이가 쌓여 있었는데 신문과 의학 잡지, 청과상과 양복점 청구서 따위였고 챙길 만한 것은 없었다.

계단을 올라가면서 창문 앞을 지날 때는 밖에서 안 보이게 허리와 고개를 푹 숙였다. 계단을 밟을 때마다 삐걱거리는 소리가 빈방들에 메아리쳤다. 나는 낡은 집의 정적을 깨지 않으려 어느샌가부터 살금살금 걷고 있었다.

위층에는 철제 난간 침대와 구식 세면대가 놓인 기숙사 스타일의 방들이 있었다. 벽지의 더 선명한 부분은 액자가 걸려 있던 자리를 알려주었다. 어느 방에는 낡은 베개가 잔뜩 쌓인 아기용 철제 침대가 있었고, 베갯잇이 다 해져 솔기에서 깃털이 밀려나왔다. 침대 밑에서 앞면이 박살난 오십 센트짜리 알람시계와 드레스 밑단에서 뜯긴 듯한 너덜너덜한 레이스 자락을 발견했다.

복도 맨 끝 방에는 의료기기가 쌓여 있었다. 낡은 목발 한 쌍, 좌석 부분이 다 갈라지고 쪼개진 환자용 라탄 의자. 고무밴드와 벨트로 만든 누런 보조기기 한 더미는 허리 지지대와 탈장대, 어깨를 펴게 하는 자세 교정기 등등인 듯했다. 부서지기 쉬운 보강용 깁스 상자가 창턱에 얹혀 있었다.

쓸 만한 것은 이미 싹 다 챙겨나간 것 같았다. 그게 누구든 열쇠를 가진 사람임이 분명했다. 창문과 문짝 어느 하나 억지로 연 흔적은 없었다. 나는 잠시 더 여기저기 기웃거리며 헐거워진 마룻바닥을 눌러보거나 난로 받침대를 들여다봤다. 집안을 이리저리 돌아다니며 이것저것 두들기고 살피자니 괜히 공무원이 거들먹거리는 기분이었다. 그런 기분쯤이야 무시하면 그만이지만 도움이 될 만한 물건을 발견하는 것은 전혀 쉽지 않았다. 의미 있는 것은 단 하나도 눈에 띄지 않았다.

나는 들어왔던 길로 되짚어 나와, 누가 건드린 것처럼 보이지 않도록 지하실 문짝의 빗장을 다시 잘 걸어두었다. 막 거리로 나오는데 비가 내리기 시작했다. 서둘러 기차역으로 향했지만 루이스 버크하트의 신발가게 앞에서 걸음이 느려졌다. 전에는 이 길 위쪽에, 러더퍼드 번화가를 내려다보는 야트막한 언덕길 위에 병원 간판이 있다는 걸 전혀 눈치채지 못했다.

오늘의 마지막을 이렇게 헛되이 보낼 수는 없었다. 나는 병원으로 달려가 문을 두드렸다.

붙어 있는 표지판에 따르면 W. C. 윌리엄스 병원의 영업시간은 한시에서 두시, 그리고 저녁 일곱시에서 여덟시 반이었다. 시간은 이미 오후 한중간이었지만 나는 고집스럽게 연신 문을 두드리고 놋쇠 종을 흔들어댔다.

문이 스르륵 열리더니 섬세하고 사려 깊은 얼굴에 정수리부터 머리숱이 줄고 있는 삼십대 남자가 얼굴을 내밀었다. 짜증이 좀 난 듯했지만 그렇게 불친절한 표정은 아니었다.

"근무시간이 아닙니다만." 남자가 표지판을 가리키며 말했다.

"알고 있습니다. 기차역에 가는 길에 잠깐 들른 건데……"

그는 억지 미소를 지으며 말허리를 잘랐다. "기차를 탈 수 있을 정도로 건강하다면 의사는 필요 없으실 텐데요."

"제가 아니에요." 나는 의사가 문을 닫지 못하게 손으로 문을 붙잡아야 했다. 의사는 기분 상한 얼굴로 팔짱을 꼈다.

"미시즈 버크하트예요, 신발가게 위층에 사시는. 그분을 아세요? 바로 저쪽에 사시는데." 나는 몸을 틀어 가게 쪽을 가리켰다. 상당히 가까운 거리였다. "그 집 아들은 루이스 버크하트고, 아버지가 몇 해 전에 세상을 떠나서 모자 둘뿐인데, 미시즈 버크하트가 굉장히 아파서 누가 가서 좀 보지 않으면 나을 수 있을지 모르겠어요."

의사는 체념의 몸짓으로 눈썹을 치켜세우고 포치로 나와 섰다. "버크하트 형제? 그 신발가게요?"

"맞아요. 그 집 아들한테 무슨 일이 있었는지 들으셨겠죠. 그애가 저기 카미타 애비뉴에서 요양원을 운영하던 닥터 폰마테지우스를 고발한 병원 잡역부 중 한 명이에요."

의사는 어안이 벙벙한 얼굴로 나를 한참 쳐다보았다. "일단 들어오시죠."

나는 그를 따라 응접실로 들어갔다. 오늘 아침에 피운 듯한 난롯불은 받침대 안에서 석탄가루로 줄어든 상태였다. 그래도 나는 난로 앞으로 가서 장갑을 벗었다. 현관으로 들어오면 바로 응접실이었고, 집안에서 제일 앞쪽에 위치했지만 환자를 받는 용도로 꾸미진 않은 듯했다. 낮은 초록색 터프트 벨벳 소파와 그에 어울리는 의자 두 개, 그리고 난로에서 가까운 안쪽 책장 앞에 넓은 책상이 있었다. 타자기 옆에 종이 뭉치가 있고 그 위에 재떨이가 있었다.

닥터 윌리엄스는 책장을 둘러보는 나를 보고 말했다. "말씀하시죠."

책은 대부분 소설과 시집, 종이 제본 학술지였다. "의학 도서 같진 않네요." 내가 말했다.

"의학 도서는 굉장히 지루해서 침대맡에 놔뒀다가 잠이 안 올 때 읽습니다. 종종 시를 읽으시나요?"

나는 고개를 저었다. "잡지에서 가끔 보는 정도예요."

"다들 그렇죠. 자, 어쩌다 그 일에 말려들게 된 겁니까? 병원에 있던 멍청한 녀석들이 그 미친놈을 놓쳤다는 얘기는 들었는데."

나는 책장에서 고개를 돌렸다. "나는…… 음, 카운티 보안국에서 일했습니다만, 보안국 일로 온 건 아니에요. 순전히 개인적인 방문입니다. 미시즈 버크하트를 진찰해주셨으면 해서요. 돈을 좀 놓고 가겠습니다." 나는 지갑에서 십 달러를 꺼내 의사에게 건넸다.

의사는 돈을 받아들고 말했다. "그 부인의 몸 상태가 어떻고 어떤 치료를 필요로 하게 될지 전혀 아는 바가 없는데요."

"그걸로 부족할까요?"

"한번 가보는 것 정도라면 차고 넘칩니다. 나머지는 어떻게 돌려드리죠?"

"도로 보내실 것까진 없어요. 부인께는 의사가 줄 수 있는 도움이라면 뭐든 다 필요할 테니까. 그리고 아들도 좀 봐주세요."

"아들은 뭐가 문제입니까?" 의사는 장부에 내가 건넨 진료비를 기입하며 물었다.

뭐라고 설명해야 할지, 의사 앞이라 해도 막막했다. "신경과민증이랄까요. 굉장히 무서운 경험을 했는데 아직도 거기서 회복되지 못한 듯해요. 혼자 어디 가는 걸 아주 무서워해요. 직장도 없고 학교도 안 가고 자기 어머니를 돌보는 것 말고는 아무것도 안 하는 것 같아요."

"딱히 문제를 일으키는 게 아니라면 애를 격리할 건 없지요."

"애는 착해요."

의사는 가방을 집어들고 문을 나섰다. 나도 그의 뒤를 따라 나왔다.

"닥터 윌리엄스, 혹시 닥터 폰마테지우스와 관련해서 아는 사람이 있습니까? 그의 은신을 도와줄 만한 사람 아무라도?"

"그놈은 의사가 아닙니다, 그건 제가 잘 알아요. 하지만 그의 동료에 대해서는 전혀 아는 바가 없네요, 신문에 나온 것 말고는. 일이 아주 개판이 됐던데, 놈을 잡았으면 좋겠지만 잡힐 것 같진 않더군요." 그는 작별인사를 고하고, 나보다 앞서 포치 계단을 뛰어내려갔다.

다른 탐정들이라면 알폰소 영맨을 탐문하러 곧장 뉴욕으로 갔 겠지만, 나는 공연을 보러 극장에 가야 하는 탐정이었다. 플러렛의 데뷔 공연을 놓친다면 애가 두고두고 나를 용서하지 않을 것이다. 폰마테지우스와 마찬가지로 플러렛도 내가 책임져야 하는 사람이 었다. 곧 뉴욕으로 출발하는 기차가 있었지만, 나는 반대편으로 몸 을 돌려 와이코프로, 집으로 돌아왔다.

12

거실엔 아무도 없고 온 집안이 고요했다. 우리집인데 벌써 낯설고 어색했다. 거실에는 어머니가 어릴 때 쓰던 찻잔과 특이한 물건들을 모아둔 유리 장식장이 있고, 그 맞은편에 오래된 괘종시계가 있는데 작년에 무뢰한들이 넘어뜨린 뒤로는 영 가는 게 시원찮다. 우리는 의자 등받이의 레이스 덮개를 하나둘씩 걷어내 치우는 중이었다. 그동안 어머니가 직접 만든 물건에 애착이 너무 강해 내다 버리지 못했지만, 옛 시절의 품위를 주장하는 그것들 때문에 숨이 턱턱 막혀서 더는 보고 싶지 않았다.

모든 게 다 과거에, 내가 감시하던 죄수가 달아나기 전에, 그를 추적하러 집을 나서기 전에 존재했던 시대에 속한 것 같았다. 내가 지금 하고 있는 일은 우리 어머니는 꿈에도 상상 못 한 일일 것이다. 거실에 남겨진 어머니의 흔적들이 말없이 나를 비난하며 웅크리고 있었다.

플러렛은 위층 내 방의 대형 거울 앞에 색조 화장품과 분첩을 잔뜩 어질러놓고 있었다. 플러렛이 고개를 들어 나를 봤을 때 나는 경악을 숨기지 못하고 뒤로 펄쩍 뛰었다.

"너 얼굴에 무슨 짓을 한 거야?"

플러렛이 킥킥거리며 크게 웃자 치아에 묻은 붉은 립스틱이 보였다. 양볼은 섬뜩할 정도로 체리핑크색이었고, 눈은 까만 흑연으로 얼룩졌으며, 목 위쪽 피부는 살아 있는 인간에게선 본 적 없는 분필 같은 흰색이었다.

"나 농장 아가씨처럼 보여?" 꼭두각시 인형한테서 플러렛의 목소리가 흘러나왔다.

"넌 원래 농장 아이야. 지금은 댄스홀에서 잡혀온 아가씨 같다."

내 말에 플러렛은 더욱 황홀하게 거울을 응시했다. "난 도시로 올라와 잘못된 사랑에 빠진 농장 아가씨야." 플러렛이 꿈꾸듯 말했다.

"대본에 그렇게 써 있어?"

"아니. 난 호박을 엄청 크게 자라게 만드는 묘약을 훔쳐서 카운티 박람회에 가장 큰 호박을 출품한 농부의 딸이야."

"카운티 박람회에서 농간을 부린 농부? 그게 이번 연극에서 발생하는 가장 큰 사건이야?"

플러렛은 한숨을 쉬고 목덜미에 파우더를 발랐다. "선생님 한 분이 은퇴하는 바람에 핸슨 선생님 반에 어린 학생들이 너무 많아서 애들 배역이 많은 공연을 골라야 했거든. 따분한 역이지."

"그래도 호박 역할은 아니네." 나는 손수건을 꺼내 아이의 양볼을 문질러 색을 좀 지웠다.

플러렛은 코를 찡그리며 내 손을 피했다. "호박 역은 그에 걸맞은 재능을 지닌 남자애들 셋이 나눠 맡을 거야."

"그건 그렇고 네 깅엄 드레스는 어디 갔어?" 아이는 연보라색 얇은 비단 크레이프 드레스를 입었는데, 매디슨 애비뷰에서는 한창 유행이지만 뉴저지의 농장에서는 보기 힘든 스타일의 허리선이 낮게 처진 옷이었다. 본격적으로 재단을 하기 전에 대충 옷본과 원단을 본 적은 있지만, 플러렛은 밑단과 리본과 단추와 주름에 관해 구구절절 늘어놓기만 해도 내가 지겨워하며 일일이 허락받지 않고 진행해도 좋다고 말해버릴 거라는 걸 이미 알고 있었다. 그 결과 플러렛은 〈보그〉에서 튀어나온 세련된 여자로 둔갑해 눈앞에 서 있었다.

"금방 갈아입을 거야."

"난 또 비둘기 클럽 회원들한테 잘 보이려고 입은 줄 알았지." 플러렛은 자기가 아는 사람들을 이번 공연에 몽땅 초대했고, 노마의 모임 회원도 몇 명 참석할 예정이었다.

플러렛은 끙 하는 소리를 냈다. "만약 내가 언니한테 노마 언니의 비둘기 클럽 회원 중 한 명과 결혼하게 해달라고 빌면, 절대 못하게 말리고 나를 탑에 가둘 거라고 약속해줘."

"일이 그렇게 되겠니? 네가 나한테 와서 허락을 구하기나 하겠다? 게다가 오빠는 어쩌고?"

"오빠는 남자 주머니에 오십 달러만 있으면 아무한테나 냉큼 날 치워버리고 그걸로 끝일걸." 플러렛이 말했다. "하지만 난 먼저 투어 공연을 할 거고, 내 숭배자들을 전부 만나본 다음 그중 한 명을 골라 결혼하겠어."

갑자기 나도 모르게 숨이 막혔다.

"왜 그래?" 내가 켁켁거리며 목깃을 풀자 플러렛이 물었다.

"투어 공연과 숭배자들과 그에 이어지는 결혼에 대해선 금시초 문인데."

"온갖 종류의 계획을 다 세워보는 중이거든. 언니가 집에 없어서 못 들은 거야."

와, 이것이 대못을 박네! "넌 내가 집에 들어앉아서 네 생각을 일 일이 다 받아줬으면 좋겠니, 아니면 나가서 네 음악 무용 아카데미 강습비를 벌어왔으면 좋겠니? 어느 쪽이든 다 널 위한 것 같은데."

"그 사람 잡았어?"

"아니."

"도시를 돌아다니며 범죄자들을 추적하는 건 너무 위험하지 않 을까 해서. 어머니가 뭐라고 하셨을 것 같아? 켈 쇼크*!"

나는 하품을 하고 부츠를 벗었다. "그런 걱정은 할 필요 없어."

"아니, 걱정이 돼. 언니가 교도소에 있었을 때는 적어도 뭘 하는 지는 알았다고."

"그래? 내가 뭘 했는데?" 나는 침대에 털썩 앉아 냄새나고 축축 한 스타킹을 벗었다.

"노마 언니 말이 거기 여자들한테 차를 내주고 신문기사를 읽어 줄 뿐이라더라."

"노마는 교도소로 날 찾아온 적이 한 번도 없는데 걔가 뭘 알겠 니."

---

* '너무 충격적이야'라는 뜻의 프랑스어.

"꼭 눈으로 봐야 아나."

"내 일은 내가 알아서 해." 나는 베개를 베고 두 다리를 쭉 뻗었다.

플러렛은 자기 물건을 모아 들고 내 방에서 나갔다. 나는 눈을 감았고, 잠시 후 플러렛이 다시 들어왔다.

"안 갈 거야?" 플러렛이 내 소매를 잡아당겼다. "작은언니가 일단 뭘 좀 먹으래."

나는 신음소리를 내며 휘감고 있던 이불을 박차고 일어났다. 플러렛이 내 모자와 코트를 집어들어 내밀었다. "얼른. 헬렌 아버지가 차로 데려다준대."

플러렛의 말이 권위적으로 들려 신기했다. 보통 침대에서 일어나라고 닦달하며 음식으로 꼬드기는 건 나였는데.

"갈게," 내가 말했다. "간다고."

나는 깨끗한 원피스로 갈아입고 작은 여행용 가방에 몇 가지 물건을 챙겨넣었다. 머리카락은 회생 불가능이었지만 대충 쓸어넘기고 모자를 푹 눌러썼다.

노마는 부엌에서 쇠고기 버터 샌드위치를 만들고 있었다. 플러렛은 빅터 축음기를 틀어놓고 현관문을 활짝 열어젖힌 채 스튜어트 부녀가 도착하기를 애타게 기다렸다. 현관 앞에 만국기를 걸어놨다 해도 놀라지 않았을 거다. 그날 우리집 주변에서는 사소한 일 하나하나조차 점점 더 극적인 색채를 띠어갔다.

나는 부엌 의자에 털썩 주저앉았고, 노마가 샌드위치 접시를 내 앞에 내려놨다. 노마는 싱크대로 몸을 돌리며 말했다. "아직 그놈 못 찾았지."

나는 샌드위치를 먹으면서, 새 샌드위치 두 개를 종이에 싸고 끈으로 묶고 있는 노마의 어깨가 오르락내리락하는 걸 지켜봤다. 노마는 늘 울타리의 말뚝처럼 허리를 꼿꼿이 세우고 다녔고, 턱을 아주 독특한 각도로 내밀고 있었다. 우리가 어렸을 때 무용 선생님이 노마의 턱밑을 자로 탁탁 때리며 그렇게 고개만 계속 쳐들고 있으면 뭐 하나 놓치는 법이 없겠다고 말했던 게 어렴풋이 기억난다.

"응, 탐문 수사중이야."

"신문에도 별 얘기가 없는 걸 보면 히스 보안관도 제자리를 맴도는 모양이지." 노마는 돌아서서 묘하게 근엄한 태도로 내게 샌드위치 꾸러미를 내밀었다. 꾸러미 위에 두 손을 얹고 진지하게 맹세라도 해야 할 것 같았다. 노마는 한쪽 눈썹을 치켜세우고 동원할 수 있는 모든 엄숙함을 끌어모아 나를 내려다봤다. "아무렴 보안관보다야 더 진전이 있었을 거야."

"장담은 못해." 나는 지나친 흥분 탓에 기운이 없었고, 몇 분 도둑잠을 잤다고 정신이 멍했다.

노마는 내 맞은편에 앉았다. "음, 어제 아침 이후로 뭔가 한 게 있을 거 아냐."

나는 빵에서 밀려나온 구운 소고기 한 조각을 집었다. "만나서 질문하고 싶은 사람이 뉴욕에 한 명 있고, 그 요양원에서 엉터리 진료를 받은 아가씨의 부모에 관해 알아냈어. 그다음엔 뭘 해야 할지 모르겠어, 길목에 서서 놈이 지나가길 바라는 수밖에."

노마는 허리를 펴고 앉아 팔짱을 꼈다. "그게 지금 이 시점에 보안관이 하는 일 전부일걸."

"신문에서는 뭐래?"

"〈해컨색 리퍼블리컨〉은 보안관의 즉각 경질을 요구하고 있어."

"걔넨 맨날 그러잖아. 사건에 대해서는?"

"병원 사람들을 일일이 다 신문했는데, 놈이 빠져나가는 걸 본 사람이 아무도 없대."

"나를 빼면 말이지, 놈을 놓친 게 바로 나니까."

"아니." 노마는 식탁에서 빵 부스러기를 쓸어내느라 분주했다. 노마는 천명하고자 하는 바를 구상하는 와중에도 가만히 앉아 있지를 못하고 끊임없이 손을 놀렸다. "아니, 그게 언니의 과실로 간주되어서는 안 돼. 언니는 그 장소에 품위를 더한 유일한 사람이야. 언니와 모리스 씨는."

노마는 모리스 보안관보를 매우 좋게 봤고, 허튼 생각은 아예 거들떠보지도 않는 전통적인 남자로 평가했다. 어쩌다 모리스는 전 서구가 위기 상황에서 탁월한 의사소통 수단이라는 노마의 의견에 동의하게 됐고, 그게 아니라면 적어도 그가 동의한다고 믿게 놔뒀고, 언제나 기꺼이 비둘기 한 마리를 패터슨의 자기 집으로 데려가서 하루나 이틀 뒤 암호화된 군대식 보고서를 매달아 노마에게 날려보냈다. 모리스는 갖고 있던 경찰용 전신부호 책자 두 권 중 한 권을 노마에게 빌려주었고, 두 사람은 세 글자로 된 암호 쪽지를 교환했다. '철저한 수사 요망'은 PVT, '통보 즉시 출발'은 JPM이었다. 플러렛이 그걸 손에 넣고는 '가짜 콧수염 경고(MYP)'와 '여성 아편 흡입자(KBW)'를 슬쩍 써넣었고, 노마와 모리스 보안관보는 범인을 찾아낼 때까지 몇 주 동안 혼란을 겪었다. ('그애가 범인이다', JUM.)

거실에서 플러렛이 꺅 비명을 질렀고 헬렌이 그에 동참했다. 오늘 저녁은 아마추어 무대의 밤이었다, 우리가 원하든 말든. 나는 노마에게 맨더린호텔 주소를 주었다. 며칠 더 그곳에 묵을 예정이었다.

"샌드위치 갖고 가." 노마가 포장한 꾸러미를 내 쪽으로 밀었다.

"뉴욕에도 샌드위치는 있어." 플러렛이 우리를 소리쳐 부르고 있었다.

"낯선 음식은 몸에 안 맞아." 노마가 말했다. "배탈 나면 일이 지연될 거야."

노마의 말은 거절해봤자 소용없다. 나는 샌드위치 꾸러미를 들고 헬렌의 아버지를 만나러 나갔다. 알고 보니 그는 내 또래였고, 두 여자애한테 무시당한 채 우리집 현관 앞에 홀로 서 있었다.

"죄송합니다. 스튜어트 씨." 현관 테이블 위에 걸린 탁한 유화, 증조할머니의 초상화를 들여다보는 그를 보고 내가 말했다. "이 집 사람들 전부 예의가 없다고 생각하셨죠."

"헬렌은 다섯 아이 중 맏이입니다. 사람들이 나에 대해 잊어버리는 데는 익숙해요." 스튜어트 씨의 동그란 얼굴은 주근깨투성이였고 머리카락은 오늘 저녁 공연 주제인 호박보다 더 환한 색이었다.

"장담하는데 애들은 절대 자기 아버지를 잊지 않아요. 아이들 머리칼이 다 붉은색인가요?"

"하나같이 다요."

"그럼 결국 고생을 좀 하시겠네요. 미시즈 스튜어트는 오늘 저녁 같이 안 가시나요?"

"같이 갈 수 있다면 좋을 텐데. 작년에 아기를 낳다 세상을 떠났어요. 아기와 함께."

나는 숨을 삼킬 수밖에 없었다. "전혀 몰랐습니다. 정말 안……"

"안타깝다고요?" 그는 처연한 미소를 살짝 내보였다. "다들 그렇게 말하죠. 당신까지 그러지 않아도 됩니다. 헬렌은 플러렛과 노래 짝이 돼서 굉장히 기뻐하고 있어요. 엄마가 죽은 후로 어느 것에도 통 관심을 보이지 않던 애가 처음 흥미를 가진 게 이 무용 아카데미입니다."

나는 할말을 찾지 못했지만 그가 알아서 두 사람분의 대화를 이어나갔다. "플러렛도 비슷한 비극을 겪어서인지 둘 사이에 뭔가 통하는 게 있나봐요."

차갑고 근엄한 오스트리아 출신의 우리 어머니, 누가 봐도 플러렛의 친엄마라기엔 너무 나이가 많았던 어머니는 스튜어트 씨가 결혼했던 스코틀랜드 출신 아가씨와 완전히 달랐겠지만, 그의 말에 굳이 토를 달 이유는 없었다. 그저 플러렛이 새로 사귄 친구에 대해 내가 아는 게 거의 없다는 게 놀라울 따름이었다.

우리는 아이들이 미리 준비할 수 있게 공연 한 시간 전에 극장에 도착했다. 똑같이 생각하고 일찍 도착한 가족들로 로비가 붐볐다. 스튜어트 씨는 다른 가족들을 상당히 많이 아는 듯 여기저기 돌아다니며 아이의 데뷔 무대에 축하 인사를 건네고 우리 두 사람을 소개했다. 노마와 나는 사교 행사에 거의 나가보질 않아서 간단히 소개를 하고 이런 자리에 필요한 덕담을 교환하는 것만으로도 상당히 고역이었다. 마침내 구석자리에 있던 펀치 그릇의 덮개가 열렸고, 우리는 지독한 갈증을 가장하며 그쪽으로 후퇴했다.

"우린 공연 후원자가 되는 저주를 받은 거야?" 노마의 목소리에 지친 기색이 역력했다.

"공연을 좋아하는 사람들도 있어." 내가 말했다.

"아, 난 공연 따위 관심 없어."

"언제는 가고 싶어했니."

"도덕적 견지에서 관심 없다고."

노마의 비둘기 클럽 회원들이 하나둘 다가와 말을 걸었다. 다들 플러렛의 초대를 수락했고, 한 농부가 비밀 묘약으로 거대한 호박을 키운다는 연극을 굉장히 보고 싶어하는 듯했다. 그들 중 한 남자는 전서구에 대한 희곡을 써보자며, 실제 비둘기를 훈련시켜 공연 때 배역을 맡기자고 제안했다. 그들은 불이 꺼질 때까지 그 아이디어에 관해 신나게 떠들었다. 노마와 나는 앞줄 근처에 스튜어트 씨와 함께 자리를 잡았다.

"애들이 대사 연습하는 거 들어보신 적 있습니까?" 무대막이 올라가기 전, 스튜어트 씨가 물었다.

나는 고개를 저었다. "교도소 일로 너무 바빴거든요. 거의 집에 못 들어갔어요."

"설마 당신한테 그 정신이상자를 찾으라고 한 건 아니겠죠?"

앞줄에 앉은 여자가 신경질적인 얼굴로 나를 돌아보았다. 나는 속삭이다시피 목소리를 낮췄다. "놈은 곧 잡힐 거예요. 걱정하지 마세요."

"걱정요? 아, 아뇨, 내가 궁금한 건, 그러니까 내 말은, 교도소 일은 당신이 하기엔 엄청나게 위험한 일 같아서요. 범죄자들이 우글우글한 그런 곳에서 어떻게 여성의 안전을 도모할 수 있는지 모르겠습니다."

한줄기 조명이 무대를 비추고, 오케스트라석에서 피아노곡 첫 소절이 흘러나왔다. "제가 알아서 하고 있습니다."

연극은 떠들썩하고 바보 같았지만 무대에서 자기들 차례를 기다리는 수십 명의 아이들에게는 딱이었다. 농부 역은 열네 살짜리 소년이 맡았는데, 키는 성인만큼 컸지만 깡말라서 셔츠와 바지 속에 모직물을 잔뜩 넣어 좀더 덩치 있어 보이게 만들어야 했다. 의상을 갖춰 입은 소년은 나름 설득력 있었고, 자꾸자꾸 커지는 호박 역할을 맡은 아이들도 박과 식물에게서 좀처럼 보기 힘든 고도의 예술적 기교를 선보였다. 마침내 농부는 거대한 호박을 키우는 묘약을 훔친 벌로써 동료 농부들과 그 비법을 공유하고, 농부들 모두 거대한 호박을 키워내 사람들 기억에서 잊혀 쇠락하던 마을에 명성을 가져온다. 대단원에서는 전원 합창을 하며 호박의 힘으로 되살아난 마을을 축하한다.

플러렛과 헬렌의 노래는 훌륭했고, 공연 중 어느 누구보다 멋지게 대사를 소화했다. 플러렛은 무대 위를 자유자재로 누비며 목청 돋워 자신감 있게 맡은 역을 해냈다. 주어진 공간을 완전히 장악하고 생동감 넘치는 연기로 무대를 채웠다.

플러렛이 전부터 늘 무대에 매료되어 있긴 했지만, 나는 그애가 연극 조의 몸짓과 발언에 관심이 많을 뿐이지 긴 리허설을 감내하고 대사를 외울 만한 기질은 못 된다고 생각했었다. 막이 내려가고 기립박수를 치면서, 나는 내가 플러렛을 과소평가한 게 아닌가 생각했다.

"어머니께서 플러렛 때문에 고생깨나 하셨겠어요." 스튜어트 씨가 말했다.

"우리 식구들 전부 고생깨나 했죠. 이제 거의 다 컸는데 어떻게 해야 할지 모르겠네요."

"헬렌은 브로드웨이에 가고 싶어하더군요. 전 신부학교를 알아보는 중이고요."

막이 내려왔다 다시 올라가자, 무대에 다 같이 둘러선 공연자들은 환호성과 휘파람 세례를 받았고, 중간 휴식시간에 좌석 안내원이 판매했던 오렌지색 종이꽃잎도 마구 날렸다. 열광하는 관객들이 무대로 달려나갔고, 이내 플러렛과 헬렌의 모습은 우리 시야에서 사라졌다.

우리는 다른 출연자 가족들과 함께 로비로 나가서 공연자들이 무대 옆문을 통해 나타나기를 기다렸다. 청록색과 황금색으로 칠한 천장이 저 높이 머리 위에서 반짝거렸고, 네 귀퉁이마다 그리핀이나 조커가 우리를 내려다보며 씨익 웃고 있었다. 아이들에게 축하를 건네는 부모들의 외침이 크게 울리며 허공에서 만나 포근한 아우성을 형성하는 바람에, 큰 소리로 외치지 않고는 말을 전달하기가 불가능했다. 플러렛의 다갈색 머리가 사람들 위로 올라온 것이 보이는가 싶더니 금세 사라져버렸다. 노마와 나는 스튜어트 씨와 함께 한쪽 구석에 서서 기다렸다.

"크리스마스 공연에 관해 들으신 거 있어요?" 스튜어트 씨가 사람들의 웅성거림을 뚫고 소리쳤다.

노마는 끙 소리를 냈다. "크리스마스 공연도 한대요?"

"당연하죠." 그는 쾌활하게 말했다. "하지만 걱정 마세요. 캐롤과 촛불이 전부니까. 오디션도 특별 의상도 없어요."

"그렇다면 미시즈 핸슨도 나름 분별력은 있는 분이네요." 노마가 중얼거렸다.

로비가 너무 덥고 갑갑해 나는 밖으로 나왔다. 거기서 플러렛이 검은색 자동차에 기댄 채 어떤 남자와 얘기하는 장면을 보았다. 남자는 내게 등을 보이고 있어 얼굴이 보이지 않았다. 헬렌은 옆에 서서 웃고 있지만 말은 하지 않았다. 나는 눈을 가늘게 뜨고 남자의 넓은 등과 어깨를 노려보았다. 남자는 그늘에 반쯤 가려 있어서 머리가 금발인지 옅은 갈색인지 알 수 없었다. 목깃의 재단으로 보건대 젊은 사람인 듯했고, 무슨 얘기를 하는지 몰라도 플러렛은 신나서 깔깔 웃고 있었다.

스튜어트 씨가 나를 따라 밖으로 나왔다. 등뒤에서 그의 말소리가 들려 깜짝 놀랐다. "가서 방해해야 할지 아니면 그냥 근처에서 저 젊은이를 째려봐야 할지 도대체 모르겠네요."

"저보다 많이 겪으셨겠지요." 내가 말했다. "하지만 째려보는 것보단 좀더 어떻게 하고 싶네요." 청년은 플러렛에게 뭔가 말하려 허리를 숙였고, 플러렛은 까치발로 섰다. 갑자기 가방 속에 있는 리볼버가 굉장히 의식됐다.

"헬렌은 학교에서 온갖 남자애들의 관심을 한몸에 받았어요." 스튜어트 씨가 말했다. "내가 듣기론, 플러렛은…… 홈스쿨링을 했다면서요. 그러니 남자애들이 이제야 플러렛을 발견한 거죠."

학교 선생의 면밀한 조사에 가족을 노출하느니 집에서 가르치는 게 낫다고 결정한 사람은 어머니였다. 플러렛이 다른 아이들은 학교에 다닌다는 사실에 대해 언급한 것은 꽤 자란 다음이었다. 어머니는 코웃음치며 버건 카운티의 학교들은 다 성에 차지 않는다고 말했다.

나는 그런 질문에 답해야 한다는 게 익숙지 않았다. 스튜어트 씨에게 대구할 말을 열심히 생각하고 있는데 청년이 사라지고 없었다. 헬렌과 플러렛이 우리를 알아보고 달려왔고, 하마터면 우리를 덮쳐 넘어뜨릴 뻔했다. 둘 다 피로와 흥분으로 땀에 젖어 반짝거렸고, 걱정스럽게도 그 청년과의 만남도 한몫 거든 듯했다. 늘어진 곱슬머리가 목덜미에 달라붙었고, 둘 다 똑같이 홍조가 올라와 얼굴이 새빨갰다. 아이들은 무대에서 내려왔다는 것도 잊은 듯 여전히 소리치며 말했다.

"나 어땠어요?" 헬렌이 아버지 앞에서 빙그르르 돌며 물었다. "우리가 이중창 부를 때 플러렛이 내 발가락 밟은 거 봤어요?"

"안 그랬어." 플러렛이 반박했다. "네가 발가락을 정확히 내 발 밑에 내려놓은 거지. 밟히지 않게 잘 간수하라고."

플러렛은 한 팔을 내 허리에 두르고 내게 기댄 채, 굉장히 잘했다는 것을 잘 알면서도 칭찬을 갈망하는 소녀의 열정을 담아 나를 바라봤다. 속눈썹 주위로 얼룩진 화장 속에서 아이의 다갈색 눈동자가 반짝반짝 빛났다.

묻지 않으려 했지만 어쩔 수가 없었다. "아까 그 남자애는 누구야?"

"누구? 농부 역 했던 애?"

"방금. 저기 서 있던 애."

"아!" 플러렛은 꺄악 소리를 내며 몸을 돌려 한 팔로 헬렌을 얼싸안았다. "그냥 우리를 숭배하는 팬들 중 한 명이지."

"너무 많아서 일일이 헤아릴 수도 없어요." 헬렌의 말에 그녀의 아버지는 반쯤 지친 미소로 답했다.

"다음엔 사인을 받으러 자기 사인북을 가져오겠다던데." 플러렛이 말했다.

"이름은 모르고?" 내 질문에 플러렛은 어깨만 으쓱하고는 다시 헬렌과 공연에 대해 재잘재잘 떠들기 시작했다. 우리는 흥분해서 날뛰는 아이들이 원하는 만큼 수많은 찬사를 갖다 바쳤고, 나는 용기를 내 손수건으로 플러렛의 립스틱을 한 번 닦아주려 했다. 그러나 아이는 고개를 수그리고 나를 향해 이를 드러내며 생기발랄하고 아름답게 웃었다.

13

노마와 플러렛은 헬렌과 스튜어트 씨와 함께 집으로 돌아갔다. 나는 혼자 기차역으로 걸어가 뉴욕행 기차에 몸을 실었다. 어둡고 쌀쌀한 밤공기를 뚫고 멀리 떨어진 공장으로 출근하는 노동자의 노곤한 체념이 스며들었다. 다만 내 공장은 증기보일러와 펀치 프레스가 아니라 싸구려 여인숙과 떨떠름한 목격자들로 북적인다는 게 다를 뿐이었다. 기차는 반쯤 얼어붙은 습지를 횡단하며 질주했고, 낮이라면 분홍색이었겠지만 달빛 아래에서 검은색으로 장엄하게 도열한 부들이 습지 가장자리를 감싸고 있었다.

이튿날 아침 내가 다시 맨더린호텔의 식당에 모습을 드러냈을 때, 제럴딘과 루스는 커피를 거의 다 마신 참이었다. 캐리는 퍼레이드에 관한 기사를 쓰기 위해 급히 달려나가고 없었다.

"캐리는 퍼레이드 따위 질색하는데." 루스가 토스트 받침대를 내 쪽으로 밀어주며 말했다. "캐리는 당신이 그 남자를 잡길 기다리는 중이에요. 그 기사라면 1면에 실을 수 있으니까."

"기삿거리가 생기면 제일 먼저 알려드리죠." 나는 단숨에 커피 잔을 비웠다.

"뭐 새로 알아낸 건 없어요?" 제럴딘이 물었다.

"폰마테지우스는 빚을 지고 있었어요. 놀라운 일은 아니죠, 범죄자들이 채권자들을 피해 도망다니는 경우는 종종 있으니까. 그리고 환자들한테 엉터리 진료를 하고 학대했다는 사실도 알아냈어요."

"그거 중대 혐의 같은데요, 내 생각엔." 루스가 말했다.

"아, 중대 혐의 정도가 아니에요. 부잣집 딸에게 약물을 투여해서 억지로 결혼하려고 했는데."

"그럼 성범죄자에다가 사기꾼이네." 제럴딘이 말했다.

"게다가 오만하죠, 그런 일을 꾸미고도 빠져나갈 수 있다고 생각하다니." 내가 말했다. "오늘 아침엔 이스트사이드에서 만나봐야 할 사람이 있고, 놈이 결혼하려 했던 아가씨와도 얘기해보려고요, 그 여자를 찾을 수 있다면."

"그건 캐리한테 조언을 구해봐요." 루스가 말했다. "언론사에는 사람들을 추적하는 각종 노하우가 있으니까."

제럴딘은 시계를 보더니 자리에서 일어섰다. "이제 우린 출근해야겠어요. 당신은 문짝을 걷어차고 골목과 샛길을 쑤시고 다녀야겠죠. 잘은 모르지만, 난 당신이 부러운 것 같아요."

이번에는 길거리를 쏘다닐 준비를 더욱 철저히 했다. 더 따뜻한 부츠와 더 두꺼운 모직 코트와 장갑으로 무장했다. 호텔 도어맨이 나를 택시에 태워주었다. 택시 운전사가 나의 하차를 거부할까봐 목적지가 쪽방촌이라고는 말하지 않았다. 사실 운전사는 바워리에서 내려달라는 내 요구도 들어주지 않으려 했고, 나는 내가 자선 활동을 하고 있으며 전에도 동행 없이 그곳에 가본 적이 있다고 우겼다.

쪽방촌은 싸구려 술집과 평판 나쁜 댄스홀들이 모인 비좁은 길거리에 있었다. 이 블록의 가게들은 추위에도 불구하고 거의 다 문을 열어놓았다. 나는 열린 문틈으로 들여다보고 싶은 충동을 억누르며 걸음을 재촉했다.

쪽방촌 창문에 남자용 빈방이 있다는 표시가 붙어 있었다. 나는 카펫이 깔려 있고 한 번에 한 사람만 수용할 수 있는 작은 현관에 발을 들여놓았다. 유황 촛불 냄새가 너무 심해 손수건으로 코를 막아야 했다. 빈대를 쫓아내기 위한 조치로 이해했고, 그 노력이 성공적이길 빌었다. 나는 치맛단이 바닥에 끌리지 않도록 발뒤꿈치를 들고 섰다.

바로 코앞에서 ─ 달리 눈길을 둘 곳이 없었으므로 ─ 접수처의 미닫이 창문이 열리더니 이마에 푸른 혈관이 여러 줄 불거지고 딸기코가 거대한 노인이 보였다. 노인은 반들거리는 나팔형의 목제 보청기를 내 쪽으로 들이댔다.

"알폰소 영맨을 만나러 왔습니다." 나는 나팔에 대고 천천히 또박또박 말했다.

"무슨 젊은이*?" 노인이 소리쳤다. "여긴 그런 놈들 수십 명도 넘어. 원하는 놈이 누구요?"

"그게 그 사람 이름입니다." 나는 좀더 크게 말했다. "영맨. 이름

---

* Youngman이라는 성(姓)을 '젊은이'라는 일반명사로 잘못 알아들은 것.

은 알폰소고요."

노인은 나팔을 내려놓았다. "아, 그놈? 뒈져서 나갔어."

"죽었다는 말씀인가요?"

내 질문을 이해하는 데는 보청기가 필요 없었다. "난방용 파이프에 목을 맸어. 아주 엉망진창을 만들어놨지."

"그게 언제 일어난 일입니까?"

노인은 고개를 회회 젓더니 다시 나팔을 보여주었다.

"영맨 씨가 언제 죽었습니까?"

"바로 지난달에. 그때 이후로 그 방은 세를 줄 수가 없어. 다들 얼씬도 안 해."

"영맨 씨가 왜 그랬는지 아십니까?" 나는 나팔에 대고 외쳤다.

"여자 때문이야. 비*라든가 뭐 그런 이름이었는데."

"그 방을 좀 볼 수 있을까요?"

노인은 활짝 웃으며 누런 틀니를 내보였다. "방은 빌릴 수 있지." 그가 고함쳤다. "당신이 남자고 이 달러만 있으면."

나는 노인에게 사 달러를 건네고 열쇠를 받았다.

알폰소 영맨이 살던 곳은 거리가 내다보이는 3층 복도 맨 끝 방이었다. 좁고 허름하고 가구는 철제 침대와 나무의자, 작은 테이블과 서랍장이 다였다. 한쪽 구석에 정말 작은 삼각형 싱크대가 박혀 있었다. 벽지는 빛바랜 갈색 아칸서스무늬였고, 바닥은 그냥 마루였는데 가장자리에만 먼지가 쌓인 걸로 봐서 원래 카펫이 있던 걸 치운 모양이었다. 어느 화재보험사의 1913년 달력이 못에 걸려 있

---

* Bea. 비어트리스의 애칭.

고, 테이블 위에 이 빠진 접시가 두 개 있었다.

서랍장의 서랍을 열었더니 좀약냄새가 퍼져서 도로 닫았다. 알폰소 영맨의 소지품이 남아 있었는지 모르겠지만 하여간 전부 치워진 상태였다.

쓸 만한 것은 하나도 찾지 못한 채, 구석에 서서 머리 위의 구부러진 난방용 파이프를 올려다보았다. 부러졌다가 누가 다시 용접해서 붙여놓은 자국이 있었다.

호텔에 돌아가자 캐리가 막 퍼레이드 취재를 마치고 돌아와 있었다. 루스가 예견했듯, 그녀는 신이 나서 비어트리스 풀러 찾기에 동참했다. 우리는 전화번호부를 반씩 나눠 맡고, 각자 자기 층에 있는 전화 부스에 앉아 시내의 모든 풀러가에 전화를 걸었다. 캐리의 신문사 동료 한 명은 기사 색인을 뒤져 거기 나온 풀러가에 전부 전화를 돌렸다. 비어트리스의 집안이 부유하다면 신문에 언급된 적이 있을 정도로 유명할 수도 있다는 생각에서였다.

우리는 캐리의 방에서 함께 저녁을 먹었다. "그냥 보안관한테 비어트리스 풀러를 찾는 방법을 물어보는 게 어때?" 캐리는 수프를 후후 불며 말했다.

"나는…… 보안관과 좀 난처한 상황이거든. 지금은 그가 이 건에 대해 어떻게 생각할지 모르겠어."

캐리는 숟가락을 내려놓고 입술을 닦았다. "보안관과 그 도망친 죄수에 관해 아직 나한테 털어놓지 않은 사실이 있군. 나머지도 다 털어놓지 그래?"

"얘기해주면 신문에 쓰려고?"

"당연하지. 난 기자야. 우리가 하는 일이 그거라고. 자기 같은 직종에서는 그 점을 명심해야 돼. 우리한테 얘기하는 건 죄다 신문에 나간다는 거."

"그럼 난 가서 전화나 걸어야겠다."

전화 추적으로 마침내 비어트리스 풀러의 부모를 알아낸 사람은 캐리의 편집실 동료였다. 여덟시쯤 우리에게 전화로 알려주었다. 풀러 부부는 나를 만나고 싶어하지 않았지만, 캐리의 동료는 통화 요령이 꽤 좋은지, 그 문제에 관해선 그들에게 선택의 여지가 없다는 식으로 얘기한 모양이었다.

"공무상 방문이고 네가 곧 갈 거라고 했대." 캐리가 내게 말했다. "당장 동원할 수 있는 삽화가만 있으면 딱인데."

"이건 삽화나 기사를 위한 방문이 아니야." 그렇게 말하면서도 이 밤에 풀러가로 탐문을 하러 간다는 건 중대하고 특별하다는 느낌이 들었다. 부츠는 아까 벗었고 드레스도 느슨히 풀었지만, 다시 채비를 하고 캐리에게 감사를 표한 다음 뛰어내려가 택시를 탔다.

풀러 부부의 집은 시내 반대편에 있었고, 현관문 위에 널찍한 초록색 차양이 달린 복숭아색 석조 건물이었다. 유리창마다 휘황찬란하게 불을 밝혔고, 문 옆의 반쯤 열린 창문으로 웃음소리와 담배 연기가 흘러나왔다.

문 바로 안쪽에서 대기하고 있던 하녀가 나를 맞이했다. 내가 이름을 말하자 하녀는 명함을 바라듯 내 손을 내려다보았다. 나는 명함은 없지만 풀러 부부를 만나면 그들에게 상세히 설명하겠다고 중얼중얼 말했다. 그걸로 충분했는지, 하녀는 넓고 우아한 계단으로 나를 안내했다. 계단에 깔린 카펫은 일주일에 한 번은 광을 내는 듯한 황동 막대로 단마다 고정되어 있었다. 우리는 2층의 육중한 떡갈나무 문 앞에 도착했다. 하녀는 문을 열고 미스 콘스턴스[*]가 왔다고 알린 후, 알아서 들어가라는 건지 그냥 가버렸다.

문 안쪽은 아담한 응접실이었고, 풀러 부부가 벽난로 옆 깊고 푹신한 의자에 앉아 있었다. 그들은 나를 보고 자리에서 일어났는데 생각했던 것보다 훨씬 나이가 많아서 깜짝 놀랐다. 미시즈 풀러는 여느 사람들과 달리 나이든 모습이 훨씬 아름다운 특별한 이들 중 하나였고, 그래서 일흔 언저리의 나이에도 불구하고 소싯적 모습이 그 눈빛과 미소에 싱싱하게 살아 있었다. 완전히 백발이었고, 옥수수염처럼 가느다란 그 머리칼을 유럽 귀족들이 선호하는 스타일로 매끈하게 틀어올렸다. 플러렛에게 감명을 줄 법한 벨벳 이브닝드레스를 입었으나 집에서 보내는 저녁치고 지나치게 격식을 차린 듯한 복장이었다.

풀러 씨는 부인과 키가 똑같았고, 그들 두 사람은 한 쌍의 도자기 인형처럼 매력적이고 아기자기한 커플이었다. 그 역시 저녁에 외출을 할 것처럼 성장을 했지만 그와 같은 계급의 남자들이 집에서 흔히 그러듯 톱코트 대신 턱시도 재킷을 입었다. 외눈 안경을 썼고 은색 콧수염은 양쪽 끝이 짓궂게 살짝 말려올라갔다. 누군가 이들 부부의 초상화를 그려 그림엽서로 팔아야 한다는 생각을 하지 않을 수 없었다.

"이런 시각에 폐를 끼쳐서 죄송합니다. 시급한 일이라서요. 두

---

[*] 당시 영국 상류층은 사회적 지위가 낮은 사람이 높은 사람을 지칭할 때 성이 아닌 이름 앞에 경칭을 붙이는 것이 관습이었다.

분과 미스 비어트리스가 도움을 주셨으면 합니다."

두 사람은 서로 눈길을 교환하더니 내게 앉으라고 권했다. 나는 소파 끄트머리에 엉덩이를 걸쳤다. 그들은 맞은편 의자에 앉았다.

"여자분이 오실 줄 몰랐어요." 미시즈 풀러가 말했다. "혼자 움직이시는 건 아니겠지요?"

"젊은 여성분이 연루된 사건이라, 보안관님은 제가 탐문을 맡아야 한다고 생각했습니다."

"보안관? 그 신문사 아가씨는 무슨 일 때문인지 우리에게 얘기해주지 않았습니다." 풀러 씨가 말했다. "우리 이름이 어떤 문제에도 얽히지 않았으면 합니다."

"그런 일은 없을 겁니다." 나는 서둘러 덧붙이며 폰마테지우스의 탈주에 관해 얘기했고―그건 그들도 이미 신문에서 읽었다― 그를 쫓다 어떻게 여기까지 오게 됐는지 설명했다.

"글쎄요, 우리가 그자를 이 집에 숨기고 있진 않습니다!" 풀러 씨는 신경질적으로 웃으며 말했다.

"그야 당연하죠. 저는 다만 관련자들에 관해 아시는 게 있는지 궁금할 뿐입니다. 아니면 비어트리스와 얘기를 좀 나눌 수 있을까요? 지금 집에 있습니까?"

부부는 또다시 눈길을 교환했다. 미시즈 풀러가 입을 열었다. "우리 손녀는 지금 캘리포니아에서 아주 훌륭한 보살핌을 받고 있어요. 의사 말로는 여름쯤엔 퇴원할 수 있을 거라더군요. 아이는 그때 일은 입에 올리지 않으려 하고, 보안관의 질문에도 틀림없이 답을 하지 않을 거예요."

미시즈 풀러의 어조로 보아 많은 질문을 용인하지 않을 기세였다. "미시즈 풀러, 우리의 바람은 그자를 잡아 다시 격리하는 것뿐입니다. 비어트리스가 누구든 이름을 언급한 사람이 있다면, 그자가 어디로 도망쳤는지 힌트를 얻을 수 있을지도 모르고요."

"아이가 지금까지 말한 사람이라곤 영맨이라는 친구가 유일해요." 풀러 씨가 불쑥 내뱉었고, 그의 아내는 날카롭게 남편을 노려보았다. "그래서 우리가 그앨 서부로 보낸 겁니다. 비어트리스가 그 청년과 결혼할 거라는 생각이 들기 시작해서."

나는 당시 사건에 대해 아는 것이 거의 없었으므로 신중하게 대화를 진전시켰다. "제가 듣기로 알폰소 영맨은 비어트리스를 구하려고 했다더군요. 그리고 그때 벌어진…… 사건을 제지하려 했고요."

"그 일에 대해서는 그 청년이 대단히 용감했죠." 미시즈 풀러가 다시 대답을 주도했다. "그렇다고 우리 애한테 편지를 쓰거나 자꾸 전화를 걸어도 되는 자격이 생긴 건 아닙니다. 비어트리스는 무척 섬세하고 연약한 상태였어요. 우리가 당시에 표했던 고마움을 그가 이용하려 든 건 잘못이었습니다."

이들은 영맨이 죽었다는 사실을 모르고 있었다. 하긴 어떻게 알겠는가?

"영맨 씨 자신도 섬세하고 연약한 상태였던 것 같더군요." 나는 가급적 상냥하게 말했다. "그는 한 달 전 자택에서 숨진 채 발견됐습니다. 안타깝게도 자살이었고요."

미시즈 풀러는 숨이 막힌 듯 의자 깊숙이 앉았다. 풀러 씨가 일어나 아내 뒤에 가서 섰다. "만약 그게 사실이라면, 미스 콥, 그 폰 마테지우스라는 자가 초래한 기나긴 불행의 실타래에 얽힌 또하나의 비극이군요. 애초에 그를 알지 못했으면 좋았을 텐데. 나는 아직도 닥터 래스번을 고소할 생각입니다. 누군가는 그를 막아야죠."

"래스번이요?" 내가 말했다.

풀러 씨는 자리에서 일어서는 아내를 부축했고, 이로써 우리의 만남이 끝났음이 분명해졌다. 함께 문으로 걸어가며 풀러 씨가 말했다. "우리 비어트리스를 러더퍼드로 보내 치료를 받게 하라고 강하게 주장했던 사람이 바로 닥터 래스번입니다. 그 음모를 둘이서 같이 꾸민 거죠. 그들에게 우리 손녀의 안위는 알 바 아니었고, 둘다 아이를 돌본다는 명목하에 우리에게서 악착같이 돈을 뜯어내려 했어요. 애가 기억을 못할 정도로 약을 먹여서 그런 짓을 저지른 건 말할 나위도 없고. 나는 비어트리스가 영영 기억하지 못하기를 바랍니다. 보안관한테 이번에는 둘 다 잡아서 영원히 가둬버리라고 하세요."

14

다음날 아침 피프스 애비뉴는 바람이 쌩쌩 불었고 얼얼할 정도로 찬 공기가 눈을 예고했다. 항상 이쪽 길의 통행을 불가능하게 만드는 관광객과 쇼핑객 무리를 뚫고 나는 시 외곽으로 향했다. 길을 따라 늘어선 양복점 중 몇 곳에서 재단사들이 파업을 선언하고 인도로 나와 펼침막을 들고 서 있었다. 그들의 목에 걸린 줄자가 바람에 나부꼈다. 재봉틀 보조로 일하는 젊은 여자들이 전단지를 나눠주었고, 길에 흩어진 전단지가 지나가는 사람들의 얼굴로 날아들었다.

일주일 내내 빗속에서 진흙탕을 밟고 돌아다닌 결과 발꿈치에 물집이 잡혔다. 나의 가장 튼튼한 부츠도 별 도움이 되지 않았다. 55번가로 꺾으면서 나는 통증에 이를 악물었고, 다리를 절룩거리지 않으려 애쓰며 닥터 밀턴 래스번의 병원까지 번지수를 셌다.

풀러 부부는 내게 마지막 기회를 주었다. 만약 이 의사가 폰마테지우스에 관해 하나라도 아는 게 있다면 단서를 건진 셈이다. 그게 아니라면 나는 빈손이다. 뉴욕에 머물면서 기차역과 페리항 근처를 기웃거리며 놈이 눈에 띄길 바라거나, 집으로 가서 뭐가 됐든 결과를 받아들여야 할지도 모른다. 어떤 결과일지 생각도 하기 싫지만. 매일 아침 일어나서 히스 보안관이 철창에 갇혀 있음을 깨닫는 내 모습은 상상도 할 수 없었다. 나는 바람을 피해 고개를 푹 숙이고, 닥터 래스번을 흔들어 뭔가를 쥐어짜내지 않고서는 물러나지 않으리라 다짐했다.

그의 병원은 한때 하얬겠지만 지금은 석탄을 문지른 것처럼 보이는 석조 건물 3층에 있었다. 문은 잠겨 있지 않았고, 로비에는 건물에 입주한 모든 사무실의 상호를 적어놓은 안내판이 있었다. 거의 일반 의원과 치과, 안과였다. 3층에 올라가니 닥터 래스번의 병원 문이 열린 게 보였고, 근엄한 표정의 다갈색 머리 여자가 책상 앞에 앉아 있었다. 여자는 마치 나를 기다리고 있었다는 듯 두 손을 맞잡고 있었다.

"닥터 래스번을 만나러 왔습니다." 내가 말했다. "예약은 하지 않았습니다만, 질문을 좀 하고 싶어서요."

"아, 죄송합니다." 여자는 책상 위의 예약 장부를 연필심 끝으로 휘리릭 넘겼다. "선생님께서 오늘은 무척 바쁘셔서요. 예약을 잡아드릴게요."

"그냥 뭣 좀 물어보러 왔어요." 나는 재차 말했다. "개인적인 일로."

여자는 나를 올려다보며 가느다란 선 두 가닥을 치켜올렸다. 그것만 빼면 그녀의 이마에는 주름 하나 없었다. "선생님은 지금 안

계십니다."

"그럼 기다릴게요."

"언제 오실지 모르는데요."

"오늘은 다른 할일이 없어서요. 기다리죠, 뭐."

나는 작은 대기실에서 신문을 읽고 또 읽은 다음, 누가 놓고 간 잡지를 집어들었다. 접수원은 책상 위 서류를 뒤섞으며 바쁜 척을 하느라 애썼다. 닥터 래스번이 모습을 드러낸 것은 정오가 한참 지나서였다. 그에게 말을 하려고 일어서는데 너무 오래 앉아 있던 탓에 감각이 마비되어 살짝 현기증이 났다.

닥터 래스번은 미친 의사 역에 터무니없이 잘 어울리는 모습이었다. 그 역을 맡은 배우라 해도 믿었을 것이다. 검은 머리칼이 뻣뻣하게 뭉쳐 여기저기 솟았는데, 사방으로 뻗친 것이 악마의 뿔 같았다. 두꺼운 귀갑테 안경을 썼고, 산봉우리처럼 생긴 눈썹 때문에 항상 깜짝 놀란 듯한 표정이었다. 그는 현대적인 의사의 하얀 가운 대신 구겨진 트위드 오버코트를 입고 들어왔다.

"오늘 오전에는 아무도 없는 줄 알았는데." 의사가 예약 장부를 내려다보며 말했다.

"없었습니다." 비서가 말했다. "이 여자분이 하실 말씀이 있다고 한사코 기다리셨어요."

"저는 제 고용주를 대신해 왔습니다." 나는 재빨리 말을 꺼냈다. "그분이 선생님의 진료에 관해 좀더 알고 싶어하십니다. 상당히 명성이 있는 분이라 프라이버시가 확실히 보장되어야 하고요."

의사는 한숨을 내쉬고 머리를 쓸어넘겼지만 머리칼을 가라앉히려는 시도는 그다지 성공적이지 못했다. "다들 명성이 높으시지요." 약간 지친 어조였다.

"잠깐만 시간을 내주실 수 있을까요."

의사는 고개를 끄덕이고 진료실 문을 열었다. 나는 그의 뒤를 따라 호화 설비가 갖추어진 방으로 들어갔다. 높은 유리창, 천장에서 늘어진 웅장한 전기 샹들리에, 가죽 의자, 반짝반짝 윤이 나는 광활한 책상. 이 방에 들어온 사람들에게 앞으로 엄청난 돈을 쓰게 될 거라는 인상을 주려는 의도가 역력했다.

나는 폰마테지우스에 관해 직설적으로 묻기 전에 이 의사의 주력 사업에 대해 좀더 캐봐야겠다는 생각에 그에게 들려줄 간단한 이야기를 하나 준비했다.

"말씀드린 대로, 제 고용주는 신중에 신중을 기하십니다. 그분의 누이께서 뉴저지의 한 요양원에서 치료를 받으셨는데 그때 선생님에 관해 알게 되셨답니다. 그 의사 이름이 지금은 기억이 안 나는데, 그가 선생님을 아주 높이 평가했으니 선생님도 분명 아실 겁니다. 독일식 이름이었는데…… 바보같이 잊어버렸네요."

"상관없습니다." 의사는 손끝으로 압지를 톡톡 두드렸다. "나는 전국에 있는 의사들과 서신을 교환합니다. 여러 의사들이 보낸 환자를 받기도 하고, 신중한 치료를 요하는 환자들에게 알맞은 뉴욕 이외 지역의 요양원을 추천하는 일도 드물지 않고요. 당신의 고용주께 우리는 신경에 관한 모든 분야에서 가장 현대적인 진료를 제공하고 있고, 절대 외부로 신상이 알려질 리 없으니 안심하라고 전하세요."

그는 접견이 끝났음을 알리듯 의자를 뒤로 밀더니, 고개를 갸웃하고 안경테 너머로 유심히 나를 살폈다. "당신은 어떤 역할로 고용된 겁니까?"

"원래는 안주인의 사교 담당 비서였습니다만, 지금은 그분들의 모든 약속과 일정을 관리하고 집안의 고용인들을 감독합니다. 좀 더 까다롭고 섬세한 문제들을 다룰 때도 있고요."

"당신의 고용주가 이 정도 내용에 만족할까요?" 그의 목소리에 피곤이 묻어났다. 부자들이 그에게 후한 돈을 지불하는데도 그는 부자들을 지겨워했다.

나는 환한 미소를 지었다. "분명히 만족하실 겁니다. 곧 연락드리죠."

그는 한 손을 들어 문 쪽으로 내밀었고, 내 뒤를 따라 정문까지 나왔다. 접수원은 내가 처음 왔을 때와 마찬가지로 두 손을 책상 위에서 맞잡고 앉아 있었다.

나는 그녀의 도움에 감사를 표하며 사교 담당 비서다운 태도를 유지하려 애썼다. 그러고는 나가려고 몸을 돌리다 막 생각났다는 듯 자연스럽게 말했다. "저기, 그 요양원이 러더퍼드에 있었던 것 같은데요. 정말 거기 있던 의사를 모르세요? 폰마테슨인가, 뭐 그런 이름이었는데?"

내 말에 닥터 래스번은 움찔했다. 어쩌면 눈에 먼지가 들어갔을지도.

닥터 래스번을 만나기 전까지, 나는 헨리 라모트의 조언을 따르지 말았어야 했나 의심하며 내내 불안에 떨었다. 폰마테지우스가 나타날 가능성이 제일 높은 장소—그의 남동생의 집, 기차역, 바로 지금 히스 보안관이 주시하고 있을 여러 곳—를 무시하고 어떻게 놈을 찾아낸단 말인가? 그럼에도 나는 나와 이야기하고 싶어하지 않는 사람들을 탐문하고 다녔다. 그 결과 비통한 사연과 끔찍한 비밀은 알아냈지만 폰마테지우스가 어디 숨어 있는지는 여전히 오리무중이었다.

그러나 여기 병원은 뭔가 분위기가 달랐고, 제대로 짚었다는 느낌이 들었다. 처음으로 탐문 수사중에 상대에게 거짓말을 했다. 처음으로 내가 찾는 사람이 누군지, 왜 그를 찾는지 터놓고 말하지 않았다. 처음으로 나 자신의 직감에서 전기충격 같은 스릴을 느꼈고, 본능이 이끄는 대로 따랐다.

닥터 래스번의 병원에서 나와 잠시 복도를 서성였던 것도 다름 아닌 직감 때문이었다.

그의 병원 문은 불투명유리로 되어 있어 빛을 약간 들여보냈고 소리도 제법 내보냈다. 나는 문 옆의 벽에 바짝 붙어서서 귀를 기울였다.

"머리 레스토랑에 전화해서 킨 씨를 연결해줘요." 의사가 접수원에게 말하는 중이었다.

여자가 교환원에게 말하는 소리가 들렸고, 이어서 톡톡 두드리는 소리, 누군가가 연필을 가지고 장난치는 것 같은 소리가 작게 났다.

잠시 후 여자가 말했다. "닥터 래스번이 킨 씨를 찾습니다." 또다시 대기시간이 길게 이어졌고, 전화기에 대고 서로 얘기하는 소리가 들렸지만 둘이 무슨 말을 하는지는 알아듣기 어려웠다. 마침내 닥터 래스번의 우렁찬 목소리가 전화기로 울려퍼졌다. "팻? 나 밀트일세. 거기 물품보관소 여직원이 나한테 뭐 전해줄 것 없대?

응, 기다리지."

접수원이 뭐라뭐라 말했지만 잘 들리지 않았고, 그때 상대방 남자가 다시 나왔다. "그거 확실해, 팻?" 의사가 외쳤다. "아마 펠릭스 폰마테지우스라는 이름의 사내일 거야. 지난번과 같아. 아직 안왔어? 알았어, 우리 직원을 보낼게."

두 사람 사이에 낮은 말소리가 오가더니 의사가 직원을 심부름 보냈다. "펠릭스는 보통 점심시간 지나서 들러. 그가 오기 전에 얼른 가서 이 쪽지를 물품보관소 직원에게 전해줘요."

접수원이 뭐라고 작게 대답했고, 이어서 열쇠가 짤랑이는 소리가 났다. 나는 슬그머니 복도 모퉁이를 돌아 그녀가 나오기 전에 서둘러 계단을 내려갔다. 길 맞은편에서 나는 여자가 건물에서 나와 55번가를 걸어가는 모습을 보았다. 내 쪽을 돌아보는 일은 없었다. 나는 반 블록 정도 거리를 두고 뒤따랐다. 식은 죽 먹기였다. 비서가 머리 레스토랑에 도착하자 나는 걸음을 멈추고 기다렸다. 안에까지 따라 들어가려다 여자가 나올 때 마주칠까봐 그냥 밖에서 기다렸다.

머리 레스토랑은 극장가의 멋진 벽돌 건물 여러 층을 사용하고 있었다. 입구 주변에 늘어선 정교한 석주와 문살 세공, 덩굴과 조각 등이 로마의 궁전 같은 분위기를 풍겼다. 모퉁이의 신문 가판대에 슬쩍 물어보니 그 레스토랑의 물품보관소가 상당히 악명 높은 곳이라고 했다. 코트나 모자도 맡기지만, 다른 사람에게 전달할 돈봉투나 그 외 수상쩍은 소포를 맡길 수도 있다고 했다. 며칠 전에도 유명 뮤지컬 여배우의 유골이 담긴 단지를 놓고 간 사람이 있었다고 가게 주인 남자가 일러주었다. 아무도 찾으러 오지 않자 보관소 직원이 꾸러미를 열어보았고, 매끄러운 금속 표면을 보고 폭탄인 줄 알았다는 것이다. 경찰을 불렀지만 단지 안에서 내용물을 설명하는 쪽지가 나왔고, 꾸러미는 장례식장으로 반환되어 원소유주에게 돌아갔다.

접수원은 안에서 잠깐밖에 머물지 않았다. 그녀가 떠나자 나는 쏜살같이 길을 건너 레스토랑으로 들어갔다.

그런 퇴폐적인 장관은 미처 예상치 못했다. 광대한 메인 홀 끝에 로마식 기둥과 님프와 환상 속 괴물들이 떠받치고 있는 2층 높이의 무대가 있었다. 천장을 짙은 감청색으로 칠하고 자잘한 조명을 매달아서 별빛 아래 앉아 있는 듯한 착각이 들었다. 점심을 먹는 사람들이 줄잡아 수백 명은 됐고, 다들 낮 공연을 보거나 오후 쇼핑을 하기에 흠잡을 데 없이 차려입었다. 그들의 떠들썩한 소음을 덮고도 남는 것은, 저녁 무도회용 리허설을 하는 꽤 큰 규모의 오케스트라 연주였다. 심지어 거대한 분수에는 황제를 위한 배가 한 척 떠 있었고, 그걸 보니 물줄기 아래에서 무용수들이 깔깔거리며 물을 튕기는 자정 이후의 공연이 머릿속에 그려졌다.

남들 눈에 띄기 좋은 장소였지만, 동시에 몸을 숨기기에도 좋은 장소가 아니었을까? 펠릭스 같은 사내라면 가장 좋은 양복을 입고 군중 속에 섞여들어갔다가 눈에 띄지 않게 빠져나올 수 있지 않을까? 펠릭스가 들어와도 놈을 미행할 자신은 없었다. 소박한 외출복과 챙 넓은 펠트 모자 차림의 나는 늘 그렇듯 모든 여자들과 대부분의 남자들 위로 불쑥 솟아올라 있어서 너무 눈에 띄었다. 나는 놈이 생굴과 바지락을 먹으며 이곳에서 오후를 보내고 있지 않기를, 그냥 물품보관소만 들렀다 가기를 빌어야 했다.

나는 사람들을 헤치고 간신히 한쪽 구석에 들어가 섰고, 웨이터들은 나를 무시하고 바쁘게 지나쳤다. 좁다란 복도 끝에 물품보관소가 보였다. 초록색 원피스를 입은 여직원이 코트를 받아들고 물품표를 내주고 있었다. 여자가 나를 알아채고 왜 자기를 뚫어져라 쳐다보는지 궁금해하는 건 시간문제였다. 좀더 있으면 여태 나를 무시하던 웨이터들도 나를 테이블로 밀어넣거나 밖으로 내보내려 할 것이다. 역시 밖에서 기다리면서 펠릭스가 나를 보기 전에 내가 먼저 그를 알아보길 비는 수밖에 없었다.

나는 이후 몇 시간을 재미없고 따분하게 대기하고 감시하며 보냈다. 건물 앞에 서서 그곳을 드나드는 사람들을 보는 게 쉬운 일 같겠지만 아무나 할 수 있는 일은 아니다. 이 작업에는 특수한 종류의 집중력이 필요하다. 사람들의 모자와 코트를 하나하나 주의 깊게 지켜보는 동시에 매번 똑같은 질문을 던져야 한다. 저 키가 맞나? 머리색이 같나? 거동과 자세는 어떤가? 일 초 안에 모든 남자들을 고려해보고 폐기해야 한다. 안 해본 사람은 모르겠지만, 단순히 여자와 남자를 구분해 누구를 눈으로 좇아야 할지 정하는 데에도 상당한 시간이 소요된다. 힘들 것 없는 지루한 일이지만 엄청난 주의력을 요한다. 일 분이라도 방심하면 요주의 인물이 눈앞을 유유히 빠져나갈 수 있다.

의심을 사지 않으려면 이따금 장소를 옮기는 게 좋다. 나는 맞은편 처마 밑에 서 있다가, 상점가 진열창 앞으로 이동했다가, 길 건너 북적이는 42번가로 갔다가, 다시 원래 자리로 돌아왔다. 보도에 너무 오래 서 있었던 탓에 다리가 아팠다. 발이 부었고, 물집들이 비명을 질러댔으며, 추위에 새빨개진 코에서 콧물이 났다. 이 모든 불편과 통증이 내가 정신을 바짝 차리게 하는 데 일조했고, 덕분에 놈을 어서 잡아넣고 이 고통을 끝내야겠다는 열의가 생겼다.

펠릭스가 모습을 드러낸 것은 하늘이 청회색으로 바래는 초저녁 무렵이었다. 그는 머리 레스토랑에 들어가는 게 아니라 거기서 나오고 있었다. 내가 놈을 놓쳤었나? 옆얼굴만 힐긋 보고 순간 내 눈을 의심했다. 하지만 얼른 움직이지 않으면 놈을 놓칠 것이다.

펠릭스는 모자를 푹 눌러쓰고 동쪽으로 방향을 꺾어 타임스스퀘어로 향했고, 쉽게 모습을 숨길 수 있도록 오버코트와 모자들 무리 속으로 섞여들었다. 나는 아직 길 건너편에 있었고, 그를 잡으려면 차에 치일 위험을 감수하고 차도로 뛰어들어 요리조리 자동차를 피하는 수밖에 없었다. 반대편에 도착했을 때는 이미 거리가 상당히 벌어져 있었고, 그는 걸음이 매우 빨랐다. 인파 속에서 펠릭스를 놓치지 않고 그의 모자와 어깨를 눈으로 계속 좇는 건 불가능에 가까웠다.

이젠 사람들의 이목을 피할 수 없었다. 나는 톱코트를 입은 남자들을 밀치며 달렸다. 팔짱을 끼고 걷는 세 여자와 부딪혀 다 같이 엎어질 뻔했다.

한 남자가 나를 부축하려 내 팔꿈치에 손을 얹었다. 나는 금세 사람들에게 둘러싸였고, 다들 나를 붙잡고 열심히 진정시켰다. 나는 머리에 떠오른 유일한 아이디어를 즉각 실행에 옮겨 큰 소리로 외쳤다. "소매치기야!" 나는 사람들 손을 떨쳐내고 추적에 나섰다.

효과가 있었는지 청년 둘이 추격에 동참했다. 인도에 사람이 너무 많아서 우리 셋 다 그다지 속력을 내지 못했지만, 두 청년이 팔꿈치로 사람들을 밀어내며 길을 텄다. 나는 앞서 달려가 다음 교차로에서 몸을 날려 놈을 덮쳤다.

펠릭스는 나보다 키가 머리통 반 정도 작았고, 나는 뒤에서 놈의 어깨를 잡고 다른 팔로 놈의 목을 감싸 조였다. 그는 예기치 못한 강한 목 조르기에 켁켁거렸다. 나는 놈을 앞으로 밀쳐 꿇어앉히고 놈의 등뒤에 올라탔다. 펠릭스는 팔꿈치로 나를 가격하려 했지만 나는 그의 양 손목을 돌려 잡고 땅바닥에 놈의 얼굴을 밀어붙였다.

우리 주위에 몰려든 인파로 보아 펠릭스와 나는 그 시각 뉴욕에서 가장 흥미진진한 인물이었던 것 같다. 구경꾼이 너무 많아서 사람들이 도로까지 내려와 차선 하나를 막았다. 어떤 남자는 우리를 더 잘 보려고 움직이는 마차에서 뛰어내렸다.

두 청년은, 끽해야 스무 살이나 됐을까, 방금 일생일대의 모험을 치른 듯했다. 그들은 나만 부축해 일으키고 펠릭스는 그대로 땅바닥에 붙잡아두었다. "이 남자가 맞습니까? 이 남자가 당신 지갑을 훔쳤어요?"

펠릭스는 돌아누우려 몸부림쳤지만 아직 나를 제대로 보진 못했다. "난 지갑 같은 거 안 훔쳤어!"

나는 그의 앞으로 빙 돌아가 허리를 숙였다. 펠릭스는 고개를 들고 나를 알아보더니 한숨을 내쉬고 차가운 인도에 한쪽 뺨을 댄 채 다시 축 늘어졌다.

"나는 해컨색의 버건 카운티 보안국에서 일합니다." 나는 두 청년에게 말했다. "이 남자는 위험한 탈주범을 숨겨준 혐의로 수배중이었고요." 나는 낮 공연을 보러 나온 사람들 무리를 둘러보았다. 하나같이 옷차림이 근사했고 오후의 즐거움을 누리러 나온 길이었다. 그들은 우리가 벌인 퍼포먼스에 대한 답례로 동전이라도 던져

줄 것처럼 보였다. "누가 경찰을 불러와주신다면 이 남자는 체포될 겁니다."

남자들 몇 명이 경관을 부르러 달려갔으나, 대부분은 어리둥절해하며 그대로 서서 가벼운 호기심으로 나를 주시했다. 구경꾼들 중 몇은 서로에게 질문을 던지며 수군거렸고, 머잖아 그 질문은 나한테 떨어질 게 뻔했다. 위험한 탈주범이라는 게 누구야? 그자가 무슨 짓을 했는데? 저 여잔 또 누구고, 보안국에서 무슨 일을 한대?

그러나 질문에 답해야 하는 사람은 펠릭스였다. 나는 한쪽 무릎을 꿇고 앉았고, 치마가 내 주위로 둥그렇게 땅 위에 펼쳐졌다. 청년들이 펠릭스를 일으켜 무릎을 꿇렸고, 그는 어쩔 수 없이 나를 마주보았다. 그를 이렇게 가까이에서 본 건 처음이었다.

펠릭스의 얼굴선은 습작품이었다. 좁은 턱, 쑥 들어간 광대뼈, 울상인 입, 쫙 째진 눈. 제 형의 현학적 가식은 흔적도 없고, 둔하고 화난 듯한 인상이었다.

"놈은 어디 있지?" 내가 추궁했다.

펠릭스는 콜록거렸다. 청년들이 그의 뒷덜미를 잡고 있어서 목깃이 그의 목을 죄었다. "누구 말이야?"

그 교활한 미소도, 홍차에 변색된 치아도 마음에 들지 않았다. 그의 얼굴은 생쥐처럼 작고 초췌했다. 심지어 코를 씰룩거리기까지 한다.

길 아래쪽에서 호각이 울렸다. 경찰이 오고 있었고, 내가 뭔가 알아내기도 전에 경찰이 펠릭스를 데려가버릴까봐 겁이 났다. "지금 나한테 바른대로 말하는 게 본인 신상에도 이로울 텐데."

펠릭스는 나를 외면했다. 누가 내 어깨를 잡았고, 경찰 넷이 순

식간에 우리를 떼어놓고 우리 둘을 모두 체포했다.

"버건 카운티 보안국의 공문이 경찰서에 왔을 텐데요." 나는 끌려가며 외쳤다. "공문을 못 받았다면 보안관에게 전화해봐요. 해컨색 교도소의 로버트 히스 보안관입니다. 폰마테지우스 탈옥 건이에요. 이 사람은 펠릭스 폰마테지우스입니다. 일주일 내내 신문에 났었다고요."

펠릭스를 끌고 가는 경관은 내 말을 들은 척도 하지 않았다. 나를 체포한 붉은 낯빛의 명랑한 아일랜드인 경관이 허리를 굽히고 내 귀에 소곤거렸다. "걱정하지 마세요. 서에 가서 실컷 얘기하시면 됩니다. 덕분에 우린 한동안 추위에 떨지 않아도 되겠군요. 당신 보안관과 연락이 닿을 때까지 기다려야 한다면 밤을 새워야 할지도 몰라요."

나는 뉴욕시의 구치소에서 하룻밤을 보내야 한다는 게 마음에 들지 않았지만, 펠릭스 폰마테지우스도 갇혀 있는 한은 불평하지 않기로 했다.

경찰은 나를 차에 태워 51번가에 있는 땅딸막한 벽돌 건물로 데려갔다. 펠릭스는 신원 기록을 위해 다른 방으로 갔지만, 나는 경관 두 사람 사이에 낀 채 정문 안쪽에 서서 기다렸다. "잠시 여기서 대기하셔야겠네요." 아일랜드인 경관이 말했다. "신원 기록을 작성하려면 여자 교도관이 올 때까지 기다려야 해서요."

"내가 여자 교도관인데요." 겨우 기록 대장에 내 이름을 적는 일로 여성 담당자를 불러올 때까지 기다려야 한다니 짜증이 났다. "그냥 보안관한테 전화해서 물어봐요. 콘스턴스 콥이 용의자를 체포했다고 전하십시오."

아일랜드인이 껄껄 웃었다. "콥*이라니! 이름 좋네요. 경찰이 될 운명을 타고난 거 아닙니까?"

나는 작고 휭한 경찰서 안을 둘러보았다. 바닥에 나사로 고정된 딱딱한 나무의자, 지명수배자들 사진으로 도배된 벽. 나는 이곳이 너무나 편하고 익숙했다. "네, 타고났죠."

만약 해컨색 교도소에서 잘리면 이곳 뉴욕 경찰이 날 받아주지 않을까 하는 생각이 언뜻 들었다. 체포된 전력이 있는 여자 교도관이라도 상관없다면 말이지만.

여성 담당자를 불러오기 어렵게 되자 나는 남자 경찰들을 설득해 그들이 직접 기록하게 했다. 내게 배정된 방은 해컨색의 내 방보다 더 크고 편했다. 내가 재소자들과 똑같은 환경에서 살았고 교도소에서 자기도 했다는 사실을 여기 경찰들은 도무지 믿으려 하지 않았다.

"집에 가고 싶지 않으세요? 가족들이 보고 싶지 않아요?" 아일랜드인 경관이 쇠창살 반대편에서 물었다.

"집에 가요. 가족들도 보고요. 가끔씩은."

그는 나를 두고 가면서 보안관이 뉴욕 시내로 들어오려면 시간이 좀 걸릴 테니 푹 쉬라고 했다. 쉬고 싶은 생각은 없었지만, 나도 모르게 눈꺼풀이 감겼고 나는 무겁고 어두운 잠에 빠졌다.

짤랑거리는 열쇠 소리에 나는 소스라치며 깼고, 곧장 침상에서 일어나 허리를 펴고 앉았다. 히스 보안관이 나를 굽어보며 서 있었다. 모자를 눈가까지 푹 눌러쓰고 있어 표정은 알아볼 수 없었다.

---

* 콘스턴스의 성 Kopp은 경찰을 뜻하는 Cop과 발음이 유사하다.

화를 내는 건지 기뻐하는 건지도 모르겠고, 나를 데리고 나가려는 건지 아니면 구치소에서 하룻밤 묵게 하려는 건지도 사실은 알 수 없었다. 그럼에도 불구하고, 보안관을 보는 순간 해일 같은 안도가 나를 덮쳤다.

"놈과 맞붙었더군요." 보안관이 말했다.

"뭐, 내가……"

"인도를 펄쩍 건너뛰어 놈을 덮쳤다던데."

"하루만 지나면 그 사실을 입증할 멍자국이 생기겠죠."

"놈을 발견해서 추격했다면서요, 당신 안위는 생각하지도 않고. 지금 내 밑에는 당신과 달리 용의자와 몸싸움을 꺼리는 남자들이 수두룩한데."

"더 쉬운 방법이 있다면 나도 알고 싶네요."

우리는 그동안 쌓아온 익숙한 친밀함으로 서로를 마주보았다. 마침내 보안관이 입을 열었다. "내게 뭐라도 가져온 사람은 당신이 유일합니다."

"죄수를 놓친 사람도 내가 유일하고요."

그는 피곤에 지친 반쪽짜리 미소를 지었다. "이제 펠릭스가 잡혔으니, 그의 형은 숨어다니기 더 힘들어질 겁니다. 또다른 아이디어가 있으면 얘기해줘요. 당신이 우리보다 훨씬 더 재미있는 수사를 하고 있었군요. 우린 기차역과 경찰서밖에 몰랐는데."

수사에 조금이라도 진전을 이룬 사람이 나밖에 없다는 사실에 조금 설렜지만, 나는 애써 흥분을 잠재웠다. 헨리 라모트가 옳았음을 깨닫자 실망감이 밀려들었다. 보안관은 사건 발생시 누구나 하는 서너 가지 방법만 답습하고 있었던 것이다. "만약 오늘 펠릭스를 찾아내지 못했다면 나도 기차역과 경찰서를 기웃거렸을 거예요."

보안관은 낡은 트위드 코트 속에서 몸을 옴짝거리다 이렇게 말했다. "이제 교도소로 돌아오시죠."

"그건 아닌 것 같은데요."

"미스 콥, 지금 모리스를 여성 수감동에 세워놨는데 아주 고개를 절레절레 저어요. 프로비덴차 모나포 사건에도 문제가 생겼는데, 부인이 우리한테는 통 말을 하지 않습니다."

"무슨 문제인데요?"

"일단 복귀하시죠. 폰마테지우스를 잡은 후에 배지에 관해선 어떻게 해보겠습니다."

"잡은 후에." 놈이 잡히지 않으면 어떻게 되는지는 물어볼 필요도 없었다.

보안관은 감방 안을 둘러보았다. 나는 그가 감방에 사는 자기 모습을 상상하고 있는 건지 궁금했다. "아니 그럼 뭘 어떡하려고요? 당신 혼자 뉴욕에서 탈주범을 쫓게 놔둘 순 없습니다. 파트너도 없이, 게다가 배지도 총도 수갑도 없이……"

"총은 갖고 있어요." 내가 말했다.

그는 싱긋 웃고 자기 발치를 내려다보았다. "맞아요. 밖에 있는 경관이 그러더군요. 당신 가방에서 경찰 지급용 리볼버를 발견하기 전까진 당신 얘기가 믿기지 않았다고. 그게 일종의 배지 역할을 하죠."

달리 내가 뭘 어떡하냐고? 나는 침상에서 일어나 치마를 털었다. "관련자가 한 명 더 있는데, 펠릭스가 물건을 전해주거나 받아오던 의사예요. 뉴욕 경찰은 내 말만으론 움직이지 않더라고요. 분명 도망쳤겠지만, 그래도 누가 가서 확인해봐야 해요."

"경찰이 이미 사람을 보냈습니다."

"펠릭스가 입을 안 열어요." 내가 말했다. "말을 아끼는 능구렁이죠."

"음, 놈을 해컨색으로 이송합시다. 미스 콥, 이렇게 애원하는 게 볼썽사납긴 하지만, 같이 갑시다."

15

"펠릭스, 이건 자네한테 기회야." 경찰서에서 나와 차를 타고 가면서 보안관이 말했다.

펠릭스는 팔다리에 찬 쇠사슬을 흔들었다. "무슨 기회요?"

"석방될 기회. 우릴 자네 형에게 안내하는 게 어때? 그럼 지금 당장이라도, 이 한밤중에라도 자네를 놔줄 수 있어. 우린 그 수갑을 풀어서 탈주범에게 채울 거야."

뒷좌석에서는 보안관의 모자와 목깃의 윤곽선만 겨우 보였다. 그 옆에 앉은 펠릭스는 흐릿한 형체에 불과했다. 펠릭스는 억울하다는 듯 한숨을 내쉬었다.

"내가 보기에," 히스 보안관이 말을 이었다. "남작을 다시 교도소에 넣고 자네를 풀어준다면, 우린 모두 정확히 출발점으로 되돌아가는 거야. 아무도 한 달 전보다 더 좋아지거나 나빠질 게 없지. 자네 형은 형기를 채우고, 나한테는 활개치는 탈주범이 없어지고,

자넨 자유의 몸이 되어 자네 좋을 대로 하는 거지. 자, 펠릭스, 내 생각에 무슨 잘못된 점이 있는지 말해보게."

"난 형이 어디 있는지 몰라요." 펠릭스가 우물거렸다.

"알고 있잖나!" 히스 보안관의 어조는 거의 격려하는 투였다. "자네와 닥터 래스번은 알고 있어. 닥터 래스번이 형 숨기는 걸 도와주지 않았나? 폰마테지우스 형제의 절친한 친구니까, 안 그래?"

"난 아는 의사 없어요."

"그럼 머리 레스토랑의 물품보관소를 통해 연애편지를 주고받은 건가보군."

펠릭스는 코웃음을 치고 다시 수갑을 만지작거렸다.

"경찰이 아까 자네 주머니에서 편지를 찾아내지 못해 유감이군. 용케 어디로 던져버렸나? 아니면 먹었어? 설마 먹어버린 건 아니겠지?"

"안 먹었어요."

앞쪽에 순찰차가 나타났고, 펠릭스는 그 차를 보고 움찔 놀랐다. 늘 잡힐까봐 전전긍긍하며 사는 사람의 반응이었다.

"더이상 경찰을 피해 숨을 필요도 없어, 펠릭스. 자, 교도소에 도착하면 나는 방금 했던 제안을 철회할 거야. 잘 생각해보게. 우리를 자네 형에게 데려다주면 자네는 자유야."

펠릭스는 불만스럽게 툴툴거렸지만 입을 열지는 않았다. 히스 보안관이 고개를 돌려 나를 보았다.

"펠릭스가 우리 교도소 내부를 본 적이 있던가요, 미스 콥?"

"면회소 너머 그 안쪽으로 들어온 적은 없을 겁니다, 보안관님." 나는 상체를 숙여 그들 사이로 고개를 들이밀고 말했다.

"그렇군요. 치안 행정에 대해 잘 알고 싶어하지 않는 사람도 있죠." 펠릭스는 다시 유리창 쪽으로 고개를 돌렸다.

"그 많은 문과 자물쇠가 딱히 마음에 들진 않을 거예요." 내가 슬쩍 던졌다.

보안관이 내 쪽을 보며 한쪽 눈썹을 치켜세웠다. "그럴 수도 있겠네요. 쇠창살은 사람을 불안하게 만들기도 하니까."

우리는 해컨색으로 돌아오는 내내 이런 식으로 주거니 받거니 펠릭스의 입에서 뭔가 요긴한 정보를 끌어내려 애썼지만, 펠릭스는 요지부동이었다. 나는 다시 히스 보안관과 같이 일하게 되어 기뻤다. 보안관은 범죄자들을 대할 때 거침이 없었고, 사건을 처리할 때도 늘 어김없이 자신만만해 보였다. 며칠 동안 내가 찾는 게 뭔지 잘 알지도 못하면서 혼자 뉴욕을 쏘다니다가, 드디어 다시 단단한 지면을 딛게 된 것이다.

"다 왔어, 펠릭스." 교도소의 윤곽이 우리 앞에 모습을 드러내자 보안관이 말했다. "지금이라도 차를 돌려 자네 형을 데리러 갈 수도 있는데." 펠릭스는 보일 듯 말 듯 고개를 저었다. 그는 거의 숨소리도 내지 않았다.

5층 여자들은 나의 복귀를 환영했다. 뉴어크 교도소에서 탈출했던 소매치기 메리 리스코는 그새 다시 뉴어크로 이송됐고, 그 자리에 또다른 소매치기가 들어왔다. 고작 열여덟 살인데 기차역을 주무대로 지갑에 든 동전을 슬쩍하거나 코트에 달린 브로치와 장식핀을 감쪽같이 빼냈다. 우리의 양말 도둑 마사 힉스는 며칠 후 석방될 예정이었고, 새로 들어온 소매치기 여자애를 붙들고 갱생 프로그램에 착수해 도둑질 따위는 잊고 견실한 직업을 찾으라고 설득하는 중이었다. 지금까지 성과가 신통치 않아서 마사는 내가 설득 작업을 거들어주길 바랐다.

오빠 집에 불을 지른 혐의를 받고 있는 아이다 히긴스의 경우, 그녀의 침실에서 발견된 가솔린 두 통 때문에 체포됐는데, 사실은 오빠와 불화가 있었던 친구 하나가 불만을 품고 방화한 것으로 밝혀졌다. 곧 그녀의 혐의는 벗겨졌으나 재판 때까지 증인으로 구금되었고, 재판은 다음주에 열릴 예정이었다.

보아하니 아이다 히긴스는 오빠의 친구와 자신이 서로 사랑한다고 믿었고 그래서 그 남자가 불을 질렀다는 걸 인정하고 싶지 않은 듯했다. 그러나 남자는 교도소에 한 번도 면회를 오지 않았고, 아이다가 그를 위해 자유를 희생했다는 자각이 아예 없는 것 같았다. 몇 주 동안 써보낸 편지에 답장 한 장 없자, 결국 아이다는 검사에게 진상을 털어놓을 정도로 화가 치솟았다. 아이다는 자신이 그 남자가 가솔린 깡통을 들고 몰래 돌아다니며 불을 지르는 모습을 봤으며 남자가 한 짓을 숨기려고 그 깡통을 자기 집으로 갖고 왔다고 말했다. 그녀의 고발에 이어 또다른 목격자의 증언이 나왔고, 전에도 방화로 체포된 전과가 있는 그 남자는 현재 두 층 아래 거주하고 있다.

아이다는 증인으로 수감되어 있는 것뿐이어서 남은 구류 기간 동안 내 방 옆의 좀더 조용한 곳으로 이감됐고, 저녁식사로 대개 소시지나 갈빗살을 먹었다. 교도관을 동반한 바깥 산책도 허용됐다. 아이다는 이제 내가 복귀했으니 나와 함께 산책을 나가길 기대한다고 말했다.

"새 감방은 좀더 지내기 편해요?" 교도소의 내 구역으로 다시 돌아온 내가 물었다.

"집에 가면 더 편하겠죠." 아이다가 말했다. "내가 한 짓이 아니라고 다 말했어요. 그런데 왜 나를 풀어주지 못한다는 거예요?"

"재판 때 당신이 필요하니까. 당신은 그 남자가 오빠네 집에서 가솔린을 들고 몰래 돌아다니는 모습을 봤다고 증언해야 해요."

"재판이 어떻게 되든 무슨 상관이에요? 나랑 관련도 없는데. 더이상 그 일과 엮이기 싫어요."

"바로 그래서 우리가 당신을 잡아두는 거예요."

그리고 프로비덴차 모나포의 문제가 남았다. 히스 보안관은 내가 복귀한 다음날 존 코터를 불러 상세하게 이야기를 해주었다. 보안관 사무실에 앉은 두 남자는 상대방과 같이 있는 게 이보다 더거북할 수 있을까 싶은 얼굴로 주위를 둘러보았다.

코터 수사관은 목청을 가다듬고 보안관을 노려보았다. 코터의 얼굴은 달걀형이었고 꽉 조이는 딱딱한 칼라 때문에 목살이 불룩했다.

"그쪽이 얘기하지." 보안관이 말했다. "이 사건은 그쪽 담당이니까."

코터 수사관은 입술을 꾹 다물고 우리 사이의 허공을 잠시 지그시 노려보았다. 한쪽 다리를 참을성 없게 떨었다. 그에게서 억누른 분노 같은 것이 느껴졌다.

마침내 그가 입을 열었다. "그러지. 미시즈 모나포는 사베리오 살리노가 방세를 내기 위해 아침에 자기 집에 왔고, 같이 사는 그의 누이 때문에 말다툼이 벌어졌다고 주장했습니다. 그때 살리노가 그녀를 위협했고, 그녀는 살리노를 총으로 쐈죠. 그녀는 너무 겁이 나 집에서 달려나와 전차를 탔습니다. 매일 아침 출근할 때 타는 전차였고, 기사가 그녀를 알아봤습니다. 그런데 몇 정거장 타고 가다 미시즈 모나포는 마음을 고쳐먹고 전차에서 내려 집으로 돌아왔어요. 왜 그랬는지 그 이유를 제대로 납득한 사람은 우리 중 아무도 없죠. 그 무렵, 혼자 힘으로 계단을 기어올라온 살리노를 누가 발견했습니다. 그때 우리가 신고를 받았고요."

코터가 반응을 기다리는 듯해서 내가 말했다. "네, 내 기억에도 그래요. 무슨 문제가 있습니까?"

"문제는, 아침 여덟시에 총소리를 들었다는 목격자가 있는데, 미시즈 모나포는 일곱시 반에 전차를 탔다는 거예요."

어리둥절한 나는 두 사람을 번갈아 쳐다보았다. "하지만 미시즈 모나포가 자백을 했잖습니까. 누가 시간을 잘못 알았겠죠."

코터 수사관은 고개를 저었다. "그게 그날 아침 첫번째 운행하는 전차였고, 기사는 출발시간을 정확히 숙지하고 있습니다. 그는 해컨색에서 내려 여덟시 몇 분 전에 타임카드를 찍었어요, 미시즈 모나포가 차에 타고 있을 때. 기사가 딴사람을 그녀로 착각했다고 하지 마요. 당신도 그녀를 봤으니."

"하지만 총소리를 들었다는 그 증인이 착각했을 수도 있어요."

수사관은 방안을 이리저리 거닐었다. "길 아래쪽에 사는 그 남자는 매일 아침 일곱시 반에 자명종을 맞춰놓고 여덟시 전에 아침을 먹으러 부엌 식탁에 앉는다고 합니다. 그는 부엌에서 총소리를 들었다고 했어요. 평소보다 한 시간 일찍 일어났을 가능성은 전혀 없고. 남자의 아내와 아이들도 그의 아침 일과에 변동이 없었다고 입을 모았습니다. 가게문을 열기 위해 근처를 지나던 또다른 증인도 확보했는데, 그 가게 점원도 절대 평소보다 일찍 가게를 열지 않았다고 말하더군요."

코터는 창문가 책상 위에 한 무더기 쌓여 있는 기록 대장 쪽으로 걸어가 맨 위의 것을 임의로 펼쳐 휘리릭 넘기며 재소자들의 이름과 우리가 일일이 촬영해놓은 사진을 훑어보았다. 히스 보안관이 수사관을 말리려 한 발 내딛다가—그 기록부는 코터가 관여할 바가 아니었다—그냥 조용히 있었다.

"하지만 미시즈 모나포가 살리노를 쏘지 않았다면 어째서 자백을 한 거죠?" 내가 말했다.

코터 수사관은 비난하듯 보안관을 노려보았고, 보안관이 입을 열었다. "미스 콥이 미시즈 모나포와 가장 많은 시간을 보냈어. 일단 맡겨보자고." 보안관은 나를 돌아보며 이렇게 덧붙였다. "당시무슨 일이 있었는지 미시즈 모나포와 다시 얘기해보십시오. 그녀의 삶에 관해 최대한 알아내는 겁니다. 그녀의 총격에 다른 동기가 있는지. 왜 집으로 돌아온 건지 물어봐요. 다른 사람이 저지른 짓을 그녀가 뒤집어쓰려는 걸 수도 있으니."

수사관은 알아듣기 힘든 말을 툴툴거리며 다시 의자에 털썩 앉았다.

"존, 미스 콥은 잘할 수 있어." 보안관이 나를 힐긋거리며 말했다.

"수사관은 용의자를 신문하라고 있는 건데." 코터가 말했다. "만약 이 사건이 육 개월 전에 터졌다면 미시즈 모나포를 신문하라고 나를 올려보냈을 거라고."

"그리고 자네는 자백을 제대로 받아내지 못했을 테지." 보안관이 응수했다. "자네도 알잖아. 우린 여성 피의자를 상대하는 데 늘 곤란을 겪었어. 그래서 내가 여자 교도관을 채용한 거고. 일단 미스 콥에게 맡겨보고, 만약 진전이 없으면 곧바로 자네에게 연락하겠네."

코터는 잠시 우리 둘을 번갈아 쳐다보다가 의자를 밀고 일어나 문밖으로 걸어나가더니 좀 세다 싶게 문을 쾅 닫았다.

히스 보안관은 벌떡 일어나 코터를 따라 나가며 내게 말했다. "진짜 맘에 안 드는군. 가서 미시즈 모나포와 얘기해보십시오."

저녁식사 바로 전, 날이 어둑어둑해지는 고요한 시간, 나이든 여자들은 서서히 낮잠에서 깨어나고 있었다. 그들 옆에 앉아서 고백을 끌어내기엔 이때가 가장 좋다. 본인이 교도소에 있다는, 그래서 저녁을 차려야 할 의무가 없다는 사실을 무언의 안도감과 함께 떠올리는 시간이다. 이 시간이면 그들은 철학적이 되어 좀더 적극적으로 이야기하고 싶어한다. 젊은 여자들은 다르다. 그들은 한밤중에, 두려움과 비밀 때문에 속을 태우며 잠을 이루지 못할 때 내게 오는 편이다. 나이든 여자들은 거짓과 기만에 잠을 빼앗기지 않는다. 그들은 비밀을 침대로 가져가 따뜻한 물주머니처럼 끌어안고 밤새 잘 잔다.

가서 보니 미시즈 모나포는 일어나 침대가에 앉아서 자기 발을 내려다보고 있었다. 교도소에 들어온 첫날 그녀의 발가락 사이에 오랫동안 치료받지 못한 것으로 보이는 염증이 있었다. 나는 석유계 오일과 이 잡는 가루에 관해선 절대 고집을 꺾지 않았고, 드디어 염증이 아물기 시작했다. 미시즈 모나포는 발을 내려다보며 마치 크기를 잰 후 어디에 쓸지 정하려는 듯 온갖 각도로 이리 돌려보고 저리 돌려봤다. 그녀가 고개를 들고 감방 앞에 서 있는 나를 보았다.

"전처럼 붓지 않아." 그녀가 말했다.

"나아진 것 같네요."

"공장에서 열 시간, 열두 시간씩 서 있었어. 여기서는 아침마다 세탁을 하고, 그것만 하면 끝이네. 발이 쉴 수 있어."

"교도소에서 푹 쉬어서 즐겁다고 보안관한테 말하면 안 돼요. 그럼 다른 일을 찾아주려 할 테니까."

"아, 즐겁다는 말 아냐. 하지만 할일 별로 없긴 해. 남편은 나 없이 어떻게 지내는지⋯⋯" 미시즈 모나포는 어깨를 으쓱하더니 소리 없이 웃었고, 웃음은 기침으로 바뀌었다.

"남편분이 면회를 올까요?"

그녀는 아랫입술을 샐쭉 내밀고 보일 듯 말 듯 고개를 저었다. "안 올걸. 경찰 안 좋아해."

"그럼 편지라도 쓰겠죠."

"평생 편지 쓰는 꼴 못 봤어."

그녀는 나와 시선을 맞추려 하지 않았다. 나는 감방 문을 열고 들어가 그녀 옆에 앉았다. 미시즈 모나포는 여전히 자기 발만 응시했다.

"내가 가서 남편분을 만나볼까요? 여기 들어온 지 일주일째잖아요. 분명 남편분도 궁금해할 거예요. 최소한 여기서 잘 돌봐드리고 있다고 전해드릴 수는 있어요."

"하지 마요." 미시즈 모나포가 얼른 말했다. 그녀는 걸터앉아 있던 침대에서 내려와 세면대로 가더니 그냥 벽을 바라보며 서 있었다. 양어깨가 감자 자루마냥 축 처졌다. 그녀는 무정형 몸체에 다리 없이 두 발만 달린 듯 이리저리 비칠비칠 흘러다녔다.

"재판이 열릴 때가 되면 남편분에게 서류가 갈 거예요." 내가 말했다. "남편분은 재판에 오실 권리가 있어요." 코터 수사관은 그녀의 남편에 대해 전혀 언급하지 않았고, 나는 그가 남편을 신문하기는 했는지 궁금해졌다.

"재판 왜 하지? 내가 그 남자 쐈고 나 감옥에 왔어. 이거 말고 얘기할 게 또 있나?" 그녀의 입꼬리가 축 처지며 시비를 걸듯 찡그린 표정이 됐다. 아마 평생에 걸쳐 그렇게 인이 박혔을 것이다.

"전부 자백했다 해도 검사는 몇 가지 질문을 할 거예요. 원래 그러니까."

미시즈 모나포는 고개를 갸웃하고 거기에 대해 숙고했다. "무슨 질문?"

나는 잠시 생각하는 척했다. "한 달 치 월세가 사람이 총에 맞아 죽을 이유가 될 수 있을까 궁금해하겠죠. 그런 중대 범죄를 저지르기엔 얼마 안 되는 돈이잖아요."

"나 그놈한테 돈 내든가 아님 나가라고 했지! 그놈 나 협박했어."

"네, 그랬겠죠. 검사는 또 부인이 왜 전차를 타고 달아났다가 다시 집으로 돌아왔는지 물어볼 거예요. 경찰이 도착했을 때 부인은 바로 거기 사건 현장에 있었어요."

"어디 가든 나 못 찾겠어? 일 쉽게 만들어준 거야." 그녀는 끙 소리를 내며 한 손을 허리에 얹고 다시 침상에 앉아 쉬었다.

미시즈 모나포는 지금까지 아무것도 털어놓지 않았고, 앞으로도 얘기할 것 같지 않았다. 내가 지금 알고 있는 것을 그녀에게 말하지 않으면 어차피 코터 수사관이 할 것이고, 그의 태도는 썩 친절하지 않을 것이다. "아, 확실히 쉽게 만들어주셨어요." 내가 말했다. "다만 문제는, 검사는 현장 주위를 돌아보고 당시 상황을 본 대로 증언할 목격자를 찾아내야 한다는 거예요."

미시즈 모나포의 눈은 새의 눈처럼 작고 까맸다. 그 두 눈을 지금 나한테 고정했다. "본 사람 없어."

"하지만 들은 사람은 있죠."

그녀는 도전적으로 고개를 흔들었다. "듣긴 뭘 들어."

"미시즈 모나포, 이웃들이 총소리를 들었어요. 증언을 확보했습니다. 하지만 당신이 전차에 탄 후에 총소리를 들었대요."

그녀는 손가락으로 실내복의 솔기를 만지작거렸고, 다리를 발목께에서 꼬았다 풀었다 했다.

"이건 당신에게 좋은 소식이 될 수도 있어요. 만약 사베리오 살리노를 쏜 사람이 따로 있다고 생각되면, 당신을 풀어줄 거예요. 집으로, 남편에게로 돌아갈 수 있는 거죠. 그럼 좋지 않겠어요?"

그녀는 바늘땀이 풀린 부분을 찾아 실오라기를 잡아뜯는 중이었다. 나는 굳이 그녀를 말리지 않았다. 어차피 아침에 다시 잘 꿰매놓을 것이다.

"그 사람들한테 말해요." 미시즈 모나포는 조용히 말했다. "나 살리노 쐈다고. 그놈 죽었나?"

"네."

미시즈 모나포는 턱을 내밀었다. "나 그놈 죽였다고 말해요."

히스 보안관은 그 얘기에 만족하지 못했고, 계속 그녀와 이야기해보라고 지시했다. "나는 무고한 여자를 감옥에 잡아두고 싶지도 않고, 살인자를 풀어주고 싶지도 않습니다. 우린 솔직한 자백이 필요해요. 그게 내가 여자 교도관을 고용한 이유 중 하나이고, 그러니 내가 틀리지 않았음을 확인해야 합니다."

나는 미시즈 모나포에게 곰곰 생각할 여유를 주고, 이튿날 다시 그녀를 찾아갔다. 그녀는 무릎 관절염 때문에 세탁 일에서 열외된 상태였다. 나는 나머지 여자들을 아래층 세탁장으로 데려간 다음, 얘기를 하러 그녀의 감방으로 올라갔다.

"이봐요!" 그녀는 나를 보자 외쳤다. "그 사람 뭐래?"

"누가 뭐라 그래요?"

"그 쪼끄만 수사관 말이야. 나 살리노 봤다니까 뭐래?"

"미시즈 모나포, 말했다시피 그 사람은 새로운 증거 외엔 들으려 하지 않아요. 나한테 그날 아침에 대해 새로운 사실을 말해주지 않으면, 나도 어쩔 수 없어요."

그녀는 고개를 끄덕였다. "그 사람 나한테도 그렇게 말했어."

"코터 수사관이요? 그 사람을 언제 봤는데요?"

"조금 전에." 그녀는 내가 몰랐다는 사실에 약간 놀란 듯했다. "방금 왔었어. 당신 불러달라니까 집에 갔다던데."

"요 아래 세탁실에 갔다 왔어요." 코터가 미시즈 모나포를 신문하려고 내가 자리를 비울 때를 노린다는 걸 진즉 알았어야 했는데. 나는 내색하지 않으려 노력했다. "그가 뭐라던가요?"

그녀는 내게 좀더 가까이 오라고 손짓했다. 교도소의 엄격한 위생관리 요건을 따르긴 했어도, 프로비덴차 모나포는 가까이 다가

가고 싶은 부류의 사람은 아니었다. 가까이 갔다가는 뭔가가 나한 테 튈 것 같은 느낌이 들었다. 그게 머릿니든 저주든.

그러나 히스 보안관이 누누이 얘기했듯 자백을 듣는 것이 내 일이 었고, 그래서 나는 미시즈 모나포와 나란히 침상에 앉아 기다렸다.

"자꾸 우리 남편에 대해 물었어." 미시즈 모나포는 속삭임과 다 를 바 없는 쉰 소리로 말했다.

"모나포 씨가 어떻게 됐는데요?" 내가 물었다.

그녀는 한 손을 가슴에 얹고 이탈리아어로 짧게 기도를 웅얼거 렸다.

"하느님께 얘기하는 건 언제든 해도 돼요. 하지만 지금은 나한테 얘기해야 살 수 있어요." 나는 최대한 상냥하게 말했다. 벌써부터 진실을 알기가 겁났다. 살리노를 쏜 건 이 여자의 남편이고, 그녀 는 남편을 보호하기 위해 죄를 뒤집어썼다. 내 감시하에 들어오는 여자들은 남자의 죄를 대신해 징역을 사는 전염병에라도 걸렸나?

프로비덴차의 손은 늙고 거친 짐승의 발 같았다. 그녀가 그 손으 로 내 두 손을 감싸쥐었을 때 나는 긁힐까봐 감히 손을 뺄 엄두도 내지 못했다. "진실 말해주지. 살리노 쏜 건 나야."

"네, 하지만 코터 수사관이 확보한 증인은⋯⋯"

그녀는 상체를 내밀고 더욱 세게 내 손을 그러쥐었다. "잘 들어 요. 나 그놈 쐈어. 하지만 나 겨냥한 건 그놈 아니야."

그 순간 나는 깨달았다. 얼얼한 냉기가 내 어깨에 내려앉았다. 내 생각이 표정에 드러나지 않기를 바랐지만, 프로비덴차는 눈을 가늘게 뜨고 그 석탄 같은 까만 눈동자로 나를 빤히 바라보다 만족 한 듯 물러나 앉았다.

"나 남편 노렸어. 살리노 방세 내러 남편 뒤로 왔는데 나 제때 못 봤어. 남편 펄쩍 뛰었고 살리노 총알 맞았어."

프로비덴차는 점쟁이가 주문을 외듯 손가락을 요란하게 푸드덕거리며 내 손을 놔주었다. 동시에 우리는 제각기 심호흡을 하며 헌 숨을 새 숨과 바꾸고 거짓을 진실과 교환했다.

프로비덴차는 벽에 등을 대고 앉아 저멀리 수평선을 바라보듯 감방 건너편을 응시했다. 나는 그 시선을 좇았다. 그녀의 머나먼 시야에 들어오는 광경은 내가 보는 것과 얼마나 다를까.

"이제 알았지." 그녀가 말했다. "나 진실 말했어. 나 감옥에 쭉 있을 거야."

"하지만 증인은," 나는 힘없이 말했다. "코터 수사관은, 그 총격이 당신이 말한 그 시각에 일어났을 리 없다고 전적으로 확신하고 있어요."

감방 벽 너머로 뭘 보고 있는지는 몰라도 그녀는 시선을 떼지 않고 말했다. "증인 따위 몰라. 나 진실 말했어."

"하지만 수사관이 당신을 풀어주고 싶어하는데 왜 굳이……"

그때 나는 알았다. 당연히 알았다.

프로비덴차는 남편을 두려워하고 있었다. 나는 두 손을 무릎에 얹고 뒤통수를 벽에 대고 앉아 그녀의 얘기를 기다렸다. 그녀의 남편은 술주정뱅이에 노름꾼이었다. 그는 한때 군수공장에서 일했는데 거기서 화약을 훔쳐 내다팔았다. 발각되자 그는 공장에서 잘렸고, 프로비덴차는 공장장에게 가서 남편에게 다시 일자리를 달라고 하소연했다. 공장장은 거절했지만, 프로비덴차를 딱하게 여겨 그녀를 청소반에 넣어주었다. 청소반은 아주 면밀히 감시를 받아서 뭐 하나 훔칠 기회가 없었다. 프로비덴차는 공장에서 하루에 열 시간씩 일했고 밤에는 집안 살림을 하고 하숙집을 관리했으며, 그래서 진이 다 빠졌다고 했다. (그녀의 하숙집에서 살림이나 관리의 흔적을 전혀 보지 못했지만 거기에 대해서는 입을 다물었다.)

아무 직업도 없는 모나포 씨는 온종일 술집에서 살았고, 짜증 많고 난폭한 술꾼이 되어갔다. 그는 집안 형편이 기울었다며 프로비덴차한테 큰 소리로 욕설을 해댔는데, 형편이 어려워진 건 대체로 그의 음주와 도박 탓이었다. 한번은 그녀에게 숯불을 던져서 집에 불이 날 뻔하기도 했다. 세입자들한테도 겁을 많이 줘서 두 명이나 내쫓았다. 프로비덴차가 남편에게 나가서 일을 구해 못 받은 방세만큼 돈을 벌어오라고 하자, 그는 의자를 집어들어 그녀에게 휘둘렀다. 넘어지면서 그녀는 허리를 다쳤고—그래서 걸음걸이가 고르지 못하고 비틀거린다—의자는 박살이 났다.

프로비덴차는 그런 식으로 몇 달을 시달렸고, 공장에서 알고 지내던 여자가 그녀에게 총을 주었다. 짐을 챙겨 달아날 때 일단 스스로를 보호할 수 있게 예방책으로 준 것이었다. 총을 준 여자는 집을 나가려다 들켰을 때 총을 겨누기만 하면 남편이 조용히 보내줄 거라고 말했다.

"내 남편 모르는 소리지." 프로비덴차는 음울하게 딱 잘라 말했다. "그놈 머리 얻어터져야 정신 차리지."

"아님 총에 맞거나?"

그녀는 고개를 끄덕였다. "남편 나 잡으러 왔고 나 쐈어. 다른 수 있나?"

"경찰을 부를 수도 있잖아요." 어림없는 소리라는 건 알았지만 그래도 그렇게 말해야 한다는 의무감이 들었다.

그녀는 굳이 대꾸하지도 않았다. 가볍게 내 무릎을 토닥이고 끙 소리를 내며 일어섰다. "나 여기 있을 거야." 그러기만 하면 모든 문제가 해결된다는 듯 목소리에 생기마저 묻어났다. "우리 남편," 이 대목에서 그녀는 의기양양하게 한 팔을 내저어 교도소 바깥세 상을 가리켰다. "저기 바깥에 있고."

마침내 나는 그녀가 왜 집에 돌아왔는지 이해했다. 살리노를 쏜 후 겁에 질려 달아났지만, 전차에 앉아 가만 생각해보니 남편은 아직 살아 있고 아내가 자신에게 총을 겨눈 것을 보았다. 감옥 안이 더 안전하다는 건 자명한 사실이었다. 도망치려 해봤자 남편은 그녀를 찾아낼 것이다. 그녀는 체포될 희망을 품고 곧장 범죄 현장으로 돌아왔다.

갱생 치료를 받는 중이긴 했지만 프로비덴차는 정신이 약간 멀쩡하지 않아 보였다. 그녀는 다른 여자들처럼 머리를 단정히 묶어 올리지 않고 늘 머리칼을 들장미 덤불처럼 어깨 위에 부스스하게 풀어났다. 입 밖에 내는 모든 게 비밀이라는 듯 말을 할 때 어깨를 앞으로 웅크리는 버릇이 있었다. 입가 바로 위에 검은 점이 있고, 한쪽 뺨이 다른 쪽보다 더 두툼해서 한쪽 눈을 크게 뜨면 다른 쪽 눈이 실눈이 됐다. 그녀에겐 점쟁이나 마녀 같은 분위기가 있었다.

"스트레가." 그녀는 내 앞에 서서 두 손으로 내 어깨를 잡으며 말했다.

"스트레가?" 나는 반문했다.

"이탈리아어 마녀 스트레가라고 해."

내 머릿속을 어떻게 들여다봤을까?

"나 보면서 마녀 닮았다고 생각했지. 내 눈은 못 속여." 그녀가 말했다.

이 교도소 지붕 아래에서 온갖 희한한 얘기를 다 들어봤지만, 이번 것만한 건 없었다.

"내 눈은 못 속여." 그녀는 거듭 말했다. "당신 나처럼 여기 갇힌 거지. 무슨 짓 했어?"

프로비덴차가 코앞에서 바짝 노려보는 바람에 나는 어떤 주술에 묶인 기분이 들었다. 열심히 한쪽 눈은 일그러뜨리고 다른 쪽 눈은 더욱 동그랗게 뜬 채로 그녀는 내 대답을 요구하고 있었다.

"무슨 짓 했어, 당신?"

히스 보안관의 사무실로 내려가 노크하려고 손을 들었을 때, 안에서 존 코터의 목소리가 들렸다.

"기다리는 데 아주 진력이 났으니까!" 코터가 말하고 있었다. 나는 문틈에 기대어 귀를 기울였다. 히스 보안관의 말소리는 나직해서 거의 들리지 않았다.

"……지금 그 사람을 풀어주면……" 이 보안관의 말 중 내가 알아들을 수 있는 유일한 문장이었다.

"다른 방법이 없잖아." 코터가 소리쳤다. "미시즈 모나포는 거짓말을 하고 있거나 딴사람을 감싸고 있거나 둘 중 하나고, 그게 누구인지 말을 안 해주면 우리한텐 쓸모가 없어. 아무짝에도 쓸모없는 건 당신들 역시 마찬가지고, 이 난리도 그렇고 저 밖에서 활개치고 있는 탈주범 건도 그래."

코터는 내가 들을 수 없는 낮은 목소리로 뭔가 말했고, 보안관은 이렇게 대답했다. "부하들을 전부 내보내서 수색중이잖나. 우리가 뭘 어떻게 하길 바라는데?"

그다음엔 침묵이 이어졌고, 책상이나 테이블 위에 뭔가를 떨어뜨리는 소리가 났다. "밥, 일주일이 지났어. 우리 둘 다 폰마테지우스를 완전히 놓쳐버렸다는 걸 알아. 자유보유권자들이 자네의 보증인들을 소환했어. 검찰은 심리를 시작할 때까지 오래 기다리지 않을 거고, 그 점은 내가 검찰을 대표해 말할 수 있네."

"우린 놈을 잡을 거야." 보안관이 재빨리 반박했다.

"자네 가족들 대책이나 세워." 코터 수사관이 말했다. "자네가 위층 감방에 들어가면 남은 가족들도 이곳 관사에서 살 수 없으니까. 그렇게 될 수순이고. 코딜리어는 친정으로 돌아갈 수 없나? 슬슬 생각해봐야 할 걸세."

뭔가가 또 테이블을 탕 쳤고 의자가 바닥에 끌리며 밀렸다. "우리 보안국에 더이상 볼일 없으면 이제 가보게. 가서 서류를 작성해야지, 미시즈 모나포를 석방하고 싶다면서. 나는 그녀의 교도소장이고, 명령서 없이는 그녀를 풀어주지 않아."

두 사람이 문으로 다가왔다. 나는 복도를 돌아 보안관의 관사 근처에 숨었고, 코터가 교도소 경비와 함께 나가는 소리가 들릴 때까지 기다렸다.

돌아와보니 히스 보안관은 사무실 문에 기대어 어깨를 늘어뜨린 채 고개를 푹 숙이고 있었다. 그는 내 발소리를 듣고 돌아보았다. "코터 얘기 들었죠?"

"조금요."

"오늘 아침에 코터 수사관이 미시즈 모나포에게 좀 이상한 대화를 시도해본 것 같더군요. 당신에게 맡겨보라고 말했는데, 그는 내가 생각하는 우리 교도소 운영 방식에 관심이 없어요."

"방금 미시즈 모나포와 얘기하고 오는 길이에요." 내가 말했다. "나는 그녀의 말을 믿어요. 코터 수사관의 증인에 관해선 뭐라 설명해야 할지 모르겠지만, 미시즈 모나포는 사실대로 말하고 있는 것 같습니다."

16

교도소 분위기는 침울했다. 보안관보 전부와 교도관 상당수가 탈주범을 수색하느라 계속 몇 시간씩 길게 외근을 나갔고, 다른 용무는 아주 급박한 것이 아니라면 무시했다. 다들 폰마테지우스가 몰래 배에 몸을 싣거나 서부로 가는 기차를 타버렸을까 우려했다. 그러면 영영 그를 찾지 못할 테니까.

뉴욕시 경찰이 닥터 래스번을 찾으러 갔으나 집에서도 병원에서도 그의 흔적은 보이지 않았다. 병원의 접수원마저 자취를 감췄다. 히스 보안관이 다음날 다시 뉴욕으로 가서 머리 레스토랑의 매니저와 물품보관소 직원을 신문했지만 별 소득이 없었다.

러더퍼드 경찰이 우리에게 건네준 몇 장 안 되는 서류도 거의 쓸모가 없었다. 폰마테지우스와 서신을 주고받은 몇몇 사람들의 이름이 나왔지만, 대부분 그가 전에 살던 캘리포니아와 텍사스에 있는 의사들이었다. 히스 보안관이 이미 그 도시의 경찰에도 전보를 보내 문의한 상태였지만, 아무것도 건지지 못했다. 내가 없는 동안 수사는 답보 상태였다. 기차역, 호텔, 술집, 항구, 다시 펠릭스의 집과 그 동네 가게들, 어디서도 진전은 없었다.

보안관보와 교도관들은 의외로 내게 친절했다. 다들 내가 폰마테지우스를 놓쳤다는 걸 알고 있었다. 떠벌리기를 생업으로 삼은 토머스 잉글리시 덕분에 말이다. 그러나 혼자 힘으로 펠릭스를 잡아온 것으로 나는 그들의 감탄과 존경을 얻었다. 잉글리시를 포함해 어느 누구도 나보다 더 큰 성과를 내지 못했다. 다행스럽게도 히스 보안관이 잉글리시를 계속 외근으로 돌려 내게서 떨어뜨려놓았다. 대체로 그는 기차역을 감시하는 일을 맡았고, 그건 지루하지만 꼭 필요한 임무였다.

그래도 보안국 내부는 뒤숭숭했다. 모리스 보안관보는 다들 일자리를 잃을까봐 전전긍긍하고 있다고 내게 귀띔했다. 만약 히스 보안관이 폰마테지우스 탈주 건으로 구속된다면 다음 선거 때까지 새 보안관이 임명될 텐데, 자유보유권자들이 반대편 정당에 속한 사람을 밀어줄 게 거의 확실하다는 얘기였다.

"그리고 공화당 사람들이 보안관 사무실에서 보고 싶어하는 얼굴이 누군지 알죠." 모리스가 소리 죽여 말했다. 나는 고개를 저었다. 노마는 정치에 대해 좀 알지만, 나는 아주 깜깜이었다.

"존 코터. 공화당에 공이 넘어가면 그가 다음 타자예요."

코터 수사관처럼 옹졸하고 속 좁고 뒤끝 있는 사람이 보안관으로 근무한다는 건 상상도 할 수 없었다.

"벌써 재판 얘기가 나오고 있어요." 모리스가 덧붙였다. "만약 검찰이 공개 조사로 돌리고 싶어하면 히스 보안관님으로서도 막을 방법이 별로 없어요."

"내 이름이 나올 거라는 얘기죠. 다들 알게 될 테고요."

"유감스럽게도."

오빠가 뭐라고 할지 빤했다. 이 불미스러운 사건에 대해서도, 스스로 생계를 책임질 수 있다고 큰소리쳐놓고 실패한 것에 대해서도. 일단 이 사실이 신문에 나면 다른 일자리를 찾기란 불가능할 것이다. 어디 먼 곳으로 가면 일을 구할 수 있을지 궁금했다. 시카고나 덴버쯤 가면. 내가 우리 집안에 먹칠을 해서 우리는 또 도망쳐야 하나? 나 자신의 실수로부터 벗어나기 위해 얼마나 자주 도망쳐야 하는 걸까?

히스 보안관은 보안국 내에서 폰마테지우스 탈옥으로 그에게 닥칠 비난에 대해 언급하는 걸 금지했다. "보안국에 예언가가 필요했다면 내가 펠리세이즈공원에 가서 한 명 데려왔을 거다." 그는 부하들에게 말하곤 했다. "만약 여러분 중 지금껏 용한 점술 실력을 숨겨온 사람이 있다면, 그 재능을 써서 우리의 탈주범이 어디 숨어 있는지 내게 친절히 알려주기 바란다."

하지만 우리 중 그런 능력자는 없었고, 펠릭스는 입을 열지 않았다. 그는 감방에 처박혀 고집스럽게 입을 다물고, 고개를 들어 우리를 쳐다보는 것조차 거부했다. 그게 그의 복수였다. 잡히게 되더라도 아무것도 발설하지 않고, 체포 자체를 쓸모없게 만드는 것이다.

우리는 펠릭스를 취조실에 넣고 몇 시간씩 신문했지만, 아무것도 건지지 못했다. 일요판 신문에 실리는 추리소설을 보면 증인들이 알고 있는 것을 열심히 떠벌리고 경찰에게 맞는 방향을 가르쳐주려고 안달이던데. 우리 증인은 신문도 읽지 않는 듯했다. 펠릭스의 침묵은 음울했다가, 코웃음쳤다가, 얼굴이 벌게졌다가, 험악해지는 등 다변했지만 어쨌든 깨지지는 않았다. 어느 날 그는 보안관이 자신을 범죄 혐의로 기소한 것인지 물었다. 우리는 우리가 그를 기소할 필요가 없음을 상기시켰다. 폰마테지우스를 발견할 때까지 우리는 그를 증인으로 억류할 수 있었다.

"형이 어디 있는지 실토하면," 보안관이 말했다. "자넬 풀어줄 수도 있지."

펠릭스가 대답을 거부하고 우리를 보는 것조차 거부하자, 보안관은 그저 어깨를 으쓱하고 그에게 교도소생활을 즐기기 바란다고 말했다. "증인 식사에 매일 오십 센트씩 비용이 더 지급되니 빵에 바를 작은 버터는 얻을 수 있을 거야. 우리가 자네를 범인은닉죄로 정식 기소해서 이곳 재소자로 들이기 전까지는."

펠릭스가 아무 말도 하지 않자 보안관이 덧붙였다. "보통 증인에게는 잡역을 시키지 않지만, 약간의 정직한 노동은 정신을 맑게 하고 징역살이에 적응하는 데 도움이 될 거야. 마루 청소 일을 좀 주지. 어떻게 생각하나?"

괜찮게 들린 모양이었다. 펠릭스는 항의하려고 고개를 들지도 않았으니까.

입을 열지 않는 것은 펠릭스의 자유였지만, 그의 사진을 찍어 각 경찰 본부에 배포하는 것은 우리 자유였다. 보안관은 시내 언론사에 전부 연락해, 직접 사진을 찍어 신문에 실으라고 기자들을 초청했다.

모리스 보안관보가 사진 촬영을 위해 펠릭스를 아래층으로 데려왔다. 히스 보안관은 펠릭스의 검거 과정에 대한 질문이 나올 경우에 대비해 내게 기자회견에 참석해달라고 요청했다. 나는 방안 가득한 기자들 앞에 서야 하는 상황을 별로 좋아하지 않았고, 체포의 공을 나에게 돌려도 되는지 알 수 없었다. 그냥 보안관보 한 명이 검거했다고 발표하면 그만이다. 하지만 보안관은 자기 보안국에는 숨길 일이 없고, 뭔가 은폐하려 하면 상황이 더욱 나빠질 거라고 주장했다. 그래서 나도 참석했다.

나는 캐리에게 했던 약속을 잊지 않았다. 그녀도 다른 기자들과 똑같은 초청장을 받았다. 회견장에 들어가서 거기 서 있는 캐리를 본 순간 나는 미소를 숨기기 위해 손으로 입을 가려야 했다. 캐리는 뒷자리에 서 있었고, 시가를 피우는 수십 명의 신문기자들 가운데 세련된 옷차림을 한 유일한 여자 기자였다.

보안관 사무실은 넓지 않았다. 책상 하나와 가끔 보안관보들이 둘러 모이는 기다란 떡갈나무 테이블 하나가 겨우 들어가는 크기였다. 그러나 기자들은 서로 죽이 잘 맞아 북적였고, 희한하게도 그들의 존재 덕분에 사무실이 좁지 않고 오히려 넓어 보였다. 그들 머리 위로 담배 연기가 실안개처럼 자욱했고 명랑한 대화의 소음이 끊이지 않아 마치 술집에 모인 사람들 같았다. 보안관의 책상은 거치적거리지 않게 밀어놨고, 사진관을 흉내내 한쪽 벽면에 캔버스 커튼을 쳐놓았다. 보안관의 카메라는 벌써 삼각대 위에 올려져 있었다.

히스 보안관은 한쪽 구석에서 경찰 제복을 입은 강철빛 머리칼의 남자와 얘기하는 중이었다. 모리스와 내가 펠릭스를 데리고 도착하니 두 사람이 동시에 고개를 들었고, 히스 보안관이 날카로운 휘파람을 불자 방안은 삽시간에 고요해졌다.

"신사 숙녀 여러분, 펠릭스 폰마테지우스를 만나보시기 바랍니다. 탈주범의 동생이자, 일주일 전인 10월 22일 병원에서 죄수가 탈출했을 때 그를 도운 것으로 여겨지는 용의자입니다. 여기 있는 미스 콥이 뉴욕 경찰본부의 우수한 경관 네 명의 도움을 받아 그를 검거했습니다."

"미스 콥입니까, 콥 보안관보입니까?" 뒤쪽에서 캐리가 큰 소리로 물었고, 남자들 사이에서 웃음이 터져나왔다.

히스 보안관은 그것을 완전히 통상적인 질문으로 받아들였다. "미스 콥은 이곳 교도소에서 교도관으로 근무해왔고, 해당 분야에서 스스로 능력을 입증했습니다. 이번 체포가 그녀의 첫번째 성과이고 마지막일 리는 없겠지요. 미스 콥은 곧 배지를 달게 될 겁니다. 하지만 보안국의 첫번째 업무는 범죄자를 잡아 감옥에 넣는 일이고, 그래서 오늘 여러분께 도움을 요청하게 됐습니다."

나는 주목을 받는 게 어색해 고개를 돌렸고, 잉글리시 보안관보가 교도관 한 명과 같이 문간에 서 있는 것을 보았다. 그날 밤 펠릭스의 집 앞에서 본 후로 처음이었다. 잉글리시는 교도관과 둘이서 뭔가 맹렬하게 수군대고 있었다. 배지에 대한 언급 덕에 잠시 설렜던 기분이 그를 보자 확 상했다.

히스 보안관은 이런 일들을 하나도 눈치채지 못했다. "그럼 사진을 찍읍시다. 이 재소자가 어떤 질문에도 대답하지 않는다는 점을 상기시켜드립니다. 보안국에서 바라는 사항은 나중에 상세히 설명드리겠습니다. 펠릭스는 입을 열지 않을 겁니다. 행여나 자기 형을 숨긴 장소를 밝히고 싶다면 몰라도."

펠릭스의 팔을 뒤로 돌려 수갑을 채워놓았기 때문에 그는 손을 들어 얼굴을 가릴 수 없었다. 그는 반항적으로 고개를 푹 숙이고 있었고, 모리스 보안관보가 그를 방 한가운데로 데려갔을 때도 카메라에서 고개를 돌렸다.

일단 펠릭스의 발이 보안관이 마룻바닥에 미리 표시해둔 곳 위에 놓이자, 보안관보는 그의 팔을 흔들며 고개를 들라고 했다. 펠릭스는 말을 듣지 않았다. 히스 보안관이 모리스 보안관보에게 긴 자를 건네며 말했다. "펠릭스, 스스로 고개를 들지 않으면 우리가 대신 들어주지."

모리스 보안관보가 그의 턱밑에 자를 대고 가볍게 한 번 때렸다. 결국 펠릭스는 방안 가득한 기자들을 향해 시선을 들고 눈을 가늘게 뜨고 그들을 노려보았는데, 그것도 히스 보안관이 사진을 찍는 짧은 순간밖에 유지되지 않았다. 보안관은 필름을 감으면서 기자들에게 나와서 촬영하라고 말했다. 몇몇 사진기자들이 삼각대 위에 카메라를 올리고 한 켠에서 대기하고 있었다. 그들은 카메라를 앞으로 가지고 나와 일제히 셔터를 눌러댔다.

사진 촬영이 끝나자 보안관은 기자들 쪽으로 몸을 돌리고 말했다. "제군들, 아니, 신사 숙녀 여러분, 여기 경찰서장님과 저는……" 여기서 그는 자기 옆에 선 남자를 손짓으로 가리켰다. "저희는 지난달 이 남자가 자주 들른 셋방이나 기타 장소에 대해 시민들의 도움을 구합니다. 이 사람이 하숙집이나 술집, 식당, 기타 사업장을 드나드는 장면을 보신 분이 있다면 지체없이 알려주십시오. 우리는 이자가 탈주범 헤르만 알베르트 폰마테지우스의 은닉을 도왔다고 생각합니다. 탈주범의 사진은 이미 여러분의 지면에 실렸지요. 그는 유죄 선고를 받은 범죄자이며 매우 위험한 인물이라는 점을 명심해주십시오."

보안관이 탈주범의 인상착의를 자세히 설명했고, 기자들은 받아적었다. 이어서 모리스 보안관보가 펠릭스의 팔꿈치를 붙잡고 데리고 나갔다. 턱수염이 드문드문한 키가 크고 호리호리한 남자가 일어나 물었다. "이번 사건에 대해 뭔가 다른 단서도 있습니까?"

"보안국은 언제나 여러 단서를 갖고 있습니다." 대답이 이어졌다. "다만 오늘은 이 단서에 한해 기자 여러분의 도움이 필요합니다."

"병원에 입원하려고 꾀병을 부리는 게 죄수들 사이에서 흔한 일입니까?" 뒷줄에서 턱살이 처진 늙은 남자가 물었다.

"절대 그렇지 않습니다. 해당 병원 의사들과 얘기해본 결과, 폰 마테지우스는 깨진 전구알을 씹어서 피를 토하는 것처럼 착각하게 만들었고, 아마도 비누와 그 밖의 해로운 액체를 삼켜 병세를 위장한 것으로 파악됩니다. 용의주도하게 계산된 탈출 시도였고, 애초에 제가 요구한 대로 자유보유권자위원회에서 교도소 전담 보건의를 허락했더라면 그 시도는 실패했을 겁니다."

삶은 햄 같은 낯빛의 투실투실한 남자가 힘겹게 일어나 말했다. "그 탈주범을 잡는 데 실패한다면, 보안관은 그자가 수감됐던 감방에서 자게 됩니까, 아니면 다른 방을 골라났나요?"

그 질문에 기자들 사이에서 불만 어린 투덜거림이 퍼져나갔고, 히스 보안관이 한 손을 들어 소란을 잠재웠다. "저의 거주지에 대한 〈해컨색 리퍼블리컨〉의 관심에 감사드립니다만, 저는 보안관 관사에서 매우 쾌적하게 지내고 있고 앞으로도 쭉 거기 살 생각입니다. 보안국의 탈주범 추적에 대해 질문하실 분 더 없습니까?"

"검거는 어떻게 이루어진 거죠?" 뒷줄에서 캐리가 외쳤다. 짙은 빨간색 립스틱을 칠한 그녀는 아주 신이 났는지 활짝 웃으며 입꼬리를 올렸다.

히스 보안관이 나를 건너다보았다. "미스 콥이 뉴욕시의 머리 레스토랑에서 나오는 그를 발견했습니다. 며칠 동안 집요하게 형사 직무를 수행한 끝에 그를 추적해낸 거였죠. 미스 콥이 직접 펠릭스를 덮쳤고, 거기엔 한 치의 망설임도 없었습니다. 그녀는 신속히 맡은 임무를 처리했고, 바로 이런 마음가짐을 여러분의 신문을 통해 대중에게 알리고 독려하고자 합니다. 자, 이제 다들 가셔서, 아침 신문에 뭔가 보여주시죠."

17

그날 저녁 늦게 나는 저녁을 먹으러 주방으로 내려갔다. 취사반이 방금 일을 끝내고 올라가서 바닥은 아직 축축했고 가루비누 냄새가 났다. 새벽부터 황혼까지 교도소에 연료를 공급하는 커다란 커피 단지 네 개는 박박 씻어서 마르라고 옆으로 누여놨다. 대걸레는 싱크대에 걸쳐놨고, 대걸레 자루에 고무장갑 한 켤레를 걸어놨다.

식자재 창고 안에서 불빛이 깐닥거리며 안에서 누가 움직이는 소리가 들렸다. 요리사가 남겨둔 게 없나 찾는 교도관이겠거니 했는데, 앞치마를 두른 코딜리어 히스였다. 그녀는 창고 한구석 발판에 주저앉아 있었다. 손에는 납작한 작은 병이 들려 있었고, 브랜디의 모를 수 없는 달콤하고 알싸한 향이 느껴졌다.

그녀는 나를 보고 얼른 앞치마 속에 병을 숨겼지만, 우리 둘 다 내가 본 게 무엇인지 알았다. 그녀의 코는 핑크색으로 부풀었고, 술 때문에 눈빛이 칙칙했다. 그녀는 선반을 붙잡고 일어섰다.

"안녕하세요, 미시즈 히스." 내가 말했다.

"미스 콥." 그녀는 나를 힐긋 쳐다보고는 허리를 굽혀 창고 안의 양파와 감자를 살펴보는 척하며 말했다. "어디서든 나타나시네요."

그녀는 벽에 부딪혀 비틀거리며 발치에서 거치적거리는 발판을 차버렸다. 나는 그녀가 손을 뻗어 술병이 앞치마 속에 잘 있나 확인하는 것을 보았다. 습관이 되어 몸에 밴 동작이었다.

정말 묻고 싶지 않았지만 의무감 때문에 물었다. "어디 아프신가요? 보안관은 집에 계세요? 제가 가서……"

그녀는 돌아서서 나를 쏘아보았다. "보안관이 어디 있느냐고요? 내 남편이 어디 있는지 나보다 더 잘 알면서."

"오늘 저녁에는 못 뵈었어요."

나는 교도관들에게 보안관을 찾아와달라고 할까 생각했다. 이 상태로 그녀를 내버려두는 것과 보안관에게 알려 주의를 환기하는 것, 둘 중 어느 쪽이 더 나쁠지 확신이 서지 않았다. 비밀 없는 가족 없다지만, 히스가는 우리처럼 외딴 시골에 숨어 살지 않았다. 이곳 관사에 사는 수밖에 없었고, 보안국의 전 직원이 그들의 행동을 지켜봤다.

미시즈 히스는 상자들을 이리저리 들쑤시며 뭔가를 찾았다. "어느 게 우리 건지 살펴보는 것뿐이에요. 우린 죄수들의 음식을 먹지 않아요."

"물론 그렇지요, 부인." 대답은 그렇게 했지만, 내가 보기에 교도소 주방에서 나오는 음식엔 아무런 하자가 없었다.

"야채상이 자꾸 내가 주문한 걸 다른 식자재들과 합쳐서 배달하네." 그녀는 이마로 흘러내린 머리칼을 쓸어올렸다. "이젠 아무래도 내가 직접 나가서 쇼핑할 수 없게 됐으니까." 마침내 그녀는 궤짝 하나를 선반에서 끌어내 옆구리에 끼고, 비난에 직면해 스스로를 방어하는 여자의 태도로 나를 향해 턱을 치켜들었다.

뭔가 대답을 바라는 것 같아서 나는 말했다. "아이들이 너무 어려서 데리고 나가기 힘드시겠죠. 그레이스가 도움이 될 거예요."

"그레이스!" 미시즈 히스의 웃음은 높고 불안정한 음을 냈다. "그 사건 이후로 그애 오빠가 일을 그만두게 하고 데려갔어요. 재소자가 하녀를 위협했다는 얘기가 신문에 났는데, 내가 청소하는 아이를 구할 수나 있을 것 같아요?"

"저기, 저는……"

"그리고 나는 시장에도 못 가요, 시내에 우리에 관한 얘기가 저렇게 나도니까." 미시즈 히스는 궤짝을 내려놓고 높은 선반에 놓인 설탕과 밀가루 상자를 뒤지기 시작했다. "밖에 얼굴이라도 내밀었다가는 꼬치꼬치 캐묻는 사람들이…… 아, 여기 있군."

그녀는 옥수수전분을 궤짝에 넣고 나를 향해 돌아섰다. "신문에 실리진 않았어도, 죄수를 놓친 게 당신이라는 거 다들 알아요."

"다들 안다고요?" 그새 시내에 다 퍼진 줄은 몰랐다. 알았어야 했는데.

"우리 아버지가 자유보유권자위원회에서 일하실 때, 한 보안관이 여자 교도관을 채용하고 싶어했어요. 아빠는 여자는 사기꾼이 도망치는 걸 막을 수 없다는 이유로 반대했죠. 도망치는 걸 막는 거야말로 교도관의 임무 아닌가요?"

"우린 놈을 잡을 겁니다." 이번 사건에서 그나마 체포를 한 사람은 나뿐이라는 점을 굳이 지적하지는 않았다. 그녀는 아예 내 말을 들을 기분이 아니었다.

머리칼 한 올이 그녀의 미간 사이로 흘러내렸다. 그녀는 눈을 가늘게 뜨고 나를 노려보며 새된 목소리로 딱딱하게 말했다. "보안관에게 일어날 수 있는 최악의 일이에요. 이유는 당신도 잘 알겠지요. 이런 일이 있고 나서 불명예 퇴직하는 사람들도 있어요."

미시즈 히스는 궤짝을 불안하게 치켜들었고, 나는 문간에서 물러났다.

"하지만 당신은 우리가 어떻게 되든 관심 없겠지, 무슨 상관이겠어? 결혼 안 한 여자들이 으레 그렇듯 혼자 즐기는 게 더 중요하지."

그녀의 말은 혼자 사는 여자는 난잡하다는 투로 들렸다. "저는 즐기려고 여기 있는 게 아닙니다."

"아니에요? 어머, 당신은 이 교도소 안에 들어가고 싶어서 안달이고 또……" 그러더니 비어 있는 한 손을 나를 향해 저으며, 뭔지모르겠지만 하여간 내가 즐긴다고 생각하는 무언가를 몸짓으로 표현했다. "하지만 여기 살아야 하는 사람은 나고, 그 늙은이가 잡히지 않으면 여기서 쫓겨날 사람도 나예요."

이런 상태의 미시즈 히스와 실랑이해봤자 의미가 없었다. "죄송합니다, 부인. 만약 놈을 발견하지 못한다면 우리 모두 쫓겨날 거예요."

공감을 표하려는 나의 노력은 그녀를 더 냉담하게 만들 뿐인 듯했다. "하지만 당신은 괜찮겠지, 안 그래요?" 그녀의 어조에서 잔인함이 묻어났다.

미시즈 히스는 궤짝을 들고 비틀비틀 걸어나갔다. 그녀 뒤로 문이 쾅 닫혔고, 나는 주방에 홀로 서서 약간 메슥거리고 불안한 속을 달랬다.

"그건 나도 모르죠." 나는 아무도 없는 공간을 향해 말했다.

히스 보안관이 감옥에 가도 괜찮을 사람은 아무도 없을 것 같은데.

브랜디를 뒤집어쓴 여자의 향기를 뇌리에서 지우는 건 불가능하다. 내가 열 살 때 아델 이모가 우리집에 살러 왔는데, 그 독특한 향기가 같이 왔다. 이모는 우리 엄마의 언니로 거의 마흔이었고, 과부가 된 지 얼마 되지 않았으며, 아무도 병명을 붙일 수 없는 병을 앓았다.

아버지가 양심 없는 소규모 와인 수입상에서 일할 때였다. 물건은 싸구려였고 대체로 불순물을 섞었다. 포트와인은 야생 자두즙이나 엘더베리즙으로 희석하고, 싸구려 브랜디와 여과하지 않은 주스를 타 오크 조각을 푹 담갔다. 와인은 개암나무 껍질이나 스트리크닌(소량을 쓰면 쓴맛을 더하는 데 유용했다)을 섞었고, 샴페인으로 통용되는 물건들은 저지산 사과주에 코치닐 색소와 구스베리를 섞은 것에 불과했다. 감미료가 필요하면 아세트산납을 넣었다. 색깔이 붉거나 황금빛이기만 하면, 또는 알코올이 들어 있기만 하면 보넘 앤드 코크사는 개의치 않고 팔아치웠고, 주로 호텔 주방에서 주워온 병들에 액체를 넣고 자기들 상표를 붙여 팔았다.

동업 사장들 중 한 명이—아마 코크 씨였던 것 같은데—체포된 건 브루클린의 한 식당에서 불만을 제기한 후였다. 납품 받은 와인의 냄새가 역하고 색이 탁한데다 단골 고객의 치아가 콜타르로 염색하거나 잉크를 섞은 것처럼 까매졌기 때문이다. 게다가 그동안 와인 수입관세를 내지 않아서 문제가 더 심각해졌는데, 밀수품이라는 의혹까지 불거졌다.

코크 씨는 감옥에 붙잡혀 들어갔고 우리 아버지도 덩달아 체포됐다. 아버지는 그곳에서 겨우 며칠 밤을 지냈을 뿐이었고, 고용주가 제대로 된 변호사를 구해 확실히 석방을 시켰는데도, 체포 이후 몇 달 동안 집에 오지 않았다. 어머니는 프랜시스에게 아버지가 너무 창피해서 우리를 볼 낯이 없는 거라고 말했다. (어머니 역시 창피해했고, 딸들에게 이에 대해 전혀 말하지 않았다. 다만 프랜시스 오빠가 하교 후 와인가게를 청소했기 때문에 그 사실을 알고 있었고, 여섯 살에 이미 위세를 부리던 노마가 오빠를 윽박질러 우리도 알게 됐다.)

아델 이모는 아버지가 집을 나가자마자 우리집에 왔다. 노마와 내가 어머니 방으로 옮기고 이모가 우리 방을 쓸 줄 알았는데, 이모는 계단 밑 창고를 쓰겠다고 했다. 이모 말마따나 '아기 침대와 초 하나'만 있으면 꽉 차는 곳이었다. 일반 침대에서 잘 수 있는데 왜 굳이 창문도 없는 좁아터진 구석으로 기어들어가려 하는지 이해가 가지 않았다. 어머니한테 물어봐도 어머니는 입을 꾹 다물고 침묵을 지킬 뿐이었다. 어느 날 이모가 응접실에서 의사의 진찰을 받고 있을 때 나는 몰래 이모의 구석방에 들어가 둘러보고 진실을 알아냈다.

바로 거기에 있었다. 달콤한 가스와 썩은 과일 냄새가 혼합된 독특한 향. 이모는 베개 밑에 브랜디 병을 넣어뒀고, 절대 외출하지 않기 때문에 한 번도 신지 않은 장화 속에도 빈병을 몇 개 숨겨놨다. 그 옆에는 오래된 갈색 핏자국이 밴 깨끗한 천이 잔뜩 핀이 꽂힌 채로 쌓여 있었다. 당시엔 악취와 질병이 무슨 관련이 있는지 알지 못했지만, 어린 마음에 그 두 가지는 똑같은 것이었고, 그 이후로 술을 생각하면 항상 비밀 엄수와 질병이 함께 떠올랐다.

아델 이모는 점점 쇠약해지면서 빛으로 나와야만 했고 어머니의 간호와 나의 도움에 의지할 수밖에 없었다. 그때 나는 이모가 무엇 때문에 창고로 들어갔는지 알게 됐다. 이모의 팔 안쪽에 대추알만 한 크기의 혹이 있었는데, 그것을 제거하려다 도무지 아물지 않는 상처가 생긴 것이다. 그리고 혹이 있던 자리에서 다시 더 큰 혹이 자라났다. 우리는 붕대를 벗겨내고 궤양을 세척했고, 그때마다 나는 어린애 주먹처럼 쭈글쭈글하고 거무스름한 혹을 보는 게 무서웠다. 약하게 희석했어도 참기 힘들게 쓰라린 석탄산으로 상처를 소독할 때마다 아델 이모는 비명을 질렀고 브랜디를 적신 천을 입에 물었다.

"이모는 어쩔 수 없는 거야." 어머니가 말했다. "안 그러면 견딜 수 없으니까." 드레싱 하는 동안 나는 이모가 미친듯이 술을 흡입할 수 있도록 어머니가 술병을 거꾸로 들어 천을 흠뻑 적시는 모습을 지켜보곤 했다. 천 덕분에 왠지 브랜디가 약에 가깝게 느껴졌다. 이모가 다시 침대에 누우면, 어머니는 내가 안 보고 있다고 생각했는지 자는 아이한테 인형을 안겨주듯 이모의 성한 팔에 술병을 꼭 안겨주었다.

이젠 코딜리어가 자신만의 상처와 술병을 껴안고 창고에 틀어박혔다. 하지만 자진해서 우리한테 와 적극적으로 기댔던 아델 이모와 달리, 미시즈 히스는 내게 들키자 덫에 걸린 짐승처럼 으르렁거렸다. 나는 도움을 줄 만큼 가까이 다가갈 수 없었고, 상관 부인이 브랜디를 마시는 습관에 감히 간섭할 수 없었다. 나는 그녀의 고통을 치유할 수 있는 딱 한 가지 방법을 알았다. 그것은 우리의 탈주범을 찾아내는 것이었다.

자정 무렵, 5층에 있는 높은 반구형 유리창이 바람에 흔들리며 삐걱거렸고, 우박이 내려 시끄럽게 창문을 두드리는 소리가 잠들락 말락 하는 나를 다독였다.

나는 히스 보안관의 말소리에 잠이 깼다. "실례합니다, 미스 콥." 그가 말하고 있었다.

내 방으로 쓰는 감방 쇠창살 사이로 빛이 들어왔다. 이내 빛이 멀어지며 발소리도 멀어졌다.

"보안관님?"

그의 손에 들린 랜턴이 흔들림을 멈췄고 그가 돌아섰다.

"무슨 일이에요?" 내가 소곤거렸다.

보안관이 돌아왔다. 랜턴은 그의 무릎께에서 대롱거리며 바닥에 노란 빛우물을 던지고 있었다. 사방이 회벽이라 그의 얼굴은 창백하게 푸른 기운이 돌았다.

우리는 철창을 사이에 두고 서로를 응시했고, 그제야 나는 내가 들어오라는 말을 하지 않으면 그는 들어오지 않을 거라는 생각이 들었다. 내가 문을 밀어 열자, 보안관이 들어와 나의 램프와 빗, 읽고 있던 책 등을 둘러보며 서성였다.

마침내 그가 입을 열었다. "주무시고 계셨군요."

"괜찮아요." 나는 급한 일로 불려나갈 때를 대비해 코듀로이 드레스를 입고 잠을 잤고, 낮에 입는 옷차림과 별다를 바 없었다. 보안관이 잠옷 차림의 나를 보는 일 같은 건 없었다. 나는 침대가에 걸터앉았다. "앉으세요."

그는 한숨을 내쉬고 내 옆에 털썩 주저앉아 벽에 머리를 기댔다.

나는 밤새 미시즈 히스 일로 혼자 괴로워하고 있었다. "나는 여기 있을 자격이 없어요." 내가 말했다. "놈이 저 밖에 나돌아다니는 한은. 이건 옳지 않아요."

보안관은 코웃음치며 말했다. "미스 콥. 단 한 번도 잡히지 않고 평생 잘만 사는 사기꾼들이 얼마나 많은지 아십니까?"

나는 그를 빤히 쳐다보며 그것에 대해 생각해보았다. "거의 전부 그렇겠죠."

"맞아요. 우리가 잡은 놈들은 열 번 사기치다 한 번 걸린 거죠. 현실이 그렇다는 거 아시잖아요."

나는 고개를 끄덕였다. 재소자들은 잡히기 전까지 요리조리 잘 피해 다닌 요령과 속임수를 자랑스럽게 떠벌리길 좋아했다.

보안관은 몸을 돌리고 우리 구역 끝에 있는 창문을 가리켰다. 창문 너머로 메인 스트리트 맨 끝에 있는 건물 몇 동이 우리한테 등을 돌린 채 솟아 있었다. 대낮이었다면 우리 밑으로 펼쳐진 시내 전체가 보였을 것이다. 교도소는 해컨색 끄트머리, 강가에 세워져 있었고, 시내 사람들이 보고 싶어하지 않는 모든 시설이 그 옆에 나란히 있었다. 저탄장, 방적공장, 묘지.

"저 밖을 나돌아다니는 자들은 물고기나 다름없어요, 그물 사이로 요리조리 헤엄치는." 보안관이 말했다. "우린 그중 일부를 잡을 뿐입니다. 우리가 놈들의 움직임을 둔화시키기는 해도, 결코 막지는 못해요. 항상 범죄자가 경찰보다 더 많을걸요. 결국 못 이겨요. 알고 있잖습니까?"

"물론 알죠." 나는 딱딱하게 말했다. 하지만 몰랐던 것 같다. 내가 그들을 이기지 못할 거라고는 꿈에도 생각해본 적 없었다. 어떻게 보면, 보안관과 내가 충분히 오래 매진한다면 버건 카운티에서 범죄를 일소하게 될 거라고 생각해왔던 것 같다.

"그리고 지금 한 명을 잃어버렸죠. 우린 놈을 잡아올 겁니다. 하지만 미스 콥……"

나는 팔짱을 끼고 턱을 아래로 내려 노마가 하던 식으로 만만찮은 분위기를 내려고 했다.

그는 피식 웃으며 계속 말했다. "매일 소매치기와 도둑이 뭔가를 훔쳐 달아납니다. 매일 누군가가 도움을 요청하지만 우린 제때 도착하지 못해요. 주먹다짐과 총격과 방화와 행방불명된 아가씨는 항상 있어요."

"네, 하지만……"

그가 내 말을 대신 마무리했다. "네, 하지만 우린 다시 일을 시작하지요."

나는 팔짱을 풀었고 몸속의 공기가 몽땅 빠져나갔다. 매우 강력한 세 마디였다.

"다시 일을 시작한다." 나는 시험삼아 그 말을 반복해보았다.

"그래요." 보안관의 눈꼬리에서 미소가 비어져나왔다. "우리 보안국의 일은 계속됩니다. 우리는 놈을 추적하고, 놈을 잡을 겁니다."

"하지만 우리가 만약…… 만약 당신이……"

"잡을 겁니다." 그는 딱 잘라 말했다. "그러면서 동시에 교도소도 운영해야 합니다. 여기엔 여든다섯 명의 재소자가 있어요. 그 사람들을 잊어서는 안 됩니다."

나는 다시 코딜리어를 떠올렸다. "하지만 미시즈 히스는 내가 여기 있는 걸 탐탁지 않아하세요. 당신에게 그 말썽을 떠안겼으니."

그는 한숨을 내쉬고 뭐라뭐라 말했고, 소리가 너무 작아 열심히 귀를 기울여야 했다. "미시즈 히스는 외양과 평판과 직함과 존칭에 대단히 신경을 씁니다. 내가 보안관보에 임명됐을 때 아내는 그걸 보안관, 그다음엔 시장, 그다음엔 상원의원으로 가는 사다리로 봤어요. 아내는 워싱턴 D.C.의 응접실에 앉아 은주전자로 차를 따르고 싶어합니다. 당신은 어떻습니까, 미스 콥?"

"소름 끼치는데요. 나라면 차라리 배수로를 헤치며 폰마테지우스를 쫓겠어요."

그가 씨익 웃었고, 우리 사이에 뭔가가 뻥 뚫렸다. "나도 그래요. 코딜리어는 그걸 이해 못해요. 절대 못하겠지."

"저런." 나는 말이 막히는 바람에 침을 삼켰다. "코딜리어도 안됐어요." 나는 즉시 후회했다. 그녀를 조롱하지 말았어야 했다.

"나는 코딜리어에게 보통 아내들이 원하는 모든 것을 해줬습니다. 아이들과 근사한 집." 그가 말했고, 이젠 내가 웃을 차례였다.

"어딜 봐서 근사한 집이에요?"

보안관은 바닥을 발로 차고 고개를 흔들었다. "알았어요. 아내가 원하는 집은 아니죠. 하지만 여긴 보안관 관사고, 그녀는 보안관의 아내입니다. 누굴 고용할 것인가 결정하는 사람은 나지요, 코딜리어가 아니라. 신문에서 뭐라 하든 상관없어요. 나는 내가 맞다고 생각하는 대로 우리 보안국을 운영할 거고, 만약 코딜리어가 그 사실을 몰랐다면 이젠 알게 되겠죠."

그는 자신의 아내에 대해 얘기할 때도 익숙하고 조용한 권위를 내보였다. 휘하의 보안관보들에게 얘기할 때와 똑같은 식이었다. 교도소를 운영할 때와 똑같은 방식이었다. 처음으로 나는 보안관으로서 존경할 만한 점이 남편으로서는 그리 존경할 만한 점이 아닐 수도 있다는 걸 깨달았다.

"오늘 저녁엔 어디 계셨어요?" 나는 물었다.

"수색조와 같이 나갔습니다. 숲속 어디에 한 남자가 숨어 있는 것 같다는 제보가 들어와서요. 탈주범이길 바랐지만, 그냥 부랑자였죠."

"미시즈 히스가 궁금해하더라고요."

"그래서 당신한테 물었고요?"

"음…… 그보단 덜 정중하셨죠." 나는 내가 본 것을 발설할 수 없었다. "굉장히 중압감을 느끼는 것 같았어요."

보안관은 손바닥으로 이마를 문질렀다. "걱정하지 말라고 얘기했는데."

"하지 말라고 안 할 수 있나요. 사람들이 수군거린다던데요. 길에서 귀찮게 한 사람도 있었고."

"아무것도 아닙니다. 아내가 장모님과 외출했다가 불쾌한 말을 들었어요."

그는 침상에서 몸을 일으키고 한 손으로 입을 가리며 하품했다. "불쾌한 말 정도가 보안관의 아내에게 일어날 수 있는 최악의 사건이라면 우린 제법 잘해온 거라고 누우이 얘기했는데. 별로 마음에 안 들어하네요."

"낯선 사람들이 자기 가족을 헐뜯고 남편이 감옥에 갈 거라고 욕하는데도 개의치 않으려면 엄청 터프해야 할걸요."

"흐음." 보안관은 감방에서 나가 문을 닫았다. "보안관의 아내라면 바로 그래야죠. 터프하게."

우리는 어둠 속에서 새하얀 창살을 사이에 두고 서 있었다.

"이렇게 자주 여기서 밤을 보낼 필요는 없어요." 그가 마침내 입을 열었다. "당신에겐 돌아갈 집이 있고 기다리는 사람들도 있잖아요."

"그건 당신도 마찬가지죠." 내가 말했다.

18

나는 펠릭스를 잡은 이후로 한 번도 집에 가지 않았다. 폰마테지우스를 찾았는데 또 통역자가 필요하면 어쩌지? 펠릭스가 자백하면 어떡하지? 내가 요긴하게 쓰일 수도 있는데 전화도 자동차도 없이 몇 마일이나 떨어진 시골에 있고 싶지 않았다.

하지만 플러렛의 공연 첫날 극장 앞에서 그애와 얘기하던 남자가 계속 마음에 걸렸다. 플러렛의 공연은 유치하긴 했지만, 무대 위 여자들을 보고 한 가지 생각밖에 못하는 남자들 앞에 애를 내놓은 셈이 됐다. 원래 알고는 있었지만, 플러렛은 관심이라면 무조건 좋아했고, 여자한테 찬사를 보내는 낯선 남자들을 의심하는 건 구식이라고 생각했다.

하지만 나는 무슨 일이 생길 수 있는지 안다. 여자애들이 얼마나 쉽게 덫에 걸리는지 안다. 미커 씨의 가정부 구인광고에 응했던 레티가 생각났고, 지난 몇 달 동안 보안국에서 일하면서 보아온 레티와 같은 온갖 여자애들이 생각났다. 난 플러렛에게 그런 얘기를 들려주고 싶지 않았는데, 어쩌면 내가 그동안 아이를 너무 과잉보호해왔던 건지도 모른다. 플러렛은 경솔했고, 여자를 이용해먹으려는 남자들의 수법을 전혀 경계할 줄 몰랐다. 나 역시 그 나이 때 충분히 신중하지 못했다.

노마가 이미 플러렛을 꾸짖었겠지만, 그애는 노마의 얘기를 진지하게 들은 적이 없었다. 잘생긴 남자가 찬사를 보냈을 때 어떻게 해야 할지 노마는 생각해본 적도 없다는 사실을 플러렛은 잘 알고 있었다. 나 역시 어떻게 해야 할지 아는 바가 없었으나, 어쨌든 노력할 책임이 있었으므로, 이튿날 나는 플러렛과 이야기하기 위해 집으로 향했다.

플러렛의 방은 양장점이 되어가는 듯했다. 창문 옆에 파티에 온 손님들처럼 마네킹 세 개가 서 있고, 견본 의상이 조심스럽게 핀으로 고정되어 있었다. 한쪽 구석에 원단 두루마리가 진보라색 울부터 청록색 실크와 연보라색 시폰까지 색상별로 쌓여 있었다. 문이 활짝 열린 옷장은 옷걸이에 걸린 드레스들로 장식됐고, 거의 대부분 플러렛이 직접 만들었지만 아직 입어보지 못한 옷들이었다.

플러렛의 취향은 이국풍의 최신 유행을 달렸고, 나는 늘 그게 아이의 상상력이 지나치게 풍부하고 용돈이 넉넉한 탓에 약간 비실용적인 부자재를 사기 때문이라고 생각했다. 그러나 아이 방에 들어가 안을 둘러보자, 플러렛이 매우 특별한 삶을 위한 의상을 제 힘으로 만들어왔다는 게 보였고, 그 삶은 나와 노마와 함께 이곳 농장에서 누릴 수 있는 것이 아니라는 걸 알았다. 플러렛은 무대, 레스토랑에서의 저녁식사, 뉴욕의 재치 있고 세련된 사람들 집에서 열리는 파티를 갈망했다. 샴페인과 진주, 극장 프로그램 앞에 실린 자기 사진과 쭉 늘어선 팬들을 원했다.

요컨대, 플러렛은 내가 줄 수 있는 건 그 어느 것도 원하지 않았다. 문득 우리 어머니가 생각났고, 자신이 이해할 수 없는 삶에 손을 뻗는 나를 보는 기분이 이러했을까 싶었다. 내가 통신강좌에 등록하면 어머니는 관련 서류를 태워버렸다. 그땐 그게 말도 안 된다고 생각했다. 이제 나는 어머니의 대담무쌍함에 조금 웃을 수 있게 됐다. 어머니는 내가 그토록 필사적으로 바깥세상을 갈망할 때 나를 자기 세상 안에 붙잡아두려 했을 뿐이었다. 그리고 이제 플러렛이 내 세상 밖으로 나가고 싶어한다.

플러렛은 크고 푹신한 베개 세 개를 등에 대고 침대에 앉아 있었다. 우리집에서 제일 좋은 베개들은 몽땅 플러렛의 방으로 들어가 절대 나오는 법이 없는 것 같다. 아이는 아이보리색 기모노를 입고 곱슬머리를 느슨하게 어깨 주위로 풀어내리고 있었다. 별안간, 플러렛이 누군가의 아내가 되어 침대에서 〈보그〉의 패턴지를 넘겨보고 있고 남편은 거울을 보며 면도를 하는 장면이 눈앞에 그려졌다. 그런 상상에 그만 무릎이 풀렸고, 넘어지기 전에 자세를 추슬러야 했다.

"농부의 아내가 아파서 내일 저녁엔 내가 그 역할을 대신해." 플러렛은 읽던 책에서 눈도 떼지 않고 말했다.

"그것도 잘하겠지." 나는 아이의 침대가에 편히 앉았다. 그리고 최대한 자연스럽게 말을 꺼냈다. "그때 극장 앞에 있던 청년에 관해 얘기해주면 좋겠는데."

"내가 왜?" 아이의 호흡이 빨라졌고, 조그만 들창코에서 숨이 들락날락했다. 그러나 시선은 계속 책에 고정한 채였다. 벌써부터 애는 나한테 짜증을 냈다.

"네 친구들에 대해 알아둬야 하는 건 내 의무야." 나는 고개를 숙이고 플러렛과 시선을 맞췄지만, 아이는 다갈색 머리칼을 마구 흔들어 앞으로 내렸다. 머리칼 사이로 립스틱 흔적을 보게 될까봐 걱정스러웠다. "여자애들이 어떤 말썽에 휘말리는지 내가 모른다고 생각하니?"

아이는 모기만한 소리로 말했다. "아무것도 아니었어."

"그런데 왜 말을 안 해."

플러렛은 결국 패턴 책을 덮었다. "하루종일 다른 사람들한테 무슨 말을 했는지 어떻게 일일이 다 기억해."

"난 그냥……"

"난 큰언니나 노마 언니하고 달라. 나는 이 낡은 농장에서 영원히 살지 않을 거야. 사람들을 만나고 얘기하고 이런저런 곳에 갈 거야, 다른 애들처럼. 그리고 언니의 질문에는 대답하지 않을 거야."

"당연히 해야지." 나는 너무 흥분한 투로 들리지 않도록 노력했지만, 집을 떠난다는 얘기에 마음이 편치 않았다. "네가 다른 여자애들과 다를 게 뭐야. 너한테 어딜 가도 되는지 누굴 만나도 되는지 잔소리할 어머니 아버지는 없지만, 나와 노마가 있어. 그리고 우리 일은 너를 잘 돌보는 거고."

"좋아." 플러렛은 책을 옆으로 치운 다음 허리를 꼿꼿이 세우고 앉았다. "누가 나한테 어울리는지 아닌지를 어떤 근거로 판단할 건데? 내가 기억하는 한 언니들 둘 다 방문하는 남자라곤 한 사람도 없었어. 보안관님과 보안관보들은 넣지 않는다면 말이지. 그리고 난 그들을 넣지 않을 거야. 분명히 언니들 둘 다 괜찮은 남자를 만난 적이 한 번도 없어. 그런데 누가 나한테 맞는지 안 맞는지 언니들이 어떻게 정할 거야?"

열띠고 도전적인 눈빛이었다. 이번만은 애걸하지도 징징거리지도 않았다. 플러렛은 정정당당하게 도전했고, 나는 뭐라 답해야 할지 전혀 떠오르지 않았다. 플러렛에게 어울리는 남자를 상상해보는 일은 한 번도 해본 적이 없었다.

"아무하고도 말하지 말라고 한 적 없어. 그냥 네 지인에 관해 알려달라고 했을 뿐이야."

"언니한텐 그럴 권리 없어."

"있어. 우리한테 말할 수 없을 정도로 비밀이라면 넌 제대로 된 지도를 받지 못하는 거고, 그럼 우린 널 핸슨 아카데미에 못 다니게 할 거야."

"언닌 그렇게 못해!" 침대에 누워 발을 탕탕 구를 수 있다면, 플러렛은 그렇게 했을 것이다.

"당연히 할 수 있어. 네 수업료와 의상비를 누가 내는데."

"그럼 내 학원비는 내가 낼 거야. 학원 여자애들 중에 이미 봄 드레스를 나한테 만들어달라고 한 애들이 있다고."

내가 무슨 말을 하기도 전에 플러렛이 덧붙였다. "그리고 재봉사가 여동생의 직업으로 좋지 않다고 말할 생각은 하지 마. 경찰 일보다 훨씬 존경받는 일이니까. 만약 어머니가 살아 계셨다면 내가 재봉 일 하는 걸 보고 기뻐하셨을 거야. 언니가 저기 더러운 감옥에서 일하는 걸 보고는 식겁하셨을 거고."

나는 플러렛의 발목을 잡으려 손을 뻗었지만 애는 냉큼 다리를 오므렸다. 어쨌든 나는 상냥하게 이야기하려고 노력했다. "네가 위험한 곳으로 걸어들어가는 걸 구경만 할 순 없어. 작년에 그런 일을 겪은 뒤로는 절대. 놈들이 납치하겠다고 협박한 건 너였어. 우리가 했던 모든 일은 널 안전하게 보호하려던 거였고."

아이는 다시 책을 집어들어 책장을 휘리릭 넘겼고, 눈을 깜박여 눈물을 삭였다.

"그 사람 이름이 뭐야?"

"나도 몰라."

"다시 만났어?"

"아직."

나는 차분하게 말하려 애썼다. "그게 무슨 말이야?"

플러렛은 손가락으로 머리칼을 돌돌 말며 나를 쳐다봤다. "돈이 생기면 나랑 헬렌한테 브로드웨이 쇼를 보여준다고 약속했어."

"넌 남자랑 뉴욕에 못 가. 헬렌도 마찬가지고. 네 나이 또래 여자애들이 남자와 같이 기차를 타면…… 하여간. 난 허락 못해. 스튜어트 씨와 이 일에 대해 상의할 거야."

아이는 코웃음을 쳤다.

"우리가 허락 안 할 거라는 거 알고 있잖아. 정 가고 싶으면 내가 데려가서 보여줄게."

"언니랑 다니는 건 재미없어!"

"그럼 노마도 같이 가면 되잖아."

플러렛은 저 혼자 피식거렸고, 나는 우리가 서로를 이해했기를 바랐다. 내가 나가려고 몸을 돌리자 아이는 책을 내려놓고 나를 쳐다봤다.

"그 사람 아직 못 잡았어?"

"응. 하지만 잡을 거야, 그럼 집에 좀더 자주 오겠지. 히스 보안 관이 보안관보 자리를 약속하긴 했는데, 그러면 일이 어떻게 될지 모르겠네."

플러렛은 희망에 얼굴이 밝아졌다. "그럼 언니가 맨날 나가서 범 죄자들을 쫓는다는 얘기야? 엄청 위험한 건 아니겠지?"

"위험하지, 범죄자들한테." 플러렛은 내 말에 킥킥거렸고, 나는 우리 사이에 위태로운 평화가 아직 간신히 유지되고 있을 때 동생 방을 탈출했다.

노마 방에 불이 켜져 있었다. 요즘 노마는 노안이라면서 책을 읽 을 때 어머니의 옛날 안경을 쓴다. 하지만 내가 보기에 그애가 안경 을 쓰는 이유는 주로 안경테 너머로 나를 미심쩍게 쳐다보기 위해 서인 것 같다. 노마가 고개를 들고 나를 쳐다보자 안경이 콧잔등을 따라 주르륵 미끄러졌고, 노마는 손을 뻗어 안경을 붙잡아야 했다.

"그냥 새로 하나 맞춰." 내가 말했다. "너한테 맞는 걸로."

"이걸로도 괜찮아." 노마는 〈파퓰러 사이언스〉에 실린 독일인 약사에 관한 기사를 읽고 있었다. 그 약사는 전쟁 전에 전서구를 이용해 처방약을 조제했다. 비둘기에 카메라를 부착해 적의 진지 로 날려 사진을 찍는 방법도 고안했다. 가슴팍에 고무밴드로 장치 를 부착한 비둘기 사진이 있었다. 그 옆에는 강 위의 높은 지점에 서 새가 찍었다고 주장하는 사진이 있었다. 우리는 잠시 함께 그 사진들을 살폈다.

"어떻게 무게를 버텼는지 모르겠어." 노마가 말했다. "하지만 이렇게 나와 있으니 한번 시도해볼 수밖에 없겠는걸."

"안 그러면 독일인들이 비둘기 함대로 우세를 점하게 되니까?"

노마는 엄숙하게 고개를 끄덕였다. 진짜로 군사적 우월성의 문제라고 진지하게 믿는 모양이었다. "비둘기들을 함대라고 부르는 건 적절하지 않아." 노마는 사진을 자세히 들여다보며 말했다. "그렇다고 비둘기떼라고 하면 너무 하찮게 들리고. 비행 중대라고 부르는 게 좋겠다."

노마는 연필을 집어들어 가장자리 여백에 메모하고 나서 잡지를 치우고 내게 집중했다. "플러렛하고 얘기하는 거 들었어."

"난 그냥 플러렛이 좀 조심했으면 좋겠어."

노마가 내게 베개를 하나 건넸고, 나는 침대 기둥에 베개를 대고 기댔다. "플러렛은 조심하고 싶어하지 않아. 자기 자신이 되고 싶어하지. 헬렌하고 같이 가구 딸린 방을 얻겠다던데."

나는 끙 소리를 내며 목깃의 단추를 풀었다. "방세는 어떻게 낼 생각이래?"

"삯바느질을 한대. 언니도 알잖아. 달리 그애가 뭘 하길 바랐어?"

"아무 생각 없었지." 나는 인정했다. "몇 년 동안 아무 생각 없이 즐겁게 그 문제를 회피했어."

"음, 플러렛이 도시로 이사해 제멋대로 하게 놔둘 수는 없지. 쟤는 현관문을 두드리는 첫번째 방문판매원한테 홀딱 넘어갈 거야."

"노마!" 내 과거 얘기를 꺼내는 건 노마답지 않았지만, 틀린 말은 아니었다. 내가 방문판매원에게 넘어간 게 딱 플러렛 나이 때였다.

노마는 가장 극적인 몸짓으로 안경을 추켜올렸다. "우리 어렸을 때 언니는 우리집 응접실에 실제로 남자가 나타나기 전까지 남자에 대해 얘기한 적이 단 한 번도 없었어. 창문을 활짝 열고 남자들을 불러들이고 싶어 안달인 '도시에 환장한 여자애'한테는 그게 어떻게 다가올지 상상해봐."

"안 하는 게 낫겠다."

"언니가 검거한 그 남자 주머니에 폰마테지우스가 들어 있진 않았나보네. 안 그럼 지금쯤 신문에서 관련 기사를 읽었을 텐데."

"도무지 입을 안 열어. 그저 펠릭스가 여태껏 폰마테지우스의 은신을 도와주고 있었고, 이제 도와줄 사람이 없어진 그놈이 실수를 하길 바랄 뿐이야."

"글쎄, 앉아서 바라기보다는 행동을 하는 게 나을 텐데."

나는 허리를 숙여 부츠 끈을 풀었다. "뭘 더 어떻게 해야 할지 모르겠다. 거의 두 주가 지났어. 보안관은 매일 부하들을 내보내 감시하고, 우린 이 사건과 관련된 모든 사람들과 얘기해봤어."

"애초에 그자가 왜 잡혀들어왔던 거야?" 신문들이 점잖게 예의를 차린다는 미명하에 '중대한 혐의'니 '소스라치게 놀랄 증언'이니 하는 완곡 어구만 남발하며 정말 알고 싶은 정보는 알려주지 않자 노마는 불같이 화를 냈다.

나는 그동안 알아낸 정보들, 즉 신경증 치료라며 자행된 엉터리 처치, 약물에 취한 환자들, 실제보다 더 아파 보이게 만들어 입원 기간을 늘려서 환자의 가족들에게 돈을 더 받아내려 했던 일, 폰마테지우스가 돈이 다 떨어진 가족들에게서 그림과 가보 등으로 비용을 받아낸 것에 대해 상세히 설명했다. 비어트리스 풀러와, 강제로 그녀와 결혼하려 했던 폰마테지우스의 치졸한 시도에 대해서,

그것을 막기 위해 경찰에게 갔던 청년들의 용기에 대해서도 이야
기했다.

"그렇다면 관련자들을 전부 만난 건 아니네." 노마가 말했다.

"또 누가 남았는데? 알폰소 영맨은 죽었고, 비어트리스 풀러는
캘리포니아에 있어. 보안관 말로는 비어트리스의 조부모에게 손녀
의 소재를 말하라고 강압적으로 요구할 수 없대."

노마는 답답하다는 듯 연필 끝으로 내 무릎을 두드렸다. "그 사
람들은 필요 없어. 목사가 있잖아."

"무슨 목사?"

"그 가엾은 아가씨가 약에 취해 제대로 서 있지도 못할 때 결혼
식을 한답시고 그놈이 불러온 그 늙은 목사 말이야. 그 아수라장에
있던 또다른 유일한 범죄자잖아. 왜 여태 그 노인네를 조사하지 않
았는지 모르겠다."

19

회반죽을 하얗게 칠한 아담한 독일 개신교회는 백오십 년 전에 유행했던 양식의 건물이었다. 지상에서 천국으로 쭉 뻗은 미늘벽 옷을 입었고, 지붕에 솟은 첨탑 꼭대기의 낡은 구리는 푸르게 녹이 슬었다. 건물 측면 사방으로 난 높고 길쭉한 고딕풍 유리창은 안에 있는 사람들에게 바깥세상 말고 그들의 내면을 보라고 다그쳤다. 교회는 납작한 잔디 카펫 위에 위풍당당하게 서 있었다. 이승에는 누릴 즐거움이 없다는 듯 관목 한 그루, 화분 하나조차 없었다. 어머니가 우리를 키웠던 고립형 양육법의 유일한 미덕은, 브루클린과 뉴저지 북부의 독일 교회처럼 엄숙하고 금욕적인 곳에서 일요일을 보내는 일은 그럭저럭 피했다는 점이다.

베버 목사를 찾아내는 데만도 여러 날이 걸렸다. 그는 와병을 이유로 재판에서 증언하지 않았다. 그가 주례했던 위장 결혼식에는 증인이 여럿 있었고 혼인 증명서에도 정확히 서명이 되어 있었기 때문에, 그의 역할에 대해서는 의문이나 논란이 거의 없었다. 그래서 그의 이름은 어느 재판 기록에도 나오지 않았고, 검찰의 메모를 열심히 뒤져서 겨우 찾을 수 있었다. 찾아내자마자 우리는 곧장 개신교회로 달려갔다.

히스 보안관이 교회의 육중한 정문을 밀어젖혔다. 우리는 몸을 들이밀고 어둠 속의 반질반질한 신도석을 실눈으로 노려보았고, 금세 아무도 없다는 걸 알았다. 오솔길을 따라 뒤로 돌아가니 목사관이 나왔고, 내가 문을 두드리자 쇠약한 노인이 대답했다. 류머티즘으로 허리가 굽은 목사는 나를 올려다보기 위해 온몸을 비틀어야 했다.

"구텐 탁." 목사는 쉰 목소리로 말했다.

"아이넨 구텐 탁 아우흐 이넨. 마인 나메 이스트 콘스턴스 콥, 운트 마인 베글라이터 이스트 헤어 히스.* 잠시 들어가도 될까요? 목사님의 신도 중 한 명에 대해 궁금한 게 있어서 왔습니다."

그 정도 독일어에 그는 적이 만족한 모양이었다. 목사는 고개를 끄덕이고 문을 열었다.

우리는 거주자보다는 방문자의 편의에 초점을 맞춘 좁고 허름한 응접실로 들어섰다. 넓고 푹신한 소파도, 독서용 램프도 없었고, 정말이지 책도 사진도 그 어떤 종류의 개인 물품도 없었다. 짝이 안 맞고 등받이가 딱딱한 목제 의자들이 정확히 반구형으로 놓여서, 불편한 방문객들 사이의 심각한 대화를 고대하고 있었다. 의

---

* '목사님도 안녕하신가요. 제 이름은 콘스턴스 콥이고, 여기 제 동료는 히스 씨예요'라는 뜻.

자 중 딱 하나에만 팔걸이가 있고 낡고 해진 쿠션이 장착되어 있었다. 목사의 자리인 듯했다. 벽에는 십자가 하나와 교회에서 찍어낸 종교의식 달력이 걸려 있었다.

베버 목사는 자기 자리에 앉고, 히스 보안관과 나는 그 맞은편에 앉았다. 목사의 허리가 너무 구부정해서 우리는 얼떨결에 아기처럼 숱이 없고 연약한 두피 위로 빗질된 흰머리 몇 가닥을 쳐다보게 됐다. 피부 밑 푸른 정맥이 비치는 두피는 붉은색과 분홍색과 분필 색깔 같은 묘한 흰색을 동시에 띠었다. 우리를 쳐다보려면 그는 몸을 옆으로 돌려 젖혀야 했다. 입술이 떨렸고 파리한 두 눈에는 눈물이 그렁그렁했다.

"목사님이 아시는 사람 하나를 찾고 있습니다." 히스 보안관이 말했다. "행방불명된 그 남자를 찾는 데 목사님이 도움을 주시길 간곡히 바랍니다."

"오, 저런." 노인이 말했다. "행방불명?"

"그보다는 숨어 있다는 편이 맞을 겁니다. 이 주 전에 병원에서 감시하에 있다가 탈출했거든요. 닥터 폰마테지우스를 말하는 겁니다."

목사의 입이 떡 벌어지더니 턱이 흔들렸다. 분명 열심히 대답할 말을 짜내는 중일 것이고, 나는 그에게 생각할 시간을 너무 많이 주고 싶지 않았다.

"목사님, 탈출한 죄수가 잡히지 않으면 우리 모두에게 위험합니다." 내가 말했다. "보안관은 매일 부하들을 내보내 그자를 찾고 있어요. 모두 무장을 했고, 필요하면 총을 쏠 겁니다. 아무 상관 없는 사람들이 다칠 수도 있어요. 그런 일이 일어나길 바라진 않으시겠죠?"

목사는 부어오르고 뒤틀린 자신의 손등을 내려다보았다. 그는 고개를 절레절레 젓고 조용히 말했다. "미안하지만 나는 도움이 못 되겠습니다."

"당신은 닥터 폰마테지우스를 돕고 있었겠지요." 보안관이 말했다. "이미 우리는 그의 은신을 돕고 있던 것으로 추정되는 남동생을 체포했습니다. 이제 그는 갈 곳이 없어요."

"펠릭스가 감옥에?" 베버 목사는 제대로 듣지 못한 것처럼 몸을 앞으로 숙였다. "그럼 그의 짐을 누가 갖고 가려나?"

히스 보안관과 나는 어안이 벙벙해져 서로 시선을 교환했고, 곧 보안관이 말했다. "네, 제 차를 갖고 왔으니 우리가 오늘 오후에 가져갈 겁니다."

노인이 손을 저어 자기 뒤에 있는 문을 가리켰다. 보안관과 나는 자리에서 일어나 같이 문 쪽으로 다가갔다. 둘 다 이미 알고 있었다는 듯 자연스럽게 행동했다. 문을 열자 창문이 없는 좁고 어두운 방이 나왔다. 침실이라기엔 너무 작았다. 방안은 작은 가구들과 나무 궤짝, 트렁크, 여행가방 몇 개와 화려한 장식 액자에 든 그림들로 천장까지 빼곡히 채워져 있었다.

베버 목사는 의자에서 일어나지 않은 채 허리만 비틀어 우리를 바라봤다. "지금쯤이면 거의 다 팔았을 거라고 했는데. 너무 오래 걸렸지요. 사람들은 그딴 골동품을 원하지 않거든."

히스 보안관은 목덜미를 문지르고 깊은 한숨을 내쉬었다. "요양원에서 나온 물건들이군. 펠릭스가 형을 위해 돈을 마련하려고 했나본데."

"그게 무슨 말입니까?" 목사가 소리쳤다.

히스 보안관은 의자들로 이루어진 작은 원으로 돌아가 노인이 목을 비틀며 올려다보지 않아도 되도록 노인 앞에 무릎을 꿇고 앉았다. "베버 목사님. 이 물건들은 펠릭스 것이 아닙니다. 사기 행위로 훔치거나 빼앗은 것들이죠. 펠릭스가 이걸 팔아서 법을 어겼다는 사실이 드러난다면—우리가 밝혀낼 겁니다—당신은 방조 혐의로 체포될 수 있습니다. 제 말 알아들으십니까?"

히스 보안관은 그대로 뒤로 물러나 앉았고, 베버 목사는 혼자 뭐라고 중얼거렸다. 입술이 미친듯이 움직였지만 어떤 소리도 나오지 않았다. 목사의 한 손에 쥐어진 지팡이가 흔들흔들 떨렸다.

나는 목사 옆에 앉아 지팡이를 들지 않은 쪽 손을 살며시 잡았다. "하벤 지 아이네 아눙 보 에어 지히 페르슈테크트?"

목사는 고개를 저었다. "나인."

히스 보안관이 나를 쳐다보았다. "그자가 어디 숨어 있는지 모른대요." 내가 말했다.

보안관은 팔짱을 끼고 잠시 우리 둘을 번갈아 쳐다보다 일어나서 바지에 묻은 먼지를 탁탁 털었다. 그리고 파업 참가자들에게 엄중 경고를 할 때나 보안관보들을 다 모아두고 명령을 내릴 때 쓰는 목소리로 말문을 열었다.

"목사님, 당신이 우리를 위해 할일은 이렇습니다. 닥터 폰마테지우스에게 유치留置우편으로 전달할 편지를 쓰십시오. 그가 남긴 물건이 다 팔려서 돈이 생겼다고요. 그렇게만 하시면 됩니다. 위험한 탈주범을 체포하는 데 기꺼이 도움을 주신다면, 우리는 당신에 대해 어떠한 고발도 하지 않겠습니다."

베버 목사는 목을 길게 빼고 우리를 올려다보더니, 외통수에 몰린 사람 특유의 별수없다는 몸짓으로 어깨를 으쓱했다. "편지 한 통 쓰는 것쯤이야 해될 것 없지요. 하지만 그게 제대로 가닿을지 모르겠군요."

"그건 우리가 알아서 하죠." 보안관은 편지지가 어디 있나 방을 둘러보았다.

"저기 있습니다." 노인이 떨리는 손가락으로 구석의 책상을 가리켰다. 그가 펜을 쥘 수나 있을지 의심스러웠지만 뜻밖에 그는 깨끗하고 선명한 서체로 편지를 썼고, 얼마 지나지 않아 세 통의 편지가 완성됐다.

"잘하셨습니다, 목사님." 히스 보안관은 노인과 악수했다. 그리고 폰마테지우스의 물건을 차에 옮겨 싣느라 몇 분 동안 왔다갔다 했다. "나머지는 보안관보를 불러서 옮기겠습니다." 보안관이 외쳤고, 우리는 차를 타고 출발했다.

이렇게 들뜨고 신난 모습의 보안관을 본 게 얼마 만인지 기억나지 않았다. "폰마테지우스가 유치우편을 이용할 거라는 생각은 어떻게 한 거예요?"

"아, 요즘 비밀 서신 교환은 죄다 그 방법을 쓰거든요." 히스 보안관이 쾌활하게 대답했다. "십 센트짜리 여인숙에서보다 유치우편 창구에서 범죄자를 더 많이 잡을 수 있죠. 놈은 이제 잡힌 거나 마찬가지예요."

우리는 곧장 해컨색 우체국으로 차를 몰았다. 히스 보안관과 나는 창구 앞에 길게 줄 서 있는 사람들을 지나 측면의 작은 복도로 갔다. 그 끝이 우체국장의 사무실이었다. 보안관은 노크도 없이 문을 열고 들어갔다. 우리는 책상 위에 올라와 있는 남자 구두 밑창의 인사를 받았고, 남자의 나머지 몸은 신문에 가려져 있었다. 제멋대로 뻗친 검은 곱슬머리가 신문 위로 나타나더니, 곧이어 지적인 회색 눈과 "밥! 이번엔 뭘 가져왔어?" 하는 외침이 뒤따랐다.

"먼저 미스 콥을 소개하지." 보안관의 말에 우체국장은 재빨리 일어섰다. "미스 콥은 교도관이고, 지금은 나와 함께 사건을 수사하고 있네."

"그렇군요!" 그는 진심 어린 흥미를 담아 나를 훑어보았다. "그런 일은 어떻게 하게 됐습니까?"

"본인 힘으로 이뤄냈지." 히스 보안관은 가볍게 말하고 내 쪽을 돌아보았다. "이쪽은 풀턴 씨입니다."

"처음 뵙겠습니다. 잘 지내시죠?" 내가 말했다.

그는 신문을 내던지고 나와 악수했다. "항상 잘 지내죠."

"풀턴 씨는 말썽꾸러기 네 아가씨의 아버지예요." 보안관은 보일 듯 말 듯 미소의 흔적만 보이며 말했다.

"보안관이 자기들을 그런 식으로 묘사했다는 걸 알면 애들이 분명 충격을 받을 거예요." 내가 말했다.

"아, 애들도 자기들이 말썽꾸러기라는 거 알아요. 다만 걔네들보고 굳이 아가씨라고 하는 사람은 없죠." 풀턴 씨가 말했다. "우리 맏이는 삼촌하고 같이 사냥을 하러 다니고, 쌍둥이는 야구를 하고 싶어하고, 막내는 의사가 되어 사람들한테 붕대를 감아주며 살 거라고 큰소리를 쳐요. 부엌을 수술실로 바꾸고 제 언니를 식탁에 꽁꽁 묶기 직전에 우리가 말려야 했다니까요. 우리 애들은 안정된 직업을 가지기 전까지는 단 한 명도 결혼하지 않을걸요." 우체국장은 짐짓 끔찍하다는 표정을 지었지만 오래 유지하진 못했다. 벌써부터 풀턴 씨가 매우 좋아졌다.

"그건 잘 모르겠지만, 애들 덕분에 심심하진 않으시겠어요." 내가 말했다.

"날마다 깜짝깜짝 놀라죠! 작년에는 넷이 머리를 맞대고 같이 도망갈 궁리를 했어요. 자기네들이 일주일 내내 기차 시간표를 연구하고 있는 걸 애들 엄마와 내가 모를 줄 알았나봅니다. 애들이 조그만 배낭을 메고 살금살금 빠져나가자 여기 있는 당신 친구 로버트 히스한테 전화해서 기차역으로 가서 애들을 잡으라고 했지요. 애들은 품행 불량과 부랑죄로 하룻밤 유치장 신세를 졌고요."

"설마요!" 나는 숨을 집어삼켰다.

히스 보안관은 힘차게 고개를 끄덕였다. "따끔한 교훈을 가르쳐줬지."

"전혀 그렇지 않았다네." 풀턴 씨가 말했다. "애들은 인생 최고의 시간을 즐겼어. 다음날 아침에도 집에 안 들어오려고 했다니까. 우리 딸들은 어떤 일에도 당황하지 않아. 내가 늘 말했잖아, 우리 애들은 경찰이 되거나 범법자가 될 거라고. 그런데 이제 보니까요, 미스 콥, 아이들 중 한두 명쯤은 합법적인 길을 걸을지도 모른다는 희망이 좀 생기는군요."

히스 보안관이 점잖게 헛기침을 했다. 풀턴 씨가 말했다. "미안, 보안관, 자네 볼일이 있다고 했지. 무슨 일이야?"

우리는 베버 목사가 직접 주소를 쓰고 봉투에 넣어 봉한 편지 세 통을 우체국장에게 보여주었다. 히스 보안관은 사건에 대해서는 거의 언급하지 않고, 어떤 남자를 잡으려고 하는데 창구 직원이 감시를 좀 해줘야겠다는 식으로만 얘기했다.

풀턴 씨는 고개를 끄덕이고 손에 든 편지를 뒤집어서 살펴보았다. "하나는 우리 거고, 하나는 패터슨, 또하나는 맨해튼 거로군. 오늘 발송하지."

"전에도 해봤군요?" 나는 물었다. "사람을 잡으려고 이런 식으로 덫을 놓은 적이 있었나요?" 나는 범죄자들과 탈주범들이 그렇게 자주 유치우편을 이용하는 줄은 상상도 못했다.

풀턴 씨의 눈이 휘둥그레졌다. "아, 사람들이 우편으로 어떤 일까지 벌일 수 있는지 아마 못 믿으실 겁니다. 몇 년 전 체신부에서는 유치우편 제도를 거의 종료할 뻔했어요. 창구 직원들이 계속 불평을 하거든요. 편지를 달라고 오는 젊은 여자들이 유독 많아졌다고요. 결혼을 한 사람이든 안 한 사람이든."

"그게 뭐가 문제인데요?" 내가 물었다.

"음, 은밀한 불륜 서신을 주고받는 데 우편이 이용되고 있다고 생각하는 거죠. 한번은 시카고에서 아주 난리가 나서, 서비스를 완전히 폐지하려고 했어요."

"고작 연애편지 몇 통 때문에요?"

"사람들은 그렇게 말하지 않던데요." 풀턴 씨가 말했다. "'젊은 여자들을 죄악의 길로 이끄는 조직적 시스템'을 제공하고 있다나, 그 비슷한 문장으로 언론이 우릴 매도했지요. 나는 조직폭력배나 블랙핸드 일당이 더 우려되던데, 다들 말하기 좋아하는 건 여자들과 불륜 뭐 그런 거잖아요. 이젠 유치우편 창구에서 우편물을 받아가는 사람들의 명단과 신분 증명을 요구하더라고요."

"그것도 일리는 있네요." 정말 그런지 확신은 없었지만 나는 그렇게 말했다.

"뭐, 우리도 할 수 있는 일은 합니다. 보안관이 찾는 사람이 있으면 눈에 불을 켜고 감시하고, 필요하면 잡아두기도 하고."

풀턴 씨는 편지를 다시 들여다보았다. "이게 그때 병원에서 빠져나간 그놈인가?"

"맞아, 그놈이야." 보안관이 말했다.

"어떤 멍청이가 죄수를 놓쳤대?"

히스 보안관은 멈칫했다. "그보다 중요한 건 놈을 다시 잡는 거지."

"당신의 다른 업무도 생각할 틈이 있다면, 미스 콥." 보안관이 교도소로 돌아가는 차 안에서 말했다. "미시즈 모나포 건에 신경을 써줄 수 있는지 궁금하군요."

"여성 재소자들이 감방에 얌전히 갇혀 있는 한, 어떻게 그들이 폰마테지우스 건보다 우선일 수 있는지 모르겠는데요." 나는 그 편지들에 온통 정신을 빼앗겨 다른 생각을 할 겨를이 없었다.

"프로비덴차 모나포는 별로 오래 갇혀 있지 않을 겁니다." 히스 보안관이 말했다. "코터 수사관이 그녀의 석방 명령을 받아내려고 애쓰고 있어요. 법원 서기의 미숙함과 무사태평이 아니었다면 벌써 받아냈을 겁니다."

"하지만 미시즈 모나포의 진술은 분명 사실이에요. 물론 자기 남편을 노렸던 것이지만. 완벽히 이치에 들어맞아요. 코터 수사관이 그 건으로 누구 다른 사람을 기소한대요?"

"그것도 열심히 알아보는 중이더군요. 남편이 가장 유력한 후보

자지요. 총격 당시 어디에 있었는지 설명하지 못하는 임차인들도 마찬가지고."

"미시즈 모나포의 남편이 교도소에 들어온다고 해도 개의치 않겠습니다." 내가 말했다.

"자신이 저지르지 않은 범죄로 들어오는 건 안 됩니다."

똑같이 매키노 코트를 입은 초등학생들이 손을 잡고 줄줄이 길을 건너는 통에 우리는 속도를 줄여 차를 세워야 했다. 히스 보안관은 기다리는 동안 손가락으로 핸들을 두드렸다.

"결백을 주장하며 석방을 애걸하는 재소자들은 숱하게 봐왔지만, 유죄로 해달라는 사람은 처음이에요. 그래도 코터는 그 증인들을 무시할 수 없습니다. 그 얘기가 신문에 나갈 수도 있고 수사관이 그들의 증언을 묵살했다는 주장이 나올 수도 있어요. 코터도 그걸 압니다."

아이들이 길을 다 건너자 우리는 다시 차를 달렸다. 히스 보안관은 미시즈 모나포를 어떻게 해야 할지 전혀 감을 잡지 못하고 있었다. 코터 수사관이 미시즈 모나포의 해명과 증인들의 진술이 왜 어긋나는지 만족할 만한 조사 결과를 내놓을 거라고 믿을 수도 없었다.

헨리 라모트라면 처음부터 다시 시작하라고 말했을 것이다. "그다가구 주택이 여기서 멀지 않네요." 내가 말했다. "가서 다시 한번 보죠."

몇 분 후 우리는 가필드에 도착했다. 집 건너편의 맬컴 애비뉴에 차를 세우고, 문이 잠기지 않은 것을 확인한 뒤 안으로 들어가 모나포 부부의 지하 원룸으로 계단을 내려갔다. 노크에 답이 없자 보안관은 어깨로 문을 밀었고, 문이 열렸다.

집안은, 도대체 그게 가능한지 모르겠는데, 지난번에 봤을 때보다 더 지저분했다. 미시즈 모나포가 주변 환경을 미화하는 수고를 들여왔다고 믿기 어려웠지만, 그녀가 없으니 이곳은 완전히 붕괴되어 집주인의 방이라기보다는 다리 밑 노숙자들의 임시 거주지와 더 공통점이 많을 정도였다. 내가 기억하는 지난번보다 악취가 훨씬 더 지독했고, 사베리오 살리노가 이 세상에 남긴 마지막 흔적인 핏자국을 지우려는 그 어떤 노력도 하지 않은 듯했다.

"적어도 남편이 사라졌다는 건 알겠네요." 내가 말했다. "이런 오물구덩이에선 아무도 못 살 테니."

"더 심한 곳에서 사는 사람도 봤습니다."

우리는 위쪽 계단에서 나는 발소리를 듣고—들었다기보다 느끼고—동작을 멈췄다.

"내가 가서 누군지 보지요." 보안관이 말했다. "코터가 이 건물 사람들 중 누구와 얘기했는지 모르겠군요. 둘러보면서 코터가 놓쳤을 만한 게 있는지 찾아봐요. 편지라든가⋯⋯"

보안관이 층계를 달려올라가면서 웅얼거리는 바람에 나머지 말은 들리지 않았다. 집안 구석구석을 샅샅이 뒤졌지만 편지는커녕 편지가 왔다고 한들 보관할 만한 장소도 보이지 않았다. 책상도, 책장도, 펜과 종이를 둘 공간도 없었다. 글을 읽을 때 켜놓을 램프도, 엉덩이를 대고 앉을 의자도 없었다. 수선이 불가능한 지저분한 옷 무더기들, 씻을 엄두가 안 나는 때묻은 식기, 다 부서지고 좀먹어서 도저히 사용할 수 없는 가구들뿐이었다. 사실상, 이 집안을 통틀어 밖에 내다 태워버리지 말아야 할 물건은 하나도 없었다.

우리가 지금까지 알고 있던 정보에 반하는 것은 전혀 보이지 않았다. 프로비덴차가 그 남자를 쐈다는 것을 입증할 증거가 나오기를 어떻게 기대할 수 있을까? 그녀가 방금 발사한 권총을 들고 피웅덩이 너머에 서 있었다는 단순한 사실만으로도 내게는 충분한 증거 같았다.

계단에서 다시 발소리가 들렸고 히스 보안관의 얼굴이 문간에 나타났다. "내가 부르는 소리 못 들었어요?" 그는 짜증 섞인 어조로 크게 말했다.

"못 들었는데요. 언제요?"

"올라와서 저 사람들 상대하는 것 좀 도와달라고 두 번이나 소리쳤는데. 저 사람들이 이탈리아어밖에 못해요. 차를 타고 가버리기 전에 질문을 하고 싶은데."

"금방 갈게요. 하지만 나도 이탈리아어는 못해요." 나는 다시 문으로 나왔다.

"프랑스어로 어떻게 해볼 수 있지 않을까요, 아니면 단어 몇 개라도?"

나는 보안관을 따라 계단을 올라갔다. "지금 나한테 보안국에서 좀더 쓸모 있으려면 제4외국어까지 배워야 한다고 요구하는 건가요?"

"그것도 괜찮겠군요, 미스 콥."

20

베버 목사의 편지에 반응이 올 때까지 기다리는 것 말고는 할일이 없었다. 나는 매일 아침 가슴팍의 무거운 짐과 함께 일어났다. 이를 갈기 시작했고, 그래서 턱이 아팠다. 보안관에게 나도 다른 보안관보들처럼 순찰을 나가게 해달라고 졸랐지만 거절당했다.

"기차역과 호텔 근처를 여봐란듯 돌아다니는 건 별 의미가 없습니다." 보안관이 말했다. "폰마테지우스는 눈에 띄고 싶어하지 않아요. 거리에서 그와 우연히 마주칠 일은 없을 겁니다. 사실 보안관보들도 시간 낭비하는 거고, 당신에게도 시간 낭비가 될 겁니다. 하지만 다른 단서가 없으니까 계속하는 거죠."

행간의 뜻은 보안관 자신이 조사당하고 있으니 활발히 수색하고 있다는 시늉이라도 계속해야 한다는 것이었다. 순찰은 그저 연극에 지나지 않았고 시간을 버는 수단일 뿐이었다.

십일월 중순의 어느 오후 보안관 사무실 앞을 걸어가다 우연히 귀에 익은 음성을 듣지 않았다면, 나는 벌써 심리가 열렸다는 것도 몰랐을 것이다. 존 워드의 목소리였다. 그는 일 년 전 헨리 코프먼이 우리 자매를 협박했을 때 잠깐 코프먼을 대리했던 변호사다. 문이 살짝 열려 있었지만, 그들이 무슨 얘기를 하는지 알고 난 다음엔 바싹 다가갈 엄두가 나지 않았다.

"이 카운티 법관들은 법을 몰라! 난 자네가 법원에 가서 판사들에게 그들의 직무에 대해 가르치는 걸 봐왔지." 워드 씨가 말하고 있었다. "그들이 자네를 어떻게 해야 할지 모르는 것도 당연해. 아니, 그냥 판사들한테 세상에 그런 법은 없다고 말해. 그리고 그들이 직접 알아보는 동안 느긋이 앉아서 십 년이고 이십 년이고 기다려. 그들이 자네를 기소해볼까 하고 나설 때쯤이면 자넨 이미 은퇴한 다음일 테니."

"카운티 검사가 그 문제를 제법 노골적으로 법관들 앞에 들이밀었어." 히스 보안관이 말했다. "나한테는, 그리고 여기 미시즈 히스에게도, 검찰이 나를 감옥에 집어넣으려고 작정한 것으로 보여. 삼 주가 지났으니 이제 심리를 시작할 거야. 자네는 나와 함께 매일 법정에 나와야 할 거고. 그뿐만이 아니야. 내 보증인들은 내가 어떻게 이 사무실에 붙어 있을 생각인지 알고 싶어하고, 그들에게 답을 할 때도 됐어. 내일 자네와 나는 그 사람들을 견뎌내야 할 거야."

"그래도 난 폰마테지우스라는 작자를 놓친 교도관하고 얘기를 좀 나누고 싶은데." 워드 씨가 말했다. "그자를 근무중 주취 혐의로 고소할 수 있다면, 혹은 뇌물수수 증거를 찾는다거나, 그러면 우리가……"

코딜리어의 목소리가 끼어들었다. "우리 남편은 본인의 신체적 자유는 물론이고 가족의 안전과 평판까지 희생해가며 자기가 고용한 특정인을 보호하고 있어요. 나는 그 교도관이 장비도 제대로 갖추지 못했고 무능하다는 점을 근거로 방어하는 것도 제법 가능성이 있다고 봐요."

"음, 뉴저지 교도관들 중 절반은 그 묘사에 해당되지요." 존 워드가 말했다. "무능보다 좀더 흔치 않은 게 필요합니다."

"그럼 이건 어떤가요, 그 교도관이……"

이젠 히스 보안관이 아내의 말에 끼어들 차례였다. "그건 내가 용납할 수 없어. 보안관은 교도소와 수감자들의 최종 책임자야. 무슨 일이 일어나든 그건 내 책임이지. 그걸 교도관 한 명한테 떠넘길 생각은 없어. 코딜리어, 당신이 그 문제에 관해 뭐라고 얘기하고 싶은지는 알겠지만, 난 이미 결정을 내렸어요."

그러나 코딜리어는 물러서지 않았다. "여자 교도관한테 감시 임무를 맡겼다는 게 밝혀지면 사람들이 어떻게 생각할 것 같아요? 그 일은 여자한테 선천적으로 불가능한 일이라고요. 감시를 세우는 단순한 일에서도 현명한 판단을 보여주지 못한다면, 당신은 이 카운티의 어느 선출직에도 두 번 다시 뽑히지 못할 거야."

"아니 방금 말씀하신 게……" 워드 씨가 끼어들었지만 보안관은 무시했다.

"그 여자 교도관이 이 사건에서 용의자를 검거한 유일한 사람이고," 보안관이 조용히 말했다. "내 밑에 있는 그 누구보다 그녀가 훨씬 더 유능하다는 것을 보여줬어요. 당신이 사실관계를 경청하기만 했다면 금방 알 수 있을 텐데."

"나도 알아야 할 건 다 알아요." 미시즈 히스가 말했다. "당신이 계속 그 여자 편을 드는 바람에 나머지 사람들은 다 망했어. 나는 내 남편이 그 여자를 감싸려고 기꺼이 감방에 들어가는 꼴은 참을 수 없어요."

의자 미는 소리가 났다. 코딜리어가 방을 박차고 나오려는 참이었다. 나는 복도를 되짚어 나왔고 그때 그녀가 소리쳤다. "내 소망은 그 여자가······" 그리고 마지막 말은 그녀가 문을 쾅 닫는 바람에 듣지 못했다. 코딜리어는 관사로 뛰어들어갔고, 낮은 흐느낌이 그녀의 목구멍에서 흘러나왔다.

모퉁이 너머 보이지 않는 곳에서 벽에 기대 있던 나는 그대로 바닥으로 미끄러져 무릎에 턱을 괴고 앉았다. 복도에서 암모니아 냄새와 바닥을 닦을 때 쓰는 세제의 장뇌 냄새가 났다. 그 와중에 희미하게 떠도는 사사프라스향 때문에 사탕가게가 떠올랐다. 여름에 환기가 잘 되지 않는 감옥의 악취를 덮으려고 그 향을 썼는데 일 년 내내 그 냄새가 가시지 않았다. 어렴풋한 초목의 향이 친밀하다 싶을 정도로 익숙했다. 만약 일자리를 잃는다면 이 냄새조차 그립겠지.

히스 보안관이 나를 보호하는 데는 전혀 특별할 게 없었다. 부하 중 누구를 위해서라도, 결과가 어떻든 그는 똑같이 행동했을 것이다. 그는 설사 자신이 불리해진다 하더라도 대의명분을 위해 싸우는 사람이었다. 교도소 전담 의사가 있어야 한다고 싸울 때도, 잇몸이 너무 상해 일반 고무 치아를 쓰지 못하는 재소자를 위해 금니 비용을 대야 한다고 항변할 때도 그랬다. 죄수들의 다 떨어진 옷을 보고 재소자용 유니폼이 있어야 한다고 주장했고, 일요일에 예배를 열기 시작했으며, 교도소 도서관을 조직해 운영했다. 그 모든 사안이 자유보유권자위원회와의 싸움을 요했다. 그는 모든 싸움에 열정적으로 임했고, 가십과 언론에 거의 아랑곳하지 않았다. 이번이라고 다르지 않았다.

그러나 코딜리어의 시각은 달랐다. 그녀는 논리적으로 사고하기엔 너무 겁에 질려 있었다. 저 가엾은 부인은 아마도 교도소로 이사 온 그날 신경쇠약에 걸렸을 테고, 도무지 그것을 극복하지 못했다. 이웃도 없었고, 내가 아는 한 친구도 없었고, 남편이 그녀에게 연민이나 공감을 표하는 모습을 보인 적도 없었다. 그녀 곁에는 아무도 없었고, 그녀에겐 모든 게 너무나 버거웠다.

저 문 안쪽에서 코딜리어가 어떻게 하고 있을지 눈에 선했다. 그녀의 남편이 거리를 두는 한, 그 난리를 쳤으니 십중팔구 그럴 텐데, 아델 이모처럼 벽장에 기어들어가 술병을 탐닉할 것이다.

그녀의 소망은 내가 사라지는 것뿐이다. 잠시 나는 그것도 고려해보았다. 이곳을 떠나 돌아오지 않을 수도 있었다. 그러나 그걸로는 내가 한 짓이 만회가 되지 않는다. 그 무엇으로도 만회할 수 없을 것이다. 폰마테지우스를 다시 잡아오는 것 외엔.

심리는 차근차근 진행되고 있었지만 내가 아는 것은 거의 없었다. 히스 보안관은 판사를 설득해 심리를 비공개로 돌렸고, 따라서 언론은 우리의 폰마테지우스 추적을 위태롭게 할 만한 그 어떤 이야기도 싣지 못했다. 보안관은 거의 매일 적어도 하루에 몇 시간씩 법원에 있었지만, 그에 관해 절대 입을 열지 않았다.

나는 교도소에서 부지런을 떨며 지냈다. 마사 힉스는 형기를 마치고 석방됐다. 그녀는 눈물이 그렁그렁한 눈을 동그랗게 뜨고서 앞으로 도둑질은 절대 하지 않겠다고 내게 약속했다. 미심쩍은 바가 없지 않았지만—그녀는 양말과 스타킹을 훔쳐 언니네 옷가게에서 팔겠다는 장기 수익성 계획을 세우고 있었다—나는 그녀의 안녕을 빌었다. 아이다 히긴스 또한 범인이 방화를 자백해 그녀의 증언이 필요 없게 되자 풀려났다.

새로 들어온 프리다 버컬은 자기 집에 온 방문객을 폭행한 혐의로 체포됐다. 그러나 가해자와 피해자가 뒤바뀐 것 같았고, 방문객이 그녀를 폭행한 혐의로 기소되어야 마땅했다. 듣자 하니 삼 년 전 해군에 입대한 전 애인이 노크도 없이 프리다의 집으로 곧장 쳐들어와 그녀에게 키스하려 든 모양이었다. 남자를 알아보지 못했는지 아니면 전 애인이라는 게 생각나지 않았는지, 프리다는 우유병으로 남자의 머리를 내리쳤다. 남자는 비틀거리다 프리다를 잡아당기며 바닥에 쓰러졌다. 경찰이 도착했을 때 두 사람은 남자의 머리에서 흘러나온 피를 뒤집어쓰고 있었는데, 비교적 얕고 별 지장도 없는 상처였다. 그런데도 두 사람이 함께 연행되어 우리 교도소에 들어왔다. 나는 초대하지도 않은 남자가 집안으로 들어와 강제로 키스하려고 할 때 남자의 머리에 뭔가를 깨뜨린 것은 오히려 정숙한 여성의 의무라는 점을 들어 그녀의 석방을 위해 노력했다.

경찰은 교도소에 여자 교도관이 있다는 걸 알고 나더니 젊은 아가씨들을 체포하는 데 점점 더 열을 올리는 듯했다. 경찰은 품행 불량 여자들을 어떻게 다뤄야 할지 전혀 몰랐다. 하지만 우리라고 그들에게 해줄 수 있는 게 많지는 않았다. 우리는 교정기관이지 자선단체가 아니다. 일단 폰마테지우스를 다시 잡아넣고 나서 보안관과 얘기를 좀 해봐야겠다.

탈주범 때문에 주변을 경계하는 경관들에게서 끊임없이 연락이 왔다. 그것을 확인하러 뉴욕을 오가는 데만도 엄청난 시간을 허비했다. 거리 순찰을 하던 한 경관이 롱아일랜드에서 폰마테지우스를 봤는데 잡지는 못했다고 보고했다. 그 경관이 놈을 봤다는 거리를 샅샅이 뒤졌지만 결국 허탕쳤다. 브루클린에서도 폰마테지우스의 인상착의와 일치하는 사람이 어느 아파트 건물을 들락거렸다는 제보가 들어왔다. 경찰은 그 건물을 이틀 동안 감시하다가 놈을 다시 발견하지 못할 것 같자 그냥 부근의 나이와 체격이 비슷한 남자들을 몽땅 불러모으기로 했다. 우리는 경찰서로 황급히 달려가 그들을 확인했지만, 그들 중 폰마테지우스는 없었다.

그렇게 거의 두 주가 지난 어느 날, 와이젠라이더라는 이름의 경관이 이스트 22번가 경찰서에서 전화를 걸어와 자기가 놈을 잡았으니 와서 데려가기만 하면 된다고 말했다. 전화를 받은 건 자정이 넘은 시각이었지만 보안관과 나는 차를 타고 출동했고, 우리 둘 다 놈을 손에 넣기 전까지 제대로 잠을 자기는 글렀다는 데 동의했다. 도착했을 때 우리 앞에 나온 사람은 일흔다섯 살가량의 폴란드 남자로 영어를 전혀 할 줄 몰랐지만, 도무지 알 수 없는 이유로, 누가 그에게 폰마테지우스라는 이름을 말할 때마다 미친듯이 고개를 끄덕였다. 우리는 통역사를 불렀고, 그 노인이 우리의 탈주범과 관련자들은 하나도 알지 못한다는 걸 확인했다. 그는 아무것도 몰랐다.

"정말로 이 남자는 필요 없습니까?" 경관은 마치 그 폴란드 노인네가 우리한테 도움이 될지도 모른다는 듯 물었다.

"고마운 말씀이십니다만, 필요 없습니다." 보안관이 말했다. 우리는 낙담한 채 말없이 해컨색으로 돌아왔다.

마침내, 십이월 첫날 아침, 우체국장이 미리 연락도 없이 교도소에 나타났다. 히스 보안관은 내게 연락해 사무실로 내려오라고 했고, 우리는 함께 우체국장의 얘기를 들었다.

풀턴 씨는 벽난로 앞에 서서 기다리면서 카나리아를 삼킨 고양이 같은 분위기를 풍기며 까치발을 들었다 내렸다 했다. 히스 보안관이 관사에서 사무실로 들어왔는데, 내가 본 것 중 가장 암울한 표정을 짓고 있었다. 나는 감히 무슨 일이냐고 물을 엄두가 나지 않았다.

보안관이 책상 앞에 앉자마자 풀턴 씨가 말을 꺼냈다. "뉴욕 경찰은 늘 관행처럼 유치우편 창구에 사람을 하나 배치하지. 일주일 중 어느 날을 골라도 편지를 가지러 올 탈주범과 사기꾼 명단이 열댓 명쯤 있거든. 엄청난 도시야, 안 그런가?"

"대단한 도시군." 보안관이 지친 목소리로 말했다.

"음, 어떤 식으로 돌아가느냐 하면," 말을 잇는 풀턴 씨는 확실히 이 순간을 즐기고 있었다. "창구의 우체국 직원이 잘 보이는 곳에 경관을 한 명 심어두는 거야. 대충 수신호를 미리 정해서, 수상한 편지를 달라는 사람이 있으면 경관에게 알리는 거지. 그리고 오늘, 자네 편지를 달라는 사람이 왔어!"

그는 만족스러운 듯 두 손을 맞잡았다. 우리는 숨죽인 채 다음 말을 기다렸다. 다음 말이 나오지 않자 내가 말했다. "이렇게 애를 태우시면 안 되죠, 풀턴 씨. 우리 탈주범이 잡혔습니까?"

"네? 아, 아뇨. 지금 그 얘기를 하려던 참이었어요. 그 작자가 편지를 찾으려고 심부름꾼을 보냈더라고요. 직접 나타날 정도로 미련하진 않았던 거죠. 경찰이 길 건너 지하철역 안까지 심부름꾼을 쫓아갔는데, 막 놈을 잡으러 전동차에 올라타려는 순간 문이 닫혔다네요, 믿어지십니까?"

히스 보안관은 한숨을 쉬고 그 장면을 보지 않으려 눈을 감았다. "알 만하군." 정신이 딴 데 있는 듯한 태도는 전혀 그답지 않았다. 나는 당면한 이 사건보다 그를 더 괴롭히는 난제가 무엇일까 궁금했다.

"그 경찰은 거리에서 사람을 덮쳐 붙잡을 생각이 없었던 게 아닐까요?" 내가 물었다. "분명 심부름꾼을 미행해서 편지를 어디로 가져가는지 알아내려 했을 거예요. 곧장 폰마테지우스에게 갈 수도 있으니까."

"아!" 풀턴 씨는 이번 해석이 훨씬 더 흥미롭다는 듯 말했다. "그 말씀이 맞겠군요."

"그 심부름꾼이 미행당하고 있다는 걸 알았을까요, 아니면 우연히 경찰 코앞에서 지하철역 안으로 들어가버린 걸까요?"

"그걸 물어볼 생각을 안 했네요." 이 모든 가능성을 생각도 못해봤다는 듯 풀턴 씨의 목소리에 놀라움이 실렸다. "방금 뉴욕 우체국장한테 얘기를 듣고 곧장 이리로 달려왔거든요. 자, 뉴욕 우체국장 연락처를 가져왔네. 자네가 직접 물어보게."

풀턴 씨가 보안관에게 쪽지를 내밀었다. 히스 보안관은 잠시 멀거니 쪽지를 바라봤다. 그는 머리가 맑아진 듯 입을 열었다. "이게 언제 일어난 일이지?"

"대략 삼십 분 전쯤."

"바로 전화를 해줬으면 좋았을 텐데. 지금쯤 베버 목사의 교회에 사람을 심어놨어야 했어."

풀턴 씨의 입이 떡 벌어졌다. "보안관, 고작 몇 분밖에……"

히스 보안관은 한 손을 들어 풀턴 씨를 조용히 시키고 내게 말했다. "잉글리시 보안관보를 불러와요. 그에게 교회 감시를 맡길 겁니다. 편지에서 돈을 준다고 했으니, 돈 받으러 오는 사람이 있기를 바라는 수밖에 없군요."

"내가 가면 안 될까요?" 나는 물었다.

"안 됩니다."

"하지만……"

보안관은 벌떡 일어나 딱 부러지게 말했다. "미스 콥, 당신은 여기 교도소 안에서 원래 하던 일을 하기로 합의한 걸로 아는데요."

"하지만 내가 그를……"

"지금은 십이월이에요. 나는 열두 시간 야외 교대근무를 세울 겁니다. 춥고 꿉꿉하고 의미 없음이 보장된 일이죠."

"괜찮아요. 난 상관 안 해요."

"상관하게 될걸요. 일단 하루종일 거기 나가 있어보면." 히스 보안관이 받아쳤다. 풀턴 씨는 놀라서 한쪽 구석으로 쭈그러들었다. "놈은 육 주째 도주중이고 우리 모두 놈을 잡고 싶어합니다. 그렇다고 우리가 전부 이 얼어죽을 듯한 추위에 숲속에서 벌벌 떨며 언제 올지 모르는 심부름꾼을 며칠이고 기다려야 한다는 뜻은 아닙니다. 함정이라는 걸 놈도 분명 알아요. 가서 잉글리시를 데려오세요."

내가 움직이지 않자, 보안관은 눈을 내리깔고 두 손을 모아 깍지를 끼고 말했다. "내가 지금 법정에서 이것 말고 좀더 까다로운 여러 질문에도 응하고 있다는 사실을 모른 척하지 말아주십시오. 이 임무를 맡을 사람은 잉글리시입니다."

그의 말뜻이 무엇인지 고민할 필요도 없었다. 내게 맡기기엔 너무 중요한 임무라는 얘기였다. 나는 얼굴이 벌게져 사무실을 박차고 나왔다. 잉글리시 보안관보를 찾아서 간신히 그 말을 전했다.

그날 오후 히스 보안관이 갑자기 어디 간다는 말도 없이 나가버렸다. 몇 분 후 마침내 나는 그를 괴롭히던 문제가 무엇이었는지 이해했다. 5층 창문으로 코딜리어 히스와 두 아이가 관사를 나와 법원으로 걸어가는 것이, 여행용 가방과 모자 상자를 들고 서 있는 모습이 보였다. 이윽고 자동차 한 대가 갓길에 멈춰 서더니 그들을 태우고 사라졌다.

21

누가 내게 한 달이나 두 달만 미리 말해줬더라면, 내 잘못으로 죄수가 도망치고 보안관이 형사 고발되고 그의 결혼생활이 파경에 이르고 교도관과 보안관보 몇 명이 일자리를 잃을 위험에 처할 거라고 귀띔해줬더라면, 나는 결코 집밖으로 나오지 않았을 것이다. 단 한순간의 방심으로 나는 다채로운 재앙에 불을 댕겼고, 매번 이전 것보다 다음 것이 더 가관이었다.

나는 도저히 견딜 수 없었다. 이곳 재소자들이 각자 자신의 회한을 어떻게 짊어지고 사는지 궁금했다. 전혀 잘못을 뉘우치지 않거나 후회할 게 없다고 주장하는 이들도 있었지만, 감방에 앉아서 지난날의 잘못에 신경을 갉아먹히며 괴로워하는 이들도 분명 있었다. 지금의 나처럼.

그러나 수감자들과 달리 나는 물리적으로 구속된 상태가 아니었고, 얼마든지 자유롭게 내 문젯거리에 대해 행동을 취할 수 있었다. 나는 하루종일 방안을 서성이며 그 편지 때문에 안달복달했다. 히스 보안관은 가장 못난 부하에게 일을 맡기고도 그 사실을 인지하지 못하는 듯했다. 나는 줄곧 잉글리시에게 의구심을 품고 있었고, 그것은 나를 대하는 그의 태도 때문만은 아니었다. 잉글리시는 오만하고 경솔하며 보안관의 아이디어를 우습게 여겼다. 나는 그가 일을 제대로 해낼 거라고 믿지 않았다. 심부름꾼을 놓친다면 우리에게 두 번 다시 기회는 없을 것이었다. 내가 이미 죄수를 감시하는 일에 실패했다는 사실, 그것도 아주 괴멸적으로 실패했다는 사실은 여기에서 문제가 되지 않았다. 잡아야 할 사람이 있으면 잡는다. 거기엔 의심의 여지가 없었다.

게다가 만약 내가 히스 보안관의 지시대로 내 자리만 지키고 있었다면 절대 펠릭스를 검거하지 못했을 것이다. 히스 보안관의 명령에 복종하는 것이 폰마테지우스를 잡는 길은 아닐지도 모른다는 생각이 들었다.

그날 저녁, 저녁식사와 소등을 마친 후, 나는 교도관들에게 퇴근하겠다고 말했다. 그리고 곧장 시내를 가로질러 베버 목사의 교회로 갔다. 잉글리시 보안관보는 목사관 뒤 웃자란 관목 두 그루 사이에 웅크리고 앉아 있었다. 그는 나를 보자 펄쩍 뛰며 검지를 들어 입술 앞에 붙였다.

"교대하러 왔습니다." 나는 속삭이듯 말했다.

잉글리시 보안관보는 실눈을 뜨고 나를 노려보았다. 그의 얼굴은 길고 어두운 그림자에 불과했다. "그럴 리가. 심부름꾼 아이가 당신 때문에 겁먹기 전에 어서 여기서 꺼져요."

나는 주위를 둘러보며 다른 숨을 곳이 없나 찾았다. 몸을 숨길 만한 유일한 관목을 잉글리시가 선점했다. 어떻게 이 녀석을 보내지? 나는 즉각 머리에 떠오른 대로 말했다.

"히스 보안관이 야간 교대근무를 서라고 나를 보냈어요. 당신은 퇴근해도 돼요."

"거짓말."

거짓말을 한 건 맞지만 그래도 비난을 들으니 기분이 나빴다. "교대해주러 왔다니까 그러네. 싫다면 교도소로 돌아가서 보안관님과 같이 오는 수밖에 없겠네. 보안관님한테는 자기 결정을 부하한테 일일이 설명하는 것보다 더 급한 일이 수두룩하지만."

어둠 속에서 새하얀 치열 두 줄이 보였다. 잉글리시 보안관보는 야비하게 웃고 있었고, 늘 그렇듯 그건 미소라기보다는 위협에 가까웠다.

"아무리 히스 보안관이라도 당신한테 이 일을 맡길 만큼 돌대가리는 아니지. 오늘밤 놈을 잡아야 할지도 모르는데. 저 늙은 목사가 잡을 거라고 보시나?"

"내가 이번 사건에서 유일하게 용의자를 검거한 사람이라는 사실을 잊었어?" 나는 코트 안쪽 주머니에 든 리볼버와 치마에 매단 수갑을 보여줬다.

잉글리시는 코웃음을 치고 목사관 귀퉁이 너머로 몸을 내밀고 길가를 힐긋 쳐다보았다. 마침내 그는 잎사귀와 거미줄을 헤치고 관목 뒤에서 나와 내 앞에 섰다. 발끝이 닿을 정도로 바싹 붙어 서는 바람에 그의 코가 거의 내 코에 닿았다. 그의 얼굴을 보면 내가 싫어하는 조그만 설치류가 떠올랐다. 단단한 앞니를 드러낸 비버라든가 탐욕스러운 작은 다람쥐라든가.

"보안관이 당신을 왜 고용했는지, 당신이 병원에서 재소자가 걸어나갈 수 있게 놔준 후에도 왜 해고하지 않는지 통 모르겠단 말이야. 뭐 우리도 짐작 가는 바가 없는 건 아니지만."

나는 숨을 참았다. 이런 종류의 비난에 반응할 생각은 없었다. 이토록 미동도 없이 있었던 건 난생처음이었다.

"그럼 여기서 심부름꾼을 기다려보시죠, 미스 콥. 보안관님은 나한테 차를 가져가라고 했지만, 당신 쓰라고 여기 놔둘 이유는 없겠지?"

이 녀석은 내가 운전을 못한다는 사실을 알고 있다. 나는 단순하게도 심부름꾼이 기차를 타고 올 거라고 예상했다. 당연히 차로 올 수도 있다는 생각이 들자 가슴이 철렁 내려앉았다. 그렇다면 나는 쫓아갈 방법이 없었다.

"그리고 퇴근하는 길에 교도소에 들러서 보안관님에게 오늘밤 교대로 당신을 보낸 게 얼마나 잘한 짓인지 알려드리도록 하지. 어때, 맘에 드시나?"

별로 마음에 들지 않았다. 잉글리시는 교도소에 갔다가 곧바로 돌아올지도 모른다. 히스 보안관이 한 시간 안에 직접 여기로 올 수도 있다. 나는 분노와 절망에 휩싸여 일을 저질렀고, 심부름꾼이 오기 전에 보안관이 내가 여기 있다는 것을 알아내면 어떻게 될지는 미처 생각하지 못했다. 하지만 이제 와서 굽힐 수는 없는 노릇이었다.

"가서 말하든가. 난 상관없으니까."

잉글리시는 잠깐 더 그 자세를 유지했다. 너무 가까워서 내게 닿는 숨결이 느껴질 정도였다. 그는 돌연 몸을 돌리더니 두 손을 주머니에 찔러넣고 작게 휘파람을 불며 걸어가버렸다. 몇 분 후 시동 거는 소리가 났고 차가 길을 따라 달리는 소리도 들렸다.

나는 멀리서 들려오는 기차 기적소리와 교회 뒤쪽 작은 묘지에 서 나는 나뭇잎 살랑거리는 소리에 귀를 기울이며 서 있었다. 겨우 몇 분 지났을 뿐인데 손가락에 감각이 없었고 추위에 못 이겨 발을 동동 구르고 싶은 충동을 겨우 억눌렀다. 외딴 어둠 속에서 나의 적개심은 공중분해됐고, 히스 보안관이 옳았던 건 아닐까 회의가 밀려들었다. 이런 식의 잠복을 며칠씩 계속해야 할 수도 있었다. 난 얼마나 오래 버틸 수 있을 거라고 생각했던 걸까?

밤새 밖에 머물 수는 없었다. 알고 있었다. 나는 조용히 목사관 문을 두드렸다. 베버 목사가 빼꼼 문을 열고 내다보았다.

"저 교회 안에 있을게요." 내가 말했다. "안에 목사관으로 이어 지는 문이 있습니까?"

목사가 고개를 끄덕였다.

"문은 잠그지 마십시오."

그는 몸을 비틀며 나와 시선을 마주쳤다. 지팡이를 짚은 손이 너 무 후들거려 그의 몸 전체가 떨렸다. "구테 나흐트." 그는 쉰 소리 로 힘없이 말하고 내 얼굴 앞에서 살며시 문을 닫았다.

이 가엾은 노인은 편지를 쓰는 일만 승낙했을 뿐이다. 이런 것까 지 동의한 건 아니었다.

나는 교회 안으로 들어가 목사관으로 통하는 문 앞에 의자 하나 를 끌어다놓았다. 잠기지 않았나 확인하려고 잠깐 문을 열고 짧은 통로 건너편에 목사가 홀로 앉아 있는 응접실을 살짝 들여다보았 다. 모자를 벗고 벽에 기대앉아 문 반대편에서 나는 소리에 신경을 집중했다. 잠시 후 한번 더 문을 열고, 말을 할 때는 또박또박 얘기하되 의심을 사지 않도록 너무 크게 말하지는 말라고 목사에게 다시 한번 일러두었다. 그는 내게 지친 손짓을 보냈다.

이후 몇 시간 동안은 내 손목시계의 희미한 초침소리와 문 건너편에 앉은 노인이 깨어 있으려고 몸을 뒤척이며 이따금 내쉬는 한숨소리와 신음소리밖에 들리지 않았다. 목사는 불을 계속 켜두었다. 그가 신문을 뒤적이는 소리가 들렸다. 밖에서는 느릅나무 가지들이 바람에 휘청일 때마다 삐걱하는 소리가 났다. 남자가 걸으며 휘파람 부는 소리를 두 번 들었다. 나는 경계 상태를 유지하려고 교회 끝까지 걸어가 높고 좁은 창가에 서서 어두워진 동네를 내다보았다. 집안의 따스한 불빛들이 하나둘씩 꺼지고, 동네 사람들은 편안한 잠에 빠지거나 저마다의 고충으로 나처럼 깨어 있었다.

지금쯤 잉글리시 보안관보가 히스 보안관에게 얘기했을 것이다. 나는 어둠 속에 앉아 길게 늘어선 빈 신도석을 바라보며 나 자신의 오만함에 치를 떨었다. 보안관은 공직에 선출된 사람은 코딜리어가 아니므로 아내는 자신의 보안국 운영에 간섭할 권리가 없다고 누누이 말했다. 그건 나도 마찬가지였다. 내게는 보안관보를 돌려보낼 권리가 없었다. 잉글리시는 자신의 입장을 고수할 수는 있어도 내가 여기 있겠다는 데 반대할 수는 없었고, 나는 여기 있어서는 안 되었으므로, 내가 한 짓을 히스 보안관에게 이르러 간 것이다. 적어도 잉글리시에 대해서는 내 판단이 옳았다. 그는 폰마테지우스를 잡는 데 관심이 없었고, 너무 쉽게 감시 자리를 내주는 데 동의했다.

보안관은 아직 오지 않았다. 코딜리어를 쫓아갔을 것이다. 장모님 집 포치 앞에서 아내에게 집으로 돌아오라고 애원하고 있을지도 모른다. 거기에 대해선 그저 궁금해하는 수밖에 없었고, 나는 운명을 기다리는 사형수처럼 앉아 있었다.

교회 문이 끼익하고 열리는 소리에 내가 벌떡 일어난 것은 자정이 다 된 시각이었다. 히스 보안관이 소리 없이 내게 다가와 팔뚝을 거칠게 붙잡더니 나를 끌고 신도석을 지나 맞은편 공간으로, 최대한 목사관 문에서 떨어진 곳으로 갔다.

"이런 짓은 용인할 수 없습니다." 그는 나를 쳐다보지도 않았다.

"내가 맡은 놈이었어요. 다시 잡아오는 일도 내가 해야 해요." 나 자신도 내가 뱉은 말을 더이상 믿지 못했다.

"젠장! 당신은 이 사건에 끼지도 말아야 한다고." 그의 시선은 내 어깨 너머 어딘가에 고정되어 있었다. 그가 나를 쳐다봤을 때 내가 마주한 건 낯선 사람의 멍한 눈빛이었다. "내 아내는 이 일 때문에 친정에 갔어요. 나는 변호사를 써서 감옥에 가지 않으려고 애쓰는 중이고."

그는 나를 탓했다. 물론 그랬다. 바닥이 꺼지는 느낌이 들었는데, 어찌된 일인지 여전히 나는 멀쩡히 서 있었다. 꼼짝도 하지 않고 할말도 잃은 채로.

"이 난리를 치르고 있으니 버건 카운티에서 앞으로 한동안 다른 여자 보안관보는 구경도 못할 겁니다. 그리고 민주당 보안관 역시 두 번 다시 못 보겠지요. 당신 본인 말고 딴사람들 생각도 좀 해요, 미스 콥. 두 번 다시 내 부하들한테 이래라저래라 지시하지 말고요."

보안관은 그 순간 나를 집으로 돌려보냈을 것이다. 아니, 보내려고 노력했을 것이다. 하지만 목사관 문 안쪽에서 목사가 외치는 소리가 들렸다.

"지금 나갑니다!" 노인은 정확히 내가 하지 말라고 했던 대로 지나치게 목소리를 돋워 필사적으로 소리질렀다.

창문으로 시커먼 형체가 언뜻 보였다. 윤곽을 보니 분명 폰마테지우스는 아니었다. 키가 더 작았고 둥글둥글했으며, 브루클린 태생의 말씨였다.

"나한테 줄 물건 있죠?" 목사가 문을 열자 소년이 말했다.

"그래, 들어와라." 목사는 크게 울리는 연극 톤을 고수했다. 분명 설교할 때 쓰는 말투일 것이다. 나는 움찔해서 숨을 죽였다. 히스 보안관은 한 손을 문에 댔다. "닥터 폰마테지우스가 보냈니?"

"당연하죠." 소년이 말했다.

"이름이 뭐지?"

"심부름꾼."

"뭐라고?" 목사의 목소리가 더욱 높게 퍼졌다.

뭔가 넘어지거나 걷어챈 듯한 소리가 나더니 소년이 말했다. "어디 있어?"

"뭐 말이냐?" 베버 목사가 소리쳤다.

"꾸러미! 봉투. 가방. 뭐든 갖고 있는 걸 가서 가져와."

목사는 뭐라고 웅얼거리며 방안을 비칠비칠 걸어다녔다. 무언가가 바닥에 미끄러졌고, 막대기 같은 게 벽을 때리는 소리가 이어졌다.

"왜 그러는 거냐?" 목사가 말했다.

"빨랑빨랑 안 움직이니까 그렇지! 할배가 날 불렀잖아. 자, 그 염병할 돈은 어디 있어?"

목사가 나 때문에 시간을 끌고 있다는 느낌이 들어 마음이 불편
했다. 그는 봉투를 건네주고 심부름꾼을 내보내게 되어 있었다. 소
년을 여기 붙잡아두는 건 아무짝에도 쓸모가 없었다. 보안관은 리
볼버를 꺼내 옆구리 아래에서 들었다. 나도 그렇게 했다.

"아니, 그게 그냥 쬐끄만 봉투고 분명 여기다 뒀는데, 내 찾아보
마. 저기…… 이름이 뭐라고 했더라?"

막대기가 또다른 곳을 내리쳤고, 램프인지 거울인지가 산산조각
났다. 목사가 저 쓸데없는 짓을 그만두지 않으면 우리가 달려들어
야 하고, 그러면 작전은 대실패로 돌아간다.

"여기 있구나! 여기 있어! 이제 가거라!" 목사가 울먹이며 말했다.

막대기가 다시 우당탕 하더니 내가 줄곧 우려하던 소리가 났다.
강하고 단단한 주먹이 노인을 강타하는 소리. 목사가 의자 위로 넘
어진 게 분명했다. 털거덕 소리와 신음이 들렸고, 소년은 문밖으로
뛰쳐나가 거리로 향했다.

"목사와 함께 여기 있어요." 히스 보안관은 내게 지시를 내리고
심부름꾼을 뒤쫓아갔다. 그의 뒤를 따라 달려나가지 않기 위해 내
모든 것을 쏟아부어야 했다.

목사관에 들어가니 노인은 바닥에 주저앉은 채 이마의 상처에서
피를 흘리고 있었다. 그러나 살아 있었고, 벌써 일어나려고 안간힘
을 쓰고 있었다. 나는 손수건을 그의 머리에 대고 그를 부축해 의
자에 앉혔다.

"게헨 지!" 어서 가란 뜻이었다.

나는 목사에게 함께 여기 있겠다고 말했다. 그는 손을 내저어 나
를 물리쳤다.

문은 활짝 열려 있었고, 시커멓게 아가리를 벌린 구멍이 교회 밖으로, 해컨색 밖으로, 폰마테지우스가 숨어 있는 어딘지 모를 곳으로 안내하고 있었다. 바람이 들이쳐 문이 조금 흔들렸고, 오렌지나뭇잎 몇 개가 날아들었다.

저항은 불가능했다. 나는 밖으로 나와 문을 쾅 닫고 히스 보안관을 쫓아 거리를 내달렸다.

22

내가 숨을 헐떡이며 시뻘게진 얼굴로 비틀비틀 기차역에 들어섰을 때 소년은 뉴욕행 기차에 올라타는 중이었다. 히스 보안관은 매표소로 가는 출입구에서 내게 등을 보인 채 역무원과 낮은 목소리로 이야기하고 있었고, 손전등 하나가 주황색 불빛으로 두 사람을 에워싸고 있었다. 심부름꾼은 보안관을 눈치채지 못한 것 같았다. 나는 방해가 되지 않게 멀찌감치 거리를 유지하고 보안관이 소년과 같은 칸에 타는 모습을 지켜보았다.

경적이 울리자 나는 플랫폼으로 가서 기차가 출발하기 직전에 그다음 칸에 훌쩍 올라탔다. 객차에는 졸린 얼굴의 여행객 몇 명뿐이었다. 앞쪽에 서 있으면 유리창을 통해 건너편 차량 안이 보였다. 히스 보안관과 심부름꾼은 서로 등을 돌리고 있었다. 그런 식으로 나는 기차가 덜컹이며 시내로 향하는 동안 들키지 않고 두 사람을 지켜보았다.

뉴욕에서 두 사람이 내리자 나도 기차에서 내렸고, 그들을 쫓아 기차역을 나서 세븐스 애비뉴로 향했다. 이렇게 늦은 시각에도 사람들이 돌아다녔다. 손님을 찾는 택시 기사들, 여행가방을 나르는 짐꾼들. 의지할 불빛이라곤 희미한 가로등 몇 개뿐이어서 소년을 놓치기 십상이었다. 일행 없이 짙은 색 코트를 입고 기차역에서 서둘러 나오는, 그 녀석과 비슷한 사람들이 수두룩했다.

내가 히스 보안관 옆으로 따라붙자 그는 돌아보지도 않고 조용히 한쪽 입가로 말을 흘렸다. "보안관보들은 보통 보안관이 시키는 대로 합니다. 안 그러면 다른 일자리를 알아봐야죠."

"그를 잡지 못하면 나는 다른 어떤 일자리에도 부적격이에요."

보안관은 내 말에 코웃음을 치고 소년을 따라잡기 위해 뛰기 시작했다. 나도 그와 보조를 맞춰 달렸다. 우리는 반 블록 정도 거리를 좁힌 후 속도를 늦췄다.

"단 한 번이라도 보안관의 지시에 따라줄 마음이 있다면," 갑자기 낡은 마차 몇 대가 요란한 말발굽소리를 내며 우리 옆을 지나갔고, 그 틈을 타서 보안관이 말했다. "기차역으로 돌아가서 나를 도울 경관을 한 명 보내요. 당신이 잉글리시를 보내버리지만 않았어도 그를 쓸 수 있었는데."

내가 뭐라 대꾸하기도 전에 소년이 발을 멈추고 가게 진열창을 들여다보았고 우리도 끼익 걸음을 멈췄다. 이제 곧 크리스마스라는 사실을 퍼뜩 깨닫고 나는 깜짝 놀랐다. 거리를 따라 쭉 늘어선 진열창마다 겨울 풍경이 들어 있었다. 탈지면 구름 속에 살포시 자리잡은 요정의 성, 나무로 조각한 캐럴을 부르는 미니어처들은 노래책 대신 선물상자를 들고 있고, 벽난로 앞에 앉은 앙증맞은 도자기 인형은 나비넥타이를 한 고양이를 안고 있다.

히스 보안관은 희박한 겨울 공기 속에서 숨을 헐떡이고 있었다. 모자를 고쳐 쓰고, 주머니 속을 뒤지고, 목깃의 단추를 만지작거리는 동작들이 왠지 산만하고 허둥거리는 느낌이었다. 그가 고개를 돌리고 입을 열어 의심의 여지 없이 내게 다시 가라고 명령하려는 찰나, 소년이 다시 걷기 시작했고 우리는 허겁지겁 따라갔다.

소년은 시내를 최대한 돌아서 가는 가장 구불구불한 길을 골랐다. 녀석이 고집하는 비좁은 골목길의 가게들은 전부 몇 시간 전에 문을 닫았다. 넓고 특징 없는 건물들은 낮에는 종이상자공장과 인쇄소들이 돌아가겠지만 밤에는 완전히 인적이 끊기는 듯했다. 소년은 자동차나 마차에 전혀 신경쓰지 않고 몇 번이나 마구 대로를 건넜고, 운전자들은 지금 10피트 앞도 보이지 않는 상태였다. 할 수 없이 우리도 차에 치일 위험을 감수하고 소년의 뒤를 쫓아야 했다. 따라가는 게 너무 급해서 얘기를 나눌 틈은 없었지만, 보안관은 수시로 손을 내저어 나를 떨쳐내려 했고 나는 계속 그를 무시했다. 내가 추적을 그만두기엔 이미 늦었다. 그에겐 내가 필요했다. 우리가 무엇을 쫓고 있는지도 모르는 뉴욕 경찰이 아니라.

소년이 다시 걸음을 멈추고 허리를 숙였는데 이번에는 신발끈을 묶는 모양이었다. 우리는 식료품점 바깥에 쌓인 궤짝 뒤로 몸을 숨겼다.

보안관이 또 장광설을 늘어놓으려 하자 내가 얼른 말했다. "당신도 집에 안 갈 거잖아요. 만약 당신이 놈을 놓친 당사자라면, 당신도 절대 집에 안 들어갈 거라고요."

보안관이 모자를 벗었고, 순간 나는 그가 모자로 나를 때리려는 줄 알았다. 그러나 그는 머리를 쓸어넘긴 뒤 모자를 깊숙이 눌러쓰고 말했다. "나라면 보안관이 시키는 대로 했을 겁니다. 나는 사 년 동안 보안관보로 일했고, 당신이 보기엔……"

그때 소년이 다시 출발했고 이번에는 걸음이 훨씬 빨랐다. 녀석은 피프스 애비뉴를 건너 이스트사이드의 슬럼가로 들어갔다. 한 구석에 젊은 남자들이 빽빽이 모여 서서 잔뜩 움츠린 채 쓰레기통에서 타는 빈약한 불꽃을 쬐며 손을 비비고 있었고, 좀먹은 코트를 입은 여자들이 문간에서 바들바들 떨고 있었다. 울퉁불퉁한 인도는 여기저기 부서졌고 반쯤 열린 지하실 문이 잔뜩 있어서 내가 뭘 밟고 있나 보려고 치맛자락을 들어야 했다.

마침내 소년이 세컨드 애비뉴의 어느 문 앞에서 열쇠를 찾아 호주머니를 뒤적였다. 히스 보안관이 몇 집 떨어진 폴란드 제과점의 컴컴한 진열창 쪽으로 나를 끌어당겼다. 워낙 바짝 붙어 선 탓에 내 귀에 그의 콧수염이 닿는 게 느껴졌다. "만약 녀석이 달아나면 당신 탓입니다. 무슨 일이 있어도 잡아요."

"당연하죠" 하고 나는 응수했지만, 보안관은 나를 두고 소리 없이 길을 건너 달려가면서도 자포자기한 듯 미심쩍은 표정이었다.

소년은 열쇠 꾸러미를 만지작거리다 마침내 하나를 골라 자물통에 끼워넣었다. 보안관이 슬그머니 소년 뒤로 다가가 문을 붙잡고 녀석을 따라 안으로 들어갔다. 소년의 반응은 보지 못했지만 몸싸움하는 소리가 났고, 나도 살금살금 그쪽으로 다가갔다.

히스 보안관이 뭐라고 말했는데 알아들을 수 없었고, 곧이어 소년이 소리를 지르더니 난투극이 벌어졌다. 나는 입구로 뛰어갔고, 서서히 닫히던 문은 아직 꽉 물리지 않은 상태였다. 문을 열자 보안관이 소년의 두 팔을 뒤로 비틀어 수갑을 채우는 모습이 보였다. 둘 다 좁은 복도에 무릎을 대고 앉아 있었다. 히스 보안관은 비틀 거리며 일어나면서 소년도 같이 일으켜세웠다.

보안관이 나를 보고 슬쩍 고갯짓을 해 안으로 들어와 문을 닫으라고 지시했다. "입 다물어." 보안관이 소년에게 낮은 목소리로 말했다. "고개만 움직여서 네, 아니요로 대답해. 입 밖으로 단 한마디라도 새어나오면 좋은 꼴 못 볼 거다."

소년은 고개를 끄덕였다. 소년은 내게 등을 돌리고 있었다. 히스 보안관은 소년이 나를 보지 않기를 원한다는 느낌이 들었다. 목격자가 없다고 생각하면 더 공포스러울 수 있으니까.

보안관은 소년 뒤에 서서 수갑을 꽉 잡고 녀석의 귀에 나직이 속삭였다. "닥터 폰마테지우스가 위층에 있나?"

소년은 고개를 저어 아니라고 했다.

"그가 여기 머물고 있었나?"

소년은 고개를 끄덕여 그렇다고 했다.

"그렇다면 우리가 위에 올라가서 만나볼 사람은 누구지? 아주 조용히 말해. 사람들 깨우지 말고."

"루디 실가."

"루디? 루돌프의 약칭인가?"

"그렇겠죠."

"방은?"

"네?" 소년이 돌아보려 하자 히스 보안관이 녀석을 살짝 앞으로 밀었다.

"어느 방이야? 어디로 가야 하지?"

"아. 3층요."

그 말과 함께 두 사람은 계단을 오르기 시작했다. 소년이 앞에 가고, 보안관은 바로 뒤에서 계속 수갑을 잡고 있었다. 첫번째 계단의 꼭대기에 다다르자 보안관은 계단참에서 허리를 숙이고 내게 올라오라고 손짓했다. 나는 최대한 조용히 올라가며 시야 밖에 머물렀다.

3층에서 두 사람은 문 앞에 멈춰 섰다. 소년은 한마디도 하지 않았다. 고개를 푹 숙이고 계단을 오르느라 가쁜 숨을 헐떡였다.

"열쇠는?" 히스 보안관이 속삭였다.

"내 코트 속에요."

보안관이 손을 뻗어 녀석의 코트 주머니에서 열쇠를 꺼냈다. 그는 열쇠를 돌리고 소년을 안으로 밀어넣었다.

나는 그들 뒤로 따라붙어 문을 닫았다. 방에는 아무도 없었다. 일반적인 슬럼가 셋방으로 주방에 목욕통이 있고, 벽 쪽에 이불 없는 철제 침대 두 개가 있었다. 컵과 접시와 우그러진 양철 팬이 놓인 선반이 하나 있었다. 그런 몇 가지 물품 외엔 사람 사는 흔적이 전혀 없었다. 먼지와 더께 냄새가 났다.

문 닫히는 소리에 소년이 휙 돌아섰고, 나를 보더니 깜짝 놀랐다. "저 여자는 누구야?"

"목소리 낮춰." 히스 보안관이 말했다. "저분은 미스 콥이다. 네 이름은 뭐지?"

"라인홀트 디츠."

독일식 이름이었고, 그 철자를 외우는 건 전혀 어렵지 않았다. 라인홀트는 계속 나를 주시했다. 아이는 둥글고 파리한 얼굴에 눈은 은청색이었다. "나를 미행한 거죠?" 소년은 체념한 듯 말했다. "루디가 경찰을 조심하라고 했는데 여자일 거라고는 안 했어요."

히스 보안관이 녀석의 수갑을 잡아끌어 내게서 돌려세웠다. "어떻게 할 계획이었지?"

"나는 감옥에 가게 되나요?"

보안관은 멈칫하더니 녀석을 내려다봤고, 팔꿈치에 구멍이 난 남색 코트, 밑창이 떨어져 안에 구겨넣은 신문지가 삐죽 나온 낡은 신발을 눈여겨보았다.

"그건 너 하기 나름이지."

옆방에서 한 남자가 결핵성 기침 발작을 터뜨렸다. 남자의 발이 무겁게 바닥을 디뎠고, 주전자에서 물을 따르는 소리가 났다. 우리는 남자가 잠잠해질 때까지 말없이 기다렸다. 이윽고 보안관이 말했다. "라인홀트, 내가 폰마테지우스를 잡는 순간 너는 풀어주겠다. 내가 폰마테지우스에게 수갑을 채우면, 네 수갑은 풀어주마. 간단하지."

라인홀트는 계속 고개를 푹 숙이고 있었다. "루디가 만약 여기 아무도 없으면 페리 선착장에서 남작을 만날 거라고 했어요."

"어느 페리?"

"이스트리버요. 23번가에 있는."

"언제?"

라인홀트는 고개를 비틀어 먼저 나를 힐긋 보더니 보안관을 보았다. "지금요! 지금쯤 난 거기 있어야 해요!"

히스 보안관을 재촉하기엔 그걸로 충분했다. 보안관이 라인홀트를 다시 조용히 시켰고, 우리 셋은 부랴부랴 방에서 나왔다.

"오늘밤 여기 돌아오기로 되어 있는 사람이 있나?" 히스 보안관이 계단에서 소곤거렸다.

"남작을 딴 데로 옮긴 후로 여기는 아무도 안 살아요. 그냥 접선 장소죠."

밖으로 나온 보안관은 건물을 다시 돌아보더니 내 쪽으로 시선을 옮겼다.

"누가 올 경우를 대비해 내가 여기 남을 수도 있어요." 내가 말했다.

"남으려 하지 않는다는 점만 빼면 말이죠."

"나도 한다면 해요."

"그렇군요. 하지만 내가 지시하면 안 하죠. 당신은 스스로 내린 명령만 들으니까."

라인홀트 디츠는 마치 아이를 두고 싸우는 부모를 바라보듯 우리 둘을 번갈아 쳐다보았다.

"오밤중에 당신을 세컨드 애비뉴에 두고 갈 순 없지." 보안관이 말했다.

"해컨색에는 놔두고 갔잖아요."

"거긴 교회였잖소!" 보안관은 고개를 흔들고 끙 소리를 냈다. "그냥 갑시다. 라인홀트를 데리고 있는 한 남작을 잡을 수 있겠지. 안 그러냐?"

라인홀트는 풀이 죽어 투덜거렸을 뿐 실랑이 없이 잘 따라왔다. 이번엔 23번가까지 좀더 직선인 코스를 택해 페리 선착장으로 향했다. 자정이 지난 적막한 시각에 남자와 여자가 수갑을 찬 소년을 데리고 가는 게 드문 일인지 아닌지는 모르겠다. 어쨌든 지나가는 사람들 중 우리에게 두 번 눈길을 준 사람은 아무도 없었다.

그 시각의 뉴욕 이스트사이드 거리는 해컨색이나 패터슨보다 훨씬 활기찼다. 건물마다 전부는 아니지만 불이 켜져 있었다. 잠들어 있는 사람이 열댓 명쯤이라면 한두 명쯤은 깨어 있고, 새벽 두시에 뭘 하는지 몰라도 하여간 그들이 뭔가를 하고 있음을 시사하기에 충분했다. 어느 유리창에는 보채는 아기를 데리고 걷는 여자의 실루엣이 비쳤고, 또다른 창에는 담배를 물고 비상계단에 기댄 남자가 보였다. 사람이 있는 가게도 있었다. 별 특징 없는 빵집에서 반죽을 두드리는 청년을 봤는데, 알고 보니 갈색 롤빵과 까만 빵만 파는 가게였다. 세탁소에는 두 여자가 재봉틀 위로 허리를 굽히고 있었고, 가스등이 한 개씩 그들을 비췄다. 19번가 한 켠에서 두 남자가 집안의 물건들과 쓰레기를 도로 연석에 비우는가 싶더니, 넝마주이들이 금세 발견하고 우르르 몰려들어 쓰레기를 주워가기 시작했다.

함께 걸으면서 라인홀트는 시끄럽게 가쁜 숨을 몰아쉬었고, 추위 속에서 하얀 입김이 몽실몽실 크게 피어올랐다. 수갑 때문에 균형을 잡기 힘든지 그는 자꾸 우리한테 부딪혀 비틀거렸다. 보안관에게 수갑을 풀어주라고 말해볼까 하다가 지금 그는 라인홀트의 편의를 봐줄 기분이 아니라는 걸 알기에, 가로등의 불그스름한 불빛 아래로 페리 선착장이 시야에 들어올 때까지 23번가를 향해 동쪽으로 무거운 발걸음을 옮겼다.

거의 다 왔을 때쯤 히스 보안관이 라인홀트에게 말했다. "폰마테지우스가 널 알아? 네가 어떻게 생겼는지?"

"알아요."

"흠, 그자는 우리 얼굴도 알지. 이제 이렇게 하자. 나는 편안하고 멋진 벤치를 하나 찾아서 너를 거기에 묶어둘 거야. 미스 콥과 나는 근처에 있을 거다, 네 눈에 보이진 않더라도 말이야. 만약 네가 큰 소리로 폰마테지우스한테 뭐든 어떤 경고를 한다면, 넌 해컨색으로 가서 우리 교도소에서 길고 멋진 감방생활을 하게 될 거야. 우리가 그자를 잡는다면 너는 그 즉시 자유고. 알겠니?"

라인홀트는 기침을 하고 고개를 끄덕였다. "대충."

우리는 페리 선착장 건물 건너편에 서 있었고, 히스 보안관은 건물 쪽을 건너다보았다. 역사는 L자형으로 낮고 길었고, 마차와 자동차를 대는 넓은 구역이 있었다. 숨을 공간은 얼마든지 있었다. 대여섯 명 정도 사람을 더 불렀어야 했다.

"어째서 그자가 여기서 널 만나자는 거지? 그자는 어디서 오는데?" 히스 보안관이 물었다.

"몰라요. 난 전혀 몰라요."

히스 보안관은 말을 세울 때처럼 수갑을 살짝 잡아당겼다. "넌 어디서 기다리게 되어 있지?"

라인홀트는 선착장 건물 두 개가 맞닿은 곳에 일렬로 놓인 벤치를 턱으로 가리켰다. "저길걸요, 아마."

"좋아. 미스 콥, 한번 가봐요. 그자가 여기 있는지. 되도록 우리 시야에서 벗어나지 마십시오. 나는 이 녀석을 앉혀놓은 다음 당신을 찾아가지요."

나는 군말 없이 자리를 떴다. 건물 가장자리를 빙 둘러 널빤지를 간 보도가 있었고, 내 부츠 뒷굽이 제대로 고정되지 않은 판자를 밟을 때마다 총소리 같은 것이 울려퍼졌다. 나는 매표소 창구 근처

캔버스 재질 차양 아래의 짙은 어둠 속으로 급히 몸을 숨기며 폰마테지우스가 나를 알아보지 못했기를 빌었다.

그러나 폰마테지우스는 고사하고, 접선을 기대하는 그 어떤 남자의 흔적도 보이지 않았다. 양동이로 강에서 물을 퍼올려 선창을 씻어내고, 긴 밧줄을 말뚝에 칭칭 감아 매고, 배와 부두를 잇는 디딤판이 제자리에 꼭 물렸는지 확인하는 사람들뿐이었다. 그들 중 몇 명이 날 쳐다보긴 했지만 별말은 없었다.

길 저쪽에서 히스 보안관이 라인홀트를 벤치에 앉히고 그 앞에 무릎을 꿇고서 녀석을 의자에 묶는 모습이 보였다. 그는 라인홀트의 얼굴을 두 손으로 감싸쥐고 얘기했고, 라인홀트는 열심히 고개를 끄덕였다. 보안관이 내 쪽으로 걸어왔다. 소년은 벤치에 묶인 게 아니라 그냥 편안히 앉아 있는 것처럼 자세를 바꿨다.

보안관과 나는 선착장 건물 끄트머리에서 만났다. "뭐 없습니까?"

"부두 일꾼들 몇 명뿐이에요."

"좋아요. 내가 가서 그 사람들과 얘기해보죠. 당신은 이쪽에서 망을 봐요. 눈길 닿는 곳에서 벗어나지 말고, 저 녀석을 시야에서 놓치지 마요. 만약 폰마테지우스가 나타나면 곧장 라인홀트에게 다가갈 가능성이 높으니까."

보안관은 건물 건너편으로 사라졌다. 나는 끄트머리의 내 위치를 지켰다. 거기선 라인홀트도 잘 보였고, 누가 길에서 녀석에게 접근하면 바로 알 수 있었다. 조금 전까지 몰랐는데 가만히 서 있으려니 강에서 불어오는 칼바람이 느껴졌다. 장갑을 꼈는데도 손가락에서 핏기가 가셨고, 감각을 되찾기 위해 손을 마구 비벼야 했다. 발도 마찬가지로 얼어붙었지만 감히 쿵쿵거리고 돌아다니며 소란을 떨 수는 없었다. 뒤쪽의 퍼스트 애비뉴를 따라 자동차가 달리는 소리가 꾸준히 들렸고, 더 멀리서는 이 섬 전체에 걸쳐 일상적인 자동차 경적음과 엔진 역화하는 소리, 보일러가 쉭쉭거리는 소리가 계속되며 이 도시 특유의 유령 같은 아우성을 만들어냈다.

라인홀트 디츠는 고개를 푹 숙여 가슴에 턱을 묻은 채 미동도 없이 벤치에 앉아 있었다. 이렇게 멀리서 확실히 말하긴 어렵지만 잠이 든 것 같기도 했다. 이 추위에 너무 오래 놔두는 건 아닌지 걱정스러웠다. 내가 앞뒤로 왔다갔다하며 이렇게 걸어다니는 건 순전히 생존의 문제였다. 라인홀트가 얇은 코트 하나만 걸치고서 훨씬 더 오랫동안 가만히 앉아 견뎌낸다는 게 믿기지 않았다.

나는 몇 분마다 한 번씩 건물 반대편에서 선창가를 따라 이동하는 히스 보안관을 얼핏 보았다. 물가에 가까이 있으면 흔히 그렇듯 사람들의 말소리가 높아졌다 낮아졌다 하며 파도처럼 부유했다.

마침내 보안관이 건물 반대편 끝에서 모습을 드러냈고, 가로등 하나가 드리운 작은 빛우물 속에 섰다. 그는 아무것도 건지지 못했다는 뜻으로 손바닥을 위로 향한 채 들어올려 보였고, 나도 똑같이 했다. 라인홀트 디츠가 고개를 들고 잠깐 우리 둘을 쳐다보더니 이내 다시 고개를 떨궜다.

우리는 조금 더 각자의 위치를 지켰지만 오가는 부두 노동자 외에 다가오는 사람은 없었다. 시계탑이 세시를 가리키자 보안관이 전차 선로를 건너와 라인홀트 옆에 앉았다. 두 사람이 잠시 얘기를 나누더니 곧 보안관이 소년을 벤치에서 풀어 두 팔을 뒤로 돌려 수갑을 채우고 함께 내 쪽으로 걸어왔다. 어두운 데서도 소년의 얼굴이 붉게 부어오른 것을 알 수 있었다. 울고 있었거나 동상에 걸렸을 것이다. 아니면 둘 다일지도.

"세컨드 애비뉴의 셋방으로 돌아갑시다." 보안관이 말했다. "라인홀트가 그러는데 폰마테지우스는 절대 늦는 법이 없답니다. 지금까지 나타나지 않았다면 안 올 거라는군요. 이 추위 속에서 기다리는 건 더이상 의미가 없어요."

나는 탈주범이 모습을 드러낼 가능성이 있는 유일한 장소를 떠나고 싶지 않았다. "저는 여기 있겠습니다." 내가 말했다. "두 분은 돌아가세요."

히스 보안관이 눈을 가늘게 뜨고 나를 노려보았다. "그게 당신 스스로 내리는 벌입니까? 이 추운 데서 밤새 서 있을 거예요?"

"그게 일을 제대로 하는 거라면요?"

보안관은 미간을 찌푸리고 눈을 굴렸다. "내일 지하철역에서 다른 접선 계획이 있답니다. 거기서 놈을 잡을 겁니다. 가시죠, 미스 콥." 그는 한쪽 손으로 라인홀트 디츠의 팔꿈치를 잡고 다른 손으로 나를 잡았다.

"이 아줌마가 아저씨 밑에서 일하는 거면 왜 보안관보라고 안 불러요?" 서둘러 세컨드 애비뉴로 돌아가는데 라인홀트가 물었다.

"보안관보들은 보안관이 내린 지시에 따른다. 그게 보안관보가 존재하는 유일한 이유니까. 보안관의 지시에 따르지 않는 사람들을 일컬어 보통……" 보안관은 여기서 말을 멈췄고, 우리는 23번가의 미로 같은 교차로를 요리조리 헤쳐나가는 중이었다. 라인홀트가 슬쩍 의견을 제시했다.

"범법자?"

히스 보안관은 길을 따라 우리를 끌고 가며 미소를 억눌렀다.
"고맙네, 디츠 군. 범법자라는 말이 아주 정확해."

23

우리는 어두운 셋방으로 돌아왔다. 히스 보안관과 라인홀트가 침대 하나를 차지했고, 내가 나머지를 차지하고 앉았다. 히스 보안관은 불안한 눈으로 소년을 지켜보았다. 라인홀트는 대단한 거짓말을 꾸며낼 만큼 똑똑해 보이지 않았지만 우리로서는 혹시 유인책에 걸려든 건 아닌지 의심할 이유가 충분히 있었다.

"폰마테지우스에게 말을 전할 다른 방법은 떠오르는 게 없니?" 보안관이 물었다.

라인홀트는 고개를 저었다. "나는 루디하고만 얘기해요. 루디가 시킬 일이 있으면 나를 여기로 부르거나 타임스스퀘어에 있는 식당에 연락을 남겨요."

"머리 레스토랑?"

라인홀트는 고개를 들고 감탄하듯 보안관의 눈을 똑바로 쳐다보았다. "머리 레스토랑은 어떻게 알아냈어요?"

"미스 콤이 알아냈지." 히스 보안관이 고갯짓으로 나를 가리켰다.

"저 아줌마가요? 와, 여자 형사가 있는 줄은 몰랐네."

"새로 생긴 거지. 아직 어떻게 할지 마음을 정하지는 않았다."

나는 대화가 이런 식으로 흘러가는 게 영 못마땅해 화제를 돌렸다. "루디는 폰마테지우스를 어떻게 알게 됐어?"

"루디요? 루디는 모르는 사람이 없어요. 좋은 동네에 사는 의사 아저씨 심부름을 해주곤 했거든요. 그 의사 이름이 뭐더라…… 무슨 랫이랬는데?"

"닥터 래스번?" 내가 끼워맞췄다.

"맞는 것 같아요. 닥터 래스번이 루디한테 남작이 숨어 있을 장소를 찾아보라고 했어요. 루디는 모르는 장소가 없거든요."

"그럼 닥터 래스번이 남작의 은신 비용을 대는 거야?" 내가 물었다.

라인홀트는 어깨를 으쓱했다. "누가 돈을 대긴 해요. 머리 레스토랑에 돈을 놔두고 가요. 아니 한동안 놔두고 갔죠. 그런데 일이 틀어졌어요. 몇 주 동안 돈이 한 번도 안 왔어요."

"무슨 일이 일어난 거야?" 나는 알면서도 물었다.

"갑자기 의사가 사라졌고, 루디한테 돈을 주던 다른 사람도 더는 나타나질 않았어요. 루디는 남작하고 처박혀 있었고. 우린 남작을 어떻게 해야 할지 난감했어요. 남작을 숨겨주고 며칠에 한 번씩 은신처를 옮기게 되어 있는데, 돈을 주는 사람은 없고. 유치우편 창구에 가서 물어보자는 건 루디의 아이디어였어요."

"남작은 왜 그냥 이 도시를 떠나지 않았을까?" 보안관은 애써 심드렁한 투로 말했다. "내가 법망을 피해 도망치고 있다면 기차부터 탔을 텐데."

라인홀트는 벽에 등을 대고 고개를 이리저리 돌렸다. "의사가 너무 멀리 데려가지 말랬어요. 남작이 자기한테 갚을 빚이 있다면서. 가까운 데 놔두고 싶어하더라고요."

"루디는 닥터 래스번이 어디로 갔는지 전혀 짐작 가는 데가 없대?" 보안관이 말했다.

라인홀트는 슬금슬금 자리를 옮겨 한쪽으로 고꾸라지듯 쓰러지며 웅얼거렸다. "아무도 나한테 얘기 안 해줘요."

우리는 소년이 스르륵 눈을 감고 머리를 떨구는 모습을 지켜보았다. 잠시 후 소년은 조용히 코를 골기 시작했다. 방안에 눈을 둘 곳이라고는 상대방과 갈라진 회벽뿐이었다. 나는 벽을 바라보았다.

각자 상대방의 머리 위쪽 벽에 간 금을 한참 동안 유심히 관찰하고 난 후, 히스 보안관이 말했다. "당신 혼자 폰마테지우스를 찾으러 다닌 데 대해, 내가 당신을 이기적이라고 몰아붙였다고 느꼈을지 모르겠는데, 그런 식으로 표현하려는 의도는 없었습니다."

"당연히 그런 의도였죠. 그리고 이기적인 거 맞아요."

"당신은 의무감을 느꼈고, 그에 따라 행동했어요. 나는 더 많은 보안관보들이 그랬으면 좋겠습니다."

나는 모자핀을 빼고 모자를 벗어 옆에 내려놨다. "내가 왜 그랬는지는 중요하지 않아요. 난 당신 일을 엉망으로 망쳐놨어요. 당신이 여태 한 일은 모두 나를 도와주려는 거였는데."

"나는 당신을 돕는 데 관심 없습니다, 미스 콥. 나는 일을 하라고 당신을 고용했어요."

"그래서 어떻게 됐는지 보세요."

라인홀트가 큰 소리로 코를 킁킁거렸고, 우리는 우리 때문에 애가 깼나 걱정했다. 하지만 소년은 다시 약하게 코를 골며 잠에 빠져들었다.

"당신도 마찬가지로 힘들었죠." 보안관이 말했다.

"굳이 내 걱정할 거 없어요." 나는 하품을 누르며 말했다. "당신에겐 걱정해야 할 가족이 있잖아요. 장미 몇 송이 사서 미시즈 히스한테 가서 집으로 돌아오라고 설득하세요."

"미시즈 히스는 내일이면 돌아올 겁니다." 그가 말했다. "장인어른은 애초에 나와 결혼하지 말았어야 했다고 잔소리하실 거고, 장모님은 남편에게 아내로서 의무를 다하라고 잔소리하실 테니, 그 얘기들에 질려 그분들에게서 벗어나기 위해서라도 돌아올 겁니다."

"그래도 가서 돌아와달라고 부탁하세요." 내가 말했다. "아내들은 남편이 돌아와달라고 해주길 원하니까."

"그럴 필요 없습니다. 아내는 자기가 사는 곳이 어딘지 잘 알아요."

내가 코딜리어에 대해 그에게 설교할 처지는 못 되었으므로, 입을 다물었다.

"잘 수 있을 때 자둬요." 그가 말했다.

"근무중에 자는 일은 없습니다." 하지만 나는 부츠 끈을 풀고 두 발을 코트 속에 넣었다. 집안에 있어도 바깥에 있는 것과 다를 바 없이 추웠다. 창문 아래 녹슨 철제 라디에이터가 있었지만 그을음만 낼 뿐 전혀 용도에 부합하지 못했다.

"맨날 근무중에 자면서." 히스 보안관이 말했다. "일터에 너무 오래 있어서 우리가 세를 받아야겠더군요. 대부분의 사람들은 저녁이면 퇴근하고 싶어해요."

어두워서 그의 눈빛은 보이지 않았고, 그저 그림자 두 개가 눈 위를 가로질렀다. 우리는 긴 침묵을 사이에 두고 서로를 응시했다.

"나는 일을 놓고 싶지 않아요."

다음번에 내가 고개를 들었을 때는 이른 새벽의 야윈 빛이 이미 방안에 스며든 상태였다. 라인홀트 디츠는 여전히 한쪽 옆으로 고꾸라져 두 발을 방바닥에 디딘 채 자고 있었다. 히스 보안관은 혼자서 오래 기다리는 데 익숙한 경찰 특유의 무덤덤한 태도로 앞을 똑바로 쳐다보고 있었다.

나는 재빨리 일어나 앉았다. 머리칼이 헝클어져 얼굴을 가렸고 치마는 무릎에 엉망으로 감겼다. 내가 뒤척이는 소리에 라인홀트가 일어나 하품을 하고 기지개를 켜려다 수갑에 걸려 팔을 내렸다. 소년은 몸을 일으키고 방안을 둘러보다 우리를 발견하고 놀라서 눈을 끔벅였다.

"꿈이었나보네요. 아저씨가 날 가게 놔주는 꿈을 꿨는데."

"나는 널 자게 놔뒀지." 보안관이 응수했다.

소년은 목을 좌우로 돌리며 툴툴거렸다. "처음 잠들었을 때부터 묶어놨어요?"

"금방 괜찮아질 거다." 보안관이 일어나 코트를 털었다. "보안관이 보호하는 증인들은 근사한 아침을 먹을 자격이 있지. 둘 다 일어나서 씻어요. 그리고 나갑시다."

복도에 화장실이 있었다. 내가 방안의 목욕통에 든 녹내 나는 물로 세수를 하는 동안 히스 보안관은 라인홀트를 화장실로 데려갔다. 할 수 있는 한 깨끗이 씻은 다음 우리는 추운 거리로 걸음을 내

디뎠다. 이 시간의 거리는 소매치기들마저 잠들어 그야말로 텅 비어 있었다. 아직 가로등이 켜져 있고, 새벽녘 푸르스름한 빛 속의 호박색 등불이 희미했다. 문을 연 상점은 한 곳도 없었다.

히스 보안관은 라인홀트의 수갑 채운 손을 앞으로 돌려 코트 자락으로 가리고 걸을 수 있게 해주었다. 그가 소년의 한쪽 팔꿈치를 잡고 걸었고, 내가 다른 쪽 팔을 잡았다. 서른여섯 살의 여자와 그 비슷한 나이의 남자가 플러렛보다 조금 어린 소년의 팔짱을 양쪽에서 끼고 걷는 모습이라니, 분명 괴상한 일행으로 보였을 것이다. 아이가 우리 중 하나를 조금이라도 닮았다면 우리를 부모로 오인할 수도 있었을 것이다.

아침 일곱시가 조금 못 된 시각이었다. 지하철 브루클린 자치구청역에서 열시에 폰마테지우스를 만나기로 되어 있었다. 나는 얼른 그곳에 가고 싶어 죽을 지경이었고, 아침을 먹는답시고 어정거리기 싫었다. 그러나 라인홀트는 배가 고파 죽을 것 같다고 징징댔고 보안관도 어딘가 들렀다 가자고 우겼다.

애스터 플레이스 근처에 문을 일찍 열고 트럭 운전사들과 택시 기사들을 상대로 아침 장사를 하는 간이식당이 있었다. 카운터에 자리를 잡으니 금세 달걀과 롤빵이 나왔다. 라인홀트는 콘비프 해시를 먹고 싶다고 했다. 보안관은 실컷 먹으라며 콘비프 샌드위치까지 포장해서 소년의 주머니에 넣어주었다. 우리가 커피를 후후 불며 마시고 있을 때 라인홀트가 우리 두 사람을 번갈아 쳐다보았다.

"사람들을 잡으러 다닐 때 늘 여자랑 같이 가요?" 소년이 보안관에게 물었다. "다른 사람을 쓰는 게 낫지 않아요? 내가 잡기 힘든 사람이었으면 어쩌려고요?"

"아, 미스 콥이 너를 쫓는 게 싫은 모양이군." 히스 보안관이 말했다. "이분은 최근에 타임스스퀘어에서 어떤 남자를 거의 목 졸라 죽일 뻔했다."

"그래도 되는 남자였어요." 내가 말했다.

라인홀트는 남은 해시를 롤빵으로 싹싹 긁어 우물우물 씹으면서 생각에 잠긴 채 나를 건너다보았다. "남편이 밤에 집에 있으라고 하지 않아요?"

"남편 없어. 그리고 여기 남자 둘하고 이스트사이드의 셋방에서 하룻밤을 보내는 걸 허락해줄 남편은 상상이 안 가는데."

"그럼 앞으로 절대 결혼은 안 하겠네요. 안 그럼 이걸 포기해야 할 테니까."

나는 남은 커피를 마저 비우고 말했다. "이렇든 저렇든 포기해야 할지도 몰라, 오늘을 어떻게 보내느냐에 따라서."

"보안관님도 분명 결혼하지 않았겠네요." 히스 보안관이 밥값을 낸 뒤 맑고 바람 부는 아침 세상으로 우리를 데리고 나설 때 소년이 말했다. "두 분이 밤새 같이 돌아다니는 걸 참아줄 아내가 없다는 것쯤은 나도 알아요."

"그만하면 됐네, 디츠 군." 보안관이 소년을 식당 외벽에 밀어붙이고 다시 수갑을 채웠다.

"아야!" 소년이 소리쳤다. 보안관의 손길이 좀 거칠었던 모양이다.

"별 뜻이 있는 말은 아닐 거예요." 다 같이 지하철역을 향해 발길을 돌릴 때 내가 중얼거렸다.

"당연히 별 뜻 있죠." 보안관은 나를 쳐다보지도 않고 말했다. 그는 신문을 두 부 사서 기차에 올랐다.

"나도 하나 주면 안 돼요?" 라인홀트가 물었다.

"이건 유사시에 얼굴을 가리기 위한 거야." 보안관은 신문 한 부를 내게 건네고 본인 것을 탁 펼쳐 더이상 방해하지 말라는 신호를 보냈다. 라인홀트는 사방을 두리번거리며 남자아이답게 잠시도 가만히 있질 못하더니 무릎에 대고 손목을 긁었다.

"기차에 있는 동안은 이것 좀 벗겨주면 안 돼요?" 라인홀트는 어린애가 떼를 쓰는 투로 말했다. "제가 아무데도 안 갈 거라는 거 아시잖아요."

"난 너에 대해 아무것도 모른다, 라인홀트." 보안관은 조용히, 신문에서 눈도 떼지 않고 말했다. "넌 어젯밤에 조사를 받는 도중 잠들었어. 난 알고 싶은 걸 하나도 듣지 못했고."

"그게 조사하는 거였어요?" 소년은 호주머니에서 샌드위치를 꺼내려고 용을 썼다. "난 그냥 아저씨하고 나하고 얘기하는 건 줄 알았는데."

"내가 충고 하나 해주지, 꼬마야. 보안관이 너한테 질문을 하면, 넌 절대 그냥 얘기하는 게 아니야."

나는 열심히 신문을 들여다보는 척했지만, 머릿속으로는 온통 내가 놓친 그놈 생각뿐이었다. 지하철은 선로 위에서 덜컹덜컹 좌우로 흔들렸고, 강 아래를 통과할 때는 귓속의 압력이 너무 세서 잠시 아무것도 들리지 않았다. 나는 무아지경에 빠진 기분이었다. 갑자기 세상이 조용해지고, 이 거대한 기계는 근사한 정장을 입은 남자들과 모피 칼라를 두른 여자들, 그리고 외출복 차림으로 밤을 새우며 탈주범을 잡을 또하나의 기회만을 기다린 우리 세 사람을 실어나른다.

별안간 폰마테지우스가 그곳에 나타나지 않으면 어떻게 해야 하는지, 그다음은 전혀 모른다는 걸 깨달았다. 나는 허리를 굽히고 라인홀트에게 나직이 말했다. "내일 접선 장소는 어디지?"

히스 보안관이 라인홀트의 푹 숙인 머리 너머로 나를 힐긋 쳐다보았다. 그는 이미 소년의 대답을 알고 있는 게 분명했다.

"내일에 대해선 아무도 나한테 얘기해주지 않았어요." 소년이 우물거렸다. "이게 끝이에요."

24

열차가 덜커덩거리며 브루클린 자치구청역으로 들어섰다. 히스 보안관은 라인홀트의 팔을 잡고 내렸고, 나도 그들을 따라 플랫폼에 내려섰다. 계단을 오르기 전, 보안관은 팔을 뻗어 라인홀트를 최대한 멀리 두고 내 옆으로 다가섰다. 그는 내 귀에 대고 낮게 속삭였다.

"라인홀트는 폰마테지우스가 어느 쪽 입구를 이용할지 모릅니다. 시간은 충분하니 역 주위를 한 바퀴 둘러보고 각자 맡을 곳을 정하죠. 라인홀트는 내가 데리고 다니겠습니다. 만약 당신이 먼저 폰마테지우스를 발견하면 뒤를 쫓기만 해요. 이렇게 사람 많은 데서 총을 꺼내 들지는 않았으면 합니다."

나는 고개를 끄덕였다. "경찰에 연락해서 근처에서 몇 명 지원받으면 안 될까요?"

"지금은 안 됩니다. 놈이 겁먹고 달아날 우려가 있어요. 이미 어젯밤에 라인홀트를 만나지 못해 의심을 하고 있을 겁니다. 게다가 경찰은 우리처럼 놈을 알아보지도 못할 거고, 애먼 사람을 잡을까봐 그것도 탐탁지 않아요. 이번 일은 당신과 나 둘이서 해야 합니다."

우리는 계단을 올라가 구청 앞으로 나와서 사정없이 휘몰아치는 차디찬 바람을 맞았다. 시커먼 자동차들이 끊이지 않고 코트 스트리트를 질주했다. 애틀랜틱 애비뉴에서 몇 블록 떨어지지 않은 곳이었다. 브루클린 이쪽 동네는 길이 예기치 못한 곳에서 꺾이고, 서로 요상하게 만나 엉터리 교차로에서 끝나고, 골목길은 전혀 엉뚱한 곳으로 이어졌다. 우리 셋 다 잠시 걸음을 멈추고 현재 위치를 가늠했다.

"아!" 나는 주변의 몇몇 큰 건물을 알아보았다. "저 모퉁이를 돌면 내가 어릴 때 춤을 배우던 곳이네."

"춤이라니! 아줌마가?" 라인홀트 디츠가 깜짝 놀라 말했고, 히스 보안관에게 등을 쿡 찔리는 화를 자초했다.

"춤은 누구나 배우잖아. 법원 바로 지나서, 애틀랜틱 건너편에 학원이 있었지. 우리 외삼촌이 거기서 일하셨거든. 피아노를 치셨어." 성인이 되고 나서는 브루클린에 올 일이 거의 없었다. 이십 년 전 거의 매일 오가던 길에 서 있으려니 기분이 묘했다. 그때의 여자애가 지금의 나를 보면 어떤 생각을 할까?

구청 앞에는 지하철역으로 들어가는 입구가 두 곳 있었다. 하나는 법원을, 다른 하나는 보럼 힐을 마주보고 있다. 보안관은 우리를 보럼 힐 쪽 입구로 데려가 거기서부터 블록을 한 바퀴 돌며 혹시 못 본 출입구가 또 있는지 확인했다.

우리는 브루클린에서 가장 복잡하고 분주한 길 어귀에 서 있었다. 전차가 덜컹거리며 선로를 달리고, 엄마들이 애들을 몰아 학교로 가고, 행상들이 사과와 뜨거운 빵과 엊저녁 길거리에서 발견한 최상품—우그러진 냄비와 팬, 직물조각, 지저분한 유리병과 단지들, 절반쯤 태운 굵은 수지 초—이 든 수레를 밀었다. 열한 살쯤 된 여자아이가 붉은 제라늄 화분을 가득 실은 손수레를 끌었다. 우리 머리 위 창문 어딘가에서 한 아이가 착실히 오르간 연습을 하고 있었다. 짤랑거리는 종소리, 부르릉거리는 엔진음, 블록마다 끊이지 않고 사방에서 들리는 수백 수천 명의 말소리. 와이코프의 집에서는 시야에 단 한 명도 걸리지 않고 바로 지평선이 보였다. 그러나 여기에선 지평선은커녕 브루클린 시가지만 계속 보였고, 좀더 가면 곧장 바다로 떨어졌다.

이런 와중에 우리는 어떻게든 탈주범 한 명을 찾아 체포해야 하는 것이다.

"자." 블록을 한 바퀴 돌아 원래 자리로 되돌아왔을 때 보안관이 말했다. "우린 여기 코트 스트리트 쪽에 있을 테니, 당신은 다른 입구로 가요. 길은 건너지 말고, 모퉁이를 주시하면서 구청 쪽도 같이 감시해요. 우린 그자가 역 밖에서 올지 역에서 나올지 모르니까, 그냥 근처에 붙어 있도록 하죠. 디츠 군은 그가 일찍 올 거라고 생각하지 않는 것 같더군요. 너무 시선을 끌지 않게 근처를 이리저리 돌아다니다가, 아홉시 반까지 원래 위치로 돌아와 자리를 지켜요."

라인홀트는 수갑을 만지작거리고 있었다. "저기, 보안관님, 오늘 아침에는 이게 너무 조이는데요. 조금만 풀어주면 안 돼요?"

"지금은 안 돼." 보안관이 말했다. 그는 내 팔을 잡고 라인홀트한테 들리지 않도록 바싹 다가와 말했다. "준비됐습니까?"

사실대로 말하자면, 내 심장은 두방망이질쳤고 이마의 핏줄이 불룩불룩 섰으며 이 추위에도 목덜미에서 땀이 났다. 눈앞에 별이 오락가락하는 것도 같았다. 툭하면 기절하는 여자라면 당장 의자나 벤치를 찾았을 것이다.

그러나 나는 툭하면 기절하는 타입의 여자가 아니었다. "펠릭스를 잡은 게 나예요, 잊었어요? 우린 놈을 잡을 거예요."

그는 내 팔꿈치를 잠시 더 그대로 잡은 채 지그시 나를 바라보았다.

"난 괜찮아요." 내가 말했다.

"조심해요." 말은 그렇게 했지만 정말 그런 의도일 리 없었다. 조심해서는 사기꾼을 잡지 못한다.

"절대 안 그럴게요." 라인홀트가 내 대꾸를 듣고 씨익 웃었다.

"넌 점심 전에 풀려날 거야." 나는 소년에게 말하고 내 위치에 가서 자리를 잡았다.

시간이 아주 더디게 흘렀다. 법을 집행하는 사람들의 삶이 대부분 기다림일 거라고는 전혀 짐작하지 못했다. 범죄자를 잡기 위해서는 영리한 사고와 재빠른 발놀림뿐 아니라 세상이 다들 쉴새없이 움직이는 동안 혼자 가만히 서서 버티는 의지력도 필요했다. 힘과 투지가 아니라 적절한 위치를 점하여 그곳에 머무르는 능력, 다른 어딘가에서 더 긴급한 일이 벌어지고 있는 게 분명하고 이 자리를 벗어나 거리 추격전을 벌이면 웬 먹잇감이 획 뛰쳐나와 저절로 잡혀줄 거라는 처절한 확신에도 아랑곳하지 않는 능력이 요구된다는 것을 이전의 나는 상상도 못했다.

한 시간 동안 나는 뭐라도 움켜잡고 싶고 누구라도 길바닥에 패대기치고 싶은 충동을 억눌러야 했다. 감시 구역에 배치된 경찰은 무척 위험한 생물이 될 수 있다. 만약 손수건을 슬쩍하는 소매치기라도 보였다면 놈을 아주 작살냈을 것이다. 아직까지 범죄자들은 브루클린의 이 구역에 얼씬도 하지 않았다. 그러는 편이 그들에게 다행이었다.

눈에 띄지 않게 여기저기 배회하라는 히스 보안관의 지시에 따라, 나는 지하철역 입구 계단 꼭대기에서 모퉁이의 택시 정류장으로, 구청에서 발행하는 안내문과 성명서를 주로 인쇄하는 듯한 작은 인쇄소 앞으로 자리를 옮겼다. 택시 정류장 근처의 특정 장소에 서 있으면, 그리고 우연히 히스 보안관이 동시에 코트 스트리트 쪽으로 걸어나오면, 나 역시 라인홀트의 팔꿈치를 잡고 왔다갔다하는 그를 볼 수 있었다.

두 사람이 함께 있는 동안 무슨 얘기를 하는지 궁금했다. 히스 보안관은 보나마나 소년을 바로잡으려 애쓰며, 루디를 멀리하고 합법적인 일자리를 얻거나 어디 강좌에 등록하라고 설득하고 있을 게 뻔했다. 베버 목사를 때린 데 대해 소년을 따끔하게 혼냈을지도 모른다. 라인홀트는 내가 흘깃 볼 때마다 고개를 푹 숙이고 잘 듣고 있다는 듯 고개를 가볍게 끄덕이고 있었다. 버건 카운티 보안관이 한 시간 넘게 설교한다고 해서 소년의 인생이 백팔십도 바뀔지나는 나대로 의문이 들었다.

마침내 손목시계의 바늘이 아홉시 반을 가리켰고 나는 계단 꼭대기의 내 위치로 돌아갔다. 역으로 들어가거나 역에서 나오는 모든 남자와 여자와 아이가 나의 철저한 감시를 받았고, 인도를 오가는 사람들과 내 시야 안에서 자동차를 타고 내리는 사람들도 전부 마찬가지였다. 나는 폰마테지우스가 최대한 눈에 띄지 않는 차림새를 하고 있을 것임을 염두에 두었다. 그는 평범한 옷을 입고 수수한 모자를 쓸 것이다. 사람들 속에서 알아보기 어렵게 하고 다닐 것이다.

사람들 얼굴을 일일이 보는 게 쉽지는 않았다. 남자들은 서너 명씩 떼로 몰려다니며 사람을 미치게 만드는 습성이 있었다. 한데 뭉치고 서로 등뒤에 가려 하나하나 제대로 얼굴을 확인할 수 없었다. 목도리를 두르고 모자를 푹 눌러썼다. 그들은 하필 이때냐 싶을 때만 골라 고개를 돌렸다.

대여섯 명쯤은 거의 폰마테지우스처럼 보였고, 막 달려가 덮쳐서 바닥에 쓰러뜨리고 싶었다. 그러나 그때마다 뛰쳐나가기 직전에 잘못 봤다는 걸 깨달았다.

그러다 몸을 돌렸고, 어둠 속에서 계단을 올라 지하철역에서 나오는 그자를 보았다. 그는 제 덩치보다 훨씬 큰 회색 오버코트를 입고 모자를 눈썹까지 내려쓰고 있었다.

나는 놈의 얼굴을 육 주 동안 매일같이 상상했고, 즉시 놈을 알아보았다. 폰마테지우스가 보도에 발을 내려놓자마자 나는 몰래 뒤로 다가가 놈의 한쪽 팔을 잡아 등뒤로 꺾고 오금을 발로 차 쓰러뜨렸다. 그는 내가 대비했던 것보다 더 빠르고 세게 반격했다. 몸을 홱 돌리더니 팔꿈치로 내 얼굴을 정확히 가격해 나를 넘어뜨렸다. 지하철역에서 나온 사람들이 우리 주위로 점점 더 몰려들어 우리는 둘 다 발 디딜 곳이 없어질 지경이었다.

나는 놈의 코트만 겨우 잡고 있었고, 놈이 나를 떨쳐내고 달아날까봐 겁이 났다. "당신을 체포한다!" 나는 히스 보안관의 주의를 끌려고. 아니 적어도 주변 사람들이 좀 도와주지 않을까 해서 큰 소리로 외쳤다.

그 순간 폰마테지우스와 눈이 마주쳤고. 그는 내 어깨 너머 지하 철역으로 내려가는 벽돌 층계를 힐끔 보더니 나를 향해 몸을 날렸다. 나는 중심을 잃고 자빠졌지만 그를 잡은 손을 놓지 않았고, 우리는 계단 중간까지 같이 굴렀다. 마침 지하철에서 내린 승객들이 올라오지 않았다면 우리는 바닥까지 데굴데굴 굴러내려갔을 것이다.

내가 먼저 계단에 닿았고 놈이 내 위로 떨어졌다. 갈비뼈 안쪽에서 느껴지는 통증에 순간 눈앞이 하얘져 그를 잡은 손에서 힘이 빠졌다. 그는 몸부림치며 무릎을 대고 일어나 빠져나갈 곳을 찾아 두리번거렸다. 두 발을 디딜 곳을 찾자 그는 뛰어나가려 했지만, 내가 놈의 바짓가랑이를 잡고 다시 끌어내렸다. 놈은 계단의 날카로운 모서리에 얼굴을 찧었고 새된 비명을 질렀다.

주위에 모여든 신발과 바짓단을 어렴풋이 인지할 수 있었는데, 아무도 나서서 나를 막지 않았다. 아니, 나를 돕지 않았다. 나는 놈의 등뒤에 올라탔다. 분명 브루클린 거리에서 여자가 보여준 가장 품위 없는 자세였을 것이다. 놈의 한쪽 팔은 내가 깔고 앉아서 꼼짝하지 못했고, 나머지 팔은 뒤로 돌려 휘저으며 나를 잡으려 했다. 코트 속에서 수갑을 꺼내고 싶었지만 손이 닿질 않았다.

"보안관이다! 비켜!" 위에서 목소리가 들렸고, 히스 보안관이 계단에 나타났다. 그가 한 발로 폰마테지우스의 어깨를 꽉 밟았고, 놈은 또 신음을 흘렸다. 나는 옆으로 몸을 굴려 놈에게서 떨어져나온 다음 계단에 앉아 숨을 헐떡이며 수갑을 더듬어 꺼냈다. 놈이 나를 잡으려고 아직도 한 손을 여기저기 휘젓고 있었고, 나는 그 손에 수갑을 채웠다. 히스 보안관이 놈의 다른 팔을 뒤로 비틀어 잡아당겼다. 일단 수갑을 채운 뒤, 우리는 놈을 계단 꼭대기로 끌고 올라와 일으켜세웠다.

남작은 고개를 돌리고 우리를 외면했으나, 구경꾼들은 그의 얼굴을 잘 보았고 헉하고 숨을 삼켰다. 그의 입안에서 피가 철철 났다. 단단한 계단 모서리에 세게 부딪힌 탓에 입술이 찢어지고 치아가 하나 부러졌다.

그는 끈적이는 작은 핏덩이와 함께 이를 뱉어내고, 그것을 내려다보며 중얼거렸다. "이히 뫼히테 인 베할텐."

나는 보안관 쪽으로 몸을 돌렸고, 보안관은 혀를 내두르며 나를 빤히 바라보고 있었다. 범죄자를 추격하여 체포해보지 않은 사람들은 이해할 수 없는 교감이 우리 사이에 오갔다. 우리 둘 사이에 그간 무슨 일이 있었든, 지금 이 순간 우리는 하나였다. 우리는 극소수의 사람들만이 경험한 일을 함께 해냈다. 이 순간을 깨뜨릴 만한 말은 하고 싶지 않았다. 하지만 시간은 멈추지 않았고, 사람들이 자꾸 우리 쪽으로 몰려들었다.

"이를 가져가고 싶다는군요." 내가 말했다.

보안관은 웃음을 터뜨리며 고개를 저었다. 마법의 주문은 깨졌다. "문제될 거 없겠죠. 그럽시다."

나는 손수건으로 이를 집어들어 주머니에 넣었다. 우리 셋은 간신히 걸음을 옮길 수 있었고, 남작과 나는 제각기 입은 상처 때문에 신음을 흘렸다. 우리를 둘러싼 인파가 너무 불어나 앞이 잘 보이지 않았다. 우리는 양쪽에서 그 노인을 붙잡고 있다가, 둘 다 참지 못하고 그를 쳐다보았다. 폰마테지우스는 비열한 거짓말쟁이였다. 이제 그를 잡고 보니 그에게 혐오감이 들었고, 그동안 놈 때문에 우리가 잃어야 했던 모든 것—우리의 시간, 우리의 평판, 심지어 우리의 생계—에 넌더리가 났다. 놈은 우리가 원하지 않은 상패였다. 복권에 당첨됐는데 알고 보니 그 상품이 역겹고 흉측한 것—썩은 생선, 이질에 걸려 죽은 돼지—이었다.

히스 보안관이 주위를 돌아보고 모두에게 들리도록 큰 소리로 말했다. "헤르만 알베르트 폰마테지우스, 뉴저지주 버건 카운티 보안관이 당신을 체포한다." 그때쯤 우리는 몇몇 경찰의 주목을 받고 있었고, 그들이 우리가 해컨색으로 돌아가는 걸 도와주겠다고 달려왔다.

나는 라인홀트 디츠가 히스 보안관이 놓아준 순간 수갑을 찬 채로 곧장 내뺄 거라고 생각했다. 그러나 소년은 우리를 둘러싼 사람들 바로 뒤에 서서 의심 없이 인내하며 기다리고 있었다. 보안관이 내게 열쇠를 건넸고, 나는 아이의 수갑을 풀어주며 빙그레 웃었다.

"넌 좋은 일을 했어." 소년이 손목을 문지르고 있을 때 내가 말했다. "네가 도와줘서 우리는 위험한 범죄자를 잡을 수 있었어. 마음만 먹으면 넌 좋은 경찰이 될 거야."

"보안관님도 나한테 그렇게 말했어요." 소년은 모자 끝을 살짝 만지며 내게 인사했다. 그러고는 내가 뭐라 더 말하기 전에 길을 건너 시야에서 사라졌다.

25

여성 보안관보, 목사를 잡아들이다
브루클린 자치구청 앞에서
저지 출신 여자가 건장한 죄수와 몸싸움 벌여

브루클린 ─ 미스 콘스턴스 콥은 그녀의 성질을 건드린 블랙핸드 일
당을 처치하기 위해 뉴저지 와이코프의 자택 근방에서 총을 들고 나
무 뒤에 숨어 다섯 시간 동안 기다리기도 했다. 이제 그녀는 뉴저지
버건 카운티의 보안관보이고, 악당들에게는 공포의 대상이다.

권총과 수갑과 그 외 부대용품으로 무장한 콥은 어제 브루클린으
로 건너와 깔끔하고 완벽하게 범인을 체포했다. 그녀는 자치구청 앞
에서 잘 차려입은 건장한 남자에게 다가가 그의 어깨를 가볍게 두드
렸다.

노마는 신문을 내려놨다. "어깨를 가볍게 두드린 걸로 그렇게 온통 멍이 들고 찢긴 건 아니겠지."

나는 끙 신음을 흘리고 얼음주머니를 팔 아래로 옮겼다. "당연히 아니지. 전혀 그런 식이 아니었어."

"게다가 난 언니가 여기 적힌 것처럼 퉁명스럽게 말했을 리 없다고 봐. '따라와. 나 좀 보자. 넌 잡혔어!'"

나는 웃음이 터졌지만 너무 아파서 두 손으로 갈비뼈를 눌러 고정해야 했다.

플러렛이 노마의 의자 팔걸이에 엉덩이를 걸치고 어깨 너머로 기사를 읽었다. "'남자는 목사 겸 의사 헤르만 알베르트 폰마테지우스로, 육 주 전 해컨색병원에서 탈주……' 아, 이 부분은 다 아는 내용이잖아. 여기서부터 보자. '남자는 경이에 차서 젊은 여자를 가만히 응시했다.'"

"놈은 날 쳐다보지 않았어." 내가 말했다. "계단에서 엎어져 입술이 찢어졌는데 무슨."

노마가 헛기침을 하고 다시 읽기 시작했다. "'남자는 경이에 차서 젊은 여자를 가만히 응시했다. '아니 이보세요!'라고 그가 외쳤다. '당신은 전혀 처음 보는 사람인데요. 무슨 말씀을 하시는 건지 모르겠군요!'"

나는 하품을 하고 무릎 위로 담요를 끌어당겨 덮었다. "이렇게 고쳐서 읽어. '그는 부러진 이를 뱉어내고 독일어로 뭐라고 중얼거렸다.'"

플러렛이 범죄자를 덮치는 시늉을 하며 바닥으로 뛰어내렸다. 플러렛이 입고 있는 실크 드레스는 깜짝 놀랄 만큼 짙은 청록색이었고 벨벳으로 가장자리를 장식한 새하얀 모피 칼라가 달려 있었다. 아이는 직접 무대의상을 만들었고, 온갖 종류의 자투리 천을 사용해 본인의 옷장을 채우고 있었다. 우리는 우리 취향보다 훨씬 더 많은 깃털과 모피를 보는 중이었다. "만약 언니를 소재로 한 영화가 만들어진다면 내가 그 역을 맡을래. 여형사 역을 아주 실감나게 연기할 거야."

"안됐지만 너는 절대 못 맡을걸." 노마가 신문에서 눈도 떼지 않고 가볍게 말을 던졌다. "콥 보안관보는 운동선수와 같은 몸집에 체중이 80킬로그램이라고 여기 나와 있거든."

"뭐야?" 플러렛이 소리쳤다.

"그걸 기사에 썼다고?" 내가 말했다.

"뭐, 맞는 말이잖아, 안 그래?" 노마가 말했다.

"그야 그렇지만. 그걸 기사로 낼 줄은 몰랐어. 기자들이 히스 보안관한테 내가 보안관보 직무에 적합한지 계속 물어보면서 내 키와 몸무게를 알려달라고 요구했거든. 하지만 진짜로 나올 줄은 생각도……"

"항상 생각해야지." 노마가 얄밉게 말했다. "기자들이 언니에 대해 계속 이런 식으로 기사를 쓴다면 기자들에게 어떻게 얘기해야 하는지 배우는 게 좋을 거야."

"기자들과 얘기하는 건 어렵지 않아."

"적어도 이젠 언니를 보안관보라고 부르긴 하네." 플러렛이 말했다.

"기자들이 먼저 그렇게 불렀는데, 히스 보안관도 그게 좋겠다고 했어. 신문에 났으니 더이상 그 주제를 살금살금 피해 다닐 일도 없지. 보안관은 크리스마스가 지나면 배지를 주겠다고 약속하면서, 내가 탈주범을 잡았으니 자유보유권자들도 감히 임명에 반대하지 못할 거라고 하더라."

"아, 나라면 자유보유권자들이 무슨 짓을 할지 예단하지 않겠어." 노마는 다시 기사를 읽었다. "언니가 그자의 코트 뒷자락을 잡고 단정한 구두를 신은 발을 내밀었어?"

그 말에 플러렛은 웃음을 참지 못했다. "언니는 우락부락한 부츠를 신고 있었다고!"

신문 뒤에서 노마가 말했다. "입으로 가방을 열어서 수갑을 꺼냈어?"

"말도 안 돼!" 내가 말했다. "딴 걸 읽어봐. 캐리가 쓴 기사는 없어?"

노마는 의자 옆에 쌓아둔 신문더미를 뒤적였다. "분명 이게 그 사람 기사일 거야. 그 여자는 어디서 만났어?"

"어서 읽기나 해."

플러렛이 다시 노마의 의자 팔걸이에 걸터앉아 어깨 너머로 신문을 들여다봤다. "아, 이게 훨씬 낫네. 여기서는 그자가 아무리 거칠게 나와도 언니는 그자를 꽉 붙잡고 절대 놓지 않으려 했고, 주위의 남자들 중 도우러 나선 사람이 아무도 없었다고 해놨어."

"정확히 그랬어." 내가 말했다. "남자들은 나를 도와주는 게 내키지 않는 모양이더라."

노마가 감명을 받은 듯 신문 너머로 나를 쳐다보았다. "'폰마테지우스는 체중의 우세를 이용해 그녀를 지하철역 계단에 던졌지만, 그녀는 계속 붙잡고 버텼다.' 히스 보안관이 언니를 발견했을 때쯤 폰마테지우스는 '자신을 움켜잡은 완강한 손에서 벗어나기 위해 여전히 몸부림치고 있었다'라고 썼네. 이 여자 기사가 확실히 더 맘에 들어."

노마는 신문을 접어 한쪽으로 치웠다. "하지만 어째서 언니를 도우러 달려온 유일한 남자가 히스 보안관인 거야?"

똑바로 앉아 반박하려고 안간힘을 썼지만 금이 간 갈비뼈가 극심한 통증을 호소하는 바람에 도로 퍼져 앉았다. "같이 근무하는 중이었잖아!" 나는 노마를 좀더 잘 볼 수 있도록 머리 뒤에 베개 하나를 받쳤다. "죄수를 잡는 나를 돕는 게 그의 일이지. 만약 그자를 잡은 게 보안관이었다면, 나도 그를 도우러 달려갔을 거고. 달리 우리가 어째야겠어?"

"난 그냥 미시즈 히스가 자기 남편이 여성 보안관보와 밤샘 근무를 하는 데 대해 뭐라고 할지 궁금할 뿐이야." 노마가 말했다. 플러렛은 평소답지 않게 말없이 우리 두 사람을 지켜보았다.

나는 베개와 씨름을 하다 포기하고 베개를 몽땅 바닥에 집어던진 다음 등을 대고 똑바로 누워 천장을 올려다보았다. 회반죽 천장 세 군데에서 금이 서로를 향해 뻗어나가 불안정한 삼각형을 이루고 금방이라도 헐거워져 우리를 향해 떨어질 듯 위협하고 있었다. 정말 천장이 무너질 수도 있을까? 나 말고 이 집을 유지하는 데 신경쓰는 사람이 있긴 할까?

노마와 플러렛의 시선은 여전히 내게 쏠려 있었고, 나는 결국 이렇게 말했다. "미시즈 히스가 우리 일이 얼마나 더럽고 고약한지 조금이라도 안다면 전혀 개의치 않을 거야."

"그래?" 플러렛이 물었다. "부인이 좀 알긴 알아?"

사실, 미시즈 히스는 우리 일이 얼마나 더럽고 고약한지 아주 잘 알았다. 사진기자들도 참석한 기자회견에 앞서 나를 단장시켜달라는 부탁을 받았기 때문이다. 나는 사진을 찍고 싶은 마음이 추호도 없었고 히스 보안관도 원하지 않았겠지만, 브루클린에 있던 기자들이 몇 시간도 지나지 않아 폰마테지우스 체포 소식을 듣고는 사진이 있어야 한다고 우겼다. 히스 보안관은 이 기회를 최대한 이용하기로 결심했다. 만약 기자들이 좋은 사진과 함께 여성 보안관보가 남자와 몸싸움을 벌여 쓰러뜨렸다는 소식을 대서특필해 인접한 세 개 주의 모든 신문에 그 이야기가 실린다면 여론도 그에게 호의적으로 돌아설 거라고 생각했다. "어찌됐든 기자들이 우리에 관한 기사를 쓰기로 했다면 그들을 피하는 건 아무 의미 없어요." 보안관이 말했다. "그리고 뉴욕과 펜실베이니아에서 우리 기사가 나오면, 〈해컨색 리퍼블리컨〉도 우리를 다른 시각에서 봐야 할 겁니다."

나는 절대 그럴 리 없다고 생각했고, 보안관에게 그렇게 말했다.

"솔직히 이야기해줘서 고마워요. 하지만 사진기자들 앞에 앉는 건 당신의 의무이자, 우리 보안국이 당신을 계속 고용하는 조건입니다."

다시 말해서, 폰마테지우스를 놓친 죗값을 결국 이렇게 갚아야 한다는 얘기였다.

모리스 보안관보가 폰마테지우스를 수감하기 위해 데려가 샤워를 시키고 이를 제거하는 동안, 보안관은 곧장 전화기 앞에 앉아 언론사에 연락을 돌리기 시작했다. 그동안 그는 나를 관사 응접실로 보냈다. 그가 말한 대로 미시즈 히스는 집에 돌아와 있었고, 행주에 솔방울과 도토리를 미친듯이 수놓는 중이었다.

"미스 콥이 입을 것 좀 챙겨줘요." 돌아온 아내에 대한 인사가 고작 그게 다였다. "신문에 나야 하는데 엉망이라서."

내 모양새가 이토록 부끄럽기는 난생처음이었다. 브랜디 냄새라고는 조금도 나지 않는 코딜리어 히스는 입욕제와 장미수 향을 풍기며 완벽히 다림질한 신선한 버터 색깔의 애프터눈 드레스를 입고 있었다. 두 아이는 각자 제 방 침대에서 얌전히 낮잠을 자고 있었고, 그녀의 응접실은 바느질의 신께 전에 없이 특별한 경의를 집요하게 바치고 있었다. 미시즈 히스는 내가 지난번에 봤던 식탁보를 이미 완성했고, 식탁보 앞면의 네 귀퉁이마다 나이팅게일 세 마리가 날아다니고 활짝 핀 층층나무 꽃가지에 내려앉아 있었다. 보통은 모서리를 빙 둘러 레이스로 감치거나 끈을 넣거나 그대로 두는데, 그녀는 코바늘을 집어들어 주황색 나비 수십 마리를 제조했고, 각각의 나비를 자주색 비단으로 만든 더듬이로 테이블 가장자리에 한 마리씩 매달았다.

폰마테지우스가 잡히고 남편의 자리가 안전해지자 그녀도 스스로를 하나로 모아 꿰맸다. 내가 그녀를 위해 바랄 수 있는 최선이었다.

하지만 미시즈 히스는 또 나를 두고 씨름을 해야 했다. 그녀 앞에 선 나의 코듀로이 드레스는 다음과 같은 것들에 얼룩지고 오염됐다. 진흙, 재, 먼지, 말똥, 진창, 말라붙은 달걀, 커피, 땀, 피, 그 외 도망친 재소자가 방출한 뭐라 이름 붙일 수 없는 것들.

그녀는 애써 미소를 지었다. 나는 도저히 마주 미소 지을 수가 없었다.

"뭐," 미시즈 히스는 사무적으로 말했다. "보안관은 우리 둘 중 누구와도 상의하지 않고 진행하기로 결정한 모양이군요. 당신은 제법 유명해질 테고 각종 신문에 당신에 관한 기사가 실릴 거예요. 그러면 틀림없이 우리 남편도 자유보유권자들에게 해명해야 할 얘기가 상당히 많아질 텐데."

"나는 그렇게 생각하지……"

"물론, 당신이 거절하지 않는다는 전제하에 그렇다는 말이지만. 당신이 지금 저 문을 걸어나가 집으로 돌아간다 해도 막을 수 있는 사람은 아무도 없을 거예요."

곧이어 억지로 꾸며낸 미소가 그녀의 만면에 떠올랐고, 상냥하게 보이길 바랐겠지만 내게는 그저 섬뜩하기만 했다. 코딜리어 히스는 부드럽고 아름다운 것들로 자신을 둘러쌌으나, 그녀 속에는 뻣뻣하고 단단한 금속성의 것들이 들어 있었다.

"감사합니다만, 여기 있을 겁니다." 이게 내가 대답할 수 있는 최선이었다.

"물론 그러시겠죠." 그녀는 진흙 묻은 벼룩투성이 개를 살피는 듯한 분위기로 나를 위아래로 훑었다. 그러고 나서 우아하게, 나를 둘러싼 냄새를 맡았다. "당신이 목욕만 할 수 있다면 뭐든 내어줄 용의가 있을 거라는 거 알지만, 우리에겐 그럴 시간이 없네요. 가서 어떻게든 좀 씻어봐요. 내가 가진 것 중에 당신에게 맞을 만한 게 있는지……"

미시즈 히스는 말꼬리를 흐리며 일어섰다. 그녀는 최신 유행으로 머리를 한껏 위로 틀어올렸는데도 나보다 머리 반 정도가 작았다. 그녀가 가진 게 뭐든 내게 맞을 리 없었다.

그럼에도 불구하고 그녀는 손을 내저어 나를 가족이 공동으로 쓰는 욕실로 내몰았다. 나는 페티코트와 코르셋 커버만 남기고 겉옷과 드레스를 다 벗었다. 목선이 내가 남들한테 보여줄 수 있는 한도보다 더 깊게 파였다는 점만 제외하면 이대로도 속옷치고는 꽤 견실한 편이었다. 나는 세수를 하고 조그만 타원형 거울을 보면서 머리를 매만진 다음 코딜리어의 향 파우더를 한 꼬집 집어 목에 발랐다. 파우더는 면도 비누와 가루치약 통과 나란히 세면대 옆에 놓여 있었다. 꼴은 전보다 그리 나아진 게 없었지만 임시변통으로나마 좀더 문명인다워진 기분이었다.

코딜리어는 나한테 들어가지도 않는 옷들을 한아름 들고 돌아와 안락의자에 몽땅 쌓아놓고서 하나씩 나에게 대보기 시작했다. 응접실에 거울이 없어서 나는 그냥 맥없이 서서 그녀가 하는 대로 놔둘 수밖에 없었다. 코딜리어는 첫번째 드레스를 들더니 곧 다음 것으로 넘어갔고, 전혀 가망이 없음을 잘 알았기에 나는 굳이 옷을 내려다보지도 않았다. 사실 그녀는 나한테 창피를 주려는 일념으로 이러는 것 같았다. 그때 미시즈 히스가 블라우스를 몇 벌 꺼내들었다. 모두 그녀 자신의 호리호리한 흉곽에 맞춰 아름답게 지은 옷이었다. 번번이 거듭되는 실패에 미간의 섬세한 주름이 살짝 깊어졌지만, 그녀는 내게 실크와 포플린과 트위드를 내던지며 가져온 옷 무더기를 거의 소진할 때까지 계속했다.

"당신 정말 어마어마하게 크군요." 코딜리어가 중얼거렸다. 그런 말을 입에 담으면 사과하는 사람들도 있지만, 그녀는 나무를 베어내기 전에 살펴보는 나무꾼처럼 내 주위를 빙빙 돌기만 했다.

"전신을 다 찍을 필요는 없겠죠?"

"사진기자들이 내 오른쪽 반이나 왼쪽 반을 찍을 거라는 얘기인 가요?"

"아뇨, 앉아 있는 사진 말이에요. 머리와 어깨만 나오는. 신문에 서 그런 사진 보잖아요."

"그럴지도요." 이 대화가 어디로 나아갈지 상상하고 싶지 않았 다. "하지만 보통은 보안관보가 서 있는 모습을 예상하지 않을까 요?"

"기자들이 뭘 예상하든 신경쓰지 말기로 하죠." 그녀가 말했다. "그냥 앉아 있겠다고 버텨요."

코딜리어는 다시 안방으로 달려가 새로운 옷더미를 들고 돌아왔 다. 보안관 봉급으로 저렇게 근사한 옷들을 잔뜩 살 수 있다는 걸 예전엔 미처 몰랐다.

"우리 어머니한테 물려받은 옷들이에요." 그녀는 내 표정을 읽기 라도 한 듯 말했다. "자, 상반신만 찍는다면 옷을 제대로 차려입을 필요가 없어요. 그냥 이렇게……" 그녀는 말을 끊고 두 팔을 내 주 위로 휘휘 돌리며 몸짓으로 설명했다. "……감싸기만 하면 돼요."

그녀는 널찍한 구리색 숄을 가져와 내 어깨에 두르고 끝자락을 내 치맛단 속에 쑤셔넣었다. 그리고 너비가 내 얼굴보다 넓고 길이 는 거의 비슷한 거대한 비단 리본을 만들어 숄 가슴팍에 꽂았다.

"이게 뭐예요?" 나는 사색이 되어 외쳤다. 꼭 플러렛이 열두 살 때 입고 다니던 옷 같았다. 리본은 눈을 찌를 듯한 에메랄드색이 었고, 지금까지 코딜리어가 갖고 나온 그 어떤 옷과도 어울리지 않 았다.

"사진에 색깔은 나오지 않으니 상관없어요. 그리고 앉아 있기만 한다면 앞섶에 리본이 달린 드레스를 입은 것처럼 보일 거예요."

나는 우스꽝스러워 보였다. 숄과 리본은 내 소박하고 지저분한 코르셋 커버 소매를 절반밖에 가리지 못했다. 그 세 가지 의상이 이런 식으로 한데 모인 적은 단 한 번도 없었고, 공정한 세상이라면 그럴 일은 두 번 다시 없을 것이다.

벌써부터 나는 코딜리어의 응접실을 빠져나가 5층의 내 감방으로 돌아갈 궁리를 하고 있었다. 방금 둘러 입은 이 복장으로 사진을 찍느니 차라리 재소자 유니폼을 입는 편이 낫다. 실제로 교도소에는 여자들이 입을 만한 드레스가 꽤 있다는 생각이 막 떠올랐다. 아래층에 내려가 세탁실에서 하나 골라 입기만 하면 되는 것이다.

문을 두드리는 소리가 났고 히스 보안관이 소리쳤다. "사람들이 다 왔어요. 준비됐습니까?"

어떻게 이렇게 빨리 올 수 있지? 아니 그렇게들 할일이 없나? 보안관이 법원에 가서 기자들을 모아온 게 분명했다.

"거의 다 됐어요!" 코딜리어가 소리쳤다. 그녀는 이 상황을 실컷 즐기고 있었다. 나는 시시각각 비참함을 더해가고 있었다. 이런 꼴로 사진을 찍을 수는 없었다.

코딜리어가 내게 등을 돌리고 자기 물건을 뒤져 뭔가를 찾았다. "여기 있네!" 그녀는 무덤 위에 꽃다발을 놓는 사람처럼 의식을 치르듯 천천히 내 어깨에 밍크 랩을 걸쳤다. 참을 수 없이 부드러운 갈색 벨벳으로 테두리를 두른 밍크였다.

"모피를 입을 수는 없어요! 나는 오페라 가수가 아니고 보안관 보입니다."

그녀는 내 말이 들리지도 않는 것 같았다. "딱 어울리는 모자가 있어요." 그녀는 폭 넓은 리본이 달린 거대한 벨벳 모자를 꺼내 나의 가엾고 저주받은 머리 위에 씌웠다.

히스 보안관이 재차 문을 두드렸다. "이제 들어와도 돼요, 밥!" 저지할 틈도 없이 코딜리어가 소리쳐 말했다.

그는 득달같이 들어와 나를 보는 둥 마는 둥 했다. 그는 여느 남자들과 다를 바 없이 여자들의 옷에 대해 아무 생각이 없었고 패션은 다 우스꽝스럽다고 생각했다. "좋네요. 다들 내 사무실로 들어오는 중입니다. 거기서 사진을 찍은 다음 질의응답시간을 가질 겁니다."

"여보, 앉아서 찍는 상반신 사진이어야 해요." 코딜리어가 말했지만 보안관은 이미 돌아서서 사무실로 가는 중이었다.

"신경쓰지 마요." 그녀가 내게 소곤거렸다. "내가 같이 가서 일을 제대로 성사시킬 테니까."

나의 수모는 확정됐다. 나는 몰래 교도소 세탁실로 내려가 실내용 드레스를 가져올 마지막 기회를 놓치고 코딜리어와 함께 보안관의 사무실로 향했다. 그리고 나의 처음이자 가장 어처구니없는 사진을 찍기 위해 사진기자들 앞에 앉았다.

노마는 아연실색한 표정으로 유심히 사진을 살폈다. 플러렛이 신문을 가져가 내 머리를 신문지로 찰싹 때렸다.

"왜 날 불러서 옷을 입혀달라고 하지 않은 거야? 나라면 이 상황에 어울리는 세련된 옷을 찾아냈을 거야, 이런 개떡 같은 게 아니라…… 이런 건 뭐라고 해? 언니 블라우스 가운데 달린 건 커다란 실크 리본 같아 보이는데."

"나도 그건 커다란 실크 리본이라고 봐." 나는 얼음주머니를 노마에게 건넸고, 노마는 얼음을 부엌으로 가져갔다.

"어휴, 더는 못 참겠어." 플러렛이 말했다. "언니가 보안관보가 되어 신문에 사진을 실을 거면, 내가 제대로 된 제복을 하나 만들어줄게. 아니, 두 벌 만들어야겠다. 아니다, 세 벌. 하나는 여기 두고, 하나는 교도소에 두고, 또하나는 입고. 그리고 여름에는 좀더 얇은 옷으로. 하절기에 여성 보안관보는 어떤 걸 입지?"

"너무 얇게 만들지는 마. 거친 일이거든."

"얼른 만들어야겠다. 핸슨 선생님이 나한테 학원에서 재봉 일을 해달라고 한 거 노마 언니가 얘기했어? 일주일에 두 번 갈 건데 앞으로는 언니가 내 수업료 낼 필요 없어. 봉급을 받고 무료 수업을 들을 거야."

나는 플러렛에게 왜 그러면 안 되는지 말하려고 입을 열었다가, 내가 그저 습관적으로 행동하고 있을 뿐이며 아이를 막을 만한 적당한 핑계가 없다는 것을 깨달았다. 아이는 세상에 나가 혼자 힘으로 유용한 일을 찾아냈다. 내가 무슨 이유로 불평해야 한단 말인가?

"그거 잘됐네." 내가 말했다. "핸슨 선생님이 네 재능을 알아보셨구나. 그럴 줄 알았어."

플러렛은 빙그레 웃고 다시 패턴 책을 들여다보기 시작했다. 나머지 오후시간 동안 나는 소파에서 졸았다. 히스 보안관은 저녁 내내 나를 사무실에 잡아두고 뉴어크와 트렌턴과 뉴욕시에서 온 기자들한테까지 차례로 질문할 시간을 준 다음, 사흘간 집에서 쉬라고 지시했다. 만약 그때까지 갈비뼈가 낫지 않으면 병원에 가보라고 했다. 집에 가라는 건 하나도 기쁘지 않았지만, 갈비뼈가 어긋 났거나 금이 갔고 무릎이 접질리고 허리에 멍이 든 건 사실이었다. 그 외에 까지고 긁힌 곳은 셀 수도 없었다.

둘째 날 잠에서 깨니 잠들기 전보다 더 아팠다. 셋째 날은 통증 이 더욱 심해졌다. 혼자 옷을 입기도 힘들었고 환자처럼 비틀비 틀 걸어다녔다. 노마가 쟁반에 받쳐 식사를 가져다주긴 했지만 다른 것들은 내가 알아서 하라며 거들떠보지도 않았다. 플러렛은 쿠션과 붕대를 들고 다니며 수선을 피웠고, 집안에 있는 모자에서 실크를 죄다 뜯어내 꽃다발을 만들어 바치고, 별 흥미도 없는 경박한 잡지를 읽으라고 갖다주었다.

넷째 날이 되자 통증이 완전히 고착화됐고, 앞으로 평생 약한 무릎과 아픈 허리와 믿을 수 없는 갈비뼈를 갖고 살게 되었다는 생각이 들었다. 나는 그 사실을 받아들이고 나서 일을 재개하기로 마음 먹었다. 어떤 의미에서는 그렇다는 거다. 나는 줄곧 마음에 걸리던 것을 확인하고 싶었다.

"언니 어딜 나가려고!" 플러렛이 코트와 모자 차림의 나를 보고 재봉틀 앞에서 벌떡 일어나며 말했다. 돌풍이 불고 얼음장처럼 추운 날이었다. 눈이 녹아 지저분한 진창으로 뒤덮인 도로는 밤새 미끄럽게 얼어붙었다. 어디서 불어오는지 알 수 없는 돌풍이 사방으로 눈가루를 휘날렸다. 눈이 내릴 때처럼 변덕스럽게 사라져버릴지, 아니면 크리스마스 전까지 새하얀 눈 이불이 깔릴지 누구도 알 수 없었다.

"저녁엔 돌아올 거야." 내가 말했다. "마차를 끌고 가야겠다. 걸을 수가 없어서."

노마는 바깥에 있었고, 비둘기장에 철사 뭉치를 갖다놓고 찢어진 그물망을 고치는 중이었다. 내가 가까이 다가가자 비둘기들은 횟대가 허락하는 한 가장 멀리 안쪽으로 몰려갔다.

"내가 무슨 짓을 했다고 저것들이 저렇게 화를 내는지 모르겠네."

"침대로 돌아가."

"침대에 처박혀 있는 데 질렸어. 시내로 가야겠어. 돌리한테 마구 채우는 것 좀 도와줘."

노마는 내키지 않아하면서도 나와 함께 헛간으로 들어갔다. "난 언니가 마차 끌고 가는 거 별로야. 팔도 거의 못 들잖아."

"뭣 좀 알아봐야 할 게 있어서 그래. 힘이 드는 일은 아니야. 집안에 앉아 있을 수 있으면 마차를 탈 수도 있겠지."

"내가 걱정하는 건 마차 타는 게 아냐. 언니가 부딪히게 될 또다른 일이지. 어딘가 계단 꼭대기에 놔두고 온 딴 범죄자 생각이 나서 또 달려가 몸을 던지기로 작정한 것 같은 불길한 예감이 든다고."

"그렇게 내가 걱정되면 같이 가지 그래?"

노마가 깜짝 놀라 나를 쳐다보았다. "나더러 뭘 하라고?"

"일단 넌 마차를 몰 수 있지. 그렇게 말한 게 너잖아. 난 팔도 거의 못 드는 신세고."

"어딜 가는데?"

"가필드. 남자가 총에 맞아 죽은 집에서 다시 한번 확인할 게 있어. 사실 네가 같이 가면 도움이 돼. 뭘 좀 실험해보고 싶은데 제대로 하려면 두 사람이 필요하거든."

노마는 뭔가 말하려고 입을 열었다가 다시 다물었다. 돌리가 머리를 쳐들었지만 결국 노마가 씌운 재갈을 물고 밖으로 나왔다.

"글쎄…… 나가면 안 되는데. 눈이 다시 오기 전에 비둘기장을 수리해야 해."

"저 비둘기들은 이미 우리보다 더 나은 숙박시설을 누리고 있어. 그러지 말고, 나랑 같이 가서 탐정 일 좀 해보자."

노마의 찌푸림은 긴 세월에 걸쳐 너무 깊이 얼굴에 새겨져서 방향을 반대로 뒤집으려면 엄청난 노력이 필요했지만, 나는 노마에게 어떤 변화가 있다는 걸 알아챘다. 노마의 눈빛에 흥미와 관심이 살짝 어렸다. 노마는 입고 있는 작업용 코트를 내려다봤고, 거기엔 지푸라기와 분뇨가 묻어 있었다.

"갈아입어야겠다." 노마가 말했다.

"너무 신경쓰지 마. 아무도 안 볼 거야."

노마는 뒤돌아서 집으로 뛰어갔다. 나는 세 번의 시도 끝에 간신히 성한 무릎에 힘을 싣고 마차에 올라탔다.

26

가필드로 가는 길에 나는 노마에게 프로비덴차 모나포에 관해, 그리고 사베리오 살리노의 죽음에 관해 내가 아는 것을 전부 말해 주었다. 노마는 신문에서 그 사건을 봤지만, 프로비덴차의 진술과 동네 사람들의 진술이 서로 어긋난다든가, 코터 수사관이 그녀를 석방하고 다른 사람에게 혐의를 씌우려 한다는 내용은 신문에 나오지 않았다.

노마는 그 문제를 대단히 심각하게 받아들였고 시내로 가는 내내 골똘히 생각에 잠겼다. 노마는 다른 사람들의 사생활에 아주 관심이 많았다. 이 사건이야말로 노마가 몇 시간이고 심사숙고하기 좋아하는 종류의 이야기를 섞어놓은 것이었다.

"미시즈 모나포 본인이 그 남자를 쐈다고 인정한 거지." 노마가 말했다.

"아주 기꺼이. 부인은 남편이 무서워서 죄를 다 인정하고 남편이 자신에게 손댈 수 없는 교도소 안에 정말로 있고 싶어해."

"전차 기사는 그녀가 틀림없이 일곱시 반에 탔다고 하고."

"그렇다고 하더라."

"하지만 증인들은 아침 여덟시에 총소리를 들었고, 시간을 착각했을 가능성도 없다는 거지."

"수사관 말로는 그래, 맞아."

노마가 그것에 대해 곰곰 되씹어보는 동안 우리는 묵묵히 마차를 타고 갔다. "존 코터가 버건 카운티의 공무원 중 가장 믿을 수 없는 인물이라는 데는 이견이 없지?"

"우리가 공무원들을 다 만나본 건 아니지만, 지금까지 내가 상대한 사람들 중에선 확실히 최악이야."

"그렇다면 코터가 확보한 증인들 말에 의존해야 한다는 게 마음에 안 드는데." 노마가 말했다. "그리고 그가 왜 그렇게 미시즈 모나포를 교도소에서 꺼내려고 안달인지 이해가 안 가."

"증인들이 언론에 대고 뭐라고 말할 수도 있고, 진범은 활개치게 놔두고 불쌍한 노파를 가둔 셈이라면 모양새가 안 좋을 테니까. 게다가 코터가 진짜로 미시즈 모나포가 저지른 게 아니라고 믿고 있다면, 아마 그녀가 오래 못 가서 실토할 거라고 기대하고 있을 거야."

"그럼 코터는 이러지도 저러지도 못하고 있는 거네, 안 그래?"

우리는 길게 줄지어 선 검은색 자동차 뒤에 멈춰 섰다. 무엇 때문에 정체가 되었는지는 보이지 않았다. 돌리는 이렇게 자동차가 많은 데 바짝 붙어 있는 것을 싫어했다. 고개를 휙 젖히고 발굽을 쿵쿵 구르며 싫은 티를 냈다.

노마는 무슨 일인지 보려고 자리에서 일어섰고, 한숨을 내쉬며 도로 앉았다. "교차로에 자동차 한 대가 고장나서 서 있어. 다들 꼼짝없이 앉아서 기다려야겠네. 전에는 도로를 좀더 넓게 쓸 수 있었는데."

맞는 말이었다. 전에는 도로에 뭐가 있으면 그냥 옆에 있는 들판으로 방향을 틀거나, 맞은편에서 자동차가 달려올 거라는 걱정 없이 반대편 길을 쓰면 됐다. 쌍두마차 두 대가 서로 가까워져도 크게 위협이 되지는 않았다. 그러나 자동차는 사람이 몰았고, 사람들은 조심성 없이 속도만 올리고 앞을 가로막는 사람은 누구든 밀어버렸다.

지루한 정체가 한동안 지속된 후, 순경 한 사람이 교차로에 도착해 과열된 자동차 주변의 교통을 정리하기 시작했다. "플러렛이 저런 거 갖고 싶어하는 거 알아? 자기가 운전을 배울 수 있을 거라고 생각하던데?" 노마가 말했다.

"안 돼!" 탁 트인 도로에서 기계를 조종하는 플러렛을 생각하자 그나마 멀쩡한 몇 안 되는 부위 중 하나인 뒷목까지 뻐근해졌다.

"언니를 일터까지 데려다주고 데려오는 조건으로 자동차를 사달라고 조를 생각이더라."

"플러렛이 내 운전사가 되고 싶어한다고?"

"그리고 그 대가로 뉴저지와 뉴욕을 자유롭게 돌아다닐 심산인 거지, 신나게 남……"

"됐어." 내가 말했다. "걔가 신나게 뭘 하고 싶어하는지 알고 싶지 않아. 전화도 못 믿겠는데 자동차는 더 안 되지."

"아, 전화도 갖고 싶어해. 하지만 우리집까지 선이 들어올 리 없으니 그건 다행이야. 집안에서 시시때때로 벨이 울려대는 건 못 참아."

그 이야기가 더 길어지기 전에 우리는 미시즈 모나포의 다가구 주택 앞에 도착했다. 나는 노마에게 길 건너편 몇 집 떨어진 곳에 돌리를 세워달라고 했다. 노마는 눈을 찡그리고 벽돌 건물을 주시했다. 건물은 집주인의 부재로 더 더러워져 있었다. 널빤지로 막은 창문이 이제 두 군데였다. 지붕에서 홈통 일부가 떨어져나갔는데, 바람과 눈 때문인 듯했다. 위층에 비스듬히 걸린 홈통은 금방이라도 땅에 떨어질 것 같았다. 아무도 인도를 치우지 않아 동네 고양이들이 뒤집힌 쓰레기통을 뒤진 모양이었다.

"돌리를 여기 놔두고 싶지 않아." 노마가 말했다. "마구간으로 데려가면 안 될까?"

나는 어설픈 자세로 마차에서 뛰어내려 성한 쪽 다리로 땅을 짚었지만 균형을 잃고 기우뚱했다. 얼음은 녹기 시작했지만 아직 몇 군데는 얼어붙어 있어서 빙판을 잘 피해 둘러가는 게 지금 내 몸 상태로는 쉽지 않았다.

"넌 여기 있어도 돼." 내가 말했다. "뭘 좀 확인하고 싶은 것뿐이니까."

"하지만 그러려면 우리 둘 다 있어야 한다며?" 노마가 물었다.

오랜만에 노마의 얼굴에 열정적인 표정이 떠올랐다. 그러고 보니 진짜 탐정 같은 옷차림이다. 세련된 트위드 정장에 가죽 장갑을 끼고 모직 승마 모자를 썼다. 나보다 노마가 더 법 집행기관에 종사하는 여자처럼 보였다.

"그럼 안으로 들어와." 내가 말했다. "돌리도 잠깐은 괜찮을 거야. 주위에 아무도 없으니까."

노마는 나를 따라 집안으로 들어왔다. 현관문은 늘 그렇듯 잠겨 있지 않았다. 나는 노마에게 모나포 부부의 지하 원룸으로 내려가는 계단을 보여주었고, 역시 집에는 아무도 없었다. 노마는 집주인이 된 것처럼 대담하게 걸어들어가더니, 코를 찌르는 악취에 주춤 뒤로 물러났다.

"여기서 가축을 길렀나, 헛간도 이렇게 냄새가 심하진 않은데." 노마는 팔짱을 끼고, 먼지투성이에다 곰팡이가 점점 늘어나고 있는 가구들과 미시즈 모나포가 수감된 후 계속 쌓이기만 하는 쓰레기를 훑어보았다. 남편이 여기서 사는 게 분명했다. 빈 술병들이 공기 중에 퀴퀴한 맥아 냄새를 더하고 있었기 때문이다.

노마는 벌써 계단 쪽으로 후퇴하기 시작했다. "이게 사람 사는 꼴이라면 깨끗하고 근사한 언니네 교도소에 갇히려고 그렇게 애를 쓰는 것도 무리는 아니야."

"올라가서 돌리하고 위층에서 기다려, 그럼. 나도 금방 갈게."

이번에는 노마도 내 말에 순순히 동의했다. "마차에 타기 전에 치마 잘 털고. 벼룩이 붙었을지도 몰라."

"장담하는데 분명 붙었을 거야." 그 말이면 노마를 길 건너편으로 보내기에 충분했다.

일단 노마가 나가고 나니, 내가 계획했던 작업을 하는 데는 겨우 일 분밖에 걸리지 않았다. 나는 살리노가 총에 맞은 그날 아침처럼 지하실 문이 열려 있는지 확인했다. 그가 막 들어온 참이었다면 문을 닫을 시간이 없었을 것이다. 나는 방 한쪽 귀퉁이에 쌓인 오래된 신문지를 치우고 벽돌 기단부를 노출했다. 그리고 주머니에서 솜뭉치를 꺼내 양쪽 귀에 쑤셔넣었다.

그런 다음 리볼버를 꺼내 구석에 대고 한 발 발사했다.

사방에서 폭발음이 울렸고 솜뭉치를 꼈는데도 귀가 멀 것 같았다. 한줄기 연기가 내 주위에서 일렁였다. 새카맣게 탄 알싸한 화약냄새 덕분에 일시적으로나마 공기가 나아졌다.

총알은 벽돌 사이의 회반죽 줄눈에 박혔다. 나는 신문을 원래대로 돌려놓고 솜뭉치를 귀에서 뺀 뒤 계단을 올라갔다. 길 아래쪽에서 노마가 돌리에게 사과를 먹이고 있었다.

"들었어?" 내가 물었다.

노마는 어리둥절한 표정으로 나를 돌아보았다. "뭘 들어?"

"그래도 분명 들렸을 텐데요." 히스 보안관이 말했다. "총소리라고요. 동네 전체에 울렸을 겁니다." 그는 의자에 등을 기대고 앉아 조바심을 내며 나를 올려다보았다. 보안관 사무실의 작은 벽난로에는 늘 불이 피워져 있었고, 노마는 그 앞에 서 있었다.

"지하실이잖아요." 내가 말했다. "집 뒤쪽이고, 창문이라고 있는 건 죄다 쓰레기로 막아놨어요. 문을 열어뒀는데도 노마는 그 소리를 못 들었어요. 들었다 해도 너무 작아서 알아차리지 못한 거죠. 노마에게 미리 말을 하지 않아서 노마는 예상을 못했고, 그래서 귀기울여 듣고 있지 않았던 거예요. 하지만 이웃들도 귀기울여 듣고 있진 않았을 거예요."

보안관이 벽난로 앞으로 가 노마와 나란히 섰다. "그게 무엇을 의미한다고 생각합니까, 미스 콥?"

노마는 자기 생각을 똑똑히 말할 기회를 결코 놓치는 법이 없지만, 교도소 안에 들어오자 정신이 산만해졌는지 유난히 말이 없었다. "콘스턴스가 말한 대로예요." 노마는 난롯불에서 눈을 떼지 않고 말했다. "내가 어떻게 생각하는지는 중요하지 않아요. 당신 업무를 어떻게 해야 하는지 얘기해줄 사람이 필요한 건 아니잖아요."

"지금까지 줄곧 필요하다고 생각해왔습니다만." 보안관은 싱긋 웃으며 말했다. 그는 의연히 노마를 좋아했다. 전에는 나 때문에 노마한테 예의를 지키는 것뿐이라고 생각했는데, 지금 보니 보안관은 거의 예외 없이 모든 사람을 똑같이 부드럽고 정중하게 대했다. 본인의 감시하에 있는 범죄자들한테도 그랬다.

노마는 벽난로 앞자리를 넘겨주고 창문가로 걸어가 어둡고 탁한 해컨색강을 바라보았다. "콘스턴스 언니를 그 기분 나쁜 지하실에 혼자 놔두고 온 게 꺼림칙했기 때문에, 뭔가 예사롭지 않은 소리가 들렸다면 분명 달려들어가 확인했을 거라는 것만 말해둘게요. 못 믿겠다면 코터 수사관하고 둘이 직접 가서 똑같이 실험해봐요. 같은 결과를 얻을 테니까."

히스 보안관은 주머니 속에 든 동전을 짤랑거리며 생각에 잠겼다.

"지난번에 둘이 같이 거기 갔을 때 기억나요? 위층에서 지하실에 있는 나를 불렀을 때 내가 못 들었잖아요. 까맣게 잊고 있었는데, 사흘 동안 하릴없이 누워서 뒹굴거리며 아무것도 못하고 이것저것 생각만 했더니 문득 다시 떠올랐어요. 최소한 가서 실험은 해봐야겠다 싶었죠."

"하지만 여덟시에 총소리를 들었다는 우리의 증인들은 어떻게 된 거죠?"

"그들이 총소리를 듣지 않았다는 말이 아니에요. 아마 들었을 겁니다. 다만 사베리오 살리노를 죽음으로 몰아간 그 총소리는 아닐 거예요. 엔진이 역화하는 소리였을 수도 있고, 누군가가 사격 연습을 했거나, 아니면 여태 아무에게도 들키지 않은 또다른 살인이었을지도 모르죠."

"흠." 보안관은 부지깽이를 들고 불 앞으로 가서 불씨를 쑤석이고 통나무를 하나 더 얹었다. 그는 보굿에 불이 붙을 때까지 물끄러미 지켜보다 입을 열었다. "음. 코터 수사관이 모나포 부부의 집에 가서 총을 쐈을 리는 없습니다. 당신이 한 일을 알고 좋아할 것 같진 않지만."

"쓸모없는 증거를 제거해줬으니 고마워해야죠."

"과연 그럴까요. 어쨌든 미시즈 모나포는 계속 우리가 모셔야겠군요."

"당신들이 그걸 어떻게 감당하는지 모르겠군요. 그 여자가 자기 집 상태의 절반만큼만 끔찍하다고 해도." 노마가 말했다.

내가 사건을 어떻게 반전시켰는지 듣고 프로비덴차는 한없이 기뻐했다. 그녀는 혼자 키득키득 웃고 앞뒤로 왔다갔다하면서 내게 두서없이 이런저런 얘기를 조금씩 늘어놓았다.

"당신 우리집에서 총 쐈어." 그녀는 손가락을 하나 세워 내게 흔들어대며 활짝 웃었다.

"언짢아하지 않으셨으면 좋겠네요."

"그리고 위층에 다른 사람 두고 들으라고 했어!" 그녀는 신이 난다는 듯 꽥 소리를 질렀다. "그런데 그 사람 아무것도 못 들었어."

"맞아요. 그리고 그게 통한 것 같아요, 그래도 부인이 판사에게 말해야겠지만. 무슨 일이 있었는지 정확하게 전부 얘기하세요. 그게 최선의 선택이에요. 한 남자가 살해됐고, 그게 얼마나 심각한 일인지 아셔야 해요."

프로비덴차가 사건의 심각성을 제대로 이해했는지 나는 당최 알 길이 없었다. 그녀는 살리노를 죽여놓고도 전혀 뉘우치는 기색이 없었다. 그의 죽음을 그 자체로 하나의 비극적 사건으로 보는 게 아니라, 그녀에게 일어났던 모든 일의 자연스러운 결과에 불과하다고 여기는 듯했다. 그 가엾은 남자는 이 나라에 가족도 없는 것 같았다. 그와 같이 살았다는 누이는 내가 짐작했듯 친누이가 아니었다. 내가 아는 한, 만나볼 사람도 탐문할 사람도 없었다. 미시즈 모나포가 보상하려 한다 해도 누구에게 해야 하는지 알 수 없었다. 그녀가 보상한다는 생각을 조금이라도 한 적이 있을 것 같진 않지만.

사실, 계속 수감될 거라는 소식에 그녀는 기분이 아주 좋아져 잠시도 가만있지 못하고 부산을 떨다가 주방 일까지 자원했다. 하지만 히스 보안관은 그녀가 살던 환경에 대한 기억과 그가 주방에서 보고 싶어하는 장면을 도저히 양립시킬 수 없어 그것만은 거절했다. 그는 저녁식사 담당을 새로 충원한 지 얼마 되지 않았다고, 교도소 사내들은 죄다 거칠어서 도덕성 회복이 시급한데 오직 양파 썰기와 감자 껍질 벗기기만이 그런 효과를 가져올 수 있다고 둘러댔다. 프로비덴차는 그 설명을 받아들였지만 기회가 있을 때마다 자신이 아래층 사내들이 양 다리로 만드는 것보다 더 나은 저녁을 법원 지붕 위 비둘기 둥지에서 가져온 재료로 만들 수 있다는 걸 보안관에게 상기시켰다.

"그것도 좋네요, 미시즈 모나포." 보안관은 쾌활하게 대꾸했다.

"올해 강가의 들쥐 포획량이 꽤 되는데 그걸로도 뭔가 만들 수 있다면."

그 말에 프로비덴차는 신이 나서 손뼉을 쳤다. 그녀는 자신의 형기를 우리가 바랐던 것보다 더 기쁘게 즐기고 있었다. 하기야, 성질 고약한 재소자, 아니 한술 더 떠서 다음에 무슨 짓을 저지를지 모르는 사기꾼과 생기발랄한 재소자 중 하나를 고르라면 우리 선택은 늘 후자다.

27

나는 폰마테지우스가 수감된 방 가까이 가지 않으려 애썼지만, 결국 그러지 못했다. 우리가 그를 다시 잡아온 후 교도소에는 꿈결 같이 묘한 분위기가 흘렀다. 놈이 백만 년 만에 잡힌 것만 같았고, 나는 전 생애를 바쳐 놈을 추적한 것 같았으며, 놈이 언제라도 파이프에서 흘러나가는 연기처럼 감방 쇠창살 사이로 빠져나가 또다시 사라질 것만 같은 기분이었다. 그에 관해 잊고 싶었지만, 교도소 어딜 가든 그의 존재가 지겹게 나를 끌어당겼다. 가끔은 놈이 동물원에 갇힌 짐승처럼 감방 안을 왔다갔다하며 계략을 꾸미는 모습이 눈에 선했다.

어느 날 늦은 저녁 나는 기어이 그를 찾아갔다. 그가 재수감된 지 일주일 만이었다. 그는 또다시 다른 재소자들과 격리되어 복도 맨 끝 방에 갇혀 있었다. 우리는 펠릭스를 다른 층에 가두었고, 형제가 서로 연락할 수 있게 도와주는 사람은 누구든 엄벌에 처한다고 공포했다.

폰마테지우스는 내가 올 줄 알고 있었다는 듯 침상 끄트머리에 걸터앉아 있었다. "라 마드무아젤 콥 포르미다블."* 그는 완벽한 파리 시민의 억양으로 말했다. 그가 안으로 들어오라고 손짓했지만 나는 들어가지 않았다. 나는 감방 문이 잠겨 있는지 확인했다.

"프랑스어도 하는 줄은 몰랐는데." 나는 쇠창살 사이로 말했다.

"당신을 위해 특별히."

오늘의 그는 뭔가 평범하고 수수했다. 교도소 유니폼이 그의 체구를 왜소하게 만들었다. 머리와 턱수염은 밀었고 외눈 안경은 압수당했다. 그의 모든 허세와 가식이 사라진 것이다. 얼굴은 구겨진 휴지처럼 축 처졌다.

"닥터 래스번은 아직 못 찾았어." 내가 말했다.

래스번의 이름이 언급되자 그는 갑자기 고개를 들었다가 다시 떨궜다. "폰마테지우스 일가에게는 더 잘된 일이지. 그자는 내가 자신에게 큰 빚을 지고 있다면서 빚을 다 갚을 때까지 날 잡아두려고 했을 뿐이었으니까."

"집에 좋은 물건들이 아주 많았잖아. 그 그림과 양탄자들은 다 어떻게 된 거지?"

그는 생각도 하기 싫다는 듯 쯧 소리를 냈다. "도대체 사람들이 좋은 물건을 알아보는 눈이 없어."

"펠릭스가 좋은 값을 받지 못한 건가?"

그는 대답하지 않았고, 내가 말했다. "당신은 교도소에 있었어야

---

* '무시무시한 미스 콥'이라는 뜻의 프랑스어.

해. 형기가 고작 구 개월 남았었지. 당신이 한 짓에 비하면 지나치게 짧았어. 이젠 훨씬 더 오래 감옥에 있게 될 거야."

그는 프랑스인들이 흔히 그러듯 거만하게 어깨를 한 번 으쓱했다. "굳이 날 찾으러 올 필요는 없었는데. 늙은 남작에 대해선 그냥 잊어버리면 아무 문제 없었을 거라고."

"우리가 그럴 수 없다는 걸 잘 알 텐데."

"아니. 당신은 당신 일을 하고, 나는 내 일을 하는 거야."

"당신 일이 뭔데, 남작 겸 목사 겸 의사 양반?"

"감방에 앉아 죽을 날을 기다리는 건 아니지." 그는 기침을 하더니 세면대로 가서 입안을 헹구고 목을 축였다. 우리는 그에게 컵을 허용하지 않았다. 그가 깰 수 없는 양철 컵조차 주지 않았다.

일을 마친 그는 쇠창살 쪽으로 곧장 걸어와 말했다. "날 잡았잖아. 내 동생은 풀어주지?"

나는 고개를 저었다. "탈옥 후에 관용은 없다. 펠릭스는 협조할 기회가 있었는데 거절했고."

그는 길고 시끄럽게 숨을 들이쉬었다. "당신 죄 때문에 당신 여동생이 감옥에 간다면 절대 용납할 수 없을 거 아닌가."

그것은 미끼였고, 나는 그걸 덥석 물 정도로 어리석지 않았다. "나라면 가족을 범법 행위에 끌어들이지 않아. 물론 법을 어길 리도 없지만."

그의 시선이 내 눈과 정면으로 부딪쳤다. "법을 어기지 않았을 수 있지. 하지만 당신은 죄가 있어. 안 그래, 프로일라인*? 내가 그

---

* 결혼하지 않은 여성을 부르는 독일어 호칭.

렇게 쉽게 도망칠 수 있게 해줬잖아. 당신은 어떤 처벌을 받지?"

이자는 독약이다. 나는 얼른 뒤로 물러났고, 그의 주변 공기를 마시는 것조차 두려웠다.

죄수들은 온갖 질환을 달고 우리 교도소에 들어온다. 소화불량과 간 기능 저하, 통풍과 기관지염, 부스럼과 고열, 옴과 이. 박박 씻어 없애거나 약으로 제거되는 것들도 있다. 썩은 이는 뽑으면 되고, 찰과상은 붕대를 감으면 된다. 그러나 그들이 들여오는 거짓말과 사악한 의도, 패악과 기만은 무엇으로도 씻어낼 수 없다. 가까이 있는 것만으로도 병이 드는 기분이었다. 그의 시야 밖으로 나오자마자 나는 목덜미를 긁고 치마를 흔들어 털었다. 저 노인의 위법행위가 실체를 갖추고 쇠창살 사이로 내게 달려든 느낌을 탈탈 털어 없애고 싶었다.

그다음부터는 절대 놈에게 가까이 가지 않겠다고 맹세했다. 히스 보안관은 폰마테지우스에게 가장 엄격한 징역형을 집행하기를 원했고, 그건 놈이 상당히 오랜 기간 우리 교도소에서 복역하게 될 거라는 의미였다. 나는 그와 같은 지붕 아래 있는 걸 참을 수 없었고, 다시는 내가 통역할 일이 없기를 바랄 따름이었다.

펠릭스는 탈주범을 은닉한 혐의로 곧 재판을 받게 될 것이고, 폰마테지우스는 탈옥 건으로 형기가 더 늘어날 것이다. 남작은 용케 두 사람을 방어할 변호사를 확보했다. 변호사는 교도소 면회시간을 자유롭게 활용해 형제와 번갈아 얘기했고, 그들이 서로 정보를 교환하는 데 도움을 주고 있음은 두말할 나위가 없었다. 그 때문에 히스 보안관은 짜증이 그칠 날이 없었지만, 우리가 그것에 대해 할 수 있는 일은 거의 없었다.

나는 펠릭스가 왜 그토록 완강하게 묵비권을 행사하는지 이해할 수 없었다. 남작은 더이상 어떻게 옹호할 수 있는 인물이 아니었다. 그자는 사기꾼이자 모리배였다. 그자는 거짓 겉치레로 집에 환자들을 받고 치료하기는커녕 학대하고 병을 키웠다. 비어트리스 풀러는 에테르 과다 투약으로 죽을 뻔했다. 회복했다 하더라도 그녀는 인생을 처음부터 다시 시작해야 했을 것이다.

펠릭스는 어째서 저런 인간을 돕는 걸까? 그는 진단서를 조작하고 장물을 처분하고 돈봉투를 전달하고 온 시내를 돌아다니며 형을 숨겨주는 그 번거로운 일을 다 감당했다. 그렇게 충직하게 일한 대가로 돌아온 건 징역형뿐이었다. 아직 자유로워질 기회가 있을 때 우리에게 형을 넘겼어야 했다.

형제는 고집스럽게 쇠창살 안에 들어앉아, 신체적 자유와 가족의 연대를 맞바꾸기로 결심한 듯 보였다. 가족은 늪과 같아서 다 함께 수렁에 빠져들기도 한다.

오후 자유시간을 얻자마자 나는 기차를 타고 러더퍼드로 가서 닥터 윌리엄스의 문을 두드렸다. 병원의 낮 진료시간이 종료되기 오 분 전에 간신히 도착했다. 문은 즉시 열렸다. 의사는 코트를 입고 모자를 쓴 채 외출하려는 참이었다. 그는 나를 보더니 올 줄 알았다는 듯 고개를 끄덕였다.

"우리의 레이디 캅이 오셨군요." 그는 별안간 수줍게 웃었다. "신문에서 봤습니다."

"전 그냥 미시즈 버크하트의 안부를 물으러 왔어요." 내가 말했다.

"아, 비용을 내셨으니 당연히 그럴 권리가 있죠. 그런데 썩 좋은 소식은 아닙니다." 닥터 윌리엄스는 상냥하고 솔직한 표정이었고 생기발랄한 눈은 뭐든 흡수할 것 같았지만, 말할 때는 의사들 특유의 직설적이고 사무적인 화법을 사용했다. "부인은 간암을 앓고 계시고, 제가 보기엔 다른 주요 장기에도 이미 암세포가 침범한 듯합니다. 무두공장에서 오래 일한 탓에 생긴 다른 증상들도 더 있고요."

"좀 편하게 해드릴 방법이 있나요?"

"모르핀이 누구라도 편하게 해줄 수 있죠, 복용하기만 한다면. 모르핀은 넉넉히 드리고 왔고, 더 필요하면 약사에게 연락할 수 있게 처방전도 놓고 왔습니다."

"그분 아드님이 앞으로 어떻게 할지 궁금하네요."

"불안하고 겁이 많은 아이더군요. 만약 내 아이였다면 뱃일을 시키거나 서부로 보냈을 겁니다. 모험을 약간 해볼 만도 한데 러더퍼드에서는 그럴 일이 없죠. 유럽에 가서 전쟁을 경험해보는 게 그애한테 딱 필요한 일일지도 몰라요. 거기서 살아남을 수만 있다면."

아버지를 잃고 어머니도 여읜 루이스 버크하트가 벨기에 전선에서 싸우는 모습은 생각하기도 싫었지만, 그것이 우리가 젊은이들을 보는 일반적인 시각이 되어가는 추세였다. 윌슨 대통령이 파병을 결정하는 순간 곧 사라질 이들. "브루클린에 그 아이의 삼촌이 있어요. 다른 신발가게를 운영하는."

"그럼 그리로 가겠네요."

"시간이 괜찮으시다면 상의할 다른 문제가 하나 더 있는데요." 내가 말했다.

의사는 고개를 끄덕이면서도 나를 안으로 들이지는 않았다. 우리는 포치 앞에 서서 주머니에 손을 넣은 채 이야기했다.

"당신하고 얘기한 뒤에 폰마테지우스에 관해 몇 가지 사실을 더 알아냈는데, 뉴욕의 한 의사가 관련되어 있더군요. 닥터 밀턴 래스번이라고 들어본 적 있습니까?"

바람에 의사의 모자가 날렸고, 그는 모자를 도로 눌렀다. "래스번. 신경이 예민한 백만장자들의 비위를 맞추는, 그 사람 맞죠?"

"맞아요. 그 사람하고 얘기해본 적 있어요?"

"아뇨, 그 사람이 나한테 말을 걸었다고 하는 게 정확하겠죠. 이 지역 의사들한테 전화를 걸어 업무 협의를 하자고 했어요. 정양원을 세워 수익을 나눠 갖고 싶어하더군요."

"당신은 안 하겠다고 한 거군요. 폰마테지우스는 하겠다고 나섰고." 내가 말했다.

"그게 폰마테지우스가 하던 일인가요? 래스번하고 동업하는 거?"

"그 두 사람이 어떻게 만났을까요?"

"난들 아나요. 폰마테지우스는 러더퍼드에서 의료 행위를 하고 있지 않았습니다. 술집에서 만나 거기서 모든 계획을 세웠을지도 모르죠." 그는 고갯짓으로 파크 스트리트의 술집들을 가리켰다.

"어찌되었든, 그 때문에 어처구니없는 수많은 문제들이 생겼어요." 내가 말했다. "그는 분명 환자들을 백 명쯤 진료했을 텐데, 그걸 진료라고 부를 수 있다면 말이죠, 나는 그중 겨우 한 사람한테 일어난 사건만 알아요."

"그 아가씨 말이죠? 그가 결혼하려고 했던?"

"네. 얼마나 더 많은 사건이 있었을지, 바로 여기 러더퍼드에서 어떻게 그런 일이 일어날 수 있었는지 놀라지 않을 수가 없군요.

폰마테지우스 같은 사람이 자택에 환자를 받아 마음대로 운영하는 그런 일을 막을 방법이 없을까요?"

닥터 윌리엄스는 찬바람에 목깃의 단추를 채웠다. "그자를 감옥에 넣는 게 그를 막는 좋은 방법이죠. 하지만 당신은 그게 일시적인 처방이라고 보시는군요. 아직 갈 길이 멉니다, 미스 콥. 나는 오래전부터 각 도시마다 의료 감독관이 필요하다고 주장해왔는데, 보세요, 감독관들은 나한테 러더퍼드를 맡기고 그냥 가버렸어요. 병원과 요양원뿐 아니라 다른 의사들에게 문제가 없는지까지 확인하고 돌아다니면 동료 의사들 사이에서 확실히 유명세는 타겠군요. 그런 작자가 이곳 러더퍼드에 발을 못 붙이게 할 수는 있겠지만, 다른 주나 다른 나라에 대해서는 내가 할 수 있는 일이 많지 않습니다. 누구라도 못할걸요. 자, 실례가 되지 않는다면 진료할 환자들이 있어서."

"그자가 석방 판결을 받고 다시 예전으로 돌아간다고 생각하면 도저히 참을 수가 없어요."

닥터 윌리엄스는 웃는 듯 마는 듯 유감스럽다는 미소를 지으며 나를 보았다. "원래 다들 그러잖아요? 은행강도와 방화범과 가짜 의사들? 다들 잘만 풀려나와 복귀하던데요? 그놈들이 개과천선할 거라고 생각한 적 있어요?"

할말이 없었으므로, 나는 그에게 미시즈 버크하트에 대한 치료비로 오 달러를 더 건넸다. 그는 받지 않았다.

"제가 잘 돌보겠습니다." 그가 말했다.

나는 계속 그에게 돈을 내밀었다. "누군가를 위해 좋은 일을 하고 싶어요."

그러나 그는 손사래를 치고 자기 집 포치 앞에 나만 덩그러니 남겨둔 채 가버렸다. 쌀쌀한 바람이 눈보라와 우박으로 바뀌었다. 얼음 알갱이가 거리에 휘날렸다. 유리창을 때리는 우박소리를 듣고 누군가가 난로를 피웠다. 신문지를 태운 매캐하고 마른 연기가 허공으로 흘러나와 피할 수 없는 겨울에 맞서 반항하듯 버티고 섰다.

28

뉴욕 경찰은 라인홀트 디츠에게 지시를 내리던 루디 실가나 닥터 래스번을 찾는 데 아무런 진전을 보지 못했다. 그들을 찾아낸다 해도 어떤 혐의를 적용할 수 있을지 히스 보안관은 확실히 알지 못했다. 닥터 래스번이 닥터 윌리엄스에게 의심스러운 계획을 제안했다는 것만으로는 범죄가 성립하지 않았다. 탈주범 방조 혐의로만 래스번을 감옥에 넣을 수 있었는데, 그러려면 폰마테지우스 형제의 증언이 필요했다. 석방되는 조건으로 닥터 래스번에 대해 털어놓겠느냐고 묻자, 두 사람은 자신들이 어떤 혐의로 기소되든 유죄를 인정하기로 결정했다. 그들이 닥터 래스번에게 불리한 증언을 거부할 정도로 그를 두려워하고 있다고 짐작할 뿐이었다. 결국 공판은 없을 것이고, 그들은 판사 앞에 각자 몇 분씩만 설 것이다.

"남작은 줄기차게 펠릭스의 석방을 요구하고 있습니다." 오전 심리에서 히스 보안관이 말했다. "동생을 시켜 처리해야 할 일이 있는 것 같아요. 펠릭스는 석방되면 우리를 곧장 래스번이 있는 곳으로 인도할 테지만, 검찰은 그를 풀어주었다가 놓치는 위험을 감수하고 싶어하지 않습니다. 나도 마찬가지고요."

"이상한 가족이네요." 내가 말했다.

"형제가 동시에 수감되는 건 전례가 없는 일이겠죠. 만약 우리가 또다른 폰마테지우스가 사람과 마주친다면, 일반 원칙에 입각해 그 사람 역시 체포해 일족을 전부 가둬야 할 겁니다."

보안관은 크리스마스이브에 심리를 열자고 친분이 있는 판사를 설득했다. 기자들이 명절 때문에 신경이 분산되어 법원에 나타나지 않을 수도 있다는 희망에서였다. 형제가 법정에서 무슨 말을 할지 알 수 없었고, 그들의 말이 신문에서 반복되기를 원치 않았다. 보안관의 아이디어는 나무랄 데 없었다. 그게 대실패였다는 사실만 제외하면. 크리스마스이브에 대단한 일이 하나도 없어서 인접한 세 개 주의 기자들이 전부 법원에 나타났다.

청명한 날이었고, 지독하게 추웠지만 눈은 내리지 않았다. 기자들은 법원 계단에 모여 겨드랑이 밑에 두 손을 찔러넣고 이번 사건의 세부 사항을 논의했다. 그들 입술에서 하얀 입김이 흘러나왔다.

우리는 죄수를 안으로 데려가 법정 앞 벤치에 대기시켰다. 문이 열렸고 몇 분 만에 방청석이 꽉 찼다.

수퍼트 판사는 귀가 거의 안 들려서 고생하는 쇠약한 노인이었지만 명석한 법학자였고, 히스 보안관의 아이디어에 우호적이었다. 그는 법정 앞쪽의 재판장석에 착석해 개정을 선언했다.

"내가 알기로 이미 죄를 인정했으니 본 재판은 간단한 심리가 될겁니다. 폰마테지우스 씨, 일어서십시오." 형제가 동시에 일어서자 방청석 여기저기서 웃음이 터져나왔다. 판사가 법봉을 두들겼다. "아무 소리도 내지 마시오, 안 그러면 전원 퇴장시킬 겁니다. 오늘 난 인내심이 한 톨도 없거든. 미시즈 수퍼트가 집에서 거위를 굽고 있고, 당신들하고 여기 앉아 있는 것보다 우리집 안락의자에 앉아서 고기 굽는 걸 거드는 게 나아. 두 번 경고는 없소."

기자들은 쥐죽은듯 조용해졌다. 종이에 연필이 사각사각 긁히는 소리마저 사라졌다.

"자," 판사가 재소자들에게 말했다. "펠릭스 폰마테지우스. 당신부터 시작하지. 속기사는 기록에 피고인들이 꼭두각시 극단의 인형처럼 일어섰다 앉았다 하지 않도록 내가 각 피고인의 성과 이름을 모두 호명했다고 명시하시오."

말랐지만 강단 있어 보이는 백발의 여인이 한쪽 구석에서 고개를 끄덕이며 기록했다. 남작은 자리에 앉았다.

"펠릭스 폰마테지우스. 당신은 버건 카운티 교도소의 재소자이자 당신 형인 헤르만 알베르트 폰마테지우스가 교도소 수감중 병원 치료를 받기 위해 해컨색병원으로 이송됐을 때 그의 탈주를 돕고 탈주범을 은닉한 혐의로 기소되었습니다. 이에 대해 당신은 어떻게 대답하겠습니까?"

나는 펠릭스의 뒷모습만 볼 수 있었다. 그는 어깨를 축 늘어뜨리고 고개를 푹 떨궜다. 그는 교도소에서 몹시 유약해졌다.

"유죄입니다, 재판장님." 펠릭스가 말했다.

"펠릭스는 무죄야!" 남작이 벌떡 일어서서 소리쳤다. "동생을 풀어줘! 걔는 아무 짓도 하지 않았어!"

남작의 변호사가 상체를 기울여 그의 어깨를 꽉 잡았지만 이미 늦었다. 판사가 다시 법봉을 두들겼다. "헤르만 알베르트 폰마테지우스가 동생 대신 증인으로 나오는 거요?" 판사는 변호사에게 물었다.

변호사가 자리에서 일어나 말했다. "아닙니다, 재판장님. 펠릭스 폰마테지우스는 자신의 죄를 인정하고, 법원이 선고한 형벌에 따라 복역하기를 간청하는 바입니다."

"알겠소." 판사가 말했다. "헤르만 알베르트 폰마테지우스는 정숙을 유지하시오. 그러지 않을 경우 법정에서 퇴장시킬 것이오."

"네, 재판장님." 변호사가 말했다.

판사는 허리를 굽혀 히스 보안관과 코터 수사관, 그리고 코터의 상관인 라이트 검사를 보았다. "검사, 하실 말씀 있습니까?"

라이트 씨가 일어나 손에 들고 있던 서류를 읽었다. "버건 카운티 검찰청은 교도소에서 탈주한 위험한 범죄자를 도운 자에게 가능한 한 가장 엄한 형벌을 내리길 간원합니다."

수퍼트 판사는 고개를 끄덕였다. "본 법정은 징역 일 년을 선고합니다. 버건 카운티 교도소는 즉각 형을 집행하십시오."

판사는 만족스러운 표정으로 법정 안을 둘러보았다. "휴정 없이 계속하겠습니다. 미시즈 수퍼트가 여러분에게 감사할 겁니다." 그는 남작에게 일어서라고 명령했다.

"당신은 본 법원에서 당신에게 선고한 징역형으로 버건 카운티 교도소에서 복역하던 중 해컨색병원에서 탈옥한 혐의로 기소되었습니다. 당신은 어떻게 답변하겠습니까?"

"헤르만 알베르트 폰마테지우스는 정신이상의 이유로 무죄를 주장합니다." 변호사가 말했다. "그리고 피고인은 치료 감호를 위해 모리스 플레인스 정신병원으로 보내주실 것을 본 법정에 정중히 요청드립니다."

법정 안이 아우성으로 난장판이 됐다. 라이트 검사가 몸을 돌려 코터 수사관에게 귓속말을 했고, 코터는 자리에서 빠져나와 법정 밖으로 달렸다. 히스 보안관은 그저 고개를 저었다.

판사는 다시 법봉을 마구 두드리며, 힘없고 떨리는 목소리가 허락하는 한 크게 소리쳤다. "정숙하시오!"

법봉을 몇 차례 더 두드린 후에야 방안이 조용해졌다. 판사는 거의 기자들 전부를 내보낼 뻔했고, 그것이야말로 히스 보안관이 바라던 바였다. 그러나 결국은 다들 자리에 앉았고 판사가 이어서 말했다.

"검사, 그쪽은 어떻게 대답하시겠소?" 판사가 물었다.

"지금 저희 직원을 보내 카운티 보건의를 찾아오게 했습니다. 본 재판에 전문가 의견을 제공하기 위해 의사를 소환하겠습니다." 검사가 말했다.

"그럴 필요 없습니다." 남작의 변호사가 말했다. "트렌턴의 존경받는 의사가 작성한 진단서가 있습니다. 그가 남작의 의료 기록을 검토하고 남작이 정신이상이며 카운티 교도소에 수감되는 게 적절하지 않다고 단언했습니다. 의사는 남작을 모리스 플레인스로 이감할 것을 권고했습니다."

변호사가 법정 경위에게 편지를 건넸고, 경위는 그것을 판사에게 전달했다. 판사는 보지도 않고 손을 저어 편지를 물렸다. "우린 우리 죄수들에 대한 의견을 트렌턴의 의사들한테 묻지 않습니다." 판사가 변호사에게 말했다. "누가 모리스 플레인스로 가야 하는지는 우리 카운티 의사가 결정합니다. 그리고 당신이 우리 의사와 협의한 것 같지는 않군."

법정 뒷문이 열리더니 코터 수사관이 다시 모습을 드러냈다. 검사는 그와 귓속말을 주고받은 후 자리에서 일어나 말했다. "병원에 있는 닥터 오그던과 연락이 닿았는데, 한 시간 내에 올 수 있다고 합니다."

판사는 한숨을 내쉬고 시계를 보았다. "좋습니다. 오늘 이 사건을 마무리할 수 있을지 모르겠지만, 그를 데려와 이 사건에 대한 검찰의 시각을 듣도록 하겠습니다. 본 법정은 휴정에 들어가⋯⋯"

법정 앞줄에서 요란한 소리가 났고, 다들 무슨 일인지 보려고 벌떡 일어났다. 오직 히스 보안관만 자리를 지키고 두 손으로 머리를 감쌌다. 나는 방청석을 벗어나 옆쪽으로 달려갔고, 폰마테지우스가 바닥을 뒹굴며 엎어진 제 의자를 발로 차고 간질 발작을 일으킨 것처럼 경련하는 모습을 보았다. 그가 부들부들 떨며 몸부림치자 손목에 찬 수갑이 쩔그렁거렸다. 두 눈은 하얗게 뒤집혔고, 쓰러지면서 머리를 다쳤는지 그가 바닥을 쓸듯이 뒹굴 때 핏자국이 지그재그로 남았다. 그의 경련은 높고 괴상한 낑낑거리는 소리를 동반했고, 그 소리는 곧 격렬한 기침으로 바뀌었다.

"숨이 막히는 거예요." 변호사가 소리치며 무릎을 대고 앉아 남작에게 손을 뻗었다. "진정시키는 걸 도와주세요."

법정 경위가 무릎을 꿇고 남작의 어깨를 잡으려 하는데, 경위 쪽으로 몸을 뒤튼 남작이 경위의 품에 내장 속 암모니아 성분의 내용물을 토해냈다. 경위는 외마디소리를 지르며 남작을 놓고 코트 소매를 털면서 법정 안에서는 웬만해서 듣기 힘든 종류의 비속어 여러 마디를 흘렸다. 판사는 고개를 돌렸다. 본인부터 도망치고 싶은 표정이 역력했다. 기자들이 조금이라도 더 잘 보려고 몰려들었고, 유감스럽게도 그중에는 카메라를 들고 그 장면을 찍으려는 기자도 한 명 있었다.

결국 히스 보안관의 부하들이 사람들을 죄수한테서 멀리 떼어냈고, 청소부를 찾으러 사람을 보냈다. 온 주변에 화가의 붓질처럼 문질러댄 핏줄기 사이에서 남작은 사지를 뒤튼 채 아무런 반응 없이 누워 있었다. 위장에서 억지로 쏟아낸 뭐라 이름하기 힘든 온갖 물질들도 섞여 있었다. 아무도 그에게 가까이 가려 하지 않았지만 그의 변호사만은, 내가 똑똑히 봤는데, 장갑을 미리 손에 끼고 남작을 붙잡았다.

판사는 아수라장을 치울 동안 모두 퇴정할 것을 명했다. 누가 휠체어를 찾아와 남작을 앉혔고, 죽은 고양이처럼 축 늘어진 남작은 닥터 오그던을 기다리는 동안 교도소로 돌려보내졌다.

기자들이 떼를 지어 몰려나가 법원 계단에서 담배와 가십이라는 관습적 업무를 재개했다. 보안관보와 교도관들은 법정 주위로 나가 다음 명령이 내려올 때까지 대기했다. 남작의 변호사는 의뢰인과 같이 있기를 고집했고 아무도 이의를 제기하지 않았다. 우리 모두 그를 치워버리고 안도했다.

법정이 거의 텅 비고 다행히 고요해지자, 청소부들이 토사물의 악취를 살리실산메틸의 악취로 덮어버리자, 히스 보안관이 판사에게 다가갔다. 판사는 낭패한 표정으로 축 늘어져서 자리에 앉아 있었다.

"꿈도 꾸지 말게, 밥." 판사가 말했다. "닥터 오그던이 와서 저 문제를 해결할 때까지 기다리는 수밖에 없어."

"하지만 그자가 연기하고 있다는 걸 아시잖습니까? 다 속임수예요."

"참 대단한 속임수지. 내 법정에서 그런 꼴은 난생처음 봤네. 어떻게 간질 발작을 날조할 수 있는지 모르겠군. 그리고 그 나머지도 날조된 게 아니라는 건 청소부들이 자네에게 알려주겠지."

"하지만 그자는 고의로 그런 짓을 한 겁니다, 모르시겠어요?"

보안관 뒤에 앉아 있어서 그의 표정은 볼 수 없었지만, 목소리로 미루어 짐작하건대 이번 게임은 졌다는 걸 그도 알고 있었다.

판사는 허리를 숙이고 목소리를 죽여 음모를 꾸미는 투로 말했다. "자네 저런 짓 해본 적 있나, 밥? 그러니까 고의로? 내가 자네에게 명령하면, 지금 당장, 못하면 교도소에 수감되는 벌칙을 받는다고 하면, 명령에 따라 저런 속임수를 쓸 수 있겠나? 저 토사물하며 머리에 난 상처하며, 다 할 수 있어?" 판사는 경이롭다는 듯 눈을 동그랗게 떴다. 사람이 저런 짓을 할 수 있다는 데 진심으로 감명을 받은 듯했다.

"연습하면 할 수 있을 겁니다." 히스 보안관이 말했다. "그리고 닥터 폰마테지우스는 연습을 실컷 했어요. 미리 뭔가를 삼킨 게 분명합니다. 겨자 가루라든가 세탁 비누라든가 뭐 그런 것들을요. 아니, 이미 우리한테 그 속임수를 써먹어서 우리가 그를 병원으로 데려간 거였죠. 모리스 플레인스가 더 탈출하기 쉽기 때문에 그쪽으로 가고 싶어하는 것뿐입니다."

이번엔 내가 두 손으로 머리를 감쌀 차례였다. 보안관은 너무 멀리 나갔다. 수퍼트 판사는 의자 깊숙이 앉아서 팔짱을 꼈다.

"지금 모리스 플레인스 정신병원은 우리가 보내는 정신병자들을 수감할 능력이 없다는 말을 하는 건가? 만약 그런 거라면, 지금부터 자네가 내게 보내는 요청을 모조리 각하하고 다 자네의 그 새롭고 훌륭한 교도소에 넣도록 하지. 그리고 버건 카운티의 보안관이 정신병원의 보안에 의구심을 갖고 있다는 사실을 주 정부 당국에 확실히 알리도록 하겠네. 정확히 무엇이 잘못됐는지 알아보라고 그쪽에서 자네를 모리스 플레인스로 보낼 수도 있겠지. 그럼 좋겠나, 밥?"

히스 보안관은 한숨을 내쉬었다. "아닙니다, 재판장님. 모리스 플레인스에서는 일을 제대로 하고 있다고 생각합니다. 다만 이번 건이 워낙 드문 경우라서요."

"알려줘서 고맙군, 보안관. 내가 그걸 미처 몰랐네그려."

29

염소한테 차여서 한쪽 눈이 실명될 위기에 처한 소년 때문에 닥터 오그던의 법원 도착시간이 늦어졌다. 소년을 진정시키고 눈을 치료하는 데 또 한 시간이 걸렸다. 일단 그가 도착한 후에는 폰마테지우스가 혼수상태에 빠진 척하며 깨어나질 않아서 또 한차례 지연이 됐다. 미리 경계하고 충격에 대비할까봐 아주 조용히 얼음물 한 통을 몰래 들여와 확 끼얹자 놈은 비명을 지르며 벌떡 일어났다.

정신이 번쩍 든 놈을 다시 법정으로 데려왔을 땐 플러렛의 크리스마스 공연장으로 이미 출발했어야 할 시간이었다. 나는 공연이 시작되기 전에 로비에서 펀치를 따라주는 역할에 강제 징집된 상태였다.

"다른 애들은 다들 엄마가 온단 말이야." 플러렛은 눈물이 그렁그렁한 눈으로 나를 쳐다보며 호소했다. "다른 엄마들은 내년 공연

의상을 위한 기금을 모으기 위해 타르트랑 쿠키를 만들어 오기로 했다고. 나는 타르트 만들어줄 사람이 없잖아."

"가엾은 것." 나는 소파에 앉아 플러렛의 머리를 쓰다듬었다. "베시가 정말 너무 바빠서 아무것도 못 만들어주겠대?" 올케 베시는 우리 집안에서 유일하게 파이 만드는 실력을 믿을 수 있는 사람이었다.

플러렛이 킥킥거리며 아직 완전히 낫지 않은 내 옆구리를 쳤다. "언닌 그냥 펀치만 따라주면 돼! 펀치를 만들 필요도 없어. 그냥 거기 서서 컵에 펀치를 따르는 거야. 그 정도는 할 수 있지 않아?"

"그 정도는 할 수 있겠지." 말로는 수긍하면서도 머리로는 열심히 그 정도도 못하는 이유를 생각해내려 애썼다.

"교도소 일 때문에 안 된다고 하지는 마. 내가 직접 히스 보안관님에게 말할 테니까. 보안관님은 언니를 강제로라도 보내줄 거야. 내가 말만 하면 다 들어주는 거 알잖아."

"히스 보안관은 네가 생각하는 것처럼 널 예뻐하지 않아. 그 사람은 누구한테나 다정하거든, 말도 안 되는 요구를 하는 여자애들한테까지도."

결국, 그럼에도 불구하고, 나는 그 일을 맡기로 했다. 플러렛은 히스 보안관과 미시즈 히스, 모리스 보안관보와 미시즈 모리스까지 초대했다. 그 초대장 때문에 히스 보안관은 폰마테지우스가 막 법원으로 돌아왔을 때 나를 재판정 밖으로 내보냈다.

"가서 그 펀치 따르는 일을 처리해요." 심리가 막 재개되려 할 때 보안관이 소곤거렸다.

"지금요? 이미 늦었을걸요."

"우리 모두 맡은 바 할일을 해야죠."

"내 증언이 필요하지 않을까요?"

"증언대에는 나만 설 겁니다. 그래봤자 달라질 건 없겠지만. 판사는 놈의 연기에 감명을 받았어요. 당신도 나만큼이나 잘 알잖아요. 폰마테지우스는 이 법정에서 원하는 것을 얻어낼 때까지 계속 속임수를 써먹을 거라는 거. 미스 플러렛이 우리 둘 다 곤란하게 만들기 전에 어서 가요. 갈 수 있으면 나도 가겠습니다."

나는 슬그머니 재판정을 빠져나가는 수밖에 없었다. 마침 폰마테지우스가 변호사가 미는 휠체어를 타고 들어오는 중이었고, 뚱한 얼굴의 닥터 오그던이 그 뒤를 따라오고 있었다.

"왔구나!" 플러렛이 새된 비명을 지르며 로비를 가로질러 내게 달려왔다. 나는 첫 관객이 입장하기 한 시간 전에 도착해야 한다고 했다. 로비에는 테이블에 음식 쟁반을 진열하는 여자들 몇 명 말고는 아무도 없었다. 플러렛은 겨울과 여름에 특히 즐겨 입는 속이 비치는 얇은 소매의 붉은 벨벳 드레스 차림이었다.

"시간이 별로 없어." 플러렛이 내 앞에서 급정지하며 말했다. "가서 옷 입자."

"나 옷 입고 있는데." 그렇게 말하면서도 이미 덫에 빠졌음을 깨달았다.

플러렛은 내 손을 잡고 나를 삭막하고 비좁은 통로로 데려갔다. 무대 뒤편 출입구를 지나는데 어린아이들이 벌써 무대막 뒤에 모여 댄스 스텝을 연습하고 있었다. 플러렛은 내 두 손을 맞잡아 끌며 탈의실로 들어갔고, 신이 날 때 늘 그러듯 까치발을 하고 통통

튀었다.

"언니 모자 이리 내놔." 나는 얌전히 플러렛의 요구에 따랐다. 내게 선택의 여지가 있던가?

플러렛은 짙은 와인색으로 염색한 중국산 견주를 어찌어찌 손에 넣어 출근용 정장과 덧옷 세트를 만들었다. 폭이 넓고 아름다운 칼라, 싸개 단추, 완벽하게 맞춤 재단된 허리띠, 그리고 자수를 놓은 소맷단. 치마 앞쪽에는 주름을 딱 하나만 잡았고, 뒤쪽에는 여러 개를 잡아 장식용 수술을 달았다. 그 위에 덧옷을 걸치고 단추는 잠그지 않고 옆으로 젖혔는데, 플러렛은 그게 훨씬 멋스럽다고 장담했다.

나도 인정할 수밖에 없었다. 이건 정말 탁월한 작품이었다. 이렇게 딱 떨어지게 잘 맞는 드레스는 처음 입어봤다. "뼈대는 생략했어." 플러렛은 상의 단추를 채워주며 말했다. "숨쉬기 편할 거야."

나는 깊이 숨을 들이마셨고, 드레스는 정확히 내 갈비뼈 둘레에 맞게 늘어났다. "정말 좋네. 하지만 내가 붉은색 옷감을 골랐을지는 아직 잘……"

"웃기지 마! 늘 회색 트위드만 입고 돌아다닐 수는 없어. 자, 한번 봐."

나는 화장대 위 거울 쪽으로 돌아섰다. 붉은색 덕분에 뺨에 혈색이 올라왔고 눈은 거의 초록빛이 돌았으며, 정확히 몸에 맞는 재단은…… 음, 솔직히 더 날씬하게 보이진 않았지만 확실히 비율은 더 좋아 보였다. 움직일 때마다 실크가 기분좋게 서걱거렸다.

플러렛은 한 팔로 내 허리를 감싸안고 내게 기대어 섰다. 거울로 보니 우스꽝스러웠다. 아름다운 맞춤 정장을 입은 키 큰 아주머니 옆에 무대용 분장을 한 젊은 아가씨라니.

머리 모양도 매만져주겠다는 플러렛의 수고에 나는 무릎을 꿇을 수밖에 없었고, 그리하여 리본을 한 줄 넣고 땋아 공들여 틀어올린 머리를 하게 되었다. 리본은 거기 붙어 있다는 게 거의 느껴지지 않았다. 갑자기 머리가 풀려서 흘러내릴까봐 고개를 빳빳이 들고 펀치를 따라야 하게 생겼다.

펀치 줄은 놀랍도록 질서정연했다. 다른 여자애들의 어머니들은 이런 종류의 일을 해본 경험이 있어서, 사람들이 길게 늘어선 테이블 앞을 지나게 해야 한다는 걸 알고 있었다. 그래서 각 테이블마다 스펀지케이크와 젤리 롤, 아몬드 크림과 속을 채운 대추야자, 바삭한 스코틀랜드식 과자와 마거리트 쿠키 등을 올려놨다. 그중에서 먹을 것을 고르느라 사람들의 발걸음이 상당히 느려져 적당히 몇 명씩만 내가 맡은 펀치 테이블로 왔기 때문에, 나 혼자서도 충분히 감당할 수 있었다. 나는 노마도 나랑 같이 일할 거라고 생각했지만, 노마는 자기 편한 시간에 와서 자리에 앉겠다고 선언했고, 말한 것을 정확히 실천에 옮겼다.

"멋진데!" 컵 쟁반을 하나 더 꺼내려고 테이블 뒤에서 허리를 굽히고 있는데 귀에 익은 목소리가 외쳤다. 옆구리에 애들을 하나씩 낀 베시였다. 세 사람은 놀랍다는 듯 아래위로 나를 훑어봤다.

"어떻게 된 거예요?" 꼬마 프랭키가 물었다.

"고모가 공연에 나와요?" 로레인이 물었다.

베시가 아이들을 한 번씩 쿡 찔렀다. "조용! 너넨 콘스턴스 고모가 무대의상을 입은 모습을 본 적도 없잖아." 베시는 나를 보고 활짝 웃더니, 내가 사람들에게 계속 펀치를 따라줄 수 있게 옆으로 비켜섰다. "플러렛 솜씨지?" 베시가 속삭였다. "분명해. 머리도 해줬네."

"응."

"완벽하네. 딱이야." 베시가 말했다. "다만 무슨 말로 꼬드겨서 입혔는지는 모르겠네."

"꼬드김을 당한 게 아니야. 강요를 당했지."

"뭐, 잘 어울리는데."

펀치가 막 떨어졌을 때 우리는 공연장으로 불려갔다. 회사에서 곧장 극장으로 온 프랜시스가 막판에 뛰어왔고, 나는 밖에 남아 있던 사람들과 같이 극장 안으로 들어가 오빠와 베시와 조카들과 나란히 앉았다. 노마가 내 옆에 앉았고, 반대편에 히스 부부와 모리스 부부를 위한 자리를 마련해놓았지만 그들은 불이 꺼질 때까지도 오지 않았다.

"교도소에서 뭐가 잘못됐어?" 노마가 소곤거렸다.

나는 고개를 저었다. "그냥 폰마테지우스가 또 헛짓거리를 해서."

막이 열리고 중세시대 성을 닮은 무대장식이 모습을 드러냈다. 배경막에는 석조물이 그려져 있고 벽면에는 태피스트리가 늘어졌다. 성주와 그의 아내―헬렌 스튜어트와 오빠뻘 되는 남자애가 연기를 하는데 남자애는 누군지 모르겠다―가 등받이 높은 의자에 앉아 있고, 궁정 신하들이 줄지어 들어왔다. 헬렌 주위에 합창단처럼 시녀들이 배치됐는데, 플러렛도 그중 하나였다. 남자애들은 튜닉에 타이츠 차림으로 북과 치터와 종과 트럼펫을 들고 입장했다.

"시끄러운 저녁이 되겠군." 노마가 속삭였다.

과연 그랬다. 불굴의 피아니스트가 소란스러운 어린 음악가들을 조종해 〈베들레헴 언덕 너머〉와 〈동방박사들이 왔을 때〉 연주를 헤쳐나갔다. 노래마다 무대에 올라오는 공연 단원이 추가됐다. 처음에는 크리스마스 장작을 들고 나왔고, 다음엔 수퇘지 머리(분홍색 가죽 같은 걸로 만들었는데 플러렛의 수고 덕에 소름 끼칠 정도로 실물과 똑같았다)를 들고 나오더니, 마지막에는 워설 볼*과 산타클로스가 등장했다.

나는 여전히 폰마테지우스와 벌인 레슬링의 후유증으로 고생하고 있었다. 의자에 앉은 채 무릎의 통증을 줄여보려고 다리를 쭉 뻗었다. 이 모든 들썩임과 한숨소리에 짜증이 난 노마가 팔꿈치로 내 갈비뼈를 쿡 찔렀고, 그 때문에 다른 통증이 재발해 가만히 앉아 있는 게 더 힘들어졌다.

결국 포기하고 뒤로 가서 서 있으려고 일어나는데 히스 보안관이 내 옆좌석으로 살그머니 들어와 앉았다. 평소에 입는 소모사 정장 차림이었고, 그 말은 곧 집에 들어가서 저녁용 외출복으로 갈아입고 나올 시간도 없었다는 뜻이었다. 미시즈 히스와 아이들이 집에서 크리스마스이브 파티는 언제 시작될지 궁금해하며 아빠를 기다리고 있을 텐데. 우리 신경쓰지 말고 집으로 가지 그랬냐고 말은 하면서도, 폰마테지우스를 머릿속에서 내모는 건 불가능했다.

"어떻게 됐어요?" 이미 내 뱃속에 답이 돌멩이처럼 가라앉고 있었지만 그래도 물어봤다.

보안관은 아이들이 손을 맞잡고 둥글게 서서 왈츠 비슷하게 어

---

* 크리스마스 무렵 종종 마시는, 향신료를 더해 끓인 과실주를 담은 큰 그릇.

설픈 춤을 추는 모습을 지켜보았다. 큰 아이들은 연습을 해와서 뻣뻣하긴 해도 정확한 동작으로 제 역할을 소화했지만, 작은 아이들은 아예 스텝을 따라 하려는 시도조차 하지 않고 그냥 폴짝폴짝 뛰면서 청중을 향해 활짝 웃었다. 여기저기서 웃음과 박수가 터져나왔고, 그 와중에 히스 보안관이 고개를 기울이고 말했다. "수퍼트 판사는 남작을 모리스 플레인스로 이감하라고 명령했고, 나는 그를 곧장 그리로 보냈습니다. 놈을 두 번 다시 보고 싶지 않군요."

"설마 판사가 범죄자의 말이 닥터 오그던과 우리 보안국보다 더 신빙성 있다고 본 건 아니죠?"

노마가 나를 걷어차고 고개를 앞으로 내밀더니 비난의 눈초리로 히스 보안관을 노려보았다. 우리는 트럼펫이 일제히 후렴을 연주할 때까지 조용히 앉아 있었고, 이윽고 그가 말했다. "법정에 다시 데려다놓으니까 바보처럼 횡설수설하더니 판사 앞에서 옷을 실오라기 하나까지 다 벗었어요. 다들 일어서서 그게 연기라고 말했지만, 미친놈을 연기하는 놈이 제정신이라는 걸 어떻게 증명하겠습니까?"

트럼펫 연주가 끝나자 열정적인 박수갈채가 쏟아져나왔다. 나는 거기에 동참할 수 없었다.

"일주일 내로 탈출할걸요." 내가 말했다.

"나도 알아요. 하지만 이번에 놈이 도망치면 그건 그들 잘못이고, 다시 놈을 잡아오는 것도 그들 몫이죠."

간호사든 잡역부든 경비든 폰마테지우스의 탈출에 책임을 져야 할 다음 타자 생각에 나는 눈을 질끈 감아버렸다. 책임감을 느끼지 않으려 노력했지만, 사실은 그저 남에게 책임을 미루고 있을 뿐이었다. 만약 놈이 다시 성공한다면—분명 성공할 것이다—놈을 빠져나가게 한 실책과 과오는 누군가 다른 사람에게 돌아가고, 내가 그랬던 것처럼 내내 그들을 따라다니며 괴롭힐 것이다.

"그럼 우린 어떻게 해야 하죠?" 나는 보안관에게 속삭였다.

그는 보일락 말락 미소를 지으며 팔꿈치로 내 팔꿈치를 가볍게 찔렀다.

"우리는 다시 우리 일이나 합시다. 보안관보."

무대에 조명이 들어오고, 열 살쯤 되어 보이는 꼬마 여자아이가 스포트라이트 속으로 걸어들어가 〈그 맑고 환한 밤중에〉의 첫 소절을 부르기 시작했다. 다른 여자애들이 그 아이 뒤에 반원형으로 모여 허밍을 했다. 까만 곱슬머리를 한데 빗어올려 붉은 벨벳 리본으로 묶은 소녀는 완벽히 어린 천사의 모습이었다. 그 나이 무렵의 플러렛이 떠올랐다. 노마도 같은 생각이었는지 내 쪽을 힐긋 보며 빙그레 웃었다.

비어트리스 풀러도 몇 년 전이라면 저 여자애들 사이에 서 있었을지 모른다. 심지어 프로비덴차 모나포도 한때는 저렇게 어렸을 테고, 크리스마스이브에 다른 여자애들과 꼭 저렇게 노래를 불렀을지 모른다. 내 보호 아래 있는 여자들 하나하나가, 소매치기들, 사기꾼들, 가출한 사람들 모두 저 여자애들이었거나 저 비슷한 모습의 여자애들이었을 것이다.

아이들이 한 명씩 걸어나와 자기가 맡은 부분을 불렀다. 헬렌이 두번째 소절을 불렀다.

뭇 천사 날개 펴고서 이 땅에 내려와

그때에 부른 노래가 또다시 들리니
이 슬픔 많은 세상에 큰 위로 넘치고
온 세상 기뻐 뛰놀며 다 찬송하도다.

이어서 플러렛이 헬렌 옆에 서서 다음 소절을 불렀다. 플러렛은
청아하고 당당하게 노래했는데, 별로 보지 못했던 차분한 겸손함
이 엿보였다. 노래 첫마디가 너무나 부드럽고 다정해서 우리 각자
에게 말을 거는 것 같았다. 히스 보안관은 숨을 크게 내쉬고 의자
깊숙이 가라앉았다.

이 괴로움 많은 세상에 짐 지고 가는 자
그 험산 준령 넘느라 온몸이 곤하나

나는 눈을 감고, 모리스 플레인스 정신병원의 길고 싸늘한 다인
실 침대에서 첫날밤 잠을 청하는 폰마테지우스를 떠올렸다. 그는
이미 문과 창문에 주목했을 것이고, 지금쯤 말짱한 정신으로 간호
사들의 발소리에 귀를 기울이며 그들의 야간 경비 경로를 머릿속
에 새겼을 것이다.
그러나 플러렛의 목소리가, 비록 오늘 하룻저녁일지라도, 내 머
리에서 범죄자와 정신병자들을 싹 몰아냈다.

이 죄악 세상 살 동안 새 소망 가지고
저 천사 기쁜 찬송을 들으며 쉬어라.

시리즈 첫 권 『여자는 총을 들고 기다린다』와 마찬가지로 이 소설은 실제 사건과 실존 인물에 기반하고 있으나, 본 작품은 허구이며, 현실 속 인물들에 영감을 받아 그에 대응하여 만들어진 가상의 캐릭터들도 수두룩하다. 이번 책의 제목은 콘스턴스에 관한 실제 신문 헤드라인에서 가져온 것은 아니지만, 법 집행기관에 종사하는 여성들에 대한 그 시대의 여러 머리기사에서 영감을 얻었다.

복수의 신문기사에 의하면 히스 보안관이 콘스턴스 콥에게 도망친 죄수 닥터 폰마테지우스의 추적을 도와달라고 부탁한 것은 맞으나, 실제로 죄수 도주의 책임이 그녀에게 있었던 것은 아니다. 그때 그녀는 아직 보안관보가 아니었으며, 콘스턴스가 왜 정식으로 고용되지 않았는지는 정확히 알려지지 않았다. 당시 뉴저지에서는 여성 경찰관을 허용하는 법이 통과된 지 얼마 되지 않았고, 그 법에 보안관보에 대한 언급이 없었다는 점은 실제 사실과 일치

한다. 또한 1912년 뉴욕 카운티의 보안관이 여성 보안관보를 고용하려 했으나, 보안관보는 투표를 할 수 있는 자여야 한다는 법적 요건 때문에 좌절됐다는 점도 사실이다. 해당 법은 계속 유지되다가 1917년 뉴욕 여성들이 투표권을 쟁취한 후 유명무실해졌다.

어쨌든 콘스턴스 콥은 폰마테지우스 사건을 처리하는 과정에서 히스 보안관에게 자신의 능력을 입증해 보였다. 비록 체포에 관한 정확하고 상세한 내용은 알려져 있지 않지만, 실제로 그녀는 펠릭스를 체포했다. 실제 역사에서는 펠릭스의 아들 한스도 해당 사건으로 체포됐다. 히스 보안관이 직면했던 온갖 문제들—재소자들의 치과 진료 비용, 탈주의 책임을 물어 징역형에 처해질 가능성—은 이 책에 묘사된 그대로 신문기사에 나와 있다.

뉴욕 경찰은 애먼 사람을 잡아놓고 탈주범을 잡았다면서 보안관에게 여러 번 연락했다. 히스 보안관과 콘스턴스는 실제로 베버 목사와 함께 작업했고, 유치우편을 통해 편지를 보냈다. 라인홀트 디츠와 루디 실가는 이 책에 묘사된 것과 그리 다르지 않은 역할을 했던 실존 인물이다. 탈주범 추적 마지막날 밤의 행적과 폰마테지우스의 체포는 여기서 그려진 장면과 대동소이하다. 사실 폰마테지우스는 모리스 플레인스 정신병원(현 그레이스톤 파크 정신병원)에 수감되는 형을 받긴 했지만, 실제 역사에서는 1916년 4월까지 형이 선고되지 않았다.

폰마테지우스의 범죄가 정확히 어떤 성질의 것이었는지는 결국 알아내지 못했다. 비어트리스 풀러와 닥터 래스번은 가상의 인물이다. 하지만 폰마테지우스를 고발한 세 청년의 이름은 정말로 루이스 버크하트, 프레더릭 시퍼, 알폰소 영맨이었다. 나는 그들의 실제 삶에 대해서는 그 이상 아는 바가 없으며, 따라서 이름 외에는 모두 허구다.

헨리 라모트라는 캐릭터는 허구이지만, 증거 수집에 특화된 사진사들은 실제로 존재했다. 콘스턴스가 뉴욕에서 만난 여자들, 즉 제럴딘과 캐리, 루스도 가상의 인물이다. 맨더린호텔은 당시 뉴욕에 있던 그와 비슷한 수많은 여성 전용 호텔들에 근거한다. (만약 콘스턴스가 남녀 공용 호텔에 묵었다면, 부도덕하다는 의심을 사전에 차단하고 여성을 보호하기 위해 호텔측에서 별도로 설치한 여성 전용 출입구를 이용했을 것이다.)

프로비덴차 모나포는 실제로 세입자 사베리오 살리노를 총으로 쐈으나, 남편을 노렸다는 부분이나 남편을 피해서 안전을 위해 교도소에 머물고 싶어했다는 부분은 허구다. 또한 실제 역사에서 그녀의 범행은 이 책에 나온 것보다 몇 개월 일찍 일어났다.

그 외 수많은 자잘한 세부사항들은 아래 인용 목록에서 보다시피 실제 사건과 사실에 부합한다. 그레이스 밴혼은 정말로 히스 보안관 관사의 하녀였고, 죄수의 위협에 겁을 먹었다. 그 죄수가 폰 마테지우스는 아니었지만 말이다. 머리 레스토랑은 타임스스퀘어 언저리에 위치한, 으리으리한 공연 시설을 갖춘 근사한 식당이었고, 종종 그곳의 물품보관소를 통해 매우 흥미로운 성질의 꾸러미들이 오갔다. 유치우편 제도는 실제로 체신부에 의해 폐지될 뻔했는데, 여자들이 연인에게 불륜 편지를 보내는 용도로 유치우편을 이용하고 있었기 때문이다. 아이다 히긴스의 가상 이야기는 당시 시대상에 관한 잊힌 사실 하나를 일깨운다. 범죄행위에 대해 증언을 하게 될 증인도 범죄자와 같이 교도소에 수감되는 경우가 종종 있었다. 이 주제에 관해 좀더 깊이 알고 싶다면, 캐럴린 B. 램지의 탁월한 논문 「심문실에서: 중요 증인의 구금에 대한 역사적 고찰」 (오하이오주 형법 저널 6, no. 2, 2009: 681)을 적극 추천한다.

그리고 시를 사랑하는 사람이라면 닥터 윌리엄스를 알아봤을 수도 있겠다. 윌리엄 카를로스 윌리엄스는 그 시절 러더퍼드에 살고 있었고, 파크 애비뉴가 내려다보이는 자택에서 병원을 운영했다. 그는 당시 온갖 종류의 공중보건 이슈와 관련되어 있었다. 그 시절 신문을 마이크로필름을 통해 읽으면서 건진 가장 큰 즐거움 중 하나는 닥터 W. C. 윌리엄스가 신문사에 보낸 편지를 우연히 보게 된 것이다. 그는 지역 의료 서비스의 향상을 공개적으로 지지하는 편지를 썼다. 윌리엄스가 닥터 폰마테지우스나 콘스턴스 콥을 알고 있었다고 믿을 근거는 전혀 없지만, 그럴 가능성이 아주 없지는 않다. 윌리엄스의 병원 일이 어땠는지 좀더 알고 싶다면 그의 저서 『의사 이야기』를 읽어보길 강력히 권한다.

이 책에서 다루는 이야기가 펼쳐지는 몇 달 동안 노마와 플러렛이 정확히 무엇을 하고 있었는지는 알지 못하지만, 플러렛은 실제로 헬렌 스튜어트라는 이름의 소녀와 무대에서 소프라노 솔로를 맡아 노래했고, 패터슨에서 개최된 노래 경연대회에 나갔다. 노마의 비둘기에 대한 관심은 늘 그렇듯 완벽히 허구다.

패터슨 최초의 여자 경찰관 벨 헤디슨의 임명은 1915년 7월 21일자 〈뉴욕 타임스〉에 잘 묘사되어 있다('최초의 여자 경찰관 지명'). 실제로 그녀는 무급으로 일했다. 경찰 내 여성의 역할에 대한 그녀의 의견(12쪽) 중 상당수는 해당 주제에 관한 국회 증언과 학회 기록뿐 아니라 당시 여자 경찰관에 대한 통념을 서술한 신문기사를 참조했다. 특히 메리 E. 해밀턴의 『여자 경찰관: 임무와 이상』(프레더릭 A. 스토크스 컴퍼니, 1924)은 훌륭한 자료원이다. 해당 도서의 4~7쪽을 보면 벨 헤디슨이 주장한 여자 경찰관의 올바른 역할에 대해 심화 확장판이 나와 있다.

레티와 미커 씨(14~18쪽)에 관한 이야기는 글로리아 마이어의 훌륭한 저서 『지방 공무원 어머니: 미국 최초의 여자 경찰관, 포틀랜드의 롤라 그린 볼드윈』(OSU 프레스, 1995)에 나오는 유사한 일화에서 가져왔다.

프로비덴차 모나코의 사베리오 살리노 총격 사건(39쪽)은 1915년 7월 14일자 〈뉴욕 타임스〉 기사 '여자가 세입자를 쏘다'에 나와 있다.

'지능적 수법으로 탈출한 죄수'(100쪽)는 1915년 11월 8일자 〈뉴욕 타임스〉에 실렸다.

'악어, 식당을 공포로 몰아넣다'는 악어의 침입으로 엉망이 된 불운한 미국혁명여성회 만찬(115쪽)에 관한 1916년 2월 16일자 〈잭슨빌 디스패치〉 기사의 실제 표제였다.

나의 애장품 중 하나는 1911년 치안관 전신 부호 회사에서 발행한 H. M. 밴올스타인의 『치안관의 전신 부호: 영어 사용권 내 치안관 전용 실속파 비밀 전신 부호』이며, 150쪽에서 노마가 사용했다.

1915년 가을 피프스 애비뉴에서 실제로 양복 재단사들의 파업이 연이어 일어났다(169쪽). 1915년 9월 25일자 〈뉴욕 타임스〉 기사 '재단사 파업 행렬'과 11월 26일자 기사 '재단사 150,000명 파업 동조 가능성' 참조.

머리 레스토랑의 물품보관소에 남겨진 유골을 둘러싼 사건(175~176쪽)은 1915년 11월 29일자 〈뉴욕 타임스〉에 '머리 레스토랑 폭탄은 메이블 하이트의 유골 단지'라는 제목의 기사에 실렸다.

233쪽에서 노마를 매혹했던, 카메라를 매달고 날아다니는 독일 비둘기들에 관한 기사는 〈파퓰러 사이언스〉 1916년 1월호 30쪽에 나와 있다.

253쪽의 치과 진료 비용에 관한 논란은 1915년 11월 5일자 〈트렌턴 이브닝 타임스〉의 기사 '교도소의 명물 일류 치과'에 잘 묘사되어 있다.

프리다 버컬의 이야기(255쪽)는 '옛 애인을 죽이려 한 선원: 강타!'라는 잊지 못할 제목으로 1915년 12월 8일자 〈데일리 스타〉에 실렸다.

'여성 보안관보, 목사를 잡아들이다'(303쪽)는 1915년 12월 20일자 〈뉴욕 프레스〉에 실렸다. 그 외 상세한 설명은 1915년 12월 20일자 〈뉴욕 헤럴드〉 기사 '여성 보안관보, 지하철에서 탈주범 체포', 같은 날짜의 〈뉴욕 트리뷴〉 기사 '탈옥한 목사를 몸싸움 끝에 체포한 여성'에서 인용했다.

버건 카운티와 퍼세이크 카운티 역사학회 직원 및 자원봉사자 여러분께 감사드리고, 마이크로필름을 읽으며 헤아릴 수 없는 수많은 시간을 보냈던 존슨 공공도서관, 패터슨 공공도서관, 리지우드 공공도서관의 사서분들께도 감사의 말씀을 전하고, 러더퍼드 내부자 투어를 제공해주신 빌리 노이만에게도 감사를 표한다. 또한 나의 가상 캐릭터들에 영감을 준 실존 인물들에 대한 기억을 기꺼이 공유해주신 오델과 버걸 가족분들께도 감사드린다. 메이시 코크런과 나의 에이전트 미셸 테슬러, 나의 편집자 제나 존슨, 그 밖에 호턴 미플린 하커트의 모든 분들께 한없이 고마운 마음을 전한다. 끝으로, 나 못지않게 오랜 시간을 콥 자매와 함께 호흡한 나의 남편 스콧 브라운에게 나의 모든 사랑과 감사를 바친다.

옮긴이 **엄일녀**

을묘년 화곡동에서 태어났다. 서울대학교 언론정보학과를 졸업하고 출판 기획과 잡지 편집을 겸하다 지금은 전업 번역가로 일하고 있다. 『여자는 총을 들고 기다린다』『섬에 있는 서점』『비바, 제인』『비극 숙제』『샬럿 스트리트』『너를 다시 만나면』『미스터 세바스찬과 검둥이 마술사』『안 그러면 아비규환』『거짓말 규칙』 등을 번역했다. 『리틀 스트레인저』로 제10회 유영번역상을 수상했다.

문학동네 세계문학
레이디 캅 소동을 일으키다

초판 인쇄 2019년 5월 2일 | 초판 발행 2019년 5월 13일

지은이 에이미 스튜어트 | 옮긴이 엄일녀 | 펴낸이 염현숙

기획 이현자 | 책임편집 윤정민 | 편집 홍유진 이현자 | 모니터링 이희연
디자인 윤종윤 이원경 | 저작권 한문숙 김지영
마케팅 정민호 정진아 함유지 김혜연 박지영 김수현 | 홍보 김희숙 김상만 이천희
제작 강신은 김동욱 임현식 | 제작처 영신사

펴낸곳 (주)문학동네
출판등록 1993년 10월 22일 제406-2003-000045호
주소 10881 경기도 파주시 회동길 210
전자우편 editor@munhak.com | 대표전화 031) 955-8888 | 팩스 031) 955-8855
문의전화 031) 955-8862(마케팅) 031) 955-2634(편집)
문학동네카페 http://cafe.naver.com/mhdn | 트위터 @munhakdongne
북클럽문학동네 http://bookclubmunhak.com

ISBN 978-89-546-5608-5 03840

www.munhak.com